Wollen das Beste hoffen

Hans-Hermann Schmidt

Wollen das Beste hoffen

Eine Familiengeschichte im Schatten zweier Weltkriege

Bibliografische Information der Deutschen Bibliothek:
Die Deutsche Bibliothek verzeichnet diese Publikation in der
Deutschen Nationalbibliografie; detaillierte Informationen sind im
Internet über http://dnb.d-db.de abrufbar

© 2008 Hans-Hermann Schmidt
Herstellung und Verlag: Books on Demand GmbH, Norderstedt
ISBN 978-3-8370-4582-6

Meinen Eltern

Inhalt

1	Eine späte Begegnung...	9
2	Herkunft..	12
2.1	Mutters Familie und Großvater im I. Weltkrieg............	12
2.2	Vaters Familie..	33
2.3	Vater und Mutter finden zusammen.............................	39
3	Vater im Krieg...	45
3.1	Rekrutenausbildung in Stettin.....................................	45
3.2	Als Bewacher des Belgischen Generalstabs in Prenzlau...	61
3.3	Auf Landkommando in Mecklenburg.........................	123
3.3.1	Priborn..	123
3.3.2	Granzow..	127
3.3.3	Schwarz...	150
3.4	Zwischenstation Stettin..	162
3.5	Als Besatzer in Belgien..	164
3.6	Grenadierausbildung in Köln.....................................	221
3.7	Reise ohne Rückkehr...	241
4	Das Leid...	249
5	Abspann..	260
6	Literatur und Quellenangabe......................................	265
7	Danksagung...	267

1 Eine späte Begegnung

Der alte Pappkoffer lag im hintersten Winkel einer Bodenkammer, von deren Wänden Tapetenfetzen hingen und dessen Lehmfußboden von toten Fliegen und schwarzen Mäuseköttel bedeckt war. Ein rundes Loch im Koffer offenbarte, daß auch ihn die Neugier der Mäuse nicht verschont hatte. Doch von den fast 350 Briefen und Postkarten, die hier nahezu 50 Jahre ein verstecktes Dasein fristeten, hatten sie kaum genascht. Nur die Fäden, die einzelne Packen zusammenhielten, waren durchgenagt, und einige Briefe wiesen an den Rändern halbkreisförmige Fraßspuren auf. Das vergilbte Papier war mit Tinte oder Kopierstift in Sütterlin beschriftet. So begegnete mir mein Vater 54 Jahre, nachdem er in der Ukraine verblutet war, an einem der letzten Märztage des Jahres 1997 in einer Bodenkammer wieder.

Die Briefe waren an meine Mutter und mich gerichtet. Mutter hatte sie irgendwann auf dem Hausboden deponiert, und nun war sie gestorben. Ich aber sah die Briefe zum ersten Mal. Sie enthielten Mitteilungen und Gedanken eines einfachen Bauern, der, in den Schlund der Geschichte geschleudert, sich nicht mehr frei schwimmen konnte und zu dessen Handwerkszeug der Pflug und nicht die Feder gehörte. Sein Denken und Hoffen kreisten im wesentlichen um die Familie und seinen Hof. Seine Ausdrucksfähigkeit, der Stil und die Orthographie seiner Briefe waren begrenzt und reflektierten den Durchschnittsstand einer mecklenburgischen Dorfschule gegen Ende des ersten Weltkrieges, in der es nur drei Klassenräume und einen Lehrer, den „Köster," gab. Dieser, noch mehr der evangelische Pastor und die tägliche schwere körperliche Arbeit bestimmten entscheidend den Horizont der Dorfbewohner in jener Zeit. Doch reflektieren die Briefe eigenständiges, von Herkunft und Erfahrung geprägtes logisches Denken.

Bevor Hermann Schmidt, mein Vater, direkt zu Wort kommt, erscheint es hilfreich, auf Hintergrund und Umfeld seines Lebens einzugehen. Dies um so mehr im Hinblick auf die von Nachgeborenen gestellte Frage nach den Ursachen des Versagens des einzelnen in der Masse der Kälber, die sich ihre Schlächter selber wählten, wie es uns der listige Brecht gelehrt hat. Ihn und viele andere aus der Zunft der Dichter und Denker schützten bürgerliche Herkunft, eine breit gefächerte humanistische Bildung und ein scharfer, mit den progressiven Ideen ihrer Zeit ausgerüsteter Intellekt vor der Infektion durch die Naziideologie und der Teilnahme an einem verbrecherischen Krieg. Wohin aber sollte ein einfacher, bodenständiger Bauer emigrieren? Die Kälber hatten zu marschieren, und es steht zu befürchten, daß sie dies auch künftig tun werden.

Doch waren sie, die blieben, wirklich alle gedankenlose Kälber? Die Briefe meines Vaters, geschrieben in den Kriegsjahren 1941 bis 1943, vermitteln einen anderen Eindruck. Und wie er haßten wohl auch viele einfache Soldaten das blutige Handwerk, in das sie ein verbrecherisches Regime trieb. Verweigerung hätte den eigenen Tod und den Ruin der Familie nach sich gezogen.

Wo aber standen die, denen gesellschaftliche Stellung und Bildung politischen und ökonomischen Einfluß im Staat sicherten, als die Nationalsozialisten sich anschickten, die Macht zu ergreifen? Nur wenige entzogen sich der Herrschaft dieses Pöbels durch Flucht in das Ausland oder eine sogenannte innere Emigration. Die Mehrzahl von ihnen heulte von Anfang an mit den Wölfen, um Pfründe und Besitzstand zu sichern und zu mehren. Wibke Bruhns hat mit „Meines Vaters Land" ein bewegendes Zeugnis des Versagens gebildeter und vermögender Kreise in Deutschlands dunkelster Zeit abgelegt (1).

Natürlich versagten nicht nur „die da oben" in Deutschlands dunkelster Zeit. Auch die meisten Menschen aus anderen Klassen und Schichten konnten oder wollten sich dem Moloch des chauvinistischen Nationalismus zumindest am Beginn der Machtergreifung nicht entziehen. Die rassistischen Irrlehren fielen besonders im Kleinbürgertum auf fruchtbaren Boden. Nach den Jahren der Demütigung durch den Versailler Vertrag war man nun plötzlich wieder wer, und noch der ärmste Deutsche stand in der faschistischen Ideologie weit über jedem Angehörigen anderer, insbesondere nichtgermanischer Völkerschaften.

Die Nationalsozialisten köderten die Bauern vor allem mit der Blut- und Bodentheorie, die diesem im Laufe der Geschichte so oft geschurigeltem Stand das eigene Selbstbewußtsein stärkte. Und bei vielen gelang ihnen das auch.

Die willige Mitläuferschaft breiter Bevölkerungsschichten in der Zeit der Naziherrschaft ist für die Nachgeborenen - wenn überhaupt -

nur im historischen Kontext zu verstehen. Wahrhaftige Berichterstattung setzt Authentizität voraus. Und wo könnte man diese besser finden als in persönlichen Briefen der Zeitzeugen? Sie legen Zeugnis ab vom Denken, Fühlen, Handeln und auch vom Versagen und den daraus resultierenden Leiden der Menschen, denen die Geschichtsschreibung sonst kaum das Wort erteilt.

Für mich waren die Briefe meines Vaters eine Offenbarung. Bisher war er mir nur aus Erinnerungsfetzen frühester Kindheitstage und aus sporadischen Berichten meiner Mutter bekannt. Nun richtete er ganz persönlich sein Wort auch an mich. Es gibt kaum einen Brief, in dem er mich nicht angesprochen hat, wohl wissend, daß ich ihn im Alter von zwei bis vier Jahren noch nicht verstehen konnte. Und nun nach mehr als einem halben Jahrhundert will ich ihm endlich antworten und mit ihm über die Zeiten hinaus in einen kommentierenden Dialog treten, auch wenn er mich nicht mehr wahrnehmen und sicherlich auch manches aus meinem Denken nicht verstehen würde. Zu verschieden waren die Zeiten, die uns prägten, und zu groß ist der Abstand zwischen ihnen. Er hat seinen kleinen Sohn sehr geliebt, und ich habe ihn während meiner ganzen Kindheit und Jugend sehr vermißt. Sein Verlust schmerzt noch heute.

Beginnen will ich dort, wo Vater eine Familie gründete, in der ich aufwuchs.

2 Herkunft

2.1 Mutters Familie und Großvater im I. Weltkrieg

Das mit Schiefer gedeckte dunkelbraune Backsteinhaus steht in Herzfeld, einem Angerdorf, das etwa 15 km südlich der Straße liegt, die die Kreisstädte Ludwigslust und Parchim verbindet, am Südrand der Griesen Gegend also. Die Griese Gegend, die von Norden her durch eine Linie zwischen der Kleinstadt Wittenburg im Westen und dem Dorf Herzberg im Osten begrenzt wird und sich südlich bis zur Prignitz erstreckt, charakterisieren Sand, Kiefernwälder und die Wiesenlandschaft der Lewitz bei Neustadt-Glewe. Der karge Boden birgt als Schatz den Raseneisenstein, hier „Klump" genannt. Man findet ihn gelegentlich noch als annähernd wabenförmig von weißem Kalkmörtel zusammengehaltenen, dunkelbraunen natürlichen Baustein vorwiegend an ehemaligen Büdner- und Häuslerkaten.

Der Adel überließ den armen Landstrich Bauern bzw. Klöstern. Sieben Hufen des am 23. Februar 1306 erstmals urkundlich erwähnten „dorp to Hertesvelde" waren 1312 durch den Markgrafen Waldemar von Brandenburg an das Nonnenkloster Eldena bei Dömitz verkauft worden. Bis zum Jahre 1353 wechselten die im Dorf verbliebenen Besitzungen zwischen dem Markgrafen und dem Grafen von Schwerin sowie verschiedenen Adelsgeschlechtern, bis am 7. Juli 1353 Herzog Albrecht von Mecklenburg dem Kloster Eldena das Eigentum und alle Gerichtsbarkeit über das Dorf schenkte. Nach der Säkularisierung des Klosters im Jahre 1558 fiel Herzfeld wieder an den Landesherrn zurück (2). Aus dem Grundbesitz der nach der Reformation aufgehobenen Klöster entstanden landesherrliche Ämter (Domänen), und 1867 trat auch in diesen das seit 1862 in Mecklenburg bestehende Gesetz über die Regulierung und Vererbpachtung bäuerlicher Stellen in Kraft (3).

Meine Urgroßeltern, der Erbpächter Wilhelm Joachim Erdmann Eggerstedt (1864 – 1930) und seine Ehefrau Sophie, geborene Buß (1863 – 1941), hatten Ende der 90er Jahre des 19. Jahrhunderts nach einem Brand des ursprünglichen niederdeutschen Hallenhauses das Wohnhaus zusammen mit einer Scheune, einem Stallgebäude und einem Schuppen innerhalb eines Jahres errichtet, eine für die damalige

Zeit wohl außerordentliche Leistung. Das zur Hufe XIII in Herzfeld gehörende Gehöft hob sich nun deutlich von den übrigen in Herzfeld ab, die damals meist aus strohgedeckten Hallenhäusern bestanden, bis 1911 ein großer Dorfbrand auch die Mehrzahl dieser Häuser in Schutt und Asche legte.

Im Mai des Jahres 1898 waren Wilhelms Eltern, der 1810 geborene Johann Joachim Christian Eggerstedt und die um 20 Jahre jüngere Catharina Sofia Christina innerhalb von 12 Tagen unmittelbar nacheinander gestorben. Warum Catharina ihrem Mann so bald folgte, ist mir unbekannt geblieben. Nicht auszuschließen ist, daß beide Opfer des Hausbrandes geworden sind.

Der Name Eggerstedt läßt sich in Herzfeld bis Anfang des 18. Jahrhunderts zurück verfolgen (2). Als ältester Träger dieses Namens wird urkundlich Hans Eggerstedt (oder Eggerstädt) erwähnt. Der bekam am 25. August 1713 die Erlaubnis, Marie Madaussen zu heiraten. Sein Sohn Christian verehelichte sich 1745 mit Marie Bussen. Nachdem diese 1784 gestorben war, ging Christian Eggerstedt nochmals auf Brautschau und wurde im November 1785 im Alter von 71 Jahren mit Gret Lise Rabens aus dem fünf Kilometer von Herzfeld entfernten Dorf Möllenbeck „kopuliert," wie es kirchenamtlich damals hieß. Die Freuden dieser Ehe müssen ihn allerdings so stark mitgenommen haben, daß er ein halbes Jahr später starb. Sein Enkelsohn Johann Joachim Christian Eggerstedt wurde der Vater meines Urgroßvaters.

Man kann davon ausgehen, daß Träger dieses nicht alltäglichen Namens auch schon lange Zeit zuvor in Herzfeld gewohnt haben. Vermutlich lag der Hof einmal am Dorfrand. Dies könnte man zumindest etymologisch vom Namen ableiten, denn *Städ, Stä`* bedeutet im Plattdeutschen *Stelle* oder *Ort*. Allerdings könnte *Egger* nicht nur auf *Ecke* hindeuten, sondern sich auch auf das plattdeutsche *Ecker = Eichel, Buchecker* beziehen. Wie dem auch sei, jetzt befindet sich der Hof im Zentrum des Dorfes, und dort gibt es auch Eichen, sogar vor dem Haus.

Mit fast 28 Hektar Acker- und Grünland wies die Hufe XIII im Vergleich zu anderen Bauernhöfen des Dorfes eine mittlere Größe auf. Wilhelm Eggerstedt hat den Hof, so lange er selbst gesund war, mit Erfolg geführt. Im April des Jahres 1890 wurde dem Ehepaar ein Sohn

(Wilhelm Christian Friedrich) geboren, der aber bereits nach einem Jahr und drei Monaten starb. Weitere Söhne, die den Hof hätten weiterführen können, blieben aus. Doch wurden danach noch drei Töchter geboren, und damit ließen beide, Sophie und Wilhelm, es denn auch bewenden.

Wilhelm Eggerstedt soll ein gutmütiger, fleißiger und hilfsbereiter Mensch gewesen sein. Und fromm dazu. Ein wohl Ende der 20er Jahre aufgenommenes Foto zeigt ihn zusammen mit seiner Frau, meine damals 16jährige Mutter flankierend. Auffallend sind die wach und klar blickenden Augen, unter denen sich leicht gewölbte Backenknochen und eine kräftige Nase abzeichnen. Dunkle, flach anliegende Haare schließen sich einer hoch gewölbten Stirn an. Seine Kleidung, die der damaligen Mode für seriöse Herren entspricht - Anzug, Weste mit obligater Urkette, hoher weißer Hemdkragen (sogenannter Vatermörder), den eine dicke schwarze Fliege umschlingt – verleugnet nicht die leicht abfallenden Schultern und die von schwerer Arbeit gebeugte Haltung des Oberkörpers.

Der Kopf der Urgroßmutter ist schmal. Die Frisur über dem von leichten Falten durchzogenen Gesicht wirkt wegen des nicht exakt gezogenen Scheitels auf den nach hinten zusammengeführten Haaren etwas wirr. Ihr Blick zeigt skeptische Resignation, und die zusammengepreßten Lippen heben die Strenge des Ausdrucks hervor. Sie trägt ein dunkles, hochgeschlossenes Kleid, das eine bis zum Schoß herabfallende Perlenkette und eine Brosche unter dem Kinn schmücken. Zwischen beiden, gleichsam eingeklemmt, die schmale Jungmädchengestalt der Enkelin Magdalene in geblümtem Rüschenkleid und mit großer, weißer Schleife im Haar. Ihr Gesichtsausdruck läßt jugendliche Gelöstheit vermissen und ähnelt verblüffend dem der Großmutter, als ahne sie schon, daß bereits erlebtes Ungemach sich auch künftig fortsetzen werde. Doch dazu später. Vorerst ist von den drei Töchtern des Ehepaares Eggerstedt, Berta, Ida und Pauline, zu berichten.

Pauline, die jüngste, wurde 1896 geboren. Sie war eine sehr schöne Frau mit einem von schwarzer Haarfülle umrahmten weichen Gesicht, schönen Augen und einem sinnlichen Mund. Kurz nach Ende des II. Weltkrieges heiratete sie den 1884 geborenen Landwirt Karl Kopplow, der in Stresendorf, einem kleinen, knapp zwei Kilometer von Herzfeld entfernten Runddorf, einen großen Bauernhof besaß. Im Zentrum des mitten im Dorf gelegenen Gehöftes steht ein schönes zweistöckiges Bauernhaus, das mit einem Frontispiz („Franzspieß" sagte man im Dorf dazu) und einer Veranda versehen ist. Wilder Wein überrankt die gesamte Vorderfront. In diesem Haus wohnten Karl und Pauline Kopplow in gutem Einvernehmen über 50 Jahre. Mein Großonkel Karl Kopplow war ein distinguierter, schlanker Herr mit hoher Stirn, blonden, nach hinten zurückweichenden Haaren, kräftig ausgebildeter Nase und freundlichen Augen. Im Leben wie auf Fotos zeigte er oft ein zurückhaltendes, leicht ironisches Lächeln. Er war kein Freund vieler Worte, doch hatte das, was und wie er es mit seiner leicht heiseren Stimme sagte, immer Gewicht. Aus der Ehe gingen zwei Kinder hervor. Lotti, die älteste, wurde 1921 geboren, und drei Jahre später folgte Karl, der mein Patenonkel wurde.

Mit im Haus in Stresendorf lebte Fräulein Berta Kopplow, die Schwester des Hausherrn. Auf die Anrede „Fräulein" legte sie bis in ihr hohes Alter Wert, denn in ihrem Umkreis fand sich kein Mann, den sie für würdig befunden hätte, Tisch und Bett mit ihr zu teilen. Sie hatte weder geistige noch körperliche Defizite, sondern lediglich, wie man zu Hause, bäuerlichen Stolz umschreibend, sagte, „ n´ Nagel in´n Kopp."

Ida, die mittlere der drei Schwestern, kam als Stiefkind der Natur mit einem Buckel auf die Welt, an dem sie zeitlebens litt. Sie wohnte bis zu ihrem Tod im April 1953 im Altenteil des Hauses ihrer ältesten Schwester Berta.

Berta Friederike Sofie Eggerstedt, die älteste der drei Schwestern, wurde 1888 geboren, war wie Pauline eine schöne schlanke Frau und blieb dies auch, bis sie 79jährig am 22. September 1967, einen Tag nach ihrem Geburtstag, still und friedlich, wie sie gelebt hatte, starb. Von ihr, meiner Großmutter mütterlicherseits, habe ich nie ein Wort der Klage gehört, obwohl zwei Weltkriege schlimmes Leid in ihr Leben brachten. Dabei hatte dieses Leben so glücklich begonnen. Schon seit Bertas Schulzeit sollen sie und mein fünf Jahre älterer Großvater Wilhelm Kröger unzertrennlich gewesen sein. Von den Altvorderen „tausamensnackt," also verkuppelt, sind sie sicherlich nicht, obwohl das damals eine allgemein gepflegte Methode zur Vermehrung des Familienbesitzes war. Weit hatten sie es nicht zueinander, denn Wilhelm kam lediglich aus dem Gehöft „von de anner Siet," das heißt, er mußte nur schräg die Straße überqueren. In der Zeit, als Pferdekutschen noch das gebräuchliche Verkehrsmittel von Ort zu Ort waren, bandelte man meist innerhalb des gleichen Dorfes, gelegentlich auch mit jemandem aus einem der Nachbardörfer an bzw. wurde verbandelt, blieb so im Lande und nährte sich redlich von dem, was der karge Boden hergab. So kam es, daß nahezu alle im Dorf mehr oder weniger entfernt miteinander verwandt oder verschwägert waren und auch fast alles voneinander wußten. Eine offene Gesellschaft in dörflicher Gemeinschaft.

Seit frühen Kindheitstagen hatten mich die kolorierten Feldpostkarten beeindruckt, in denen mein Großvater mütterlicherseits den Seinen knapp bemessene Lebenszeichen aus einer Ausbildungszeit als Soldat und aus dem Ersten Weltkrieg zukommen ließ. Nun fanden auch sie sich auf dem Boden im Elternhaus als Zeitzeugen wieder.

Mein im Jahre 1883 geborener Großvater Wilhelm Ludwig Friedrich Martin Kröger ist mir nur auf Soldatenbildern unter die Augen gekommen. Er war ein gut aussehender schlanker Mann mit verschmitzten, fröhlichen Augen und zeitweilig einem kleinen Bärtchen unter der Nase. Jederzeit zu Streichen und kleinem Schabernack aufgelegt, soll er auch der Wilddieberei nicht abgeneigt gewesen sein. Man erwischte ihn allerdings nie, und so war es ihm eine besondere Freude, Gutsförster Meier auf Dorffesten „Ich schieß den Hirsch im Wilden Forst, im tiefen Wald das Reh" nach der Weise von „Lützows wilder, verwegener Jagd" mit schöner Stimme vorzuschmettern. Besagter Förster verwaltete die zum Gut derer von Treuenfels im benachbarten Möllenbeck gehörenden Wälder. Er überlieferte sich dem Gedächtnis der Nachwelt unter anderem dadurch, daß er Frauen, die in den benachbarten Wäldern des Herrn von Treuenfels Blaubeeren sammelten, die vollen Eimer umwarf und die Früchte zertrat.

Wilhelm Kröger war sicherlich ein Wunschschwiegersohn der Eggerstedts, kam doch mit ihm wieder ein jüngerer Mann ins Haus. Und auch seine Eltern hatten wohl nichts dawider, denn zum Hoferben war auch ihr zweiter Sohn, Christian Karl Joachim, gut geeignet.

Mit der 1882 geborenen älteren Schwester der beiden Krögers tritt die dritte Berta auf. Berta Jahncke, wie sie nach der Heirat mit einem verwitweten Gastwirt und Bauern aus Niendorf bei Dömitz hieß, war eine sehr intelligente Frau, der die Zeitumstände zwar eine höhere Schulbildung und ein Studium versagten, die sich aber bis über ihr 90. Lebensjahr hinaus noch autodidaktisch bildete und neben deren Altensessel stets ein lateinisches Wörterbuch lag. Ihr einziger Sohn, Fritz, fiel 1944 als Flakhelfer. Sie selbst führte das Gasthaus bis in ihr achtes Jahrzehnt auch nach dem Krieg allein weiter und kam danach als eine für damalige Verhältnisse relativ begüterte Frau nach Herzfeld zurück.

Die Eltern der drei Geschwister Kröger (meine Urgroßeltern „von de anner Siet"), Johann Friedrich Christian Kröger (1847 – 1915) und dessen Ehefrau, Berta Auguste Sofie Johanna, geborene Timm (1868 – 1939) bewirtschafteten ebenfalls einen für damalige Verhältnisse großen Hof, in dessen Zentrum eine große Fachwerkscheune stand. Auf dem in harmonischem Halbrund gebogenen Balken der Toreinfahrt stand in großen Lettern geschnitzt:

ORA ET LABORA DEN 21 JUNI ANO 1747
JOHANN KRüGER CATRINA ELISABET VIEHSTETEN

Trotz des Wahlspruchs der Benediktiner „ora et labora" ist es dort wohl kaum klösterlich zugegangen, aber gebetet und vor allem hart gearbeitet wurde sicherlich. Und dies, wie die Inschrift bezeugt, schon seit Jahrhunderten. Die Hufe X, der mein Großvater Wilhelm Kröger entstammte, beherbergte schon im 16. Jahrhundert eine Krugwirtschaft (2), und daher dürften sich auch die Namen Krüger bzw. Kröger ableiten.

So standen am Anfang des Jahres 1908 die Zeichen für eine glückliche Zukunft der Familie günstig. Doch vor der Hochzeit mußte Wilhelm Kröger seinen Militärdienst absolvieren, und Berta Eggerstedt vervollständigte derweil ihre Kochkünste in der Küche des Rittergutsbesitzers von Schulz in Balow, einem zehn Kilometer von Herzfeld entfernten Dorf. Ein Jahr später setzte sie ihren Exkurs in die große Welt bei der Familie des Maschinenbauers Helm in Ludwigslust fort.

Ludwigslust war die bevorzugte Residenz des Großherzogs von Mecklenburg-Schwerin und galt als das Mecklenburger Versailles, ein recht provinzielles zwar, doch immerhin mit großen Ansprüchen, wovon u. a. das 1772 bis 1776 im Stil des Spätbarock von Johann Joachim Busch erbaute Schloß beredtes Zeugnis ablegt. Da es innen für Gold- und echte Marmorpracht nicht reichte, behalf man sich mit vergoldeter Pappmaché, machte mit dieser aus Finanznöten geborenen Erfindung bis zum heutigen Tag von sich reden und paßte sich so ungewollt dem Charakter der Griesen Gegend an. Als Kochmamsell ins großherzogliche Schloß ist meine Großmutter Berta nie gekommen, aber besichtigt wird sie es schon haben.

Aus dem 25 Kilometer von Herzfeld entfernten Ludwigslust nach Hause gelangte sie, wenn kein Fuhrwerk sie abholte, mit einem Postfahrzeug, das sie jedoch fünf Kilometer vor dem Ziel in Karlshof absetzte. Meist ging sie von dort zu Fuß nach Haus. Auf diesem Weg begegnete ihr einst hoch zu Roß der Baron von Treuenfels, Besitzer des Gutes Möllenbeck, und donnerte ihr sein „Kann Sie nicht grüßen?" entgegen. Sie scherte sich nicht drum und ging ruhig ihres Weges, befand sie sich doch auf einer öffentlichen Straße, und die Bauern ihres Heimatdorfes, das nicht zum Gut gehörte, hatten auch ihren Stolz. Doch ganz entgangen sind sie den Nachwehen des Feudalismus in Mecklenburg noch zu Beginn des 20. Jahrhunderts nicht.

Hüter dieser unseligen Tradition von Untertanengeist und Obrigkeitshörigkeit waren in den Dörfern häufig die Pastoren. In Herzfeld hatte damals Pastor Brakebusch das geistliche Sagen. Über ihn wurde mir von Großmutter Berta übermittelt, daß er Bauern, die beim Gruß nicht den Hut abnahmen, diesen kurzerhand vom Kopf schlug. Und solches geschah 90 Jahre nachdem der Landtag zu Sternberg die Aufhebung der Leibeigenschaft in beiden Mecklenburg verkündet hatte!

Mein Großvater Wilhelm Kröger indes mußte vorerst seinen Militärdienst ableisten und wurde, wie er es selbst genannt hat, Krieger. Als Bauernsohn, der mit Pferden umgehen konnte, landete er bei den Dragonern in Schwerin. Aus der Zeit vom Juni 1908 bis zum August 1909 existieren mehrere recht lakonisch gefaßte Ansichtskarten an Frl. Berta Eggerstedt. Nachstehend daraus einige Proben:

4.1.1909
Hoffentlich bist Du noch etwas müde vom Ball?

Die herzlichsten Grüße sendet Wilhelm

16.2.1909
Meine liebe Berta!
Am Sonntag kann ich leider auch wieder nicht kommen, vielleicht ein andermal. Amüsiere Dich recht kräftig. Nächstes Jahr wird's besser. "Parole" jetzt 210 [gemeint sind die noch verbleibenden Diensttage].
Viele herzliche Grüße
Dein W. Kröger

19.2.1909
M. l. B.!
Ich sollte Dir schreiben, ob ich schon Karten von Pauline bekommen hätte! 2 hat sie mir geschickt. Ich habe das Stück "Die Dollarprinzessin" gesehen, es ist mir aber zu frei. Im Hofgarten ist es verboten. Ich habe es im Konzerthaus "Flora" gesehen
Viele herzliche Grüße Dein W. Kröger

Es ist aus heutiger Sicht schwer nachzuvollziehen, was er an Leo Falls „Dollarprinzessin" als anstößig empfunden hat. Bezeichnend für die Zustände in der Mecklenburger Residenz zu Beginn des 20. Jahrhunderts ist allerdings das Aufführungsverbot dieser Operette im Hofgarten. Schon eine harmlose, klischeehafte Persiflage über den abgewrackten europäischen Adel in Verbindung mit dem aufstrebenden amerikanischen Kapitalismus wurde als Zumutung für den großherzoglichen Hof und seine Schranzen empfunden.

Den Texten hat Wilhelm Fotos beigefügt, die ihn immer in fröhlicher Runde mit seinen Kameraden zeigen. Zwar zählt auch er die Tage, wie jeder normal empfindende Mensch, der je militärischem Schliff unterworfen wurde, doch scheint er darunter nicht allzu sehr gelitten zu haben. Davon kündet auch eine an seine Schwester geschickte Postkartenfotografie, auf der der Reservist Kröger gemeinsam mit fünf weiteren Kameraden hinter einem Tisch mit Krügen und einer Tafel sitzt und die die folgende sinnige Aufschrift trägt:
„Parole Heimath! Reserve hat noch 140 Tage. So leben die alten Knochen die letzten 20 Wochen.

Lockstedter Lager, 10.5.1909
Liebe Schwester!
Werde Euch eine Ansicht schicken. Habe einen schönen Ballon mit Wein bekommen und sende Euch allen recht herzliche Grüße. Wilhelm Paket beinahe aufgegessen! Geld nicht gefunden. Mir geht es sehr schön.

Im Oktober 1909 kehrt Wilhelm wieder an den mütterlichen Herd zu seiner Verlobten und seinen Freunden in Herzfeld zurück. Zu letzteren gehört auch Otto Lauck, der seiner Freundin Mike schriftlich lyrisch verbrämte Verhaltensregeln für ein künftiges Familienleben zukommen ließ. Großmutter Berta hat mir davon folgende übermittelt: „Meine Mike, wenn ich piepe, komm. Hörst Du meine Piepe nicht, bist Du meine Mike nicht." Machismo auf Mecklenburger Art.

Wilhelm Kröger schmiedet indes mit seiner Berta Zukunftspläne und wohl auch einiges mehr, denn der Vermählung im November 1912 folgt die Geburt der Tochter Magdalene Christiane Johanna am 13. März 1913. Doch der kleinen Familie ist nur ein kurzes Glück vergönnt, denn am 1. August 1914 ruft der Kaiser seine Mannen zum Krieg, und Wilhelm ist sofort dabei, ob gleich einberufen oder freiwillig, wir wissen es nicht. Die erste Feldpostkarte spiegelt noch etwas von der Begeisterung in den ersten Kriegstagen wider, und auch die Versorgung läßt nichts zu wünschen übrig. Zudem steht Gott wieder einmal auf der richtigen Seite.

Aachen, 8.8.1914
Meine liebe Berta und Angehörige!
Liegen jetzt bei Aachen. Trafen heute Abend mit unserem Regiment zusammen. Die Eisenbahnfahrt war ganz großartig. Was es für eine Begeisterung war, ist gar nicht all zu beschreiben. Die Leute von dieser Gegend geben alles für uns hin. Ich hatte zwei Eier, Schinken, Schokolade, Gießwein, Buttersemmeln usw.
Schreib auch wieder.
Wir liegen jetzt bei strömendem Regen in Biwak kurz vor dem Feind im Donner der Geschütze der Belgier.

Mit Gott immer voran. Wilh. Viele Grüße [an] *Dich und Magdalene und alle Lieben.*

Nach kurzem Zwischenspiel an der Westfront in Mons (Belgien) kommt mein Großvater weiter in der Welt herum und findet ab November 1914 Gelegenheit, seinen Kopf an der Ostfront abzukühlen. Mit der 38. Division des XI. Armeekorps gelangt er nach Łódż und schickt eine kolorierte Postkarte mit schönen Bürgerhäusern der Ul. Pjotrkowska folgenden Inhalts in die Heimat:

Łódż, 12.12 1914
Ihr meine L. alle!
Sende Euch allen ein frohes Weihnachtsfest. Wo wir feiern werden, ist noch unbestimmt. Liegen wieder mal 3 Tage im Schützengraben und beschießen uns. Diese Nacht sind wir abgelöst worden. Hier ist wärmeres Wetter eingetreten. Es geht mir gut. Ich hoffe auf Wiedersehen und sende viele Grüße Euer Wilhelm.

Auch Wilhelms Bruder Christian ist an der Ostfront gelandet. Er schreibt aus Ostpreußen an seine Schwägerin:

Nikolaiken, 19.12.1914
Liebe Schwägerin!
Dieses Weihnachtsfest wird in unseren Häusern in ruhiger Stimmung verlebt werden. Und so wird's wohl auch bei Euch sein. L. Schw., ich habe von Br. Wilhelm in 4 Wochen keine Nachricht aber dennoch die Hoffnung, gesund zur Heimat zurückzukehren, so Gott will.
Auf Wiedersehen und fröhliche Weihnachten. Dein Schwager Christian. Grüße Deine Lieben.

Die Kriegseuphorie hat sich offensichtlich schon nach den ersten Monaten abgekühlt, denn Wilhelm schreibt aus der Gegend um Łódż, die damals zu Rußland gehörte, eine Karte, auf der das Fürstliche Theater Gera, der Garnisonsstadt seines Regiments, abgebildet ist:

Rußland, 23.1.1915
Meine liebe Berta!

Sende Dir eine Ansicht aus unserer Garnisonsstadt. Wenn wir nur erst da wären. Sonst geht es mir gut, was ich auch von Euch hoffe.
Viele Grüße Dir und allen Lieben Dein Wilhelm.

Aber so rasch kommt er noch nicht heraus aus dem kalten Osten nach Gera in das schöne Thüringen. Dennoch hat ihn, wie eine Karte an seine beiden „Schwägerins" Ida und Pauline in Herzfeld offenbart, sein Humor nicht verlassen:

Rußland, 26.1.1915
Meine lieben Schwiegerins!
Sage Euch vielen lieben Dank für das schöne Paket. Alle K.
[Kameraden] *haben sich gewundert über die roten Äpfel, Kniewärmer und Kopfschützer. Habe ich schon vor 14 Tagen erhalten.*
Euer Krieger sendet viele schöne Grüße und wünscht Wiedersehen.

Aus dem Absender einer Feldpostkarte vom April 1915 geht hervor, daß Wilhelm Kröger inzwischen zum Gefreiten befördert wurde. Er selbst äußert sich dazu nicht, sondern beläßt es bei den gewohnt kurzen Danksagungen für erhaltene Pakete und der Mitteilung, daß es ihm gut gehe. Und natürlich fehlt auch nie der Wunsch nach einem baldigen Wiedersehen. In einer Gratulationskarte an seine Schwiegermutter ist von der anfänglichen Begeisterung nichts mehr zu spüren.

Rußland, 15.6.1915
Meine liebe Schwiegermutter!
Sende Dir viele herzliche Segenswünsche zum Geburtstag 24.6.. Wolle Gott, der Herr, geben, daß es bald einen Frieden geben wird und daß wir noch später Deinen Geburtstag zusammen feiern können.
Es grüßt Dich herzlich Dein Sohn Wilhelm. Auf Wiedersehen.

Zwei Monate danach kommt Nachricht aus Pultowsk am Narew und wenige Tage später aus Deutsch-Eylau, dem heute polnischen Iława. Offensichtlich ist er verwundet. Eine weitere Karte zeigt ein Gruppenbild mit Kameraden in weißen Kitteln, die die Art der Verwundungen verbergen, eine andere das Schlächtergesicht Ludendorffs. Der war damals als Generalstabschef Hindenburgs und ab 1916 als I. Generalquartiermeister mitverantwortlich für die militärische Kriegführung. Darüber hinaus bestimmten er und Hindenburg während der Krieges weitgehend das wirtschaftliche und politische Leben in Deutschland. Im November 1923 war Ludendorff einer der Hauptbeteiligten am Hitlerputsch in München und einer der geistigen Wegbereiter des Nationalsozialismus in Deutschland.

Pultusk, 17.8.1915
Meine liebe Berta!
Teile Dir mit, daß es mir schon ganz wohl geht. Hoffe nur auf weiteren Transport. Bin mit Feldpostkarten total abgebrannt. Wenn ich Dir die nächste Adresse schreibe, wirst Du schicken. Sonst geht es mir schon ziemlich gut. Sende viele Grüße Euch allen und Wiedersehen
Dein Wilhelm.

Dt. Eylau, 23 8.1915
Meine liebe Berta und alle Lieben!
Bin jetzt wieder in Deutschl. Es geht mir auch jetzt schon etwas besser. Bin am Tage schon bißchen draußen im Freien. Wenn Du kannst, schreibe, schreibe gleich recht viel, da ich lange keine Nachricht habe. Hoffentlich bin ich noch paar Tage hier.
Es grüßt Dich und alle Lieben Dein Wilh.

Um den 10. Februar 1915 gelangt Wilhelm Kröger nach Gera in die Kaserne des I. und II. Bataillons (7. Thür. Inf.-Regt. Nr. 96). Bis Februar 1916 ist er in Gera gewesen. Vermutlich hat er auch einmal Urlaub gehabt. Genaues darüber ist den wenigen, sehr kurz gefaßten Karten nicht zu entnehmen. Einmal äußert er sich, ein Kind seiner Zeit, begeistert über das Völkerschlachtdenkmal in Leipzig, das er bei einem Zwischenaufenthalt besichtigt hat. Auf einem Foto mit der Beschriftung „Zum Andenken an unsere Weihnachtsfeier 1915" sieht man ihn in einer öden Kasernenstube zusammen mit neun weiteren in Feldgrau Gekleideten um ein winziges geschmücktes Bäumchen versammelt, das inmitten von Bierkästen steht. Nur wenige seiner Kameraden zeigen ein schwaches, resigniertes Lächeln. Entgegen den Bildern vor dem Krieg blickt auch Wilhelm ernst in die Kamera, als ahne er, daß dies wohl sein letztes Weihnachtsfest sein würde. Denn von daher, wohin ihn die vaterländischen Schlachtenlenker im März 1916 schicken, kommen viele nicht zurück.

Frankreich, 7.3.1916
Gft. W. Kröger, 15. Komp. Rgt. 371. X. Ersatzdivision
Sende Euch viele Grüße Wilhelm. Es geht mir hier sehr gut. Hier ist es schön warm. Wo ich bin, darf ich nicht schreiben, bloß wir sind in sehr guter Stellung. Ängstigt Euch jetzt nicht. Mir geht`s gut. Adresse wie oben steht. Erwarte bald <u>Nachricht</u>.

Frankreich, 20.3.1916
Meine liebe Berta!
Die allerherzlichsten Grüße sendet Dir sowie allen Lieben Dein an Dich immer denkender Wilhelm. Es geht mir hier sehr schön und habe eine gute Stellung. Schreibe recht oft.

Diesen Feldpostkarten folgen weitere ähnlichen Inhalts. Die fortwährende Mitteilung, daß es ihm gut gehe, ist wohl mehr zur Beruhigung der Angehörigen gedacht, denn die Ansichten darauf – Soldatengräber, Bilder von berstenden Geschossen – vermitteln einen anderen Eindruck. Einige der Kartenbilder zeigen ein kitschiges Seriengemälde, auf dem vor dem Hintergrund eines zerschossenen Dorfes ein verwundeter Soldat, das Gewehr im Arm, stirbt. Nur die Kirche steht noch. Alle Bilder sind unter der Überschrift „Vater, ich rufe Dich" mit Versen dieser Güte beschriftet:
„Vater, ich preise dich/ s´ist ja kein Kampf um die/ Güter der Erde. Das Heiligste schützen/ wir mit dem Schwerte/ Drum fallend und/ singend preis´ ich dich!/ Gott, dir ergeb´ ich mich."
Nach dem „Mit Gott immer voran" geht es nun mit Gott ans Sterben für Kaiser und Vaterland. Für die daheim Geblieben haben die Koloristen des Krieges mit „Kindes Traum" eine weitere Serie Feldpostkarten verfertigt, auf denen unter anderem folgender Trost zu lesen ist:
„Mein Mütterlein sei nicht verzagt,/ Hat Gott mir doch im Traum gesagt,/ Wohl traf die Kugel Vater schwer,/ und doch verhieß er Wiederkehr!"

Auf diesen Karten läßt ihm das dreijährige Töchterchen Leni mit Mutter Bertas Schrift Nachrichten wie diese zukommen:
„Haben uns gefreut, daß Du doch endlich Nachricht gegeben hast. Schreib uns doch bald einen Brief. Komme doch bald!"
    Ein Brief hat sich im Nachlaß nicht mehr gefunden, wohl aber noch einige letzte Karten. Darunter auch Bilder mit gefangenen Franzosen, die trotz der martialischen Bewachung mit aufgepflanztem Bajonett durch Großvater Wilhelms Kameraden gar nicht sehr traurig gucken, denn für sie hat das Morden ein Ende. Weitere Fotos zeigen Ansichten aus Bouillonville (Bouillon), das Bild einer großen gesprengten Brücke und „Heldengräber." In einem davon ist auch der französische Husar begraben, der die Brücke sprengte und dabei schwer verwundet wurde. Es scheint doch trotz aller Brutalität noch so etwas wie gelegentliche Ritterlichkeit in diesem Stadium des Krieges gegeben zu haben. Auch war in den Karten nie ein Wort das Hasses auf den Gegner, der Herablassung oder Verachtung zu lesen. Welch Gegensatz zu den haßerfüllten Auslassungen der den Krieg verherrlichenden Barden im sicheren Vaterland!

    Nach Bouillon in Belgien, an der Grenze von Frankreich, war er nun gekommen. Das durfte er offensichtlich wieder schreiben. Von hier brach einst der erste Chef der Kreuzfahrer, Gottfried von Bouillon, im 11. Jahrhundert auf, um das Heilige Land zu erobern, und der schaffte das auch, jedenfalls vorübergehend. Unweit Bouillons befindet sich die französische Festung Sedan, in der sich im Deutsch-Französischen-Krieg am 2. September 1870 Napoleon III. dem Großvater des jetzigen „Obersten Kriegsherrn," dem späteren Kaiser Wilhelm I., ergeben hatte. Wilhelm Kröger hat diesen „Sedans-Tag" früher sicherlich oft mitgefeiert. Den Heerscharen seines kaiserlichen Namensvetters hingegen gelang der Durchbruch nicht. Sie blieben in Blut, Dreck und Schlamm stecken. Im Juli 1916 brachen nach dem Scheitern der deutschen Offensive vor Verdun Engländer und Franzosen zum großen Gegenschlag an der Somme auf, und unter dessen Opfern ist auch mein Großvater. Anfang Juli kommt von ihm eine Karte aus Frankreich mit einem Friedhofsbild.:

Frankreich, 2.7.1916
Meine liebe Berta!

Dein liebes Paket mit Eiern heute erhalten, waren alle sehr schön. Vielen Dank. Ihr seid noch alle fleißig beim Heuen. Hier ist jetzt auch wieder schönes Wetter. Umseitige Aufnahme zeigt unseren Waldfriedhof, wo auch einige 76. Hamburger ihren letzten Schlaf ruhen. Sonst geht es mir sehr gut und grüße Euch alle herzlich. Euer Wilhelm. Auf Wiedersehen.

Es wird ihm nicht mehr oft gut gegangen sein. Unklar bleibt, ob der Waldfriedhof sich in der Nähe von Bouillonville befand und ob er auch die Gebeine meines Großvaters, der am 16. September 1916 fiel, aufnahm.

Die letzte von ihm verfügbare Karte an seine Eltern und seine Schwester lag vermutlich einem Brief bei, denn sie enthält weder Stempel noch Adresse. Das Bild zeigt im Vordergrund zwei von Soldaten getragene Särge, dem sich ein langer Soldatenzug durch eine triste Straße anschließt.

Bouillonville, 29.7.1916
Meine lieben Eltern und Schwester!
Schicke Euch heute wieder Strümpfe. Wenn nur einer ist, schickt sie mir, dann ist der andere noch gut. Sonst geht es mir immer sehr gut. Umstehende Aufnahme ist eine Beerdigung 5 unserer Kameraden und 3 Franzosen. Ihr werdet mich rechts an der Telegraphenstange sehen. Wie weit seid Ihr mit dem Roggen? **Wenn bloß der Krieg bald ein Ende hätte.**
Gruß herzlich Euer Wilhelm.

Der Krieg aber hat kein Einsehen mit diesem Hilfeschrei und überdauerte Wilhelm Krögers Tod noch um zwei Jahre

Das Leben mußte weiter gehen, und noch war auch Wilhelm Eggerstedt in der Lage, seinen Hof mit Hilfe seiner Angehörigen allein weiter zu führen, denn schwere körperliche Arbeit war er seit frühester Jugend gewohnt. Hunger haben sie im Kohlrüben-Winter 1916/1917 auf dem Lande zwar nicht gelitten, doch trafen zunehmende Requirierungen von Vieh (insbesondere von Pferden) und Korn für den Heeresbedarf den Lebensnerv der mecklenburgischen Landwirtschaft. Am 14. November 1918 verzichtete der Großherzog für sich und seine

Familie auf den Thron und verzog sich vorerst nach Dänemark. Die Bilder der Hoheiten verschwanden jedoch noch lange nicht aus den guten Stuben. Und daneben hing dann häufig eine bunte Collage mit Szenen aus dem Soldatenleben, an exponierter Stelle der kaiserliche Zwirbelbart mit seinen Söhnen, die Generäle Hindenburg, Ludendorff und ganz groß inmitten des Bildes der Soldat mit Pickelhaube und Gewehr. Nur war, wie gewünscht, der Kopf leer. Diese Leere ließ sich beliebig ausfüllen mit dem passenden Konterfei eines Familienangehörigen. Die Parole darunter lautete: „Zur Erinnerung an meine Dienstzeit."

Zwar waren die Regierungen des nunmehr parlamentarischen Freistaates Mecklenburg-Schwerin mit Ausnahme der Jahre 1924 und 1925 bis 1929 sozialdemokratisch dominiert, doch hatte unter den Bauern auf dem Lande die Deutschnationale Volkspartei (DNVP) den größten Einfluß. Und hier waren immer noch 43 % der Bevölkerung tätig. Folgerichtig stimmten dem Volksentscheid zur entschädigungslosen Fürstenenteignung von 1926 in Mecklenburg und Lübeck nur 34 % der Wahlberechtigten zu (3). Der Großherzog zog wieder in Ludwigslust ein, erhielt eine jährliche Abfindung und blieb der größte Großgrundbesitzer in Mecklenburg. Urgroßvater Eggerstedt und die Seinen wählten die DNVP und fühlten sich kulturell zu konservativen und christlichen Heimatverbänden hingezogen, in denen auch das Plattdeutsche gepflegt wurde. Bürgerliche Freiheitsideen oder gar sozialistisches Gedankengut waren verpönt. „Da herrschen Freiheit und Gleichheit" war in der Familie noch nach dem II. Weltkrieg ein gebräuchliches Synonym für ungeordnete Verhältnisse.

Schlimme Zustände ohne Freiheit und Gleichheit brachen an, als ein neuer Mann namens Wandschneider 1922 auf dem Hof einzog. Berta Kröger hatte, als ihr Wilhelm fiel, das 30. Lebensjahr noch nicht vollendet. Eine Wiederverheiratung der noch jungen und schönen Frau war durchaus folgerichtig, obwohl sie den Verlust ihres ersten Mannes nie überwunden hat. Mit der Heirat verband sich wohl auch die Hoffnung, ihren Vater, Wilhelm Eggerstedt, von schwerer Arbeit zu entlasten. Diese Verbindung war offensichtlich „tausamensnackt." Keiner der Wünsche erfüllte sich. Wandschneider erwies sich als ein übler Mensch, der seine Frau und vor allem auch deren Tochter Leni mißhandelte und durch Spekulationen die Familie an den Rand des

Ruins brachte. Die ökonomischen Folgen dieser Mesalliance reichten noch bis in die vierziger Jahre, obwohl die Ehe schon bald wieder geschieden wurde. Das menschliche Leid, das daraus für Mutter und Tochter erwuchs, hat ebenfalls schlimme Auswirkungen gezeitigt. In der Familie wurde später kaum darüber gesprochen, und ich habe darüber fast nichts erfahren. Im dörflichen Leben im Mecklenburg der zwanziger Jahre war eine Scheidung ein von der Gesellschaft nicht akzeptierter, anrüchiger Vorgang. Tochter Leni war eine der ersten, die dies besonders zu spüren bekam. Ihre Großeltern Kröger, an denen sie sehr hing, konnte sie nur noch heimlich besuchen, da sie die Frau ihres Onkels Christian, sobald sie ihrer ansichtig wurde, vom Hof jagte. Christian Kröger muß damals völlig unter der Fuchtel seiner Frau gestanden haben. Trotzdem hielt besonders die Mutter ihres Vaters immer ihre schützenden Hände über ihre Enkelin. Meine Mutter hat ihre schwere Kindheit bis ins hohe Alter nicht verwunden.

Leni besuchte zu dieser Zeit mit neun oder zehn anderen Bauerntöchtern eine Privatschule, die der damalige Pastor Schliemann im Pfarrhaus für seine Töchter eingerichtet hatte. Nach der Scheidung ihrer Mutter durfte sie das Pastorenhaus nur noch durch einen Hintereingang betreten. Am Unterricht konnte sie allerdings weiter teilnehmen, denn schließlich trugen auch ihre Großeltern zum Unterhalt der Lehrerinnen bei. Die Schule leitete eine mit Schliemanns verwandte Lehrerin, von der mir immer nur unter dem Namen Tante Gusting berichtet wurde. Tante Gusting hatte, soweit man Bildern vertrauen kann, gegen Ende von Lenis Schulzeit schon das 60. Lebensjahr erreicht. Sie wurde von einer weiteren Lehrerin und zeitweilig auch von der ältesten Tochter Schliemanns unterstützt, die damals Erzieherin der großherzoglichen Kinder in Ludwigslust war.

Von den Lehrbüchern meiner Mutter sind die „Geschichtsbilder für mecklenburgische Schulen" (nach dem Lehrplan für achtstufige Stadtschulen in Mecklenburg bearbeitet) von 1924 noch erhalten. Der Inhalt ist ein Muster reaktionärer und sehr einseitiger Geschichtsschreibung. Unterrichtet wurden des weiteren Literatur, Mathematik, Geografie, Naturkunde (etwas Biologie, kaum Physik und Chemie), Anfangsgründe der englischen und französischen Sprache sowie Musik. Für letztere hatte Leni schon bald eine besondere Begabung gezeigt, die auch ihre Lehrerinnen früh erkannten. Sie setzten bei ihrer Familie durch, daß sie in Grabow ersten Klavierunterricht erhielt. Der ließ sich auch nach dem Schulabschluß gut fortsetzen, als sie fünfzehnjährig eine Haushaltsschule in Grabow besuchte. Innerhalb kurzer Zeit war sie bereits in der Lage, in einem Konzert zusammen mit ihrer Klavierlehrerin das Klavierkonzert Nr. 1 in g-moll in der Fassung für zwei Klaviere von Felix Mendelssohn-Bartholdy vorzutragen. Im Alter von 14 Jahren vertrat sie gelegentlich den Dorfschullehrer beim Orgelspiel im Gottesdienst und erfreute damit die Gemeinden ihres Heimatdorfes und anderer zum Kirchsprengel gehörender Dörfer mehr als der eigentliche Amtsinhaber, der seine Zusatzaufgabe nur widerwillig und mit weniger Können wahrnahm. Leni durfte auch in Schwerin noch Orgelunterricht bei dem damaligen Kirchenmusikdirektor Emge nehmen, den sie im Dezember 1931 mit der Befähigung für das kirchliche Organistenamt abschloß. Ihr Zeugnis weist dreimal die Note „sehr gut" und einmal „gut" aus.

Leni war damals 18 Jahre alt. Ein kirchenmusikalisches Studium wäre nun möglich gewesen. Die Familie war jedoch absolut dagegen, denn schließlich sollte sie den Hof erben. Statt dessen schickte man sie in das „Alexandra-Heim" nach Schwerin, um kochen und servieren zu lernen. Dieses evangelische Damenstift war vornehmlich älteren adligen Damen vorbehalten, und es bedarf nicht vieler Phantasie, sich vorzustellen, von welcher Atmosphäre das Haus geprägt war. Wie dem auch sei, sie wurde eine vorzügliche Köchin. Ihre karg bemessene Freizeit nutzte sie für Konzert- und Theaterbesuche. Ein halbes Jahr war sie dort. Sie hat sich in Schwerin auch in späteren Jahren immer sehr wohl gefühlt. Gerne hätte sie in kleinen Konzerten auch weiter Werke des von ihr bevorzugten Mendelssohn-Bartholdy gespielt. Doch da wird ihr von einer leitenden Dame gesagt: „Mendelssohn? Der war doch ein Jude. Den dürfen Sie nicht spielen."

Denn inzwischen hatten sich im Freistaat Mecklenburg-Schwerin die Verhältnisse gründlich gewandelt. Gegen Ende der 20er Jahre kam es auf dem Land zu einer Agrarkrise, in deren Verlauf Tausende bei den Banken verschuldete Bauernhöfe zwangsversteigert wurden.
Die Auswirkungen der Weltwirtschaftskrise, die sich auf dem Lande bereits 1928 zeigten, machten sich 1929 auch in der Industrie in den größeren Städten Mecklenburgs bemerkbar. Von 350.000

Berufstätigen waren 40.000 ohne Arbeit (3). Bereits im Juli 1929 schickte die „Einheitsliste nationaler Mecklenburger," die 44,6 % der Wählerstimmen erhalten hatte und mit 23 Abgeordneten in den Landtag einzog, die SPD in die Opposition. Daran waren mein Urgroßvater und seine Familie nicht unbeteiligt. Die politische Haltung einer mecklenburgischen Bauernfamilie im ersten Drittel des 20. Jahrhunderts war männlich dominiert. Der einzige Mann in der Familie der Mutter war damals mein Urgroßvater und den prägte als typischen Vertreter seines Standes ein von christlichem Denken durchdrungener Nationalkonservatismus.

Mit zwei Stimmen war erstmalig auch die NSDAP im Landtag vertreten. Die allerdings wollte Wilhelm Eggerstedt dort nicht haben. Er hat Hitler nie gewählt, wohl aber Hindenburg und dessen Klientel. Den Nazis traute er nichts Gutes zu. Sie waren ihm aus tiefster Seele vor allem wegen ihrer primitiven Hetztiraden und ihrer Kirchenfeindlichkeit zuwider. Auch befürchteter er, daß sich aus all dem ein neuer Krieg entwickeln könnte. Die Berührungspunkte zwischen dem Ideengut der Deutschnationalen und den Zielen der NSDAP vermochte er wie viele Bauern nicht zu durchschauen. Bereits im November 1932 gewann die NSDAP in den Amtsvertreterwahlen in Mecklenburg-Schwerin in neun von zehn Ämtern die Mehrheit. Vor den Wahlen am 5. Juni 1932 engagierten sich Hitler, Göring und Goebbels in zahlreichen Auftritten im mecklenburgischen Wahlkampf. Die NSDAP erhielt 49 % der Stimmen und 30 Sitze im Landtag von Mecklenburg Schwerin (3). Urgroßvater wählte die DNVP, deren Stimmenanteil 9,1 % betrug. Die SPD brachte es auf 30 %, die KPD auf 7,4 % der abgegebenen Stimmen. Die NSDAP bildete unter Walter Granzow, einem Schwager von Goebbels, die Regierung. Granzow kam aus Severin, einem Dorf am nordöstlichen Rand der Griesen Gegend. Am 31. März 1933 wurden die Länderparlamente aufgelöst. Die Reichstagswahl vom 5. März 1933 machte den Weg zur Nazi-Diktatur in ganz Deutschland frei. Für die Griese Gegend dürften die Wahlergebnisse aus dem Kreis Parchim beispielhaft sein. Die NSDAP erhielt 55 %, die SPD 20 %, die KPD 6,6 % und die DNVP 16,6 % der Stimmen. Alle übrigen Parteien blieben unter 1 % (4). Im Oktober des gleichen Jahres beschlossen die Restparlamente (ohne SPD und KPD) die Vereinigung beider mecklenburgischen Staaten. Am 13. Oktober erfolgte auf Anordnung des Reiches der Zusammenschluß. Der Gauleiter der NSDAP, Friedrich Hildebrandt, wurde zum Reichsstatthalter für Mecklenburg ernannt. Mit der Demokratie war es für lange Zeit vorbei.

Auf dem Lande übernahm der in 26 Landesbauernschaften hierarchisch gegliederte Reichsnährstand mit seinen ehrenamtlichen Kreis- und Ortsbauernführern alle genossenschaftlichen Verteilungs- und Arbeitsstrukturen. Das „Reichserbhofgesetz" vom 29. September 1933 schützte „arische" Bauern vor Zwangsversteigerungen und Verschuldung. Im Jahre 1938 ermöglichte es eine Verordnung den Erbpächtern, den von ihnen bewirtschafteten Hof als Erbhof zu erwerben. Den Bauern ging es wirtschaftlich zu Beginn der dreißiger Jahre im Vergleich zu den Arbeitern und kleinen Angestellten in der Weimarer Republik recht gut, aber auch in der Industrie (z. B. Heinkel-Werke und Neptun-Werft in Rostock) kam es aufgrund von Rüstungsaufträgen wieder zu einem Aufschwung (3).

Für meine Mutter zählten diese Jahre zu den glücklichsten. Besonders das sonntägliche Orgelspiel gewann immer mehr Bedeutung in ihrem Leben, wohl auch darum, weil ihm für das nicht mögliche Musikstudium eine gewisse Ersatzfunktion zukam und sie hier im relativ kleinen Kreis ein Podium für ihr Können fand. Um das Jahr 1934 hatte sie im Dorf bereits ihre ersten Klavierschüler. Insbesondere für junge Mädchen aus bäuerlichen Kreisen gehörte neben der Kochschule auch Musikunterricht zum Bildungsrepertoire. Es war ihr allerdings kein ungetrübtes Glück in dieser Zeit beschieden, denn etwa seit Beginn ihres 20. Lebensjahres litt sie unter Anfällen von Bronchialasthma, die sich in späteren Jahren immer mehr verstärkten und erst in ihren letzten Lebensjahren wieder etwas zurückgingen.

Den Nationalsozialisten konnte meine Mutter nie etwas abgewinnen. Ihren Organisationen, soweit sie offensichtlich politischer Natur waren, ebenfalls nicht. Davor bewahrten sie die Erziehung in der Familie und eine tiefe christliche Gläubigkeit. Sie hatte viele Freundinnen aus ihrer Schulzeit, mit denen sie sich in fröhlicher Runde traf. Auf Bällen und anderen Dorffesten allerdings wurde die Freude durch die Argusaugen der sie dahin begleitenden Großmutter Eggerstedt und ihrer Tanten Berta und Ida getrübt. Sie hat mir gegenüber später oft darüber geklagt, daß sich anbahnende

Beziehungen zu Männern ihres Alters und ihrer Neigung dadurch von Anfang an unterbunden wurden, denn für sie als Hoferbin kam nur ein Bauer für eine Ehe in Betracht. Ihre Mutter hat sich da wahrscheinlich kaum eingemischt, galt sie doch wegen ihrer Scheidung auch in der Familie als gebranntes Kind. Der Geeignete fand sich dann in den Jahren 1935 oder 1936 in dem Bauernsohn und Hoferben Hermann Schmidt aus Brunow.

2.2 Vaters Familie

Das Runddorf Brunow liegt am südlichen Rand Mecklenburgs an der Grenze zur Prignitz in einer von Hecken und Gräben durchzogenen Feld- und Wiesenlandschaft, deren Ursprünge auf die Saale-Weichsel-Eiszeit vor etwa 15.000 Jahren zurückgehen. Zwischen den etwa acht Kilometern voneinander entfernten Dörfern Herzfeld und Brunow schlängeln sich träge zwei Bäche durch das flache Land, die Östliche und die Westliche Löcknitz. Erste Rinnsale der hier noch unscheinbaren Fließgewässer sammeln sich um das südwestlich von Parchim gelegene Dorf Poltnitz und bei Marnitz am Fuße des Ruhner Berges, einem Endmoränenzug, der mit 178 m über dem Meeresspiegel berechtigten Anspruch erhebt, Mecklenburgs zweithöchster Berg zu sein. Die westliche Löcknitz durchfließt die Wiesen um die Dörfer Karrenzin, Herzfeld, Wulfsahl und Stresendorf, während sich die östliche, aus Ziegendorf kommend, etwa drei Kilometer nördlich von Brunow ihren Weg bahnt. In Nähe des Dorfes Dambeck vereinigen sich beide zu einem Flüßchen, das sich dann in Richtung Westen bis Lenzen bewegt, sich immer mehr zum Fluß mausert und bei Lenzen, schon recht breit geworden, es vorerst noch verschmäht, sich mit der in unmittelbarer Nähe parallel dahin strömenden Elbe zu vereinen. Dazu kommt es erst, nachdem die Löcknitz bei Eldenburg die Alte Elde in sich aufgenommen hat, bei Klein Schmölln südwestlich von Dömitz.

Flüsse haben ihren Stolz, wie eben Dörfer auch, denn Brunow wurde wegen seiner erhalten gebliebenen Ursprünglichkeit im Jahre 2002 zum schönsten Dorf Mecklenburgs gekürt. Es wird im wesentlichen auch schon 1936 so ausgesehen haben wie heute, denn nennenswerte Neubauten wurden inzwischen nicht vorgenommen. Um die schöne Fachwerkkirche mit ihrem eckigen Turm, dem am Ende noch eine kleine Spitze verpaßt wurde, scharen sich im Kreis meist relativ große Bauernhäuser wie Küken um eine Glucke.

Brunow wurde 1340 erstmals urkundlich erwähnt. Seine Bauweise läßt auf ein wendisches Rundplatzdorf schließen. Nach Zerstörung im Dreißigjährigen Krieg siedelten sich wieder Bauern an. Im Gefolge des Bauernlegens wurde Brunow Teil des Gutes Dambeck und ging erst im 18. Jahrhundert in landesherrlichen Besitz über.

Im Jahre 1939 hatte Brunow 392 Einwohner, Herzfeld hingegen 369 (4). Wollte man damals von Herzfeld auf dem kürzesten Weg nach Brunow gelangen, mußte man einen von zwei Feldwegen nach Stresendorf benutzen, die je nach Witterung verschlammt oder staubig waren. Etwa 500 m hinter Stresendorf überquerte man auf einer Steinbrücke die Löcknitz und marschierte oder rollte auf einem Steindamm weiter, der durch den „Tauschlag," ein dickichtähnliches Waldgebiet, führte. An dessen Ende mündete der Damm in eine Chaussee, die die umliegenden Dörfer mit der großen Welt verbanden. Die große Welt, das waren damals für die Dorfbewohner dieses Landstrichs die Kleinstadt Grabow oder die Kreisstädte Ludwigslust und Parchim. Nach Brunow zweigt kurz hinter dem Wald eine recht schmale Landstraße ab, an deren rechter Seite die versprengten Häuser der Büdnerkolonie Löcknitz stehen, die ihren Namen von der Löcknitz entlehnt hat. Linksseitig schimmern die bewaldeten blauen Sander des Ruhner Berges. Nach drei weiteren Kilometern ist Brunow erreicht. Die museumsreife Landstraße, die vom Wind gekrümmte uralte Apfelbäume flankieren, hat ihre verträumte Ursprünglichkeit bis heute beibehalten.

In diesem urigen Grenzland zwischen Mecklenburg und der zum „Preußischen" gehörenden Prignitz lebten meine Vorfahren väterlicherseits in arbeitsamer Abgeschiedenheit. Der erste, der sich aus dieser Sippe heute noch aus alten Unterlagen auftreiben läßt, ist Joachim Hinrich Schmidt. Seine genauen Lebensdaten sind unbekannt. Er muß in der Mitte des 18. Jahrhunderts gelebt haben und war als sogenannter Hauswirt in Brunow ansässig. Zusammen mit seiner Ehefrau Emma Dorothea, geb. Schult, zeugte er Joachim Friedrich Daniel Schmidt (1797 bis 1866), der es zum Erbpächter brachte. Joachim tat sich mit Anna Sophie, geb. Bruhn (1799 bis 1877), einer Brunower Hauswirtstochter, zusammen und beide wurden Eltern meines Urgroßvaters väterlicherseits. Dieser, Johann Christian Schmidt, lebte von 1831 bis 1900 und bewirtschaftete mit meiner Urgroßmutter, Johanna Maria Friederike Freundt (1841 bis 1907), der Tochter eines Pächters, den Erbhof in Brunow weiter. Sie waren fruchtbar und mehrten sich so lange, bis sie 11 Kinder ihr eigen nannten. Die jedoch konnte der Hof nicht allein ernähren. Dieser blieb dem ältesten Sohn vorbehalten. Die meisten der Geschwister zerstreuten sich wie schon Generationen vor ihnen in alle Winde. Einen Sohn verschlug es wie damals viele seiner Landsleute nach Nordamerika, ein weiterer verdingte sich als Bierkutscher. Eine Tochter namens Dorette gelangte nach Lobbe auf die Insel Rügen, wo sie einen Fischer heiratete. Ihren Bruder Hermann zog es ebenfalls an die See. Er gründete in Hamburg eine Familie.

Martin Joachim Friedrich Schmidt, mein Großvater, blieb wie sein älterer Bruder in Brunow. Er, der 1878 Geborene, war eines der jüngsten Kinder von Johann Christian Schmidt. Martin arbeitete vorerst als Knecht und zeichnete sich dabei durch einen selbst für die Maßstäbe der damaligen Zeit außergewöhnlichen Fleiß aus. Es steht zu vermuten, daß sein strebsamer Lebenswandel ihm die Heirat mit der um fünf Jahre jüngeren Hoferbin Emma Christine Dorothea Bandow erleichterte. Deren Eltern (Joachim Johann Christian Bandow und Anna Dorothea, geborene Rohde) waren aus Raduhn, einem kleinen Dorf zwischen Parchim und Schwerin, nach Brunow gezogen und hatten dort einen etwas über 35 Hektar großen Bauernhof gekauft. Dieser war jedoch zum Hochzeitstag meiner Großeltern am 20. November 1903 noch nicht völlig abgezahlt, und so blieb für unbeschwerte Flitterwochen keine Zeit.

Im Gegensatz zu den sandigen Böden der Griesen Gegend, zu der auch Raduhn gehörte, war der Boden in Brunow schwerer und mit Lehmschichten durchsetzt. Schwerere Böden bedingten schwerere körperliche Arbeit und diese wiederum fetteres Essen. So nimmt es nicht wunder, daß sich bis in die jüngere Zeit hinein auch Menge und Qualität der Essensportionen in Brunow und Herzfeld unterschieden, obwohl beide Dörfer nur wenige Kilometer trennten. Die heutzutage anachronistisch anmutende Eßlust, wie sie später auch in Briefen meines Vaters Ausdruck findet, hat hier ihren Ursprung.

Obwohl die Großeltern oft bis zur äußersten Grenze physischer Erschöpfung arbeiteten, um festen, schuldenfreien Grund unter den Füßen zu bekommen, blieb dennoch Zeit für ein geregeltes Familienleben. Im Juli 1905 wurde ihre älteste Tochter Hanna Berta, genannt Hanni, geboren, die 1929 den Bauern Erich Knaack aus Pampin, einem drei Kilometer entfernten Dorf, ehelichte. Ein Jahr später erblickte mein Vater, Hermann Friedrich Franz, am 17. Juli 1906 das Licht der Welt. Sabine, die jüngste Tochter, ließ sich bis zum

November 1908 Zeit für ihr Erscheinen. Sie überlebte ihre Geschwister um fast 40 Jahre, obwohl sie zeitlebens unter einem lahmen Bein infolge einer Kinderlähmung seit ihrem zweiten Lebensjahr litt. Sabine heiratete Ende der dreißiger Jahre Otto-Kemling aus Grabow, der damals Landarbeiter in Brunow war. Etwas später kauften meine Großeltern dem Paar eine kleines Haus mit einem Streifen Land in Brunow. Sabine erlernte den Beruf einer Näherin und verdiente damit insbesondere in den Jahren nach dem II. Weltkrieg ihren Lebensunterhalt. Doch bis dahin dauert es noch eine Weile, und vorerst hat es den Anschein, als fänden Fleiß, Strebsamkeit und Ehrlichkeit verdienten Lohn. Die einzige Schwester meiner Großmutter, auch sie trug den damals modischen Namen Berta, zog zu ihrem Mann Friedrich Bruhn auf einen Hof nach Löcknitz, blieb also in der Nähe. Ich habe sie als eine sehr liebe und mütterliche Frau in bester Erinnerung. Mit ihrem vollen schwarzen, von grauen Streifen durchzogenen Haar und dem runden, weichen Gesicht ähnelte sie wie eine Zwillingsschwester meiner Großmutter.

Und plötzlich war Krieg. Am 1. August 1914 erklärte Deutschland Russland und zwei Tage später Frankreich den Krieg. Großvater Martin mußte mitmarschieren. Es ist kaum vorstellbar, daß er, sanft- und gutmütig, wie er war, dies mit großem Patriotismus getan hat. Zu mir hat er nie über diese Zeit gesprochen. Doch hatte er mehr Glück als mein anderer Großvater Wilhelm, da er gesund wieder heimkehrte. Das erste Kriegsjahr fiel mit dem ersten Schuljahr meines Vaters in der dreiklassigen Dorfschule zusammen. Mehr als einen Lehrer wird es in der Kriegszeit nicht gegeben haben, und der Unterricht fiel oft auch aus, weil die Dorfkinder schon in früher Jugend auf dem Bauernhof mitarbeiten mußten. Von einer frohen und unbeschwerten Kindheit konnte daher keine Rede sein, doch wurde mein Vater früh mit allen bäuerlichen Arbeiten von der Pike auf vertraut.

Die ersten Nachkriegsjahre brachten kaum Erleichterung, und solide Schulbildung hatte auf dem Lande meist keinen hohen Stellenwert. Können und Fleiß waren auf rein landwirtschaftliche Tätigkeiten reduziert, und nur diese galten als eigentliche Arbeiten. Wer sich dem entzog, von dem hieß es: „Hei mag nicks daun." Dies allerdings konnte man von Vater nicht behaupten. Er liebte die Arbeit in der freien Natur von Kindheit an und ließ es nicht nur mit praktischem Können bewenden. Irgendwann in den zwanziger Jahren hat er vermutlich in Ludwigslust im Winter eine Landwirtschaftsschule besucht und sich dort das theoretische Rüstzeug für sein gutes Fachwissen in der damals modernen Landwirtschaft angeeignet. Seine Briefe legen davon Zeugnis ab, auf welch fruchtbaren Boden neue Erkenntnisse über Saatgut, Düngung und Technik bei ihm fielen.

Als die Großeltern am 20. November 1928 ihre Silberhochzeit feierten, schien das Schlimmste überstanden. Ein Hochzeitsbild zeigt sie, umgeben von ihren drei Kindern und dem Schwiegersohn Erich, vor der Fassade ihres damals noch nicht umgebauten Hauses. Beide sitzen entspannt mit zufriedenem Lächeln in Korbsesseln, hinter denen ihre Kinder stehen. Die großen von Arbeit gezeichneten Hände sind übereinander geschlagen. Großvater wirkt mit seinem dicken Schnurrbart, der hohen Stirn mit schon stark geschwundener Haarpracht und dem zur Fülle neigenden Körper wesentlich älter als ein Fünfzigjähriger von heute, und auch Großmutter, die ihm an Körperfülle nicht nachsteht, entspricht nicht mehr den heutigen Vorstellungen von einer Frau, die gerade ihr 45. Jahr vollendet hat. Groß und damals auch noch fast schlank ragt Vater als stattlicher Mann zwischen seinen beiden Schwestern und seinem Schwager Erich auf. Das Bild reflektiert eine glückliche, mit sich und der Welt zufriedene Familie.

Es geht weiter aufwärts mit den Schmidts in Brunow. Im Jahre 1935 lassen die Großeltern ihr bisheriges Wohnhaus umbauen und modernisieren. Die aus Lehm bestehenden Außenwände des Fachwerkhauses werden durch Backsteine ersetzt und die Außenfassade mit einem Frontispiz versehen.

Über Freizeitaktivitäten meines Vaters in seiner Jugend ist wenig bekannt. Er wird auch kaum viel Zeit dafür erübrigt haben. Urlaub war damals ein Fremdwort in den Dörfern Mecklenburgs. Vater soll ein guter Schwimmer gewesen sein, und es gibt Bilder, die ihn zusammen mit seiner Schwester Sabine und meiner Mutter am Treptow-See zeigen. Dafür mußte man von Brunow aus eine Entfernung von etwa 20 Kilometern mit dem Fahrrad oder der Pferdekutsche zurücklegen. Am Anfang der dreißiger Jahre war der Einfluß der Nazis auf das kulturelle Volksleben in den mecklenburgischen Dörfern noch nicht sehr ausgeprägt. Vorerst dominierte hier die Kirche, und der Brunower

Pastor hatte einen Posaunenchor mit vierzehn Bläsern gegründet. Unter Posaunenchor verstand man landläufig ein Blasorchester, denn auf einem erhalten gebliebenen Bild aus dieser Zeit sieht man nur eine Posaune, wohl aber mehrere Trompeten, Hörner und eine Tuba. Dort stieß mein Vater ins Horn. Zu großer Meisterschaft wird er es aber wohl nicht gebracht haben, denn zusammen mit meiner Mutter hat er nie musiziert.

Ganz entgangen ist Vater dem faschistischen Kraken allerdings nicht. Irgendwann in den Jahren nach 1933 trat er der Sturmabteilung (SA) bei. Die Mitgliederzahl in der SA hatte sich ein Jahr nach der Machtergreifung auf über vier Millionen verzehnfacht. Nach der Niederschlagung des sogenannten Röhm-Putsches im Juni 1934 verlor die SA ihre politische Bedeutung und trat lediglich noch als Staffage bei Aufmärschen und bei der vormilitärischen Erziehung in Erscheinung. Ihre ursprüngliche Rolle als bewaffnete Kampf- und Schutztruppe der NSDAP übernahm die SS (Schutzstaffel)

Die Gründe für den Eintritt meines Vaters in die SA sind mir unbekannt. Aus Berichten meiner Mutter weiß ich, daß er eine NSDAP-Mitgliedschaft ablehnte und von Hitler und seinen Ideen nichts hielt. Dies zeichnet sich auch in seinen Briefen ab. Es wird wohl das besonders in totalitären Regimen ausgeprägte Herdenverhalten und die Hoffnung gewesen sein, dadurch Schlimmerem zu entgehen. Überhaupt dürfte ihm das ganze Heilgeschrei zuwider gewesen sein, denn er liebte weder Krach noch Tumult und war wohl auch ein recht schweigsamer Mensch. Seine Mutter berichtete, daß er in Brunow einen guten Freund gehabt hätte und beide ziemlich unzertrennlich waren. Allerdings hätten sie meist auch im Umgang miteinander geschwiegen. Sie verstanden sich quasi nahezu wortlos. Darin und in manchem anderen entsprach er dem Prototyp eines Mecklenburgers. Er hat vermutlich auch nie das Verlangen gespürt, über die Grenzen seines Heimatlandes, mit dem ihn tiefe Wurzeln verbanden, hinaus zu kommen.

2.3 Vater und Mutter finden zueinander
Ob und wie zwei Menschen zusammenfinden, die sich füreinander bestimmt glauben, hängt um so mehr vom Zufall ab, je größer die Auswahlmöglichkeiten sind. Und diese wiederum sind abhängig von den Zeitläufen, Lebensumständen und Kommunikationsmöglichkeiten. Zum Beginn des 20. Jahrhunderts brauchten die Eltern meiner Eltern in beiden Dörfern nur über die Straße zu gehen, um sich zu sehen. Zwischen Leni Kröger und Hermann Schmidt aber lagen 30 Jahre später schon zwei Dörfer und ein Fluß. Es ist unbekannt, wie oft die Löcknitz in beiden Richtungen überquert werden mußte, bis beide zueinander fanden. Als Verkehrsmittel dürfte aber vorrangig das Fahrrad in Betracht gekommen sein, denn über ein Auto verfügten im ländlichen Umkreis damals nur wenige. Auch über den Anlaß des ersten Treffens ist nichts bekannt. Es hat wohl im Jahre 1935 stattgefunden, denn zu Weihnachten 1935 traf folgende Karte ohne Anrede in Herzfeld ein:

Herzliche Weihnachtsgrüße sende ich Dir und wünsche ein frohes Fest. H. Sch.

Zwei Szenarios des gegenseitigen Näherkommens sind denkbar.:
Ein Bild im Fotoalbum meiner Mutter zeigt etwa 50 Bläser bei einem Konzert. Sie stehen im Kreis auf dem freien Platz vor Kirche und Kriegerdenkmal Es ist wohl November, denn die Bäume sind kahl, und die meisten Bläser tragen Mäntel. Vermutlich handelt es sich um ein Treffen von Posaunenchören aus mehreren Dörfern, einen „event" in heutiger Diktion also. Es ist nicht auszuschließen, daß meine Mutter auch da war, vielleicht sogar auf der Orgelbank saß und schon dort erste Funken übersprangen. Welche Bedeutung hätte sonst ein so lang aufbewahrtes Postkartenfoto, auf dem nur wenige Einzelpersonen, nicht aber mein Vater, erkennbar sind?
Möglich auch, daß Hermann zu einem Tanzvergnügen – Ball sagte man damals etwas hochstapelnd – nach Herzfeld geradelt ist. Die Tanzkapelle Herklotsch aus Grabow spielte in einem der beiden Säle mit Akkordeon, Schlagzeug und Trompete auf, Klavier und Geige blieben dem dezenteren Rahmen vorbehalten. Die Damen saßen auf der einen Seite des Saales, die Herren auf der anderen. Auch Tische

mit einzelnen Familien gab es wohl. Allerdings nicht zu zahlreich, denn zum Tanzen brauchte man Platz. Nach dem ersten Ton bewegten sich die Herren quer über die Tanzfläche, verbeugten sich vor den Damen ihrer Wahl und walzten mit ihnen los. Äußerer Anlaß solcher Bälle waren oft Schützen- oder Erntefeste. Da hatte man schon am Nachmittag Zeit, sich nach der Rechten umzusehen.

Erste Bilder, auf denen meine Eltern allein oder zusammen mit Freunden und Verwandten zu sehen sind, gibt es seit 1936. Doch kann alles auch schon im Herbst 1935 angefangen haben. Vom 2. September 1936 ist noch ein Brief meines Vaters erhalten. Damals waren sie wohl schon verlobt.

Meine liebe Leni!
Hoffentlich hast Du den blauen Montag gut überstanden. Ich habe ihn auch gut zu Ende gebracht. Mußte morgens gleich zum Melken, denn unsere Hella ist verschwunden. Denke Dir nur: Hella ist um 1 Uhr weggefahren und hat gesagt, sie wollte nach Marnitz und wollte abends wieder zu Hause sein. Nun war sie aber am Dienstagmittag noch nicht hier. Da wurde uns doch die Zeit lang, und wir haben telefonisch nachgefragt in Marnitz, nun war sie aber überhaupt nicht da gewesen, also durchgebrannt. Nun haben wir es gestern abend der Polizei gemeldet, bis jetzt ist sie aber noch nicht gefunden worden. Ihre Mutter war heute schon bei uns, die macht sich schon schlimme Sorgen. Die Hella ist ja auch einfach zu wild, die konnte ja nie genug kriegen. Na, sie mag sich ja noch wieder einfinden. Sonst haben wir ja auch kein Mädchen. Jetzt will ich man aufhören, sonst wird der Bogen zu voll von der schönen Hella! Das ist die richtige Marke, nicht wahr ? Das Erntefest ist am Sonnabend. Es beginnt um 2 Uhr, mein liebes Kind! Nicht später hier sein, wir wollen ja beide noch am Ummarsch teilnehmen, Du kannst ja gut marschieren, hast ja Sonntagabend schon geübt, dann esse man nicht mehr zu viel, damit Du hier ordentlich Kuchen essen kannst. Du hast wohl heute Heu eingefahren? Heute ist es ja schon wieder etwas gemütlicher wie Montag und Dienstag. Wir sind beim Mistfahren, muß immer streuen diese Tage, ist aber bald fertig. Morgen abend habe ich Feuerwachdienst. Ich hoffe, daß Du hiermit zufrieden bist, mein liebes Lenchen. Heute Abend ist hier

keiner. Nun will ich in die Falle, ist schon 10 Uhr. Du schläfst wohl schon, also gute Nacht und auf Wiedersehen am Sonnabend um 2 Uhr. Bestell auch einen schönen Gruß an alle und sei Du vielmals gegrüßt von Deinem Hermann.

Die schöne, wilde Helga hat sich später wieder angefunden und ist wohl auch nicht über ein für sie erträgliches Maß beschädigt worden. Doch vorerst liegt die Hochzeit an. Lenis Familie hatte sicherlich nichts dagegen, daß ein junger, kräftiger und fähiger Bauer auf den Hof kam, denn Wilhelm Eggerstedt war inzwischen gestorben und die vier verbliebenen Frauen, Lenis Großmutter, ihre Mutter, die Tante Ida und sie selbst, mußten sich mit dem Tagelöhner Ernst Puls behelfen. Ob in Brunow die gleiche Zufriedenheit herrschte, dürfte zu bezweifeln sein. Martin Schmidt stand kurz vor seinem 60. Lebensjahr, und auch Großmutter Emma war bereits 54 Jahre alt. Beide waren zwar noch gesund, aber die bisherigen harten Arbeitsjahre waren dennoch nicht spurlos vorüber gegangen, und auf mehr Hilfe durch ihre Kinder konnten sie nun nach dem Fortgang des Sohnes auch nicht mehr hoffen. Die Tochter Sabine war körperbehindert. Allerdings stand noch deren Mann, Otto Kemling, zur Mithilfe bereit. Auch entsprach meine grazile, von häufigen Asthmaanfällen geplagte Mutter mit ihrem mehr der Musik und geistigen Belangen als den bäuerlichen Arbeiten zugewandten Interessen so gar nicht dem vom eigenen Leben und Erleben geprägten Wunschbild der künftigen Schwiegereltern. „Sei is kein Buersfru," haben sie auch später noch gesagt. Und dann war da noch eine andere Sorge. „Wo ward uns Hermann blot mit all dei Frugens farig," klagte Großmutter Emma des öfteren ihren Töchtern vor. Hermann hat das später alles glänzend bewältigt, und die Brunower Großeltern haben meine Mutter ihre verständliche Skepsis nie spüren lassen.

Die Hochzeit fand am 22. Oktober 1937 im Gasthof von Johann Brüning, Lenis Patenonkel, statt. Es soll ein sehr schöner, warmer Herbsttag gewesen sein. Das vor dem Gasthof aufgenommene Hochzeitsbild zeigt 82 Personen in typischer Aufstellung. Ganz vorn im Zentrum steht natürlich das Brautpaar, seitlich flankiert von Eltern, Großmüttern und anderen Altvorderen, die auf Bänken sitzen. Dabei nehmen die Anverwandten der Braut die dem Bräutigam zugewandte

Seite, die des Bräutigams die Brautseite ein. Dahinter stehen auf Bänken paarweise weitere Verwandte und Freunde. Wer noch nicht liiert war, dem wurde eine Dame bzw. ein Herr zugeteilt.

Auch die Festivität an sich wird nach dem damals üblichen Schema abgelaufen sein: Für die nach und nach eintreffenden Gäste stand ein reichliches kaltes Büfett zur Verfügung. Noch am Vormittag wurde das Brautpaar mit Eltern und Trauzeugen „in Zivil" in einem Auto zum Standesamt gefahren. Danach begab sich der Hochzeitszug in vollem Ornat mit einer Blaskapelle vorneweg zur Kirche. Die Braut trug Brautkleid und Schleier, der Bräutigam Smoking und Zylinder, die älteren männlichen Verwandten hatten ebenfalls den Chapeau claque entstaubt, und die Damen hatten sich fast alle neue lange Kleider anfertigen lassen, woran Tante Sabine tätigen Anteil hatte.

Die kirchliche Trauung meiner Eltern vollzog Pastor Schliemann. Der Trauungsspruch Römer 12, Vers 12. („Seid fröhlich in Hoffnung, geduldig in Trübsal, haltet an am Gebet") konnte besser nicht gewählt sein. Meine Eltern haben sich in allen Phasen ihres gemeinsamen Lebens daran gehalten, und für meine Mutter war während ihrer 44 Witwenjahre besonders das Anhalten am Gebet eine entscheidende Lebenshilfe. Doch noch konnte von Trübsal keine Rede sein.

Nach dem Gottesdienst wartete ein reichliches Mal auf die Hochzeitsgesellschaft. Es begann mit der Hochzeitssuppe (einer Hühnerbrühe mit Fleisch- und Grießklößchen), danach folgten zwei Fleischgänge, und als Dessert gab es verschiedene Puddingsorten und Obst. Getrunken wurden Wein und Bier, nach dem Essen auch Weinbrand oder „Klarer." „Sluck" nannte und nennt man das auch heute noch in jenen Breiten. Das Essen wurde mit Reden und Auszügen aus der Hochzeitszeitung gewürzt, bei denen auch die Gäste ihr Fett abbekamen. Die Musikkapelle wechselte von Strauss- und Lehár-Walzern zu den gängigen Schlagern der Zeit. Das Brautpaar eröffnete den Tanz. Als draußen die Dunkelheit einfiel, saß man vor einem Übermaß an Kuchenbergen. Danach wurde weiter getanzt.

Vor den Fenstern hatten sich inzwischen Nichteingeladene versammelt, um die Feier zu beobachten, denn Fernsehen gab es noch nicht, und der „Volksempfänger," bekannt als „Goebbelsschnauze," gehörte nicht zum Inventar jedes Haushaltes. Die Kleineren standen auf Bänken und Holzkisten, um sich ja nichts entgehen zu lassen. Das

Brautpaar und deren Verwandte reichten „Sluck" und Bier nach draußen und versuchten damit, üblen Nachreden, die Klatschsucht und Neid besonders auch im dörflichen Milieu immer wieder kolportieren, den Boden zu entziehen. Denn man wollte sich ja „nix naseggen laten."

Das Fest setzte sich bis zum frühen Morgen mit Tanz und Spiel fort. Um Mitternacht gab es noch ein reichliches Nachtmahl (hier natürlich Abendbrot genannt). Das Brautpaar verzog sich, kam wieder, der Schleier wurde abgetanzt und der nächsten potentiellen Braut verliehen. So habe ich mehrere Bauernhochzeiten im heimatlichen Umkreis erlebt. Ähnlich wird wohl auch die Hochzeitsfeier meiner Eltern verlaufen sein.

Und das war's denn auch schon. Urlaub und Hochzeitsreise konnten sich die Eltern ebenso wie ihre Vorfahren nicht leisten. Es hätte damals im Dorf wohl auch niemand dafür Verständnis gehabt. Das junge Paar bezog zwei Zimmer, eine Kammer und eine große Küche mit Speisekammer im Herzfelder Bauernhaus. Die Küche diente gleichzeitig auch als Speiseraum für weitere Familienangehörige und Mitarbeiter auf dem Hof. Meine Urgroßmutter, Großmutter Berta und ihre Schwester Ida zogen zusammen in das Altenteil (zwei kleinere Zimmer, eine Kammern und eine kleine Küche mit Speisekammer). Im Haus gab es weder ein Bad noch eine Toilette. Die Funktion der letzteren erfüllte ein „Plumsklo" über den Hof. Mit dem modernisierten Haus in Brunow konnte das Herzfelder Haus nicht mithalten, dennoch haben meine Eltern dort die wenigen Jahre, die ihnen noch gemeinsam vergönnt waren, glücklich verlebt.

Die Jahreszeiten bedingten den Tages- und Arbeitsablauf. In der karg bemessenen Freizeit trafen sie sich mit Freunden, waren zu Hochzeiten eingeladen und nahmen an dörflichen Feiern teil. Vielleicht haben sie auch gelegentlich eine Kinovorstellung in Grabow, Parchim oder Ludwigslust besucht. Nicht auszuschließen, aber kaum wahrscheinlich, daß Mutter Vater davon überzeugt hat, mit ihr einmal nach Schwerin ins Theater zu fahren. Zudem waren auch die Sonntage durch den Organistendienst meiner Mutter besetzt. Nachdem sie bereits schon mehrere Jahre vertretungsweise in mehreren Dörfern der Kirchgemeinde in Gottesdiensten und zu anderen kirchlichen

Anlässen Orgel gespielt hatte, übernahm sie 1939 diesen Dienst offiziell, denn Lehrern, die Mitglied der NSDAP waren, wurde das Organistenamt verboten. Diese Arbeit wurde ihr zur Berufung, füllte sie immer mehr aus und wurde nach dem Tod ihres Mannes zusammen mit der Erziehung ihres Sohnes zu ihrem eigentlichen Lebensinhalt. Im April des gleichen Jahres vergrößerte ich die Familie. Und eigentlich hätte jetzt eine schöne Zeit für alle anbrechen können, wenn nicht das Naziregime und der von diesem verursachte Krieg gewesen wären.

3 Vater im Krieg

3.1 Rekrutenausbildung in Stettin

Das Unheil tritt entweder blitzartig ein, oder es nähert sich schleichend, anfangs unmerklich, dann immer deutlicher der Katastrophe. Das dörfliche Leben in Mecklenburg veränderte sich in den ersten Jahren der Naziherrschaft kaum. Doch draußen braute sich Schlimmes zusammen. Nur empfanden das die meisten Deutschen nicht so. Nach dem Einmarsch in Österreich wurden die Österreicher zu Ostmärkern, und offensichtlich wurde es die Mehrzahl von ihnen nicht ungern. Die Westmächte nahmen das und die Mitte März 1939 erfolgte Errichtung des Protektorats Böhmen und Mähren und damit das Verschwinden der Tschechoslowakei hin wie schon im September 1938 die Angliederung des Sudetenlandes an Deutschland. Die Sowjetunion hatte am 23. August 1939 mit dem Deutschen Reich einen Nichtangriffspakt abgeschlossen. So schien alles in bester Ordnung. Die Auflösung der demokratischen Parteien und die Zerschlagung der parlamentarischen Republik dürfte die Mehrzahl der Mecklenburger Bauern relativ gleichgültig gelassen haben, solange ihr Besitz nicht angetastet wurde. Die SPD hatte sich nie besonders für diesen Berufsstand engagiert. Von der KPD hatte man ohnehin nichts Gutes, sondern nur die Enteignung erwartet. Das Verschwinden der bürgerlichen Parteien, wie z. B. das der von vielen Bauern bevorzugten DNVP, fiel auch in den Dörfern nicht weiter auf, da die Blut- und Bodenideologie der Nazis hier oft fruchtbaren Grund fand und es den meisten Bauern anfangs der dreißiger Jahre erheblich besser als in der Weimarer Republik ging.

Nicht mehr ganz so unbeteiligt stand man dem Terror gegen die Juden und dem sich ebenfalls bereits früh abzeichnenden Kirchenkampf gegenüber. Aber Juden gab es in der Griesen Gegend nur wenige und diese lebten vorwiegend in den Städten. Das „Handbuch der NSDAP-Gaue 1928 – 1945" weist im Kreis Ludwigslust (insgesamt 53.410 Einwohner) im Jahre 1939 acht Juden aus (4). In Ludwigslust direkt lebten zwei Juden. Die übrigen dürften in den zum Kreis gehörenden Städten Grabow und Dömitz gelebt haben, die einige Hundert Jahre älter waren als das in der zweiten Hälfte des 18. Jahrhunderts als herzogliche Residenz erbaute

Ludwigslust. Im benachbarten Parchim wurden Juden im Jahre 1267 erstmals erwähnt. 1939 waren hier 15 Juden ansässig, während im Kreisgebiet (insgesamt 56.119 Einwohner) 18 Juden registriert waren. Ihr Anteil an der Gesamtheit der Bevölkerung in beiden Kreisen betrug folglich 0.02 %.

Schon im April 1933 begannen Pogrome vorrangig gegen jüdische Wissenschaftler an den Universitäten Greifswald und Rostock sowie gegen Ärzte, Rechtsanwälte und Kaufleute. Wer konnte, emigrierte, manche, wie der international anerkannte Stomatologe Hans Moral in Rostock, auch in den Tod (3). Am 9. November 1938 brannten in Alt-Strelitz, Güstrow, Neubrandenburg, Rostock und Schwerin die Synagogen. Ausschreitungen gegen jüdische Mitbürger und die Synagoge in der Rosenstraße gab es auch in Parchim. In den Jahren 1942 bis 1944 wurden die noch verbliebenen Mecklenburger Juden nach Auschwitz, Majdanek und Theresienstadt deportiert.

Von all dem drang natürlich auch etwas in die Dörfer der Griesen Gegend, und es war da ein Geraune über jüdische Familien, die öffentlich schon vor 1938 durch Parchimer Straßen getrieben und am Rathaus an den Pranger gestellt wurden, über Enteignung und Vertreibung der Besitzer der Tuchfabrik und der Warenhausbesitzer Ascher und Elkan. Aus dem Haus Ascher hingen in unseren Schränken noch lange nach dem Krieg Kleiderbügel mit Beschriftung als Zeugnis dafür, daß einmal auch meine Eltern dort Stammkunden waren. Das fiel schon auf, wurde aber verdrängt, da man sich die schaurige Endkonsequenz nicht ausmalen konnte oder wollte. Helga Hegewisch hat in ihrem Roman „Die Totenwäscherin" über das Schicksal einer jüdischen Familie in Parchim während der Naziherrschaft berichtet (5).

Betroffen machte ebenfalls der bereits gleich nach der nationalsozialistischen Machtübernahme einsetzende Kirchenkampf (3). Den wegen seiner nicht konformen Haltung abgesetzten Präsidenten des Schweriner Oberkirchenrates, Emil Lemcke, hat meine Mutter vom Sehen her, wenn nicht gar persönlich gekannt. Auch Niklot Beste, den Vorsitzenden des Pastorenbundes der Bekennenden Kirche in Mecklenburg, der später, als der Nazispuk vorbei war, Landesbischof wurde, kannte sie. Meine Eltern waren gläubige Menschen und haben die Ausschreitungen des Regimes vor allem aus christlichem Denken her verabscheut. Den Mut zum Widerstand brachten sie jedoch wie die meisten ihrer Zeitgenossen nicht auf, denn man lebte in gefährlichen Zeiten, und es sprach sich rasch herum, wenn einer plötzlich „abgeholt" wurde und nicht mehr wieder kam. Bis 1941 waren sie auch persönlich kaum betroffen. Vater konnte auf dem Hof frei wirtschaften, und Mutter versah an den Sonntagen ihren Organistendienst.

Doch dies sollte sich bald ändern, denn mit dem Überfall Hitlers auf Polen am 1. September 1939 begann der Zweite Weltkrieg. In den ersten Kriegsjahren gab es allerdings auf dem Lande noch keine wesentlichen Beeinträchtigungen. Polen wurde in 37 Tagen niedergerungen, auch mit tätiger Unterstützung der Sowjetunion, die am 17. September in den Ostteil des Landes einfiel und ihren Teil von der Beute einholte. Im April 1940 besetzte die Wehrmacht Norwegen und Frankreich. Im Mai des gleichen Jahres kapitulierten die Niederlande und Belgien. Vom 26. Mai bis zum 4. Juni 1940 flohen 340.000 englische, französische und belgische Soldaten von Dünkirchen über den Kanal nach England und ließen ihre gesamte Ausrüstung zurück. Am 22. Juni des gleichen Jahres kapitulierte Frankreich, und 1,9 Millionen Kriegsgefangene wurden nach Deutschland abgeführt (6). Zusammen mit rund 700.000 polnischen Kriegsgefangenen und Gefangenen aus Belgien und den Niederlanden sowie weiteren Zwangsarbeitern aus den besetzten Ländern sollten sie den durch die Einberufungen für den Krieg in Deutschland entstandenen Arbeitskräftemangel ausgleichen. Ein polnischer Zwangsarbeiter und ein französischer Kriegsgefangener wurden auch Berta Krögers Hof in Herzfeld zugeteilt. Hermann Schmidt war bereits am 19. April 1939 vom Wehrbezirkskommando Parchim als „Dienstpflichtiger zur kurzfristigen Ausbildung" gemustert. Doch vorerst hat ihn die kriegerische Behörde noch verschont und ihn „fröhlich in Hoffnung" bei seinen Lieben auf dem Hof gelassen. Die Zeit bis zur Einberufung wird gerade noch gereicht haben, um die beiden Hilfskräfte in ihre künftigen Arbeiten auf dem Hof einzuweisen und ihnen einige Anleitungen zu geben. Ich habe an beide noch vage Erinnerungen. Die vollständigen Namen (außer Vornamen) und Adressen sind mir unbekannt. Maurice, der Franzose, stammte aus der Gegend um Dijon in Burgund. Er war Gärtner und muß damals wohl schon um die Dreißig gewesen sein. Ich hab ihn als dunkelhaarigen, untersetzten, nicht sehr großen Mann in Erinnerung. Aus seinen patriotischen Gefühlen für Frankreich und seinen kommunistischen Idealen hat er keinen Hehl gemacht, obwohl besonders letzteres, wenn es an die falsche Adresse gekommen wäre, für ihn nicht ungefährlich gewesen wäre. Seine Arbeiten verrichtete er vorschriftsmäßig, aber wohl mit wenig Engagement. Eine durchaus verständliche Haltung, denn weshalb sollte er den Feind unterstützen. Die französischen Kriegsgefangenen waren in Herzfeld im Saal des Gasthofes von Johann Brüning untergebracht, also in dem Saal, in dem meine Eltern ihre Hochzeit gefeiert hatten. In der Familie wurde er, seinen Namen eindeutschend, Moritz genannt.

Josef, der Pole, war etwa 20 Jahre alt, als man ihn Ende des Jahres 1939 zur Zwangsarbeit nach Deutschland verschleppte. Soldat ist er wohl nicht gewesen. Er kam wahrscheinlich auch vom Dorf, denn ganz fremd waren ihm landwirtschaftliche Arbeiten nicht, und er hat fleißig gearbeitet. Josef war blond, schlank, kräftiger und größer als Moritz. Mit jugendlicher Unbekümmertheit hat er sich das Zwangsregime, dem er in Deutschland unterworfen war, einigermaßen erträglich zu machen versucht, wobei ihm allerdings einige Liebesaffären mit ebenfalls zwangsverpflichteten polnischen Mädchen im Dorf des öfteren in peinliche Lagen brachten.

Auf die unterschiedliche Behandlung von Kriegsgefangenen durch das NS-Regime wird an anderer Stelle noch eingegangen. Aufschlußreich ist in diesem Zusammenhang eine Verordnung aus Bayern (Regierungsanzeiger Ausgabe 337/338 vom 4. Dezember 1939) (7). Diese Verordnung nahm Bezug auf die Verordnung zum Schutz von Volk und Staat vom 28. Februar 1933 (Reichsgesetzblatt I S.83), mit der der damalige Reichspräsident Hindenburg auf Veranlassung Hitlers gleich nach dem Machtantritt der Nazis alle demokratischen Rechte außer Kraft gesetzt hatte. Sie regelte den Umgang der Bevölkerung mit Kriegsgefangenen. Danach war jeglicher außerdienstliche Verkehr insbesondere der von Frauen und Mädchen mit Kriegsgefangenen als volksschädigendes Verhalten verboten. Das betraf auch den gemeinsamen Aufenthalt im gleichen Raum. Wer vorsätzlich oder fahrlässig dem zuwiderhandelte, konnte nach den Bestimmungen der oben genannten Reichsverordnung mit Geld oder Haftstrafen bestraft werden.

Meine Eltern und alle anderen Familienangehörigen auf dem Hof haben Josef und Moritz immer als gleichwertige Mitarbeiter behandelt. Sie saßen bei allen Mahlzeiten mit am Tisch, bekamen das gleiche Essen wie alle und waren, soweit das unter den damaligen Gegebenheiten möglich war, auch sonst integriert. Gegen die von Anfang an bestehenden Animositäten zwischen beiden vermochte allerdings auch die beste Behandlung nichts auszurichten. Dies mag zum einen durch den Altersunterschied, zum anderen auch durch die unterschiedliche ideologische Prägung beider Kontrahenten verursacht gewesen sein. Hinzu kam, daß Josef Moritz seine körperliche Überlegenheit spüren ließ, wodurch es zu schwerwiegenden Eskalationen kam, über die später noch zu berichten sein wird.

Der Krieg machte gerade eine kurze Atempause, als Vater zur Wehrmacht eingezogen wurde. Hermann Schmidt stand inzwischen in seinem fünfunddreißigsten Lebensjahr und verspürte nicht das geringste Bedürfnis, seine, wie er meinte, schon alten Knochen für einen fragwürdigen Krieg zu Markt zu tragen. Es half ihm nichts, und so fand er sich am 21. April 1941 als Rekrut im 2. Landesschützen-Ersatzbataillon in einer Kaserne in der pommerschen Hauptstadt Stettin wieder. Darüber gibt sein erster Brief Kunde, der nachstehend wie auch weitere Briefe nur in Ausschnitten zitiert werden soll. Die Kommentare zu den Briefen dienen zum einen der Erläuterung bestimmter darin erwähnter Fakten und reflektieren zum andern das, was ich meinem Vater aus heutiger Sicht dazu sagen möchte. Gelegentliche Rechtschreibfehler und fehlende Zeichensetzung sind meist korrigiert. An Stil und Wortwahl wurde nichts geändert, um die Authentizität der Briefe zu wahren. Mir besonders aussagekräftig und unter den damaligen Bedingungen gefährlich erscheinende Äußerungen in den Briefen erscheinen im Fettdruck. Unterstreichungen im Text habe ich den Originalbriefen entnommen.

Stettin, d. 22.4.41
Liebe Leni und Bubi!
Nun habe ich einen Tag in Stettin hinter mir. Heute haben wir noch keinen Dienst gehabt. Wir sind nur eingeteilt worden, liegen mit 9 Mann auf einer Stube, zum größten Teil alles vom Lande. Wir haben heute Uniform bekommen, Stiefel und Schuhe passen gut, der Rock ist

bißchen zu groß und die Hosen alle zu klein. Das kannst Du Dir ja denken. Es gibt hier aber noch Dickere wie ich.
   Diese Nacht werden wir wohl etwas besser schlafen. Die erste Nacht war alles so ungewohnt. Wir haben mit unserem Zeug geschlafen, war aber schön warm, alles Zentralheizung. Alles fein und nobel. Von der Stadt sind wir etwas ab, eine Stunde zu Fuß. Hier fährt aber die Straßenbahn her. Es ist eine ganz hübsche Stadt, so viel wie ich davon gesehen habe. Heute mittag hatten wir Bohnensuppe mit Speck und heute Abend Pellkartoffeln mit Beefsteak. Hat gut geschmeckt. Aber immer wird es wohl nicht so was geben.
   Herzliche Grüße an Euch alle und Dir und Bubi besonders Dein Hermann als Soldat.

Alle weiteren Briefe sind ebenfalls an seine „liebe Leni und Bubi" gerichtet. In späteren Briefen schreibt er häufig „Ihr Lieben, liebe Leni und Bubi". Auch die Grußformel ändert sich kaum. Anrede und Grußformel werden daher nur noch gelegentlich aufgeführt. Die Briefe sind zum Teil recht umfangreich und betreffen die einfachen Dinge des täglichen Lebens, wie z. B. die Qualität des Essens. Der Drill scheint vorerst noch erträglich zu sein. Gleichzeitig mit ihm eingezogen sind etwa gleichaltrige Landsleute aus Herzfeld und den Nachbardörfern, mit denen er Kontakt pflegt. Sorgen bereiten ihm immer wieder die asthmatischen Luftbeschwerden meiner Mutter und der Zustand des Hofes, auf dem nun der Bauer fehlt. Die meisten Briefe enthalten detaillierte Empfehlungen zur Bewirtschaftung des Hofes. Diese Empfehlungen werden nachfolgend nur in Ausnahmefällen zitiert.

Stettin, d. 24.4.41
Nun bin ich schon 4 Tage hier. Haben uns schon ganz gut eingelebt auf der Stube. Heute haben wir schon abends Dienst gemacht. Haben einen guten Ausbilder. Er ist Stabsfeldwebel. Er hat die erste Gruppe von der Kompanie. All die großen von 1,80. Er vertritt den Leutnant. Dann haben wir noch einen Gefreiten. Der hat aber nicht viel zu sagen. Karl Prüßing ist auch in meiner Kompanie. E. Muchow ist, glaube ich, in der 3. Kompanie und E. Schult in der ersten. Mit den beiden habe ich noch nicht wieder gesprochen, gehen wohl gar nicht raus in die

Kantine, da ist immer Großbetrieb des Abends. Was macht Bubi denn, und was sagt er. Wie geht es Dir mit der Luft? Mir geht es gut.
Wir werden hier noch 5 Wochen bleiben. Hoffentlich geht's dann wieder nach Hause und der Krieg ist zu Ende. Was macht der Josef und Moritz? Wir bekommen hier auch Apfelsinen. Ich werde sie für Bubi aufheben.
Herzliche Grüße für Euch alle und Dich u. B. noch besonders.
Wenn ich nun auch man noch Post habe?

Stettin, d. 27.4.41
Ich habe eben Deinen Brief erhalten, und es freut mich, daß es Euch allen gut geht. Mir geht es auch sehr gut. Wir sind schon zweimal untersucht wurden und einmal geimpft. Ist alles nicht so schlimm. Die Hauptsache ist ja, daß wir gute Vorgesetzte haben. Hier ist auch Kameradschaft auf der Stube, einige spielen Karten, die anderen schreiben.
　　Hoffentlich wird es bald wärmer, damit die Kühe bald Gras kriegen. Erzähl Bubi recht viel von seinem Papa; diese Zeit wird auch wieder vorüber gehen.

Stettin, d. 28.4.41
Ich habe heute Deinen großen Brief erhalten. Ich werde Dir jetzt meinen Tagesablauf schreiben. Wir stehen morgens um 6 Uhr auf und müssen um 7 Uhr zum Dienst fertig sein. Wer dann noch Stubendienst oder Flurdienst hat, muß sich ran halten, daß er fertig wird, sonst bekommt er keinen Kaffee. Dann haben wir 1 Stunde Unterricht, und dann geht's zum Platz raus. Um ½ 12 Uhr kommen wir wieder zurück, dann bekommen wir Mittag, u. um ½ 2 Uhr geht es wieder raus bis 4 Uhr. Dann können wir Kaffe trinken u. dann ist gewöhnlich noch eine Stunde Unterricht und eine Putzstunde. Dann noch rasieren und waschen, so geht der Tag schnell hin. Abends gibt es mitunter auch noch warmes Essen, zweimal in der Woche. Die große Flasche Kognak haben wir gestern ausgetrunken, haben alle mal daran geleckt. Brot bekommen wir so viel wir wollen, man kann sich auch zweimal was zu Mittag holen, aber Fleisch gibt es nur einmal. Karl Prüßing ist im 1. Stock. Die Großen sind oben im 3ten Stock, müssen immer viel Treppen steigen. Karl Prüßing ist Putzer beim Leutnant, Stiefel putzen.

So, nun ist meine Zeit um, ein andermal mehr. Herzliche Grüße für Euch alle und für Dich und Bubi die meisten Dein Hermann

Stettin, d. 30.4.41
Für heute sind wir wieder mit dem Dienst fertig, und morgen am 1. Mai haben wir auch nicht viel Dienst. Haben morgens Appell im Ausgangsanzug, kommen aber noch nicht raus in die Stadt, vielleicht nächsten Sonntag. Ich habe morgen Stubendienst zum 2. Mal, so lange wie ich hier bin. Morgen nachmittag haben wir in der Kaserne Filmvorführung. Wir haben hier auch Radio, hören immer Nachrichten und Musik. Heute habe ich die Postkarte und Deinen Brief vom 28. 4. erhalten, freue mich immer, wenn ich Post bekomme. Das Paket mit Bubis Geburtstagskuchen habe ich gestern erhalten, hat gut geschmeckt. Die Kameraden haben alle bißchen abgekriegt, und den letzten habe ich heute morgen aufgegessen. Hat Bubi seine Geburtstagskarte nicht erhalten? Ich habe Bubi gestern wieder eine Karte geschrieben. Von Brunow habe ich heute auch einen Brief bekommen. Die Butter wird morgen alle, aber ich habe ja noch Speck und Wurst, dann geht es immer noch.

Nun will ich Dir noch einige Fragen beantworten. Auf den Hafer könnt Ihr ruhig rauf fahren und die Steine aufladen. Wenn Ihr Serradella bekommt aber nicht viel, dann sät ihn da, wo ich gesagt habe, wo kein Klee war. Die 4 ½ Zentner Kalkammoniak ist ja nicht viel, dann streut man 3 Ztn. hinter der Koppel und den anderen vorn an. Wenn Ihr auch Kali bekommt, dann könnt Ihr den ja hinter Dittmers streuen. Grüß man alle Nachbarn und Bekannten von mir. Mir geht es gut, und ich hoffe dasselbe von Euch.

Nun seid herzlich gegrüßt von Eurem landesschützenden Hermann.

Stettin, d. 1.5.41
Wir kommen eben von unserem Ausgang zurück; die Uhr ist ½ 7 u. nun will ich noch schnell schreiben, nach Brunow auch. Papa hat ja Geburtstag. Der Dienst wurde heute vormittag geändert, und nun konnten wir heute mit unserem neuen Anzug ausgehen, aber nicht alleine sondern unter Aufsicht wie die Schafe. Wir sind nicht in der Stadt gewesen, haben nur Ausflugsorte von Stettin besucht in der Nähe

von unserer Kaserne. Es war überall überfüllt. Haben nur ein paar Bier getrunken.
Liebe Magdalene, mir geht es gut. Brauchst Dir keine Sorgen zu machen. Es freut mich, daß Du das Pulver noch nicht gebraucht hast. Hoffentlich hilft die Kur. So, jetzt will ich schließen, andermal mehr. Du weißt ja, ich habe noch Stubendienst.
Herzliche Grüße für Euch alle und Dir und Bubi besonders D. Hermann.
Wie geht es Großmutter?

Ähnlich wie Vater habe ich die Stupidität und Tristesse des Militärdienstes bei einem Reservistenlehrgang in der Nationalen Volksarmee der DDR im uckermärkischen Sand von Eggesin im Juli 1959 auch erlebt. Für meine Mutter war es schockierend, als sie meine Briefe an eine schlimme Zeit erinnerten und sich Parallelen zu dem auftaten, was ihr mein Vater aus seinen ersten Wochen in Stettin berichtet hatte. Sollte das alles nun noch einmal beginnen? Doch hatte ich mehr Glück als er, denn es war kein Krieg, und nach vier Wochen war alles überstanden, während er bleiben mußte, vorerst noch in einer Stettiner Kaserne.

Stettin, d. 3.5.41
Ich komme soeben aus der Kantine. Willi Mörer hat mich besucht, er kam um ½ 6 Uhr, und da sind wir rüber gegangen, haben Bier getrunken. Was anderes gibt es hier nicht. E. Schult und E. Muchow waren auch da, heute zum ersten Mal getroffen, wir haben unsere bisherigen Erlebnisse ausgetauscht.
Liebe Magdalene, ich erwartete heute das Paket, aber es ist noch nicht angekommen, na, vielleicht morgen; die Butter ist alle, aber ich habe noch ein kleines Stück Speck und Mettwurst. Denn Fett ist hier auch knapp. 40 g pro Tag, das ist nicht viel, wenn man nichts von zu Haus bekommt, langt es nicht weit. Heute habe ich die 2. Spritze bekommen. Haben die Kühe noch Heu und Runkeln? Ist schon bißchen Gras in der Koppel? Heute sind wir nur 3 Stunden raus gewesen, nachher Revierreinigung, und von 4 Uhr an haben wir Karten gespielt. Mir geht es gut und hoffe dasselbe auch von Euch. Was macht Bubi?

Stettin, d. 4 5.41
Heute ist es hier Winter, wollten eigentlich noch ausgehen mit unserem Stabsfeldw., aber das Wetter ist zu schlecht, vielleicht gehe ich noch rüber zu E. Muchow und E. Schult. Gestern habe ich das kleine Päckchen abgeschickt mit 3 Apfelsinen u. paar Bonbon für Bubi, mehr habe ich ja leider nicht. Du schreibst, Ihr lebt nicht so gut wie wir hier. Das stimmt nun doch nicht ganz.

Von den Kameraden sind 7 aus Meckl. u. einer aus Pommern, 3 sind Arbeiter, 2 sind Forstarbeiter, 1 arbeitet bei Raiffeisen, haben aber alle eine kleine Wirtschaft, auch so wie die Häusler in Herzfeld. 2 sind Siedler, haben 60 Morgen, einer ist bei der Post auch so wie Schult in Karrenzin, u. der 1 ist auch Bauer aus Kreis Hagenow, der hat 180 Morgen, ist noch nicht verheiratet. Seine Mutter ist mit einem Gefangenen und Tagelöhner alleine, dann ist ein Pferd eingegangen, nun hat er bloß noch ein Pferd, das ist auch schlecht.

Liebe Leni, für heute weiß ich nun nichts mehr. Ob Du mich hier besuchen kannst, darüber kann ich noch nichts Bestimmtes schreiben, denn es ist ziemlich weit. Einige Frauen sind schon hier gewesen. Die sind aber alle 50 km [entfernt] in der Gegend von Stettin, So, nun habe ich 2 Seiten voll, ist das genug? Deine Briefe werden überhaupt nicht zu lang. Jeder freut sich immer, wenn er Post bekommt.

Herzliche Grüße und Kuß. Gib Bubi immer einen für mich mit,
Dein Hermann

Stettin, d. 6.5.41
Heute sind wir vereidigt worden. Am Vormittag war noch Dienst, da haben wir uns ein bißchen warm gemacht. Du schreibst von Fliegern. Damit haben wir noch nichts zu tun gehabt; nur einmal Probealarm.

Nachts um 2 Uhr, hier in dieser neuen Kaserne ist alles sicher, da kann mir nichts passieren. Will noch in die Kantine und dann ins Bett. Ist schön weich auf dem Strohsack.

Herzliche Grüße für Euch alle und Dir und Bubi besonders.

Der Eid, den mein Vater am 6. Mai 1941 zusammen mit seinen Kameraden schwor, lautete: „Ich schwöre bei Gott diesen heiligen Eid, daß ich dem Führer des deutschen Reiches, Adolf Hitler, dem obersten Befehlshaber der Wehrmacht, unbedingten Gehorsam leiste und als tapferer Soldat bereit sein will, jederzeit für diesen Eid mein Leben einzusetzen." Man könnte dies auch einen Teufelspakt nennen. Allerdings verpflichtete sich der Teufel in allen literarischen Überlieferungen zu Gegenleistungen innerhalb einer begrenzten Lebensfrist. Der hier erzwungene Schwur forderte alles und bot nichts. Am nächtlichen Himmel dröhnten schon die Motoren der Rächer, und die ersten Bomben fielen auf deutsche Städte. Angst ging um. Noch wußte Vater nicht, daß ihn das Heer nicht mehr losließ, und er ahnte auch nicht, daß die Urlaubssperre und die Typhusimpfung, die man ihm verpaßte, mit dem bevorstehenden Überfall auf die Sowjetunion im Zusammenhang stand, den Hitler eigentlich schon für den Mai vorgesehen hatte.

Vaters Dienst ist eintönig, und das reflektieren auch seine Briefe. Er erhält Lebensmittelpakete und bedankt sich. Inzwischen ist Butter auch in Herzfeld knapp geworden, und er muß sich mit Schmalz begnügen. Die Gedanken kreisen um sein Zuhause, und er erwartet sehnsüchtig Mutters Besuch. Hier weitere Ausschnitte aus dem Kasernenleben in Stettin:

Stettin, d. 8.5.41
Ich habe schon immer daran gedacht, wenn die Kühe nun schon raus sind, die haben wohl noch nicht viel zu futtern. Sind die Runkel- und Wrukenpflanzen schon raus? Von Brunow habe ich heute einen Brief bekommen. Sie hatten die Kartoffeln schon rein. Otto [Schwager] *ist ja auch nicht auf Urlaub gekommen. Und jetzt ist ja wieder Urlaubssperre.*
Liebe Leni, nun sind bald 3 Wochen um, bis Pfingsten sollen wir hier fertig sein, dann kommen wieder Neue.
Hoffentlich bekommen wir dann Urlaub, oder sie schicken uns nach Hause. Ist dann ja eigentlich genug für uns alten Säcke, nicht wahr? Das Grüßen haben wir nun schon gelernt Zuerst sah es hübsch aus, es hätte photographiert werden müssen. Da mußten wir immer einzeln vorbei. Einer amüsiert sich über den anderen, wenn der wieder zurück muß.

Stettin, d. 1.5.41
Denke oft an Euch, was Ihr wohl macht. Heute, Sonnabend, haben wir nur vormittags Dienst. Nachmittags ist nur Revierreinigung und Waffenreinigung. Dann gab es noch Löhnung. Pro Tag eine Mark verdiene ich hier. Nun ist die Uhr 5. Jetzt haben wir frei. Die Kameraden spielen Karten, die Hauptbeschäftigung in der freien Zeit für uns. Wir haben die dritte Spritze gegen Typhus bekommen.
Liebe Leni und Bubi, mir geht es gut. Ihr braucht gar keine Angst zu haben. Zweimal waren wir auch schon unten. [gemeint ist der Luftschutzkeller]. *Aber nicht lange. Hier ist alles bombensicher.*

Stettin, d. 11.5.41
Ich habe heute Deine beiden Briefe erhalten und mich sehr gefreut. Du schreibst, Du hättest mich heute gern besucht. Schreibe mir mal, wenn es Dir am besten paßt. Geht es nicht nächsten Sonntag oder Himmelfahrt? Ich muß es immer 3 Tage vorher wissen, um Nachtquartier zu besorgen.
Wir waren heute nachmittag in Stettin im Kino. War ganz schön. Um ½ 7 Uhr waren wir wieder zu Hause. Da saß eine Frau aus Parchim in der Straßenbahn. Sie besuchte auch ihren Mann, der hier ist. Die sagt, die Verbindung sei gut. Sie wäre um ½ 11 Uhr am Sonnabend aus Parchim gefahren u. in Schwerin umgestiegen, hätte dort 10 Minuten Aufenthalt gehabt u. sei dann um ½ 6 Uhr abends in Stettin gewesen; es sei eine schöne Verbindung. Der aus Stettin, der bei uns auf der Stube ist, meinte, man müßte, wenn man im Hotel übernachten wollte, die Zimmer schon 8 Tage vorher bestellen, sonst bekäme man kaum etwas. Und ich muß den Urlaub auch schon am Donnerstag einreichen. Ich bekäme dann Stadturlaub von Sonnabend um 12 Uhr bis Sonntagabend um 10 Uhr, und wir könnten dann so lange zusammen sein.
Hier wird erzählt, wir kämen Pfingsten weg, vielleicht geht es dann auf Urlaub, aber das wird wohl nichts. Es ist hier immer noch kalt, will gar nicht warm werden. Daß Bubi auch immer mit schreiben will, freut mich wenn Du am Sonntag kommst, wenn Du kannst, ich würde mich sehr freuen.

Stettin, d. 13.5.41
Liebe Leni, ich hoffe, daß Du mich Himmelfahrt besuchst? Oder geht es nicht wegen Deinem Kirchendienst.
Prieß fragt man, daß er die Scheune noch einmal so fertig macht, denn die ist ja doch überall schlecht. Mit Urlaub zu Pfingsten wird es wohl nichts, meinte unser Feldwebel. Aber daran läßt sich nichts ändern. Ich hoffe ja nun auf Deinen Besuch!! Du schreibst von den Bahnstationen: Wir sind über Güstrow, Neubrandenburg u. Pasewalk gekommen.

Stettin, d. 15.5.41
Bubi habe ich gestern eine Karte geschickt. Ich freue mich, daß er immer so vergnügt ist. Hier gibt es ja weiter nichts als Kasernen und Exerzierplatz. 4 Kameraden warten auf Pakete, die sind auch schon 8 Tage unterwegs. Die bleiben wohl öfter liegen. Morgen früh um 5 geht es raus zum Schießen, der Beste bin ich ja gerade nicht im Schießen, aber der Schlechteste auch noch lange nicht. Nun hoffe ich, daß ich diese Tage Nachricht bekomme, ob Du Himmelfahrt kommst? Wir müssen jetzt immer viel singen beim Marschieren, die erste Zeit auch abends eine Stunde. Von Otto habe ich noch keine Antwort. Hat er Euch in letzter Zeit geschrieben? Also auf baldiges Wiedersehen in Stettin.

Stettin, d. 16.5 41
Ich erhielt heute Dein Telegramm, daß Du am Mittwoch kommst, freue mich schon sehr darauf. Ich werde Dich dann abholen. Heute Mittag habe ich mit Karl Prüßing gesprochen, der sagt mir, daß seine Frau auch Himmelfahrt kommen will. Ihr könntet ja schön zusammen fahren. Morgen will ich nun in die Stadt und Quartier besorgen. Auf Wiedersehen am Mittwoch in Stettin auf dem Bahnhof.

Stettin, d. 18.5.41
Habe soeben Deine Briefe vom 15. 5. und 16. 5. erhalten. Die Bilder sind ja sehr gut geworden, freue mich sehr dazu. Nun wird es ja leider noch nichts mit Himmelfahrt, aber dann zum Sonntag, dann kommst Du nun am Sonnabend, denn Himmelfahrt gibt es ja nicht.

Liebe Leni, Karl Prüßing und ich waren gestern abend auch in der Stadt, wie ich schon auf der Karte geschrieben habe. Quartier ist schon besorgt, ist Privatquartier, sind ganz freundliche Leute und nicht teuer. Wenn es geht, dann bringe man ein paar Eier und Speck mit für diese Leute; sie meinten gestern, ob ihr nicht bißchen Vogelfutter mitbringen könntet. Sie haben viele Kanarienvögel, vielleicht ein Stück altes Brot. Liebe Leni, es ist besser wie im Hotel, nicht wahr. Ich bekomme dann Sonnabend Urlaub, u. wir werden Euch dann auf dem Bahnhof in Empfang nehmen. Das Quartier ist nicht weit vom Bahnhof. Karl Prüßing wußte es von seinem Unteroffizier. Wir sind dann die Nacht zum Sonnabend ungestört (also eine sturmfreie Bude), und wir können dann schön ausschlafen. Am Sonntag sollst Du Dir dann die Cambrai-Kaserne ansehen, na, das wird sich alles schon finden, wenn Du man erst hier bist.

Liebe Leni, heute ist es hier sehr schönes Wetter. War heute in der Stadt mit E. Schult, E. Muchow und 2 aus Balow, die ich von Brunow aus kenne. Wir haben uns den Hafen angesehen. Da lagen sehr große Schiffe, auch ein Zerstörer von der Kriegsmarine, den könnte man sich ansehen, aber da waren so viele Leute, es war gar nicht möglich, da rauf zu kommen.

Die Bilder sind so schön. Ich habe sie mir schon dreimal angesehen. Unser Bubi sieht wirklich vergnügt aus. Mir geht es hier sehr gut, und wir wollen hoffen, daß wir uns am Sonnabend wiedersehen werden. L. L., Du schreibst immer von den Fliegern, nur keine Angst, denn hier in Stettin sind noch keine Bomben gefallen. Es wird hier erzählt, daß wir gleich nach Pfingsten Stettin verlassen werden. An Urlaub ist Pfingsten für uns wohl nicht zu denken.

Anderthalb Tage waren sie nun in Stettin zusammen, in der noch unzerstörten, schönen, über 800 Jahre alten Hansestadt, die damals an die 380.000 Einwohner zählte. Sie werden die Zeit für sich gebraucht haben. Im Hafen sind sie gewesen und haben sich da wohl nicht nur Kriegsschiffe angesehen. Die Panoramen des prächtigen Renaissanceschlosses, einst Residenz der pommerschen Herzöge, der großen Kirchen, die ihre Namen wie alle norddeutschen Backsteinkirchen St. Marien, Peter und Paul, Jacobi, Johannes und Nikolai entlehnten, vielleicht auch das alte Rathaus werden vermutlich nur durch Straßenbahnfenster an ihnen vorbei geglitten sein, denn er, Vater, wollte ihr doch noch seine Kaserne zeigen, den Ort, in den man ihn schon über einen Monat eingepfercht hatte. Vater hat am Sonntagnacht kurz vor Toresschluß gerade noch seine Kaserne erreicht, und Mutter ist am Montag wieder heimgefahren. In Vaters erstem Brief nach dem Treffen zeigen sich schon Anzeichen von Resignation und Fatalismus, die später immer mehr Raum in seinem Denken einnehmen werden. Er weiß nun, daß ihn die Wehrmacht vorerst nicht mehr los läßt.

Stettin, d. 26.5.41
Ich bin gestern abend gut wieder angekommen in der Kaserne. Die Uhr war bißchen über ½ 12 Uhr, wurde gerade so Zeit. Die Uhr ist jetzt 8. Hoffentlich bist Du jetzt auch bald zu Hause; ich habe heute viel an Dich gedacht, ob Du wohl gut hin gekommen bist. Es war doch schön. Nun kann ich Dir auch schreiben, wo wir hinkommen, wenn es nicht wieder umgestoßen wird, kommen wir von unserer Stube nach Prenzlau. An welchem Tag wir hier abreisen, weiß ich noch nicht. Es liegt wohl an der Bahn, wann die es schaffen kann. Na, laß sie machen, was sie wollen, wir werden ja doch nicht gefragt. Wir haben heute morgen 2 Stunden im Busch gelegen. Ich war da auch sehr mit einverstanden. Ich habe in dieser Zeit 5 Pfd. abgenommen. Fühle mich aber ganz wohl, denn die kann ich gut entbehren. Wenn ich nun man auch weiß, ob Du gut angekommen bist? Die Hauptsache ist, daß wir von unsere Stube hier zusammen bleiben und bald wieder nach Hause kommen. Sobald ich mehr weiß, werde ich Dir alles schreiben. Diese Woche verleben wir noch gut, nicht viel Dienst.

Stettin, d. 28.5.41
Ich denke oft an die schönen Stunden, die wir zusammen waren. Wenn es auch nicht lange war, so war es doch schön. Wir kommen jetzt bestimmt nach Prenzlau, vielleicht am Freitag. Unsere genaue Adresse weiß ich noch nicht. Es ist das Landesschützen-Bataillon 281.
Liebe Leni, bist Du auch sehr müde gewesen nach der großen Reise? Du hast ja die Tage nicht sehr viel Schlaf gehabt, und solche Bahnfahrt mit langem Warten ist das Schlimmste. Karl Prüßing war heute mittag bei mir, er soll ja noch hier bleiben. Nun kommt er nach

Bromberg. Mir kam es so vor, als wenn er jetzt auch lieber mit nach Prenzlau gekommen wäre, aber er hat sich ja nicht gemeldet, und nun ist er einfach kommandiert. Ich meine, wenn man auch in der Heimat bleiben kann, so muß man auch da bleiben, nicht wahr? Wenn wir nun länger da bleiben, dann kannst Du mich mal besuchen, und das andere Mal denke ich, daß ich dann auch mal kommen werde, wollen es wenigstens hoffen.

3.2 Als Bewacher des belgischen Generalstabs in Prenzlau
Das wie Stettin im 12. Jahrhundert gegründete Prenzlau liegt etwa 60 km nördlich von Berlin am Nordufer des Unteruckersees, eingebettet in die idyllische Hügellandschaft der Uckermark. Weithin sichtbar ragen die beiden Türme der Mitte des 13. Jahrhunderts erbauten Marienkirche in den Himmel. Der Prachtgiebel an ihrer Ostseite zählt zum Schönsten, das die norddeutsche Backsteingotik hervorgebracht hat. Als ursprünglich slawische Siedlung, an der Kreuzung zweier Handelsstraßen an der Uecker gelegen, entwickelt sich die Stadt nach der Christianisierung des Landes um 1120 rasch, trat um 1268 der Hanse bei, besaß drei Klöster, mehrere Kirchen und imposante Wehrbauten. Der große Stadtbrand von 1483 und noch mehr der Dreißigjährige Krieg beschleunigten den Niedergang der Stadt zur unbedeutenden Ackerbürgerstadt. Der Große Churfürst „peublerisierte" Prenzlau mit aus Frankreich geflohenen Hugenotten und machte sie 1685 zu einer Garnisonsstadt. Das blieb sie über 300 Jahre, und folgerichtig versank sie am Ende des II. Weltkrieges zu 85 % in Schutt und Asche. Soldaten blieben ihr trotzdem bis heute erhalten.

Auf Vaters Spuren besuchten meine Frau und ich im Juni des Jahres 2001 Prenzlau anläßlich einer Ausstellung zum Preußenjahr. Es goß in Strömen, und graue Wolkendecken hingen tief über Häuser und Straßen. Die äußerlich in alter Schönheit wieder aufgebaute Marienkirche hatte ihre Tore verschlossen. So flüchteten wir uns vorerst in das nahegelegene Restaurant „Zum Schwanen." „Dort ißt man gut," hätte meine Mutter gesagt. Es war Mittagszeit. Trotzdem war die Gaststube fast leer. Nur am Nebentisch saß noch ein älteres Ehepaar. Die Stimme des Mannes knarrte laut durch den Raum: „Da haben wir mal übernachtet. Da war noch eine alte Kommunistin da, die wollte DM haben. Am nächsten Morgen war eine andere Frau da. Da konnten wir mit Ostzonalem bezahlen." Gegessen haben wir trotzdem gut, und als wir wieder auf die Straße traten, klarte der Himmel auf.

Es gibt viele leere Räume in Prenzlau. Wundmale des Krieges. Manches ist wiederaufgebaut, einiges restauriert, beispielsweise das sehr sehenswerte ehemalige Dominikanerkloster. Die Ausstellung „Krieg und Frieden. Militär und Gesellschaft in Brandenburg-Preußen. Die Garnisonsstadt Prenzlau." darin entsprach allerdings wahrscheinlich mehr den Vorstellungen des Mannes mit der

Knarrstimme als der unseren. Uniformen und Helme verschiedener Epochen. Kaum Dokumente, nichts Kritisches zur militaristisch geprägten Vergangenheit der Stadt. Der alte Geist schwebte nicht nur im „Schwanen" sondern auch über der Ausstellung, die endete im wesentlichen mit dem Finale der Pickelhaube im Jahre 1918. Dieses Jahr war ebenso wie das Revolutionsjahr 1848 im Gegensatz zu den Befreiungskriegen sehr zurückhaltend dokumentiert. Dabei gab es den Staat Preußen noch bis 1945 zumindest auf dem Papier, und sein Ministerpräsident hieß Hermann Göring. Schon möglich, daß die Aussteller lieber zum Vergessen dieses unseligen Geschichtsabschnittes beitragen wollten. Versöhnlich stimmte die Eintragung eines Feldwebels der Bundeswehr a. D. ins Gästebuch der Ausstellung: „Hoffentlich brauche ich nie einen Krieg zu erleben."

Wir aber wollen nicht vergessen. Den Kasernenkomplex, in dem Vater stationiert war, finden wir an der Berliner Straße und an der Röpersdorfer Chaussee. Die 1936 gebauten Kasernen wurden 1937 belegt. Nach Kriegsausbruch richtete man hier das Kriegsgefangenenlager (OFLAG) II A ein, das zunächst polnische Offiziere aufnahm. Nach 1940 bis zum Kriegsende waren vor allem belgische (einschl. des Generalstabs), aber auch französische und vereinzelt russische Offiziere hier untergebracht Im Oktober 1937 bezog das Artillerieregiment Nr. 38 die Unterkünfte an der Röpersdorfer Chaussee (8). Dieses Regiment befand sich im Juni 1941 bereits im Einsatz, sodaß Platz war für die 5. Kompanie des Landesschützen-Bataillons 281, der mein Vater zugeteilt war. Die Gebäude waren dreistöckig und hatten noch eine Reihe Gauben auf den Dächern. Und nun berichtet Vater weiter aus Prenzlau:

Prenzlau, d. 31.5.41
Wir sind gestern um 2 Uhr hier eingetroffen. Sind von Stettin nach Pasewalk gefahren, dann umsteigen und dann 2 Stationen, und wir waren da. Die Kasernen sind hier auch so wie in Stettin, sind auch raus aus der Stadt. Es ist gut eine halbe Stunde zu laufen. Die Stadt ist nicht so hübsch wie Stettin, fährt auch keine Straßenbahn. Wir müssen uns hier nun erst wieder einleben. Aber das beste ist ja, daß wir von unserer Stube alle zusammen geblieben sind. Wir werden, so viel wir wissen, wohl in der Hauptsache Wache haben, denn es ist hier ein

Gefangenenlager, auch ein Offiziersgefangenenlager, da kommen wir dann alle 3 Tage dran, sonst scheint es hier ja etwas ruhiger zu sein. Ganz so viel Militär liegt hier ja nicht wie in Stettin.

Prenzlau, d. 1.6.41
Jetzt ist es Pfingsten. Ich bin im Augenblick auf Wache, sitze im Wachlokal, wir werden ja alle 2 Stunden abgelöst, 2 Stunden Ruhe u. 2 Stunden schlafen. Wir sind heute Mittag um ½ 1 Uhr angefangen u. kommen morgen um ½ 1 Uhr wieder runter, schöne Pfingsten, nicht wahr? Hier ist ein Gefangenenlager von 3000 Mann, meistens belgische Offiziere und Generale. Ich habe heute Schließerposten, muß die Zimmer auf und zu schließen, schöne Beschäftigung. Das Bewachen der Gefangenen wird wohl unsere Hauptbeschäftigung sein. Anderer Dienst ist hier nicht viel. Wie ich so gehört habe, bleiben wir vorläufig hier.
Liebe Leni, ich glaube, wir haben es hier gut getroffen, denn die meisten sind ja in Feindesland gekommen. In Neubrandenburg soll die Wache schlechter sein wie hier, wie wir von denjenigen gehört haben, die schon da waren. Das Essen scheint hier auch gut zu sein, heute war es besonders gut. Gestern war ich in der Stadt und habe mir bißchen Kuchen geholt auf Deiner Karte. Für 2 Mahlzeiten war es genug. Es ist hier sonst eine schöne Gegend. Hier bekommt man wenigstens Roggen und alles zu sehen. Es steht hier gut. Wenn Du mich hier besuchst, dann können wir an den Strand gehen, denn hier ist ein schöner See. In der Stadt sind viele, die Landwirtschaft betreiben. Mit den Unteroffizieren werden wir hier auch fertig, sind alles ältere, und Rekruten sind wir ja nun auch nicht mehr.

Liebe Leni, Du bist wohl heute tüchtig im Dienst? Es ist jetzt immer schönes Wetter. Meinen letzten Brief hast Du hoffentlich schnell bekommen. Wir sind mit 36 Mann auf Wache. Unsere ganze Stube ist hier. Welche schreiben, die anderen schlafen. Es geht ja immer um. In einer Stunde bin ich dran. Wir haben hier gute Radiomusik. Die Zeit vergeht schnell, und auf Posten gibt es auch allerhand zu tun.

Prenzlau, d. 4.6.41
Ich werde Dir noch genau schreiben, wann Du mich besuchen kannst, ich hoffe, daß es am 22. geht. Die Frauen von meinen Kameraden hier

bekommen alle viel Geld, 100 bis 150 Mark, dann mußt Du doch etwas bekommen. Aber wir hoffen ja alle, daß es nicht mehr lange dauert.

Prenzlau, d. 7.6.41
Am kommenden Sonntag habe ich frei. Dann würde es am besten passen. Dann erst wieder in 3 Wochen, und das wäre ja noch bißchen lange. Ich hätte dann Zeit von Sonnabendnachmittag bis vielleicht Montagmorgen. Überlege es Dir und gib sofort Nachricht, damit ich alles besorgen kann. Es sind drei Züge, die sich auf Wache immer ablösen.

Liebe Leni, ich wäre ja auch gern länger mit Dir zusammen, aber wir sind ja hier immer bißchen gebunden durch die Wache. Quartier hoffe ich zu bekommen. Wir verleben hier eigentlich ganz faule Tage. Dienst haben wir nicht zu viel, und die Vorgesetzten sind alle gut, alle schon in den vierziger Jahren. **Aber die Hauptsache bleibt ja immer, daß der Krieg bald zu Ende kommt**. Also hoffen wir auf baldiges Wiedersehen hier in Prenzlau, Ich will Bubi auch noch eine Karte schreiben.

Prenzlau, d. 8.6.41
Als ich diesen [vom 6.7.] Brief fertig hatte, kam die Frau von meinem Kameraden, und er stand auf Wache. Damit es uns nicht so geht, schicke ich diesen Brief nicht als Feldpost. Wenn Du kommst, so komm am Sonnabend, denn ich habe Sonnabend bis 2 Uhr Wache. Dem Kameraden seine Frau war gegen 2 Uhr hier. Die ist über Schwerin und Bad Kleinen gekommen. Ein Parchimer erzählte mir eben, seine Frau sei um ½ 8 aus Parchim nach Güstrow gefahren und dann mit dem D-Zug bis Pasewalk. Da hast Du gleich Anschluß nach Prenzlau, Wenn Du ausgestiegen bist, mußt Du gleich auf die andere Seite. Der Zug ist dann schon da, und Du bist gegen 2 Uhr in Prenzlau, Ich hätte es auch lieber am 22. Aber wir haben Wache, und der Spieß macht dann immer Lärm, wenn dann einer Urlaub haben will. Wenn es Dir am Sonntag, den 15., nicht paßt, so müssen wir es noch aufschieben. Aber ich freue mich schon darauf, und wir wollen hoffen, daß alles gut geht und wir uns dann wiedersehen werden. Liebe Leni, ich werde versuchen, ob ich am Montag noch Urlaub bekomme.

Prenzlau, d. 9.6.41
Du schreibst von Grete Witt, daß sie 8 Tage da bleiben will. Das geht hier auch, bloß Du mußt Dir dann gut Essen mitbringen und oft allein sein, denn ich habe nur abends frei und den Tag, wenn Wache ist, gibt es keinen Urlaub (jeden 3. Tag von Mittag zu Mittag). Wie ich schon geschrieben habe, will ich versuchen, daß ich Montag noch frei habe, oder Du mußt bis Mittwoch bleiben, denn Dienstagnachmittag und abends habe ich wieder frei.
Daß Bubi schon nach dem Kindergarten gehen kann und daß er da gern hingeht, kann ich mir vorstellen. Ich hätte ihn ja auch gern mal wiedergesehen, aber das hilft ja nicht. Daran darf man hier nicht denken. Geschrieben habe ich ihm am Sonnabend eine Karte vom See, wo die Schwäne drauf schwimmen.

Prenzlau, d. 10.6.41
Wie Du schreibst, sollt Ihr Holz nach Neustadt fahren. Das ist ja eine schöne Sache. Da laßt Euch man nicht mit ein. Sagt man, Ihr hättet keinen, der fahren kann. Sind die Kartoffeln schon raus? Haben sie das kalte Wetter gut überstanden?

Dies und vieles andere werden sie während Mutters Besuch vom 14. bis zum 16. Juni besprochen haben. Auch darüber, wie ihn der ganze Dienst anödet und was er in dieser Zeit alles zu Hause verrichten könnte. Trotzdem hat er es im Vergleich zu den Soldaten an der Front noch sehr gut getroffen und kann sogar die sicherlich kontrollierte Feldpost umgehen.

Prenzlau, d. 17.6.41
Es ist jetzt 1 Uhr, bin soeben von meinem Posten abgelöst worden. Mußte auf die Gefangenen aufpassen auf dem Papierboden. Müssen Kartons auseinander reißen und in Bündeln zusammen packen. Da habe ich 3 Stunden bei verbracht. Wie ich da saß, wurde ich doch müde. Liebe Leni, ich habe mich doch geärgert, hätte Dich schön hier behalten können, denn wenn ich mich gemeldet hätte, wäre ich von der Wache verschont geblieben, und wir wären dann von Mittag bis nächsten Morgen noch zusammen gewesen. Aber das ist nun vorbei, das kann man vorher nicht wissen. Liebe Leni, hoffentlich bist Du gut

nach Hause gekommen und schläfst jetzt schon schön. Ich habe heute 2 Kuverte mit Datteln an Bubi geschickt. Die haben wir heute bekommen.

Ach Vater, diese übertriebene Furcht, etwas falsch zu machen und dann noch der Ärger über sich selbst. Wie gut ich das kenne!

Prenzlau, d. 19.6.41
Ihr seid wohl tüchtig beim Heuen, und ich kann Euch nicht helfen. Wie ich heute auf dem Turm stand, waren die Leute aus der Gegend auch alle dabei. Ich konnte vom Turm alles gut übersehen, da dachte man doch an zu Hause. Hoffentlich hast Du Dich in Prenzlau nicht erkältet und bist nicht krank gewesen.

Prenzlau, d. 21.6.41
Ich habe Deine beiden Briefe erhalten. Nur was in dem letzten steht, das ist ja gerade nicht erfreulich. Habe mich gefreut, daß Du gut wieder nach Hause gekommen bist und daß Du gute Gesellschaft gehabt hast mit Frau Stecker. Dann kommt man beide wieder am 6. Juli. Du darfst nicht schreiben, ob ich Dich auch haben will, denn Du weißt doch ganz genau, daß ich Dich am liebsten immer hier habe, am liebsten wäre ich ja bei Dir zu Hause, aber darüber müssen wir wohl noch schweigen. So leicht läßt unser Hauptmann keinen laufen. Er soll ja Lehrer sein von Beruf.
 Wie Du schreibst, hast Du Deine alte Freundin G. Neick getroffen. Daß sie und ihr Mann siedeln wollen und dann in Polen, wenn der Krieg vorbei ist, kann ich mir auch schlecht vorstellen, was das werden soll. Wie Du weiter schreibst, ist Hersen ja da gewesen. Aber daß er sich gar nichts angesehen hat, wundert mich ja, dann hätte er ja zu Hause bleiben können. Und daß er gesagt hat, daß der Urlaub bis zum 10. Oktober gesperrt ist, das kann ich mir gar nicht denken. Na, wir bekommen ja auch nichts zu wissen. Wenn es wahr sein sollte, weiß ich auch nicht, aber wir wollen es nicht hoffen. Otto Stahl muß dann auch noch nach Schwerin. Dann sitzt seine Frau ja allein. Oder haben sie einen Gefangenen?
 Unser Bubi macht denn wohl immer Musik jetzt, wenn Du ihm eine Mundharmonika geschenkt hast. Großmutter ist denn ja wohl immer

noch nicht richtig auf dem Posten. Ich dachte, sie könnte schon mit Bubi auf dem Hof spazieren gehen, aber der läuft ihr wohl weg.
Nun, liebe Leni, zu Deinem Brief vom 19. 6., den Du abends geschrieben hast nach der großen Aufregung. Die richtige Antwort hast Du dem Gendarm ja gegeben. Das ist ganz richtig so. Er kann Dir gar nichts. Darüber müßtet Ihr Euch eigentlich beschweren beim Landrat. Das ist ja eine große Schweinerei von dem, Josef so zu schlagen, und Ihr könnt sehen, wie Ihr die Arbeit fertig bekommt. Der ist wohl besoffen gewesen, sonst kann ich mir das gar nicht denken. Ich glaube nicht, daß er so etwas machen darf. Aber so viel darf man ja nicht sagen, denn er kann Euch nachher mitunter öfter wieder anzeigen. Es ist gut, daß Du es Wagenknecht gesagt hast, denn er ist doch noch immer Oberkommissar, nicht wahr?

Liebe Leni, ich denke oft noch an die schönen Stunden, wo wir zusammen waren. Also dann auf ein Wiedersehen am 6.

Mehr und mehr beeinflussen die Auswirkungen des Krieges auch das Leben in den abgelegensten Dörfern. Immer ältere Männer werden eingezogen. Die Höfe verwaisen. Die Behauptung vom „Volk ohne Raum" verwirrt die Menschen und verleitet zu irrationalen Entschlüssen. Meinen Eltern war offensichtlich klar, daß geraubter Siedlungsraum im Osten nicht von Bestand sein konnte.

Das Sagen auf dem Lande hatten die Landesbauern- Kreis- und Ortsbauernführer vom Reichsnährstand, die zugleich als Funktionäre der NSDAP mit Sondervollmachten ausgestattet waren, die oft ihren geistigen Horizont überschritten. Moralische Qualitäten waren ohnehin nicht gefragt, und so befanden sich gerade in den höheren Ebenen besonders korrupte Elemente. In diese Kategorie scheint der Kreisbauernführer Hersen aus Ludwigslust zu passen, dem auch die Entscheidung oblag, ob Baumaterial für eine marode Scheune zur Verfügung gestellt werden sollte oder nicht.

Kriegsgefangene wurden seitens der Behörden ohnehin nur als Arbeitssklaven betrachtet, und ihr Wohl und Wehe hing entscheidend von der Behandlung durch ihre Dienstherren ab. Über Spannungen zwischen Josef und Moritz wurde schon berichtet. Am 18. oder 19. Juni gab es wieder Streit zwischen beiden, und der zum Jähzorn neigende Josef schlug auf Moritz ein. Moritz meldete das dem zuständigen

Gendarmen aus dem Nachbardorf, und der tobte im Kuhstall seine sadistischen Gelüste an Josef aus, bis dieser blutüberströmt zusammenbrach. Meine Mutter hörte Schreie, lief in den Stall und stellte sich schützend vor Josef. Ob die Beschwerde bei Oberkommissar Wagenknecht dem brutalen Gendarmen eine Rüge einbrachte, ist unbekannt, aber wenig wahrscheinlich. Das menschliche Elend dürfte in diesen Zeiten dafür kein Argument gewesen sein, vielleicht aber der dadurch bedingte Ausfall einer Arbeitskraft. Der Krieg aber zieht weiter seine blutige Bahn.

Prenzlau, d. 22.6.41
Meine liebe Leni und Bubi!
Heute morgen ist ja keine gute Nachricht durch das Radio gekommen. Nun geht es ja mit Rußland auch los. Wenn es nun mal noch was wird mit dem Urlaub, denn besser wird es hierdurch nicht, nun wird der Krieg wohl noch eine Weile dauern, aber wir wollen das Beste hoffen.
Daß es noch mit Rußland los ging, das habe ich mir, das haben wir auch alle nicht gedacht. *Waren alle sehr erstaunt, wie wir die Nachricht hörten*
Hat Josef sich schon wieder erholt? Nun muß ich hier sitzen und faulenzen, und ihr habt so viel zu tun. Denn wer weiß, was jetzt noch alles kommt, aber wenn wir hier bleiben, so stehen wir ja nichts aus. Wenn es nun keinen Urlaub gibt, so müssen wir es uns gefallen lassen.

Wahrscheinlich hat Vater den um 5.30 Uhr von Goebbels im Großdeutschen Rundfunk verlesenen Aufruf Hitlers an das deutsche Volk gehört bzw. diesen später gelesen. Der Völkische Beobachter, die Vater in der Kaserne zugängliche Zeitung, druckte ihn am 23. Juni. Von verräterischen Machenschaften Moskaus nach Abschluß des Vertrages vom August 1939 war da die Rede. Auch vom harten Kampf, der jetzt an der Ostfront entbrannt war und der hinsichtlich der Weite des Operationsfeldes und nach der Stärke der dort eingesetzten Streitkräfte nicht mit herkömmlichen Maßstäben zu beurteilen sei. Damit würde eine weitere Phase des Kampfes gegen England eingeleitet. So argumentierte auch Napoleon vor seinem katastrophalen Feldzug nach Moskau. Vergleiche mit großen Schlachten der Antike und des frühen Mittelalters zur Rettung des Abendlandes mußten herhalten. Aber die Erinnerung an

Napoleon blieb tunlichst ausgespart. Die Feststellung, daß der Ausgang dieses Ringens niemandem zweifelhaft wäre, war ein Musterbeispiel ungewollter Doppeldeutigkeit. Hitler, der sich schamlos „als verantwortungsbewußter Vertreter der europäischen Kultur und Zivilisation" hochstilisierte, stimmte die Bevölkerung gleich zu Beginn dieses Krieges darauf ein, daß es ein Kampf sein würde, der „mit äußerster Härte und kompromißloser Entschlossenheit" geführt werden würde. Vater konnte logisch denken, und er wird sich nach anfänglicher Überraschung seinen Teil dabei gedacht haben, auch wenn es ihm persönlich vorerst noch gut ging. Seine fatalistischen Überzeugungen wurden durch die letzten Ereignisse noch mehr gefestigt, und er suchte nur noch nach Schlupflöchern, wie er sich dem ganz großen Übel wenigstens noch für eine Weile entziehen konnte. Seine Haltung dürfte typisch für die des „Kleinen Mannes" in schlimmen Zeiten sein.

Zum nunmehr beginnenden Krieg gegen die Sowjetunion gab es unter den Soldaten der Wehrmacht jedoch nicht nur skeptische Ansichten. Zitiert sei in diesem Zusammenhang aus einem Brief, den der 40jährige Gefreite Otto Gasse, im Zivilberuf Maurer im Kreis Torgau, am 29. Juni 1941 an seine Familie schrieb: „Vielleicht habt Ihr am heutigen Sonntag die vielen Sondermeldungen im Radio gehört. Auch der Russe wird seine Dresche kriegen" (9).

Prenzlau, d. 23.6 41
Habe heute Deinen lieben Brief und den von Bubi dankend erhalten. Ich werde unserem lieben Bubi auch bald wieder eine Karte schicken. Wir wollen morgen wieder zum Baden im See. Vorige Woche waren wir auch da. Es macht immer Spaß, der größte Teil von uns ist Nichtschwimmer, sogar die Unteroffiziere und der Feldwebel können nicht schwimmen.
Liebe Leni, so lebe ich hier auf Sommerfrische, und Ihr müßt so viel arbeiten. Ich würde Euch ja gern helfen, aber das geht ja leider nicht. Man weiß ja nun auch nicht, wie es wird, nun daß es in Rußland los gegangen ist. Das Urlaubsgesuch ist ja dann schon hier, aber bis jetzt hat noch keiner etwas gesagt davon. Wir müssen abwarten, man kann sich jetzt nichts für bestimmt vornehmen.
Heute vormittag ist Stecker abgereist nach Kassel. Was das eigentlich auf sich hat, hat der Hauptmann auch nicht gesagt. Ich habe

noch mit ihm gesprochen. Bißchen verzagt war er doch, weil er nun allein weg mußte, na, er sagte ja damals, er wollte gern nach Afrika. Hoffentlich ist Otto nicht dabei in Rußland. Da geht es jetzt bös her.

Prenzlau, d. 2.6.41
Ich habe Deinen lieben Brief vom Sonntag erhalten. Nun wird es wohl leider nichts mit dem Ernteurlaub. Ich habe mir das jetzt auch schon gedacht, nachdem es alles so gekommen ist. Liebe Leni, wir müssen alles so nehmen, wie es kommt. Zu mir hat der Hauptmann noch nichts gesagt, wird auch wohl nichts davon sagen. Hier sind viele, die Urlaub haben wollen; jetzt hat das Einreichen ja keinen Zweck, müssen ja nun wohl sehen, wie sich alles entwickelt. Hoffentlich geht es schneller, als wir denken. Wenn ich hier bleibe, so habe ich es ja gut, und wenn Du dann kommen könntest, dann müßten wir damit zufrieden sein, denn man muß an andere denken, die schon so lange weg sind.

Von Brunow erhielt ich heute auch einen Brief. Sabine schrieb, Otto sei auch nach Rußland gekommen, sie hätten lange keine Post mehr erhalten. Jetzt ist die Feldpost für die, die Feldpostnummern haben, ja auch gesperrt.

Wir bekommen ja dann noch weniger Hafer. Es ist ja dann wieder wie voriges Jahr. Wenn die Kühe nun nichts mehr zu fressen haben, wie soll das werden? Dann müssen sie wohl verkauft werden. Die Hauptsache ist und bleibt ja, daß der Krieg bald zu Ende ist. Daß die drei Franzosen weggelaufen sind, ist ja allerhand. Dann sitzt der Wachmann wohl auch in Druck, aber so kann er ja auch nichts für, denn weglaufen können sie ja immer, aber weit werden sie ja auch nicht kommen.

Unseren Bubi hätte ich ja auch gern mal wiedergesehen, aber es geht ja leider nicht anders.

Prenzlau, d. 2.6.41
Liebe Leni, ich fragte gestern den einen aus Parchim, der auch 150 Morgen hat. Der wollte es gar nicht glauben. Er fragte seine Frau, wollte auch einreichen und dann vom Kreisleiter Wittenburg unterschreiben lassen. Ich bin neugierig, ob das was wird. Glauben tu ich es nicht. Aber wenn der Urlaub bekommt, so werde ich gleich zum Hauptmann gehen. Morgen hoffe ich auf einen Brief von Dir. Wir

können uns ja schreiben. Die anderen, die im Ausland sind, können es jetzt nicht.

Namen sind Schall und Rauch. Herkunft und Besitz sind da schon wichtiger für einen Bauern. Zumindest, wenn die Größe des Hofes dem des eigenen entspricht. „Hast Du was, dann bist du was." Ähnliche Sentenzen tauchen immer mal wieder auf.

Die Bauern in der Kompanie hoffen auf Ernteurlaub. Ohne Bestätigung durch einen Parteibonzen war aber jeder Antrag sinnlos. Kreisleiter Fritz Wittenburg in Parchim hatte nicht zuletzt aufgrund seiner guten Verbindungen zu Gauleiter Friedrich Hildebrandt dieses Amt seit 1933 inne. Der ehemalige Lehrer wird als treuer Gefolgsmann Hitlers beschrieben, der nationale und parteipolitische Ziele rigoros auch zu Lasten des einzelnen Bürgers durchsetzte. Noch Ende März 1945 forderte er auf der letzten großen Parteiversammlung in Parchim, zu der auch alle Gliederungen der Partei (SA, SS, HJ u. a.) zusammen getrommelt worden waren, mit schriller Stimme „Widerstand bis zum letzten Blutstropfen." Er flüchtete vor dem Eintreffen der sowjetischen Streitkräfte in den Westen, wurde von den Briten interniert und kam mit zwei Jahren Internierungslager Neuengamme davon (10).

Schwager Otto muß unterdessen mit „äußerster Härte und kompromißloser Entschlossenheit" entsprechend Führerbefehl in der Sowjetunion kämpfen. Als Schwimmer darf Vater gefangene belgische Offiziere zum Baden im See begleiten, während der zur Zwangsarbeit verpflichtete Pole Josef in Herzfeld von einem Gendarmen zusammengeschlagen wurde. Unter den Soldaten in Vaters Umkreis gibt es offensichtlich keine Kriegsbegeisterung. Wie sollte die auch aufkommen bei der zunehmenden Zahl von Gefallenen? Vaters Bemerkung: „Da geht es bös her!" zeigt, wie wenig ihn die Anfangserfolge der Wehrmacht in der Sowjetunion beeindruckten.

Prenzlau, d. 27.6.41
Die Herrn belgischen Offiziere wollten zum Baden. Wie wir nun mit 200 belgischen Offizieren da waren, wurden ich und noch einer dazu bestimmt, mit in ein Schlauchboot zu gehen mit zwei Gefangenen. Diese waren Rettungsschwimmer. Und dann sind wir immer ein bißchen auf

dem See umher gerudert und haben aufgepaßt, daß sie nicht zu weit schwimmen.

Prenzlau, d. 30 6 41
Wir bekommen hier wohl bald welche zu. Vielleicht gibt es dann doch noch Ernteurlaub. Ich hätte Bubi ja auch gern wiedergesehen. Ich glaube, daß er sehr drollig ist. Josef muß die Kartoffeln auch gut behäufeln, so daß die Reihen oben nicht zu breit sind. Um so besser geht es nachher mit der Maschine. Die Kühe sind denn wirklich zu bedauern. Jedes Jahr nichts zu fressen.

Inzwischen war Mutter ein zweites Mal in Prenzlau. Der Sommer hatte seine hohe Zeit, aber aus irgendwelchen dienstlichen Gründen durfte Vater die Kaserne wohl nicht lange verlassen.

Prenzlau, d. 8.7.41
Ich habe heute Streifenposten, da muß man am Tage bei Gefangenen aufpassen, die zum Arbeiten eingeteilt sind. Es ist sonst nicht schlecht, aber es war heute einfach zu warm. Ich hatte heute nachmittag zwei Mann, die mußten heuen. Hinter dem Gefangenenlager ist noch eine kleine Wiese, diese gehört mit zum Lager und da waren die beiden bei. Denke Dir, sie hatten zwei eiserne Harken und haben damit geheut. Das hättest Du sehen sollen. Die haben wirklich was geschafft, na, mir war es auch egal.

Liebe Leni, denke an Dich und die schönen Stunden, die wir zusammen hatten, aber Dir hat es wohl diesmal nicht gefallen in Prenzlau. Also gute Nacht und werde nicht krank. Ich hoffe morgen auf eine Karte von Schwerin.

Prenzlau, d. 10.7.41
Ich habe gestern Deinen lieben Brief und Karte erhalten und mich sehr gefreut, daß Du eine schöne Bahnfahrt hattest und schon früh in Parchim gewesen bist. Hoffentlich hast Du das letzte Ende auch gut überstanden und hast keine Beschwerden mit der Luft mehr gehabt. Du hast es ja gut abgepaßt in Parchim und konntest es soweit gleich erledigen. Wenn ich auch wenig Hoffnung habe, daß ich ganz entlassen

werde, aber versuchen muß man alles, auch wenn es nur ¼ Jahr wäre, so wäre es schon viel wert, und ich könnte Euch schön helfen.
Liebe Leni, ich weiß, daß Du alles tust für mich. Wenn es dann nichts nützt, so müssen wir uns das auch gefallen lassen. Auf dem Bezirkskommando in Parchim haben sie denn auch gesagt, daß es keinen Urlaub gibt. Viele hoffen hier noch auf Ernteurlaub, na, müssen mal abwarten. Wie ich am Dienstag Kaffee geholt habe mit einem Kameraden aus Berlin, denn im 1. Zug sind viele Berliner, da begegnete uns auch einer, der war auch entlassen worden. Warum weiß ich nicht. Seine Frau hatte ihn abgeholt. Sie sahen beide recht glücklich aus. Der Berliner meinte dann auch, er hätte lange nicht mehr solche glücklichen Menschen gesehen. Er fragte dann noch zu dem, ob er nicht tauschen wollte, da sagte der: „Du kannst mir noch 3000 Mark dazu geben, dann tu ich es noch nicht." Jeder geht lieber nach Hause, und wenn er da auch noch so viel Arbeit hat.

Prenzlau, d. 11.7.41
Du bist ja nun gestern zur Kreisbauernschaft gewesen, hoffentlich hast du guten Erfolg gehabt. Ich habe auch nicht sehr viel Hoffnung, aber wir müssen abwarten. Du schreibst, in Brenz sollen 6 gefallen sein. Das wäre ja viel. Und daß Hannes Freitag gefallen sein soll in Brunow, das war auch sehr traurig, denn er war immer so ein stiller guter Mensch. Sein Vater ist im vorigen Krieg gefallen und ihn trifft dasselbe. Hier stehen viele in der Zeitung, die gefallen sind. Es sind wohl viele Mecklenburger und Pommern in Rußland.
Daß Bubi sich sehr zu seiner Puffbahn und Ente gefreut hat, ist ja schön, aber lange wird es wohl nicht halten, na, die Hauptsache ist, daß er sich dazu gefreut hat
Am vorigen Sonnabend warst Du um 2 Uhr schon bei mir, das war besser, nicht war? Und Sonntag mittag geht es wieder auf Wache. Dies ist alles nicht so schlimm, wenn man an diejenigen denkt, die in Rußland sind. Mit Amerika wird es wohl auch noch los gehen. Waffen sind ja schon immer nach England geliefert worden
Du hast ja dann doch Nachricht erhalten, daß Du Unterstützung bekommst. Es könnte ja auch nicht anders sein. Die Bauern bekommen wohl alle gleich viel. Zu viel geben sie den Bauern nicht. Liebe Leni, Du schreibst, wann wir uns wiedersehen. Ich hoffe ja immer noch auf

ein bißchen Ernteurlaub, oder besser ganz nach Hause. Das wäre das Beste. Wenn das nun alles nichts wird, so mußt Du wieder nach Prenzlau kommen. Du kommst doch <u>wieder</u>?? Wenn es Dir auch nicht gut gefallen hat in der Kaserne.

Prenzlau, d. 12.7.41
Ich habe nun doch Hoffnung. Du bist sicherlich auch erleichtert aus Ludwigslust zurückgekommen. Dann bist Du wohl auch müde gewesen, mit dem Rad und dann bei diesem schlechten Wetter. Du mußt so viel für mich reisen, aber ich weiß, Du machst es gern. Es ist doch gut, daß es mit dem Asthma nicht schlimmer geworden ist. Hoffentlich geht es nun immer so vorüber. Das mit Willi Sahlmann [tödlicher Badeunfall, nachdem er eingezogen wurde] *ist ja auch traurig, aber was ist heute nicht traurig in der Welt. So ein junger gesunder Mensch, das kann man sich gar nicht denken. Auf baldiges <u>Wiedersehen in Herzfeld</u>, ich würde mich auch dazu freuen, könnte ich unseren lieben Bubi auch mal wieder sehen.*

Prenzlau, d. 13. 7.41
Liebe Magdalene, nun hast Du das zweite Urlaubsgesuch schon wieder in Bewegung gesetzt in Richtung Prenzlau, hoffentlich diesmal mit gutem Erfolg. Die Eltern von Freitag wissen dann doch wenigstens, daß ihr Sohn sich nicht mehr zu sehr gequält hat, es ist alles sehr traurig im Kriege. Unsere haben ja schon viel erreicht in Rußland, aber es hat wohl auch schon viele Opfer gekostet, hier stehen auch viele in der Zeitung.

Prenzlau, d. 15. 7. 41
Ich erhielt gestern Dein großes Geburtstagsgeschenk. Du hast wieder zu viel für mich gekauft. Habe herzlichen Dank für alles. Der Kuchen schmeckt schön, den haben die Kameraden auch alle probiert. Zu essen habe ich jetzt genug. Drei Pakete Tabak habe ich hier liegen. Da muß ich mir wohl noch etwas mitbringen, wenn ich auf Urlaub fahre. Denn so viel ich gehört habe, sollen wir hier auch Ernteurlaub haben, 14 Tage bestimmt. Ich hoffe aber, daß es für mich noch eine Woche mehr wird. Wie hier erzählt wird, ist die Urlaubssperre ja aufgehoben. Wann ist der Roggen reif? Ich will ja möglichst die Tage auch ausnutzen.

Liebe Leni, Frau Müller hat ja dann ihren Sohn auch verloren. Es ist alles sehr traurig. Otto hat auch lange nicht geschrieben. Hoffentlich geht alles gut. Nun habe ich schon Hoffnung, daß ich Euch alle bald in Herzfeld wiedersehen werde und denke schon daran, was Bubi dann wohl fragen wird. Ob er mich wohl noch kennt?

Prenzlau, d. 16.7.41
Gestern abend gab der Spieß ja bekannt, daß es jetzt wieder Urlaub gibt und daß die Landwirte auch Urlaub bekämen. Sie wollen nicht mehr geben als 14 Tage. Ist ja eigentlich nicht genug, aber besser als gar nichts. Ich denke, daß das Urlaubsgesuch von Ludwigslust dann da ist und ich dadurch vielleicht noch einige Tage mehr Urlaub bekomme. Hier sind viele, die haben im ¾ Jahr keinen Urlaub mehr gehabt, und die sollen jetzt auch welchen haben. Vor dem 25ten werde ich wohl nicht kommen, oder ist das zu spät? Schreibe es mir mal, ob es die Tage in der nächsten Woche schon los geht. Auf baldiges Wiedersehen in Herzfeld.

Prenzlau, d. 17.7.41
Liebe Leni, ich habe gelesen in Deinem Brief, daß der Roggen schon reif ist, und Ihr schon anfangen wollt. Aber nun ist das Gesuch nicht da von der Kreisbauernschaft, und der Spieß sagte, ehe das Gesuch nicht da ist, kann er mich nicht fahren lassen. Dann hat der Kreisbauernführer es auch noch nicht am Montag abgeschickt, sonst wäre es ja schon hier. Ich will nun morgen noch einmal fragen und hoffe, daß es morgen kommt.

Prenzlau, d. 18.7.41
Das Gesuch ist bißchen spät gekommen, und es muß erst zum Bataillon. Ich war soeben auf der Schreibstube, und da sagte der Spieß, wenn ich gleich fahren wolle, so bekäme ich nur 14 Tage und sonst 3 Wochen. Ich wäre ja auch gern früher gekommen, aber wenn ich dadurch länger bekomme, ist es ja doch besser. Dann geduldet Euch man noch so lange. Wenn es dann etwas später wird, so muß der Roggen noch ein bißchen warten. Die Hauptsache ist, daß ich fahren kann, ich zähle die Tage schon.

Liebe Leni, den Geburtstag habe ich gut überstanden. Wir waren hier in der Bude, und ich habe einen Kasten Bier bestellt. Wie wir den leer hatten, sind wir schlafen gegangen und haben gut geschlafen. Bei Nässe kann ohnehin nicht gemäht werden. Ich denke doch, daß Josef es kann.

Prenzlau, d. 19.7.41
Ich wollte ja auch gern bißchen mehr haben wie 14 Tage. 3 Mann sind schon weg, und 30 Landwirte haben wir hier. Die meisten fahren nächste Woche. Na, diese Tage werden auch vergehen, bis ich fahren kann. Tante Pauline schrieb auch, daß Hermann Geu am 21ten weg muß. Dann ist es doch noch besser, wenn man auf Urlaub kommen kann, als wenn man gerade in der Ernte weg muß. Karl Dahnke ist ja dann auch schon gefallen.

Prenzlau, d. 23.7.41
Der Spieß sagte, vorläufig können keine hier weg, bis die anderen hier sind. Die sollen ja am Freitag kommen. Mir wird die Zeit schon so lang, daß ich Euch nicht helfen kann, aber man kann nichts daran ändern.
Liebe Leni, ich wollte eigentlich gar nicht mehr schreiben, weil ich dachte, ich könnte Donnerstag schon fahren.

Und dann konnte er doch schon am nächsten Tag fahren. In seinem Wehrpaß ist die Zeit vom 24. Juli bis zum 14. August 1941 als Arbeitsurlaub angegeben. Drei Wochen durfte er so leben, wie er es sich wünschte. Die aber waren schnell vorüber, und nun kann er wieder nur noch schriftliche Ratschläge geben. Die Versorgungslage mit Hilfsmitteln, zum Beispiel Mineraldüngern, wird auf dem Lande immer schwieriger. Da mußte man schon vorsorglich zugreifen, wenn es mal wieder etwas in der „Kasse" gab. Gemeint ist damit das ehemalige Kontor der Raiffeisen-Genossenschaft. Die Raiffeisen-Genossenschaft war allerdings schon 1933 vom Reichsnährstand vereinnahmt worden, der mit einer Fülle von Verordnungen und Vorschriften einerseits Produktion, Vertrieb und Preise landwirtschaftlicher Erzeugnisse regelte, zum anderen aber auch für die Verteilung mineralischer Düngemittel und anderer Hilfsmittel zuständig war.

Prenzlau, d. 15.8.41
Ich bin gut angekommen, aber es ging sehr langsam. Die Züge hatten alle Verspätung. Ich war erst um 7 Uhr in Prenzlau, hatte in Pasewalk wieder 2 Stunden Zeit. Liebe Leni, Du hast es schlimmer als ich. Habt Ihr gestern noch eingefahren? Mit dem Dienst ist es hier auch nicht viel schlimmer geworden. Darum brauchst Du Dir keine Sorgen zu machen. Alle hoffen auf Nachurlaub zur Herbstbestellung. Hoffentlich haben wir Glück. Wenn es dann nichts wird, können wir auch nichts ändern.

Prenzlau, d. 1. 8.41
Tabak ist hier knapp. Wir haben gestern Zigaretten bekommen. Aber die sind ja immer bald alle. Tabak wäre günstiger . Aber das ist alles nicht so schlimm. Das Beste ist und bleibt ja immer, wenn der Krieg bald zu Ende wäre, und wir könnten wieder zusammen sein. Wenn es mal so paßt, dann holt Euch man 25 Zentner Kali von der Kasse, die könnt Ihr ja im Schuppen hinlegen. Denn es ist immer besser, wenn man es schon vorher holt. Das Thomasmehl bekommt Ihr denn ja auch schon. Nun müßt Ihr denn ja erst alles einfahren, Klee mähen und alles umschälen. Das Roggenlose kann Moritz ja mal umkehren. Sonst wächst alles zusammen.

Prenzlau, d. 18.8.41
Den Sonntag haben wir gut überstanden, meist den ganzen Tag geschlafen, es war aber lange nicht so gut wie die Sonntage bei Dir. Faulenzen wirklich rum. Wenn es jetzt gutes Wetter wird, dann müßt Ihr den Hafer wohl etwas auseinander stellen. Oder wird er so trocken? Hier sind jetzt Leute genug. Da hätten sie wirklich Nachurlaub geben können. Ich will mir noch Ansichtskarten und Kuverts kaufen, denn hier sind sie schon knapp in der Kantine. Dann will ich Bubi auch wieder eine Karte schreiben, er freut sich ja auch, wenn Papa Hermann ihm schreibt. Nun will ich Abendbrot essen aber keine Bratkartoffeln und dicke Milch, <u>leider.</u>

Prenzlau, d. 21.8.41
Mit dem Kreisbauernführer ist es ja eine schöne Sache. Der sieht sich die Scheune gar nicht an, und denn sagt er so was aus. Die lassen sich alle von anderen Leuten unterrichten Den Sommerroggen läßt man

vorläufig noch liegen. Die Scheune ist doch einfach schlecht. Das kann doch jeder sehen. Ihr müßt gleich Berufung einlegen, denn bei der Scheune muß doch etwas gemacht werden. Wie ich schon geschrieben habe, hoffe ich, nächsten Monat so um diese Zeit Urlaub zu bekommen. Du mußt dann Anfang des Monats September einreichen für Herbstbestellung und Hackfruchternte, denn mit dem U. K.-Schein dauert es doch etwas länger, wenn es überhaupt was wird. Daß unser lieber Bubi krank ist, tut mir leid. Dann hat er sich wohl erkältet. Hoffentlich wird es bald wieder besser. Liebe Leni, hast Du schon wieder Beschwerden mit der Luft gehabt?

Prenzlau, d. 23.8.41
Dann waren wir im Kino. Hat mir gut gefallen. Das Stück hieß „Ein Abend auf der Heide". War besser als das letzte Mal, wo wir beide hier hin waren. Ich habe an Dich gedacht, wenn Du dabei gewesen wärst, dann wäre es noch besser gewesen.

Mehr Schweine könnt Ihr ja auch nicht aufschreiben lassen, denn mit 4 Zentner Gerste kann man keine Schweine satt füttern. Hoffentlich ist unser Bubi wieder besser. Um Tabak brauchst Du Dir keine Sorgen zu machen, denn ich habe ja noch genug zu rauchen jetzt, denn in der Stadt bekommen wir ja öfter auch noch Zigaretten. Neulich bekam ich auf zwei Stellen 20 Stück, und nun habe ich ja auch das letzte Mal 2 Pakete erhalten. Am besten wäre es ja, wenn ich bald wieder bei Euch sein könnte, und dann nicht wieder weg müßte.

Prenzlau, d. 24.8 41
Hier ist heute auch wieder Kirchgang gewesen, aber von uns ist keiner mit, weil wir auf Wache mußten. Am Freitag nachmittag war der Pastor hier in der Kaserne, hat uns einen Vortrag gehalten über Rußland und Stalin. Er konnte gut erzählen.

Traugott Schliemann ist ja denn auch gefallen, wie Du mir schreibst. Ja, es ist nicht schön. Kreisleiter Fritz Buse ist ja auch gefallen. Die Frühkartoffeln sind denn ja teuer. 4,50 das lohnt sich noch, aber wir haben hier keine. Wie geht es Bubi, ist er schon wieder gesund? Wie geht es Großmutter?

Es geht ziemlich durcheinander in den Briefen. Vater schreibt immer das auf, was ihm gerade einfällt. Zukunftsangst und Resignation wechseln mit vagen Hoffnungen auf längeren Urlaub oder gar Freistellung, denn der Tod hält reichlich Ernte. Es fallen nicht nur Bauern, sondern auch ehemalige Kreisleiter der NSDAP. Geistliche, vermutlich den nationalsozialistischen „Deutschen Christen" zugehörig, stellen ihr Erzähltalent der ideologischen Aufrüstung in den Kasernen zur Verfügung. Zu Hause kungelt der Ortsbauernführer mit dem Kreisbauernführer zum Nachteil derer, die sich nicht wehren können, und vor Gericht bekommt der Recht, der den rechten Beistand aus diesen Kreisen hat. Die Nachwehen der unglücklichen zweiten Ehe von Berta Kröger bedrohen die wirtschaftliche Existenz der Familie. Offensichtlich hat der geschiedene Ehemann noch Geld eingeklagt und vor Gericht recht bekommen. Möglich, daß auch falsche Zeugenaussagen dazu geführt haben. Mit mir wurde nie darüber gesprochen.

Prenzlau, d. 25.8.41
Erhielt heute Deinen traurigen Brief. Ja, es gibt kein Recht mehr. Ärgere Dich nur nicht darüber, das hilft auch nicht. Aber wenn er das alles haben soll, so hat man ja wirklich keine Lust mehr, wenn man nur für den arbeiten soll, und die Gebäude müssen alle verfallen. Wenn ich auf Urlaub komme, so will ich doch auch noch mal hin. Liebe Leni, Du schreibst das Neustädter Gericht, Du meinst doch das Amtsgericht? Es hätte doch wenigstens alles nachgesehen werden müssen. Da stecken noch Wandschneiders seine Freunde in Herzfeld dahinter. Ich nehme auch an, daß Kluth bestimmt von Hersen gefragt worden ist. In welcher Zeit soll er das denn haben, und wer bezahlt denn die Schulden, die er hinterlassen hat? Dann muß er die doch wenigstens selber bezahlen.

Liebe Leni, das Beste ist ja, wenn wir uns alle gesund wiedersehen und der Krieg wäre vorbei. Unser lieber Bubi ist ja denn immer noch nicht wieder richtig gesund. wenn es schlimmer wird, so mußt Du mal den Arzt holen.

Wir wollen hier alle zur Herbstbestellung und zur Hackfruchternte einreichen. So, nun ärgert Euch man nicht soviel, und Du darfst Dich überhaupt nicht ärgern, sonst bekommst Du noch graue Haare.

Prenzlau, d. 2.8.41
100 neue Soldaten sind dazu gekommen. Dabei auch viele Jüngere zwischen 20 und 30 Jahren. Aber die meisten haben einen kleinen Fehler.
Nun schreibe mir mal, ob das Landsberger Gemenge schon raus ist. Wenn es bißchen grün ist, so kann da bei trockenem Wetter 2 Ztn. Kali drauf gestreut werden. Schreibe mir auch, ob es ordentlich dick steht. Wie sieht der Klee unter dem Hafer aus? Hat der sich auch schon ein bißchen besonnen?
Wir sind jetzt 9 Mann auf der Stube. Ich bin neugierig, was der Kreisbauernführer gefragt hat. Er hat mich auch richtig ausgefragt. Mir geht es gut. Du mußt mir versprechen, daß Du dich nicht mehr über die andere Sache ärgerst, nicht wahr?

Prenzlau, d. 29.8. 01
Liebe Leni, Du schreibst jetzt immer so traurige Briefe. Ich bin sehr wütend auf Hersen über solche Redensart. Ich hatte mir schon vorgenommen, ihm einen richtigen Brief hin zu schreiben, aber ich muß es doch wohl lassen, denn nachdem unterschreibt er überhaupt nichts mehr, wenn Du Urlaub für mich einreichst. ***Wenn der Krieg erst zu Ende ist, so will ich ihm aber doch noch mal die Wahrheit sagen. Aber jetzt ist man zu sehr abhängig von diesen Leuten.*** *Daß er so was sagt, Deine Unterstützung für Wandschneider zu geben, ist ja unerhört und bange machen laßt Euch man nicht, denn ich glaube bestimmt nicht, daß Wandschneider das ganze Geld mit einmal verlangen kann. Eigentlich müßte man sich mal an die Landesbauernschaft wenden. Daß Hersen noch gesagt hat, Ihr seid faul und habt immer nur aus dem Fenster gesehen, das bekommt er aber noch mal zu hören. Er muß ja zu dumm sein, sonst könnte er ja überhaupt nicht so etwas sagen. Aber da sind zu viele Leute, die ihm was erzählen und die sich freuen, wenn Wandschneider man noch gut Geld bekommt. Es ist ja sehr ärgerlich und ein großes Unrecht, aber die Hauptsache ist ja, daß wir bald alle wieder zu Hause sein können.*

Schlimme Zeiten, wenn offene Kritik an Parteibonzen schon gefährlich werden kann! Und mit mehr Trost als auf vage Heimkehrhoffnung kann Vater auch nicht aufwarten.

Prenzlau, d. 30.8.41
Wenn es nichts wird mit dem Urlaub, so werde ich Dir schreiben, wann Du mich besuchen kannst. Es kommt ja nun etwas anders mit der Wache. Ich werde mal versuchen, ob ich etwas für Bubi bekommen kann. Ich glaube aber nicht, daß es hier etwas gibt, werde es aber versuchen. Wir kommen ja immer recht spät in die Stadt. Dann sind die Läden meistens geschlossen. Du hast ja wenig Hoffnung auf den U. K. – Antrag, ich habe auch wenig Hoffnung. Kluth [der Ortsbauernführer] wird es auch wohl nicht unterschreiben. Es ist schwer für Dich. Das weiß ich auch.

Prenzlau, d. 1.9.41
Liebe Leni, wenn man nichts von zu Hause bekäme, dann wäre es doch nicht schön, denn die 30 g Butter und die gibt es ja auch noch nicht jeden Tag. Es gibt ja auch noch öfter Marmelade, und den Tag gibt es ja denn keine Butter. Wir sind es ja nun einmal anders gewöhnt, aber viele müssen ja damit aus. Heute haben wir Arbeitsdienst gemacht. Waren abkommandiert, haben Roggenmehl verladen auf dem Bahnhof 4 Waggon, 1200 Zentner. Das sollte nach Oslo, Norwegen.

Prenzlau, d. 3.9.41
Wir haben gestern 2 Waggons mit Tabak, einen Waggon mit Schnaps und sonst noch allerhand, im ganzen 9 Waggons, verladen. Es ist aber nichts abgefallen für uns. Wir wollen aber lieber darauf verzichten, wenn man dann noch in der Heimat bleiben kann. Liebe Leni, mit dem Einreichen habe es man noch nicht so eilig. Du weißt ja auch, wie es beim Ernteurlaub war. Zuerst wurde es abgelehnt, und dann mit einmal gab es welchen. Und so denke ich, wird es diesmal auch kommen. Wir wollen es wenigstens hoffen, denn hier sind ja eigentlich Leute genug. Es ist allerhand Aufregung, und es scheint ja auch bald so, als wenn es gar nicht aufhört. Denn hat Bubi schon bei Dir geschlafen. Ich wollte auch, daß ich dabei gewesen wäre. Liebe Leni, ich drücke den Daumen auch schön, daß Du Erfolg hast mit allem. Wenn es nur was würde. Wenn es keinen Urlaub gibt, so könntest Du mich ja am 14ten besuchen. Wie ich es nachgerechnet habe, kommen wir am Freitag von der Wache, haben dann bis Sonnabendmittag Bereitschaft, und ich

hätte dann bis Montag früh Zeit, das heißt, ich bekäme dann so lange Stadturlaub. Am Montag müßte ich dann wieder auf Wache. Also schreibe mir mal, wie Du darüber denkst.

Bubi hat ja auch schön geschrieben. Ich stelle es mir immer vor, wie eifrig er dabei gewesen ist, der liebe Bubi.

Prenzlau, d. 8.9.41
Es war hier Luftgefahr, und dann wird das Licht ausgemacht. Die Posten werden dann dichter gestellt. Im Bett darf keiner liegen. Gesehen haben wir aber keinen Flieger. Wir sehen nur immer, wie sie in Berlin schießen. Das kann man von hier gut beobachten. In Berlin ist es diese Nacht bestimmt nicht gut gewesen, denn sie haben fast drei Stunden geschossen. Wir haben sie nur von weitem gehört, hoffentlich kommen sie diese Nacht nicht wieder, denn wir haben ja Bereitschaft, und wenn sie wieder kommen, dann müssen wir diese Nacht noch einmal zum Lager.

Ich habe noch keine Antwort, wie Du über den Besuch am Sonntag, den 14., denkst. Ich würde dann für Quartier sorgen. Aber Du mußt es wissen, ob Du Dich so kräftig fühlst.
Ich sag Euch beiden auch immer gute Nacht. Hoffentlich kann ich es bald in Herzfeld tun.

Prenzlau, d. 10.9 41
Du kannst meinetwegen schon am Freitag kommen. Vielleicht bekomme ich paar Stunden Urlaub. Wenn nicht, so ist es ja auch egal, ich werde es aber versuchen. Daß Tiedemann seine Frau tot ist, habe ich in der Zeitung gelesen, ja, es geht oft schnell, das wissen wir ja wie es voriges Jahr mit Hanni war. (Vaters Schwester Hanni starb im September 1940.). *Es ist nun bald ein Jahr her. Du weißt ja schon Bescheid hier, denn abholen kann ich Dich am Freitag ja nicht.*

Prenzlau, d. 16.9.41
Liebe Leni, ich habe gestern an die schönen Stunden gedacht, die wir zusammen sein konnten
Gestern hat Karl Prüßing mir geschrieben. Er ist jetzt in Goslershausen – Westpr. Wohnen dort in einem Schloß (sehr nobel). Wie er schreibt, müssen (sie) *auch Wache stehen, ob bei Gefangenen, weiß ich nicht. Er*

hat es nicht geschrieben. Er sei schon eine Zeit lang Bursche beim Oberleutnant gewesen. Das hat ihm gut gefallen. Der Oberleutnant sei jetzt auf Kursus, würde aber nachdem wieder kommen. Es gefällt ihm gut als Bursche; er braucht dann nicht viel Dienst zu machen. Er ist auch so ein kleiner Bursche, nicht wahr?
Denn auf baldiges Wiedersehen in der Heimat.

Prenzlau, d. 17.9.41
Ich kann Dir jetzt auch mitteilen, daß es Urlaub gibt. Es muß nur ein Gesuch vorliegen, genau so wie zur Ernte. Die anderen aus der Stadt sind natürlich nicht gut zu sprechen. Die müssen ja nun wieder warten. Ich hoffe, daß Du es nun richtig verstanden hast. Das Gesuch braucht also nicht zum Landrat und zum Generalkommando.
Was hat Bubi gesagt zu seinem Kasten? Er ist wohl schon beim Bauen.

Prenzlau, d. 18.9.41
Über den General [der war zur Inspektion angekündigt] mach Dir man keine Sorge. Von dem habe ich bis jetzt noch nichts gehört. Hat wohl noch keine Zeit oder kommt überhaupt nicht, na, meinetwegen kann er auch da bleiben.
  Dann ist Hersen ja nun doch da gewesen und hat sich die Scheune angesehen. Dann kann Wandschneider ja vorläufig nichts machen. Mit dem Gesuch hast Du es ganz richtig gemacht.

Vom 20. September bis zum 10. Oktober gab es nochmals Arbeitsurlaub für Vater. So gut hat er es in einem Jahr nie wieder gehabt. Das Leben in der Kaserne hatte er während dieser Zeit schon soweit verdrängt, daß er sogar seine Erkennungsmarke zu Haus vergaß. Wieder in Kasernenmauern, begegnete Vater als Neuzugang einem Oberleutnant, der vermutlich Diplomlandwirt war und zu dem er Vertrauen faßt, soweit die Rangunterschiede das zulassen. Und kurz nach seinem Urlaub stirbt zu Hause meine Urgroßmutter und Spielgefährtin Sophie Eggerstedt.

Prenzlau, d. 11.10.41
Liebe Leni, die Reise war ziemlich langweilig. In Pasewalk habe ich 3 Stunden gewartet, und nachdem hat es noch geregnet. Wir müssen jetzt

jeden zweiten Tag auf Wache, weil nur noch zwei Züge wegen des Urlaubs da sind. Jeden 2. Tag Wache, das ist auch nichts. Handschuhe haben wir schon bekommen, nächste Woche soll es auch Kopfschützer geben. Geschlafen habe ich ganz gut auf dem Strohsack, aber gegen morgen wachte ich doch auf. Da wurde es ein bißchen hart. Wenn ich nun man erst die Erkennungsmarke hier habe, dann werde ich wohl bald wieder kommen. Na, es wird wohl alles gut abgehen. Bubi soll auch noch eine Karte haben.

Prenzlau, d. 14.1. 41
Wir haben hier einen neuen Oberleutnant bekommen, der heißt Schroeder. Er frug mich gestern, wo ich denn her sei. Er kennt die Gegend auch. Wo er her ist, hat er nicht gesagt. Er soll auch Bauer sein. Er sagt, er sei bei der Körkommission. Er hätte voriges Jahr noch in Herzfeld Bullen gekört, und in diesem Jahr sei wohl überhaupt keine Körung, weil keine Leute da seien. Er meinte, wir würden noch das Körbuch erhalten, wenn die Papiere in Ordnung wären und wir die 5 Mark bezahlt hätten, dann wäre es gut. Er sagte noch, wir hätten noch Glück gehabt. Vor 3 Tagen sollte unser Batl. nach Rußland. Der Oberst sei aber gerade in Stettin gewesen und hätte gesagt, er wünschte keine Wechselung Er wollte uns noch hier behalten.
    Hast Du die Erkennungsmarke schon abgeschickt? Ich hoffe, daß sie bald hier ist. Hoffentlich hast Du sie dort gefunden!

Prenzlau, d. 15.10.41
Meine Lieben!
Soeben erhielt ich die traurige Nachricht, daß Großmutter entschlafen ist. Ich bekam einen Schreck, wie ich das Telegramm erhielt. Es konnte ja nichts Gutes sein. Ich hätte es nicht gedacht, daß es so schnell ging mit Großmutter. Ich werde aber wohl nicht kommen zur Beerdigung. Der Spieß meinte, es gäbe nur Urlaub für Eltern u. nähere Verwandte. Der Hauptmann war nicht da. Ich wollte heute Mittag gleich schreiben, aber ich dachte, vielleicht bekommst Du einen Brief und kannst ihn gleich noch abends beantworten. Und nun kam diese traurige Nachricht. Hoffentlich bekomme ich doch noch Urlaub. Morgen bekomme ich es ja zu wissen. Das kleine Päckchen erhielt ich heute Mittag, es ist somit alles in Ordnung. Ist ja alles gut abgegangen.

Was macht denn der liebe Bubi, daß Großmutter nicht mehr mit ihm spielt? Aber, liebe Leni, wenn man in dem Alter ist, so kann man nichts mehr dazu sagen. Großmutter hat ja nun das Ende des Krieges nicht mehr überlebt. In Rußland scheint es ja jetzt schnell vorwärts zu gehen. Wenn es doch bloß bald zu Ende wäre.

Prenzlau, d. 18.10.41
Ihr habt Großmutter wohl heute zur letzten Ruhe gebracht. Ich wäre ja auch gern gekommen, aber ich habe leider keinen Urlaub erhalten.
Ich habe Bereitschaft, wenn die Flieger kommen. Aber bei diesem Wetter werden sie wohl nicht kommen. Sie waren ja lange nicht mehr hier. Hoffentlich geht es Euch allen gut, und das Asthma ist wieder vorüber. Mir geht es gut. Was macht der liebe Bubi?

Prenzlau, d. 20.10.41
Ja, es ist nicht schön im Hause, wenn so etwas vorfällt. Es ist ja gut, daß Großmutter nicht mehr viel Schmerzen gehabt hat und sich nicht mehr gequält hat. Hoffentlich sind Bubi und Du auch wieder gesund. Nun hat Bubi denn ja zwei Tage bei seiner Mama geschlafen; ich wollte auch, er könnte bald mal wieder bei mir schlafen. Was hat er denn gefragt, wie es wieder zum Dr. ging? Hat er auch wieder geweint? Er tut mir ordentlich leid, der liebe Bubi.
Die Runkeln habt Ihr ja denn bald rein, es ist ja ganz gut, 14 Fuder.
Gestern wollten wieder drei Mann ausrücken. Die haben wir aber wieder geschnappt, waren schon durch den Draht, wollten da bei der Straße rüber. Denen wird die Zeit auch schon lang. Aber für uns wird es dadurch nicht besser, müssen immer mehr auf Wache.
Liebe Leni, einmal wird ja der Krieg auch wieder ein Ende haben, und wir können dann wieder zusammen sein. Wir wünschen es uns hier auch alle. Wir können hier ja immer noch zufrieden sein, denn wir haben hier schönes Quartier, wird geheizt und ist sauber. Daß Du Dich auch jetzt wieder so quälen mußt mit dem Asthma, tut mir leid, und ich kann Dir nicht helfen. Wenn der Krieg erst vorbei ist, müssen wir doch noch etwas anderes versuchen, ob es wohl nicht weg geht.

Prenzlau, d. 22.10.41
Auf Großmutters Beerdigung habt Ihr denn ja sehr schlechtes Wetter gehabt.
Du schreibst von den Kühen, ob Ihr eine verkaufen sollt. Am besten ist es wohl, wenn noch eine weg kommt, denn wir haben ja auch noch den Bullen zu füttern, und die beiden Sterken, denke ich, wollen wir auch behalten. Denn haben wir auch trotzdem genug.
 Du sollst Dich doch nicht über jede Kleinigkeit aufregen und mußt Dich immer gut vorsehen.

Prenzlau, d. 23.10.41
Es ist doch wieder was anderes, wenn man jeden Tag Post bekommt. Du hast es jetzt wieder nachgeholt, Du schickst mir so viel, liebe Leni. Du weißt doch, daß ich sowieso schon zu dick bin.
 Du hast ja nun einen schönen, lieben Beischläfer. Ich wollte, ich könnte mit dabei sein, aber es geht ja nicht.

Prenzlau, d. 24.10.41
Es wurde hier in den letzten Tagen wieder so allerhand gemunkelt, daß wir hier abgelöst werden sollen. Darum wurden auch die Urlauber so schnell zurück geholt. Die von der Kommandantur mußten auch alle zurück. Aber jetzt hat sich ja alles wieder beruhigt. Es wird wohl noch beim alten bleiben. Nun habe auch keine Angst, denn es ist ja hier schon so viel erzählt worden. Ich glaube da nichts. Morgen geht es ja wieder auf Wache, dann sind wieder alle zusammen. Die anderen kennt man doch nicht so, es sind da auch viele aus der Stadt zwischen, ist alles nicht so, als wenn die Mecklenburger zusammen sind.

Prenzlau, d. 26.10.41
Liebe Leni, Du hast ja noch immer Asthma. Ob es an dem Wetter liegt, daß es sich gar nicht wieder gibt? Mit Bubi ist es ja denn drollig, wenn er schon Spritzen geben kann, denn muß er wohl Dr. werden. Das beste ist ja, daß er wieder gesund und munter ist; nur Du bist ja denn immer noch krank.

Prenzlau, d. 27.10.41
Denn bist Du ja bei all dem Wetter nach Grabow gefahren, und Du hast es doch noch immer mit der Luft. Da muß ich doch bald schelten. Wenn Du Dich nur nicht erkältet hast, daß es noch schlimmer wird. Nun hast Du Dir einen schönen warmen Mantel gekauft, denn wirst Du mich ja auch im Winter hier besuchen können. Aber wie kannst Du schreiben, daß ich deswegen böse sein soll. Ich bin doch auch dafür, daß Du etwas Warmes anhast. Ich freue mich immer, wenn von Bubi auch ein kleiner Zettel mit drin liegt.

Prenzlau, d. 28.10.41
Gestern abend, kurz bevor das Licht ausgemacht wurde, sind wieder paar ausgerückt auf Wache G. Ich bin auf Wache B. Nun wird es wohl wieder was geben. Die Brüder nutzen jetzt jeden Moment aus, wo sie raus kommen können.
Liebe Leni, habt Ihr Euch schon ein bißchen daran gewöhnt, daß Großmutter nicht mehr da ist? Fragt Bubi auch noch danach?

Prenzlau, d. 30.10.41
Aber Du machst mir Sorgen, liebe Leni, daß sich das Asthma überhaupt nicht wieder gibt, das verstehe ich nicht und denn jede Nacht. Du mußt dich mal ganze Tage still hinsetzen, es muß sich doch wieder geben. Du bist denn ja auch in Brunow gewesen. Der kleine Karl-Otto kann ja denn schon ein bißchen laufen. Sabine schrieb es auch. Sein Vater hat ihn auch so lange nicht mehr gesehen. Otto hat lange nichts mehr von sich hören lassen. Ich habe ihm zuletzt geschrieben vor dem Urlaub. Was ich in dem vorigen Brief geschrieben habe, daß wieder 2 ausgerückt sind, stimmt nicht ganz. Sie sind nicht raus gekommen. Es wurde nur angenommen, denn den Draht hatten sie schon wieder durchgeschnitten, da ist gerade einer von unserer Stube auf Posten (Klöcker). Er hat schon schießen wollen, da sind sie dann wieder zurück gekommen. Es ist ja auch besser so, wenn`s ohne Schießen geht.

Prenzlau, d. 1.11.41
Sind heute ja von der Wache gekommen. Es war diesmal eine böse Nacht mit Schnee, Regen und Sturm. Ich hatte gerade Streifegehen,

habe 6 Stunden draußen verbracht. Es war sehr ungemütlich. Die Zeit wurde einem ziemlich lang. Wenn nur das alles erst vorbei wäre. Wollte in der Stadt sehen, ob es ordentlich was für Weihnachten gibt, aber es sieht traurig aus. An einen großen Teddy für Bubi ist wohl gar nicht zu denken. Ich war in drei großen Geschäften, und die sagten alle dasselbe, so etwas gäbe es in diesem Jahr nicht. Ich hoffe ja, daß Du mich in 3 Wochen besuchen kannst. Wir können ja dann auch noch mal sehen, was es gibt. Wenn Du irgend etwas vermißt, so kannst Du es mir ja auch schreiben. Ich könnte ja noch mal sehen, ob es noch irgend etwas anderes gibt, wenn ich mal hin komme. Füllfederhalter gab es auch nicht. Liebe Leni, daß Du Dir noch immer Spritzen geben mußt, macht mir wirklich Sorgen. Es kann doch nicht immer so bleiben. Das kannst Du ja gar nicht ab, jede Nacht, dann mußt Du doch noch mal zum Arzt.

An Urlaub ist nicht zu denken, nur an Sonntagsurlaub für Soldaten, die nicht mehr als 100 km von zu Hause entfernt sind. Morgen früh 9 Uhr müssen Behncke, Ahrens und ich noch Gefangene begleiten zum Kirchhof. Die wollen Kränze hinbringen. Da ist einer gestorben.

Auf dem großen Friedhof in Prenzlau, Feld III, Nr. 15, sucht man vergeblich nach Gräbern belgischer Kriegsgefangener, wohl aber findet man dort die Grabanlage des Deutschen Soldatenfriedhofes aus dem Zweiten Weltkrieges, in dem u. a. eine unbekannte Anzahl junger flandrischer Soldaten beigesetzt ist, die zuvor zur Waffen-SS rekrutiert wurden. Daneben ruhen noch 104 unbekannte deutsche Soldaten. Auf Feld II, Nr. 2 befindet sich eine Grabanlage der Opfer des NS-Staates. Im Frühjahr 1945 wurden hier ca. 40 deutsche Soldaten wegen Desertion zum Tode verurteilt und in einer Sandgrube erschossen.

In einer Grabanlage des polnischen Soldatenfriedhofs aus dem Zweiten Weltkrieg ruhen Kriegsgefangene und Zwangsarbeiter, die in einem Lager in Prenzlau verstarben. 16 Gräber sind durch liegende Steinplatten mit Namensschildern und dahinter stehende Kreuze gekennzeichnet.

Prenzlau, d. 4.11.41
Liebe Leni, Du schreibst so traurig heute. Du musst denn Dich doch noch mal untersuchen lassen, denn jeden Tag eine Spritze, das geht doch nicht auf die Dauer.
　Nun schreibst du von der Kuh. Ich weiß ja auch nicht, was sie jetzt kosten. Es ist ja immerhin noch eine junge Kuh. Denn seht man zu, ob er noch etwas zulegt, so 550 Mark. Sonst kann er ja geben, was er will. Ich kann mir denken, daß Geld gebraucht wird.
　Liebe Leni, wenn die anderen 10 Mark bekommen haben, so steht es Dir ja auch zu. Wenn sie für das Winterhilfswerk so viel haben wollen, dann müssen sie das den anderen auch bezahlen. Wir haben jetzt Arrest bekommen. Keinen Stadturlaub, ist für die ganze Kompanie gesperrt. Der erste Zug hat da einen Bummel gemacht. Da ist ein Posten nicht mit raus gegangen, der Uffz. hat auch nicht nachgezählt, und da ist der Oberst gerade gekommen und hat es gesehen. Nun wird die ganze Kompanie dafür bestraft. Der Posten, der die Zeit verschlafen hat, bekommt 14 Tage, der Uffz. 7 Tage Arrest. Zu der Zeit, wenn Du mich besuchst, wird es wohl wieder in Ordnung sein.

Prenzlau, d. 5.11.41
Hier ist gestern Abend ein belgischer Offizier von einem Posten erschossen worden. Es sind 3 Mann gewesen, die wollten wieder ausrücken. Es wird wohl jetzt bißchen helfen. Sie glauben sonst immer, es wird nicht geschossen.

Der erste Kriegstote in Vaters unmittelbarer Umgebung. Vermutlich erwartete er, daß sich auch die belgischen Offiziere so fatalistisch wie er selbst in ihr Schicksal fügten. Aber die wußten ja auch, wofür sie kämpften.

Prenzlau, d. 6.11.41
Liebe Leni, Du schreibst vom dritten Weihnachten im Kriege. Es gibt ja viele, die schon die dritten Weihnachten nicht zu Hause sind, und dies Jahr werde ich wohl Weihnachten in Prenzlau feiern müssen, aber hier geht es ja immer noch. Den lieben Bubi kannst Du wohl nicht mitbringen am 23., es geht ja nun einmal nicht. Die Hauptsache ist ja, daß Du dann auch wieder gesund bist.

Prenzlau, d. 7.11.41
Ich schicke Bubi paar Bonbons, es sind nicht viel, aber er freut sich ja doch. Es gibt z. Z. keinen Sonntagsurlaub für diejenigen, die bis zu 100 km entfernt sind. Stadturlaub ist möglich. Ahrens meinte, seine Frau wollte eigentlich bis Donnerstag bleiben. Gehen tut es ja auch. Am Montag müßten wir ja auf Wache, aber am Dienstag hätten wir von 5 Uhr an wieder frei. Was meinst Du dazu? Am Mittwoch bekämen wir vielleicht auch noch frei. Hoffentlich geht es Dir besser?

Prenzlau, d. 9.11.41
Erhielt heute Deinen lieben Brief vom 6. Nov., hatte auch in zwei Tagen keinen mehr erhalten. Ich war es ja so gewöhnt, daß ich fast jeden Tag einen erhielt. Ich freue mich, daß es Dir jetzt wieder besser geht. Hoffentlich kommt es jetzt vorläufig nicht wieder. Am besten wäre es, wenn es überhaupt nicht wieder käme. Mit den Läusen ist es noch nicht so schlimm. Ist neulich nachgesehen worden, haben keine gefunden in den Decken. Ich denke, daß Du trotzdem <u>bei mir schlafen</u> gehst, wenn Du hier bist? Quartier werde ich diese Woche bestellen, wir wollen hoffen, daß weiter nichts dazwischen kommt. Schreibe mir, ob Du in der Kaserne essen willst oder in „Drei Kronen". Aber wenn Du eine Ente mitbringst, so essen wir ja im Hotel, nicht wahr? Ich muß es nämlich gleich angeben auf dem Urlaubsschein.

Prenzlau, d. 10.11 41
Du machst Dich denn wohl sehr hübsch, alles neu, ziehe Dich nur gut warm an, damit Du mir nicht wieder krank wirst. Auf der Reise mußt Du Dich auch gut warm halten, denn wie es scheint, wird es jetzt kalt. Die letzte Nacht hat es schon tüchtig gefroren. Ihr könnt Euch freuen, daß Ihr die Wrucken raus habt. Denn sind es wohl noch mehr geworden wie im vorigen Jahr? Der liebe Bubi führt sich ja denn öfter nicht gut auf, na, er weiß es ja auch noch nicht besser. Hat er seine Bonbons schon? Nun habt Ihr denn ja keinen Wachmann da, denn haben sie wohl jetzt keine Angst mehr, daß sie ausrücken. Wer ist es denn in Brunow, der Wachmann geworden ist? Es ist denn wohl der Jean [französischer Kriegsgefangener, der in späteren Briefen meist Joni genannt wird] *Nun haben sie denn auch eine Arbeitskraft weniger, denn*

wenn er nur einen halben Tag arbeitet, so hat's ja auch nicht viel Zweck. Na, im Winter geht es ja auch so.

Die Nazipropaganda beeinflußt auch schon kleine Kinder. Ich hatte zu Moritz „Du Schwein" gesagt, und er setzte mich dafür mit Mutters Einverständnis kurz in eine Schweinebucht. Eine meiner ersten Kindheitserinnerungen, die Mutter später als warnendes Exempel noch öfter auffrischte.

Der Rußlandfeldzug erfordert immer mehr Soldaten, so daß sich die französischen Kriegsgefangenen schon selbst bewachen müssen. Im heimatlichen Dorf werden Leute für die Kolonisation der Ostgebiete gesucht.

Prenzlau, d. 12.11 41
Wenn alles klappt, so kannst Du ja dann um ½ 1 Uhr schon hier sein. Mit Bubi hat es wohl doch noch keinen Zweck., so gern ich ihn gesehen hätte. Da muß ich mich dann noch gedulden. Liebe Leni, wie ich geschrieben habe, kannst Du ja auch ein bißchen länger hier bleiben. Es wird sich dann ja schon machen lassen, wollen mal sehen.

Der kleine Karl [Mutters Cousin aus Stresendorf] *ist ja denn jetzt hoch an in seiner neuen Uniform, na, ich gönne ihm das Vergnügen. Ich wirtschaftete lieber zu Haus bei Dir. Wenn es bloß bald soweit wäre. Wenn der Krieg zu Ende ist und dann noch eine Zeit da sitzen, das wäre nichts für mich. Hat er sich dazu* [Vermutlich zu den Fliegern] *gemeldet?*
Soll O. Hildebrandt denn da Schweine und Kühe schlachten in Rußland?
Morgen werde ich Quartier bestellen, und dann wollen wir auf ein gesundes Wiedersehen hoffen.

Prenzlau, d. 13.11.41
Heute abend müssen wir noch wieder ins Lager, mit 50 Mann. Ich weiß auch nicht, was da wieder los ist; wollen noch wieder Durchsuchung machen. Hoffentlich dauert es nicht so lange, um 6 Uhr soll es los gehen. Denke dir, heute morgen wollten wieder zwei ausrücken. Sie hatten sich im Postwagen versteckt, sind aber bemerkt worden, die versuchen alles.

Die Kuh seid Ihr nun ja doch los geworden. Ist ja ganz schön, 550 M. Es müssen denn wohl jetzt lauter Pelzmäntel sein, na, im Winter ist es ja auch schön, wenn man einen warmen Mantel hat. Was ist es denn für eine Farbe, oder wie sieht der Mantel aus? Bin neugierig, nicht wahr? Einen Hut hast Du denn ja auch erhalten, denn ist ja alles in Ordnung, und die Reise kann los gehen.

Nach ein paar wenigstens zeitweise miteinander verbrachten Tagen ist Mutter wieder zu Hause und erhält schriftlich nochmals Ratschläge für jetzt noch notwendige landwirtschaftliche Arbeiten, die hier nicht alle aufgeführt werden sollen. Vater ist das „Kasernenidyll" sichtlich zuwider. Leere Läden vor dem Weihnachtsfest sind nur ein Merkmal der Kriegsauswirkungen.

Prenzlau, d. 30.11.41
Ich habe gestern Deine Karte von Parchim erhalten, und heute erhielt ich Deinen Brief von Freitag. Ich freue mich, daß Du gut nach Hause gekommen bist. Der liebe Bubi hat sich denn wohl sehr gefreut. Das kann ich mir denken. Wie Du schreibst, bist Du ja denn abends gleich wieder im Dienst gewesen. Warst Du gar nicht müde? Für Ernst Kröger ist es ja auch nicht schön, daß es so gekommen ist, aber das nützt ja alles nichts dazu. Otto Rüß ist ja denn auch gefallen, wie Du schreibst. Nun hat er so lange gelernt, und dann kommt es so; auch nicht schön für Frau Rüß.
Am vorigen Sonntag war es besser wie heute. Es waren doch schöne Tage, die gehen nur immer so schnell vorüber.

Mutters Cousin Ernst Kröger wurde in Rußland verwundet und ein Freund der Familie, der gerade sein Landwirtschaftsstudium beendet hatte, war dort gefallen.

Prenzlau, d. 2.12.41
In Rußland gibt es wohl Ungeziefer genug, schreiben alle, die da sind. Wie Du schreibst, ist Hans Mietz ja denn von Rußland auf Urlaub, ja, wenn die da noch eine Zeit lang raus konnten. Otto ist ja auch eine ganze Zeit lang nicht auf Urlaub gewesen, aber es liegt wohl auch immer daran, wo sie gerade sind. Sie werden ja auch mal abgelöst.

Gestern abend waren 3 Mann bei uns auf der Stube besoffen, so richtig. Es waren Ahrens, J. Hinzmann u. Oef. So ruhig Ahrens sonst ist, so unruhig war er gestern abend. Mit Hinzmann ging es noch, der war ganz gemütlich. Und Oef natürlich, der war dann so weit, daß er nicht mehr gehen konnte. Da kamen 4 Mann mit angeschleppt. Der hat dann noch sein Bett naß gemacht, allerhand, nicht wahr? Bei meinem Kameraden ist ein Junge geboren worden, und der hat sie alle besoffen gemacht. Wir sind vor 12 Uhr nicht zur Ruhe gekommen.
Du kannst Karl Kopplow sagen, S. A. Mützen habe ich noch zwei in Brunow. Die eine ist noch ganz gut. Wenn sie passen, so will ich sie ihm gern zukommen lassen, denn ich werde sie wohl doch nicht mehr aufsetzen.

Nun war auch mein Patenonkel und Mutters Cousin Karl Kopplow aus Stresendorf im Alter von gerade 18 Jahren der SA beigetreten. Damit hatte wohl Vater, „nix mihr an de Mütz," wie es auf Plattdeutsch heißt, und gab seine seit 1937 nicht mehr benutzten SA-Mützen gern ab. Der letzte Satz im obigen Brief läßt allerdings mehrere Deutungen zu: Entweder glaubte er selbst nicht mehr an eine gesunde Rückkehr aus dem Krieg, oder er hatte mit dieser Naziorganisation längst innerlich gebrochen.

Prenzlau, d. 4 12.41
Es steht ja immer in der Zeitung, daß die Pakete schon zum 10. oder 12. zur Post gebracht werden sollen, da sie sonst nicht zu Weihnachten ihren Bestimmungsort erreichen. Liebe Leni, hoffentlich ist das Asthma schon wieder vorüber.

Prenzlau, d. 7.12.41
Hoffentlich hast Du in Grabow Glück und bekommst noch ein bißchen für Bubi.
Der Spieß hat diese Tage wieder so einen Krach gemacht bei der Befehlsausgabe. Das schallt über den ganzen Kasernenhof. Nun schimpft er wieder mit denen rum, die vom Landkommando gekommen sind, aber keiner denkt sich da was bei. Er war auch die letzte Zeit öfter mal besoffen, und dann schimpft er am nächsten Tag doppelt. Am 1sten ist er 40 Jahre geworden. Jeder hat paar Pfennige zu gegeben. Auf

seinem Geburtstag hat er abends die Kompanie gelobt, und am nächsten Morgen hat er natürlich wieder mehr geschimpft. Er hat dann auch die Nacht durchgefeiert.

Prenzlau, d. 9.12.41
Du hast ja dann noch einen Teddy bekommen in Grabow, es freut mich, nun hat Bubi denn doch etwas zu Weihnachten. Ich werde hier wohl nichts mehr bekommen.
Es gibt ja eben nichts zu kaufen, und dann geht es ja auch so. Die Hauptsache ist ja, wenn der Krieg bald zu Ende wäre und wir könnten wieder zusammen sein.
Um die Geschenke für Weihnachten mache Dir nur keine Sorgen.

Prenzlau, d. 12.12.41
Und wie lange dauert es, so ist Weihnachten, das erste, wo ich nicht zu Hause bin.
Morgen früh müssen wir noch mit 5 Mann zum Absperren ins Lager. Da kommen wieder Russen zum Entlausen. Du weißt ja, wie damals, wie Du hier warst, waren ja auch welche hier. Es wird wohl gut bis Mittag werden, und dann hoffen wir ja, am Nachmittag frei zu haben. Der Spieß ist auf Urlaub gefahren, kommt erst nach Weihnachten wieder. Die können sich das schon ein bißchen besser einrichten wie wir. Aber wir können uns ja auch nicht beklagen hier. Sabine hat auch geschrieben. Otto hat ja auch noch nicht geschrieben. Sie ist auch schon ganz unruhig, na, es läßt sich ja auch denken. Hoffentlich geht es ihm noch gut. Sie können wohl auch schlecht Post weg kriegen. In Rußland ist es wohl jetzt sehr kalt geworden.

Und nicht nur das. Temperaturen von minus 30 °C haben Hitlers Operation „Taifun" 50 km vor Moskau zum Stillstand gebracht, und am 5. Dezember bläst der eisige Wind der sowjetischen Gegenoffensive alle Pläne Hitlers, Moskau dem Erdboden gleich zu machen, davon; ebenso wie auch seine Behauptung vom 3. Oktober, dieser Gegner sei bereits gebrochen und werde sich nie wieder erheben. Allerdings waren Hunderttausende sowjetischer Kriegsgefangener inzwischen nach Deutschland transportiert worden, wovon auch Prenzlau nicht unberührt blieb. Dort hat Vater gerade noch Briefpapier und Umschläge erhalten und kann nun seine von Resignation und Fatalismus geprägten Advents- und Weihnachtsbriefe fortsetzen. Denn die dritte Kriegsweihnacht steht vor der Tür, und für eine frohe Botschaft war nirgends Raum in jenen Zeiten.

Prenzlau, d. 14.12.41
Überhaupt Blocks sind ganz knapp. Umschläge habe ich noch 50 Stück. Wenn sie Dir knapp sind, mußt Du mir schreiben, ich werde Dir dann welche schicken. Für Bubi habe ich ein Bilderbuch gekauft. Es gibt auch weiter nichts. Etwas haben soll er ja auch von mir.
Werde es in den nächsten Tagen schicken. An Spielzeug gibt es nichts. Für Karl-Otto habe ich nichts erhalten. Ich habe ja schon geschrieben, daß wir uns damit abfinden müssen. Du schreibst, daß es so dreckig ist und ihr soviel Wasser im Keller habt. Dann müßt Ihr Euch ja damit auch noch jeden Tag abquälen. In Hamburg ist es wohl nicht schön gewesen manche Tage, und je länger der Krieg dauert, desto schlimmer wird es.

Prenzlau, d. 16.12.41
Wie Du schreibst, will Josef auch auf Urlaub fahren. Ich habe hier auch schon davon gehört, daß die Polen 4 Wochen Urlaub haben sollen, die zwei Jahre hier gewesen sind. Denn laßt ihn man ruhig fahren, denn wenn einer erst zwei Jahre von der Heimat weg ist, der fährt auch gern mal wieder nach Hause. Es ist ja nicht schön, wenn Ihr ganz allein seid, aber gehen tut es jetzt noch am besten. Schmitz aus Parchim sagte neulich schon zu mir, daß sein Pole 4 Wochen auf Urlaub sei. Es wundert mich, daß Josef sich mit 14 Tagen begnügt. Oder will er nachdem noch mal auf Urlaub fahren? Es ist schon so, wie Du schreibst, wenn er jetzt nicht fahren kann, dann hat er auch keine Lust zum Arbeiten. Wenn Ihr so lange genug Stroh habt, so daß Ihr nicht zu dreschen braucht, und Wahls wird dann wohl auch mal helfen, wenn Ihr in Not seid. Es ist ja alles schlecht, denn mit Moritz allein, das kann ich mir auch vorstellen. Ihr könnt dann weiter nichts machen, als das Vieh versorgen.
   Ich muß Dir nun leider mitteilen, daß wir uns Neujahr noch nicht wiedersehen können. Der Hauptmann hat angeordnet, daß keine Frauen über das Fest kommen sollen. Er gäbe demjenigen, der seine

Frau trotzdem kommen ließe, keinen Stadturlaub. Also müssen wir uns damit abfinden. Es ist alles wegen der Bahn, weil so viele Soldaten fahren. Wir müssen das Wiedersehen nun bis nach dem Fest aufschieben.

Prenzlau, d. 18.12.41
Josef will ja denn doch noch warten mit dem Urlaub. Ich habe mich auch schon gewundert, daß es so schnell losgehen sollte, denn einfach los reisen, das geht ja nicht, denn es geht ja dann auch immer auf Transportreise. Aber Urlaub müssen sie ja auch mal haben. Schmitz sagte, man müsse die Reise bezahlen, wenn Josef fährt. So kann er die Reise ja eigentlich selbst bezahlen, denn er hat ja auch genug bekommen. Nun könnt Ihr es ja auch ein bißchen einrichten, so daß Ihr in der Zeit, wo er auf Urlaub ist, nicht zu dreschen braucht. Wir müssen denn hier wohl die ganze Zeit mit Schlafen verbringen. Wären ja lieber alle bei der Familie gewesen, aber das geht ja nun doch nicht. Können uns ja immer freuen, daß wir hier sein können. Für diejenigen, die hier nun dichter bei sind, ist es doch ganz schön, wenn sie auch nur anderthalb Tage zu Hause sein können, aber sie fahren jetzt alle drei Wochen auf Sonntagsurlaub. Und jetzt im Fest wird es ja noch mehr. Von unserem Zug fahren 30 Mann, und 25 können nicht fahren. Von unserer Stube fährt jetzt ja nur Oef, den anderen geht es allen gleich. Wir werden dann wohl Karten spielen.

Ein trauriges Weihnachtsfest steht auch den Kriegsgefangenen und vielen Zwangsarbeitern bevor. Polnische Zwangsverpflichtete haben zwar in diesem Jahr einen Urlaubsanspruch, nutzen ihn aber nicht immer. Vermutlich wollte Josef seine polnische Freundin nicht allein lassen oder er fürchtete sich vor dem, was ihn in seiner okkupierten Heimat erwartete. Vielleicht hat er sich auch nicht ganz unwohl in unserer Familie gefühlt.

Prenzlau, d. 20.12.41
Wenn alles so bleibt, so schneiden wir ganz gut ab, denn wir kommen dann am Mittwoch von der Wache und haben dann am Heiligabend keine Wache und am ersten Feiertag auch nicht. Es ist ja eigentlich nicht richtig von unserem Hauptmann, daß er nun einfach sagt, wenn

die Frauen kommen, dann gibt es keinen Stadturlaub. Die paar Frauen hätte die Bahn auch noch weg gekriegt. Wir hatten gestern wieder Kinovorstellung. War diesmal ganz schön. Es kostet ja auch nichts.
Morgen hoffe ich nun aber bestimmt auf Post. Hat Bubi sein Bilderbuch schon?

Prenzlau, d. 22.12.41
Heute erhielt ich Deinen lieben Brief, das Weihnachtspaket mit Pfeffernüssen, Zigarren, Tabak, Äpfel und Wurst. Es ist alles gut angekommen. Hat diesmal etwas schneller gereist. Habe herzlichen Dank für alles. Liebe Leni, Du schickst so viel, ich muß nun wieder mit Gewalt essen, damit ich alles schaffe. Ich habe gestern noch ein Paket aus Brunow erhalten.
Du hast ja denn viel Dienst im Fest, und wir werden uns die Zeit auch vertreiben, denn wir sind ja alle zusammen. Du darfst nun nicht böse sein, daß Du nun gar nichts bekommst zu Weihnachten. Es ist ja aber nichts Vernünftiges zu haben.
Ich weiß nicht, ob ich schon Antwort gegeben haben wegen dem Hemd, das Josef haben sollte. Das könnt Ihr ihm ja geben. Für mich ist es doch zu klein.
Wenn Du nun diesen Brief bekommst, so ist das Weihnachtsfest wohl schon vorüber. Die Kameraden wünschen alle ein frohes Fest.

Prenzlau, d. 24.12.41
Habe schon an Euch gedacht, wie Ihr wohl den Ofen heiß bekommt bei diesem Wetter. Sabine schrieb heute einen Brief. Papa bringt denn ja heute für Bubi einen Wagen. Ich denke jetzt daran, ist wohl jetzt schon da in Herzfeld.
Ich denke heute abend an Euch.

Prenzlau, 2. Feiertag auf Wache (26.12.41)
Am Heiligabend hatten wir ja noch eine kleine Weihnachtsfeier, wir waren aber nur noch 30 Mann. Die anderen hatten ja schon am Abend vorher gehabt, und viele waren ja auf Urlaub gefahren. Die Weihnachtsfeier begann am Heiligabend um 6 Uhr. Sie war im Offizierskasino. Zuerst wurde „Stille Nacht" gesungen. Der Hauptmann hat dazu Klavier gespielt. Das verstand er ganz gut. Dann

hielt er eine kleine Ansprache. Der Sinn war, daß wir doch immer so Weihnachten feiern wollten, wie es immer gewesen ist. Für das neue Weihnachtenfeiern hatte er anscheinend auch nichts für übrig. Er sagte es ja nicht direkt, aber es war doch raus zu hören. Nun kam „O Du fröhliche" und „O Tannenbaum". Nachdem gab es Punsch und wie der alle war, bekamen wir noch Bier, jeder ungefähr 5 Glas. Um ½ 11 Uhr war Schluß. Es war eigentlich ganz schön, aber wenn man an zu Hause denkt, so ist es doch alles nichts. Wir müssen aber immer bedenken, was haben die ein Weihnachten, die in Rußland sind. Zur Weihnachtsfeier hat ein jeder 1 Tüte mit Pfeffernüssen, Bonbons, Keks, 25 Zigaretten bekommen. Die Bonbons und den Keks werde ich Bubi in den nächsten Tagen schicken, auch sollt Ihr eine Probe von den Pfeffernüssen haben. Am 1. Feiertag wollten wir eigentlich zur Kirche, aber es ist nichts geworden, denn wir mußten noch um 10 Uhr wieder antreten zur Wacheinteilung und zur Bereitschaft.

So traulich nach altdeutscher Art wird es am Heiligabend 1941 in Hitlers Wehrmacht nicht häufig zugegangen sein. Beispielsweise schreibt der Gefreite Otto Gasse, der als Gespannführer einer Batterie auch noch in der Heimat Dienst tat und für den nach eigenem Bekunden „die Kriegsjahre Erholungsjahre" sind, Ende Dezember 1941 an seine Familie:
„Am Heiligabend wurde ein Reisighaufen angezündet. Es war Sonnenwendfeier. Mit dem Lied ´Flamme empor´ war die Feier beendet. Übliche Bescherung. Dann flotte Märsche und fröhliche Lieder." (8)

Prenzlau, den 28.12.41
In 3 Wochen haben wir wieder freien Sonntag. Wie wäre es dann mit Deinem Besuch? Wir müßten dann schon mit einem Kameraden vom 2. Zug tauschen, d. h., man muß einen finden dafür und geht dann mit dem 2. Zug auf Wache. Aber heut in drei Wochen steht uns ja der freie Sonntag zu. Wollen dann mal sehen. Wenn es nun sehr kalt wird, kannst Du dann auch reisen?
Heute habe ich von Otto einen Weihnachtsgruß aus dem fernen Osten erhalten. Die Karte hat er am 2. Dezember geschrieben.

Der Spieß ist gestern wieder gekommen. Nun glaube ich, geht der Hauptmann auf Urlaub. Hatten gehofft, Oberleutnant Schroeder würde die Kompanie bekommen. Mit dem ist besser über Urlaub zu reden. Der ist nicht so kleinlich darin. Er sagte vor Weihnachten zu mir, ob ich nicht auf Sonntagsurlaub fahren wollte. Ich sagte, wir wären man ein bißchen zu weit ab. Da meinte er, man müßte das bißchen danach einrichten, aber man darf sich nicht treffen lassen. Aber es hat ja keinen Zweck, sich deswegen noch einsperren zu lassen und bekommt nachdem dann gar keinen Urlaub, und es sind dann ja auch nur ein paar Stunden, die man zu Hause ist.
War im Kino („Walzertraum einer Nacht"). War ganz schön. Soeben sind hier wieder Artilleristen aus Rußland eingetroffen. Die freuen sich bestimmt auch, daß sie mal wieder in der Heimat sind.
Bubi soll heute noch eine Neujahrskarte erhalten. Nun sende ich Euch allen herzliche Neujahrsgrüße und wollen hoffen, daß unser Wunsch, immer zusammen zu sein, in Erfüllung geht. Alles Gute im neuen Jahr und auf Wiedersehen.

Prenzlau, d. 31.12 41
Wir wollen hoffen, daß wir im Jahre 1942 länger zusammen sein können wie im Jahr 1941. Die Kompanie wird wohl nun längere Zeit Oberleutnant Schroeder führen. Unser Hauptmann ist ja auf Neujahrsurlaub. Wie der Spieß sagt, wird er wohl eine Zeit lang zum Bataillon kommen. Es sind ja die letzten Tage zwei Eisenbahnunglücke gewesen. Sie waren in dieser Gegend, es sind ja viele Tote dabei. Man kann schon bald Angst bekommen. Aber damit darf man ja nicht rechnen. Wir werden wohl rein schlafen ins neue Jahr. Ich denke an Euch. Morgen, Neujahr, geht es ja wieder auf Wache. Wenn wir nur in der Heimat bleiben können.

Prenzlau, d. 1.1.42
Nun schreibe ich den ersten Brief im neuen Jahr. Besser wäre es, wir könnten bald wieder alles mündlich machen. Hier gab es gestern abend viele, die einen zu viel getrunken hatten. Überhaupt die Artilleristen, die feiern fast jeden Tag, sie haben ja auch Geld genug mitgebracht. In die Kantine kann man jetzt gar nicht rein kommen, da ist immer Großbetrieb. Oberleutnant Schroeder meinte heute, ob ich nicht Lust

hätte, zur Kommandantur versetzt zu werden. Er sollte zwei Mann abgeben zur Kommandantur. Ich habe nicht gefragt, welchen Posten sie haben sollten, weil so viele da rum standen. Ich sagte, ich wollte man lieber bei der Kompanie bleiben. Was nun besser ist, weiß ich ja auch nicht. Aber wenn man da nun hinkommt, so bei den Pferden usw., das ist ja auch nicht viel besser. Überhaupt jetzt im Winter, und man muß dann den ganzen Tag unterwegs sein. Das einzige wäre ja, man brauchte dann keine Wache zu stehen. Oder man könnte vielleicht so lange dabei bleiben, wie der Krieg dauert. Aber ich hoffe ja noch, entlassen zu werden?? Er meinte auch noch, vielleicht kämen wir auch noch mal zum Landkommando und kämen dann etwas näher zur Heimat. Man hat sich nun schon so eingelebt mit den Kameraden, und wenn die dann mal weg kommen sollten und kämen dann in unsere Gegend hin, so daß man auch mal auf Sonntagsurlaub fahren könnte, so müßte ich mich ja auch ärgern. Wir wissen ja auch nicht, wie es alles wird im neuen Jahr. Nun auf baldiges Wiedersehen.

Prenzlau, d. 3.1.42
Ich freue mich, daß es Dir nun wieder besser geht. Hoffentlich hört es bald ganz auf, und Du bist zum Sonntag (10ten) ganz wieder gesund. Der U. K-Antrag ist ja denn auch schon im Gang. Wir wollen das Beste hoffen. Es ist gut, daß Du auf Möllenbeck verzichtet hast, wenn Du da zu Fuß hin laufen sollst oder mit dem Rad. Das geht ja nicht [gemeint ist das Orgelspielen zu Gottesdiensten im Nachbardorf]. Überhaupt jetzt im Winter.

Mit dem Spieß werden wir immer gut fertig. Krach macht er ja öfter genug, aber er meint es nicht so. Wir brauchen ja dann am Montag noch nicht auf Wache, wollen dann gleich bis Dienstagmorgen Urlaub einreichen. Unser Bubi ist ja denn sehr drollig. Vor März/April werde ich ihn wohl nicht zu sehen bekommen, wenn ich dann ganz bleiben könnte, wäre es ja sehr schön, aber??

Prenzlau, d. 16.1.42
Du schreibst, daß Du doch morgens hättest fahren müssen, Du wärst dann um 3 Uhr in Parchim gewesen. Ja, für Dich wäre es besser gewesen, aber weil ich nun doch so lange noch Urlaub hatte, so wollten wir doch noch so lange zusammen sein. Wenn man so lange warten

muß, ist ja nicht schön. Es war heute mittag Fliegeralarm eine Stunde. So etwas haben wir noch gar nicht gehabt. Ich habe an Dich gedacht. Es war ja so ungefähr von ½ 12 bis ½ 1 Uhr. Ich habe gedacht, wenn nur kein Alarm in Parchim ist. Was hat Bubi gefragt, wie Du zurück kamst? Er hat sich bestimmt sehr gefreut. Hoffentlich wirst Du nicht krank von dieser Reise. Wenn ich nur noch wieder Nachricht habe, daß Du gut angekommen bist, so bin ich wieder beruhigt, mein liebes Lenchen. Es waren doch wieder schöne Tage, die wir zusammen verbringen konnten, nicht wahr?

Prenzlau, d. 18.1.42
Hier ist es ganz schön, nur die Zimmer sind nicht geheizt. Hat Bubi schon einen Schlitten? Habt Ihr schon ausgedroschen? Ich schicke Dir heute noch die Seifenkarte mit. Da bekommst Du noch ein Stück Rasierseife drauf. Habt Ihr schon Stickstoff bekommen für Roggen? Ich hörte heute im Radio, daß es dieses Jahr nur 80 % geben sollte. Seht man zu, daß Ihr etwas Kalkammonsalpeter bekommt. Mäuse haben wir hier auch genug. Bei einigen Kameraden sind sie schon am Brot gewesen.
Wir können hier singen von der Maas bis an die Memel.

Was wird er mit dem letzten Satz gemeint haben? Am 1. Januar 1942 war im Völkischen Beobachter ein Aufruf Görings unter der Überschrift „Durch Tat und Leistung zum Sieg" zu lesen, in dem dieser großmäulig darauf verwies, daß Polen, Norwegen, Holland, Belgien und Frankreich bezwungen seien, Jugoslawien zerschlagen wurde und Griechenlands Widerstand gebrochen wurde. Deutsche Truppen stünden tief im Osten. Vielleicht haben beide bei Mutters Besuch in Prenzlau darüber gesprochen, daß es so wohl nicht weiter gehen könne angesichts der vielen Toten und des zunehmenden Mangels. Vielleicht war es eine ironische Replik auf eine Passage aus Mutters Brief.

Prenzlau, d. 20.1.42
Es ist ja eine lange Reise jetzt, wenn die Verbindung so schlecht ist. Der Zug hat sich ja denn auch viel Zeit gelassen. Daß Du sehr müde gewesen bist am Freitagabend, kann ich mir denken. Bubi hat sich denn wohl sehr gefreut, wie Du gekommen bist. Du schreibst, es sollen soviel

eingezogen werden, ja, das haben wir auch schon gehört. Aber bis 48 Jahre, das stimmt wohl doch nicht ganz, denn es wird immer viel erzählt. Die U. K-Anträge sollen alle hinfällig sein, wird hier erzählt. Da können wir wohl nicht viel Hoffnung haben, na, werden es ja bald erfahren. Wie Walter gefallen ist, weißt Du sicherlich auch schon, Mama hat es mir auch geschrieben. Der Leutnant hat ihn ja sehr gelobt, wie Mama schrieb. Wie Mama schrieb, hat er sich denn ja auch nicht viel quälen brauchen. Er weiß da jetzt nichts mehr von, aber für die Angehörigen ist es noch am schlimmsten. Otto hat auch schon lange nicht mehr geschrieben. Sie leben auch schon immer in Angst. Die müssen alle sehr viel mit durchmachen jetzt, wo es so kalt ist.

Wieder ist jemand gefallen, den Vater gut kannte. Der Tod wird zur alltäglichen Gewohnheit, nicht nur an der Front, sondern auch bei den Angehörigen in der Heimat. Nur über das „Wie" werden noch einige Worte mehr verloren, und es ist schon ein Trost, wenn jemand sich in diesem Massensterben nicht quälen mußte.

Prenzlau, d. 23.1.42
Erhielt gestern abend Deinen lieben Brief, herzl. Dank. Du bist ja denn auch krank gewesen, wenn Du Dich den ganzen Tag übergeben hast. Hoffentlich ist jetzt wieder alles gut?
Vor den Fliegern brauchst Du keine Angst zu haben, es ist für Euch noch eben so ungefährlich wie für uns hier, wenn wir auch mal Alarm gehabt haben, so haben wir doch bisher noch gar keinen feindlichen Flieger gesehen.
   Bohnerbesen wird es wohl nicht mehr geben, denn sie sind alle vor Weihnachten weggegangen und nun würden sie wohl auch keine wieder erhalten, na, ohne dem geht es ja auch.
   Die nach Neustrelitz gekommen sind, kommen bei der Infanterie. Der eine schrieb gestern, sie würden wohl diese Tage weg kommen, wohl auch nach Rußland,
Wenn es so kalt ist, so gehe nur nicht mit nach Möllenbeck, denn wenn Du nachdem krank wirst, so viel ist es nicht wert. Liebe Leni, Du hast ja denn schön geträumt. Hoffentlich kommt es so ??? Mir geht es gut und hoffe es auch von Euch allen. Herzliche Grüße Euch allen, und Dich und Bubi grüßt herzlich der Papa Hermann.

Prenzlau, d. 25.1.42
Mit dem U. K.-Antrag wird es dann wohl nichts mehr. Giese ist doch auch reklamiert, kommt der denn auch wieder weg? Liebe Leni, Du schreibst, Fritz Holz (Sohn der Nachbarn in Herzfeld) *ist nach Güstrow zum Treckerfahren lernen, das wird auch wohl nicht viel nützen, denn wenn die Alten alle weg kommen, so bleiben die Jungen bestimmt nicht zurück und diejenigen, die einen Führerschein und so was haben, werden immer nachgefragt. Hat Holz sich denn schon einen Trecker bestellt. Bubi geht es denn ja schon wieder besser. Laß ihn nur nicht raus bei diesem kalten Wetter, damit er sich nicht erkältet. Mit Josef seiner Reise wird es ja nichts mehr; die Bahn hat auch wohl zu viel zu bewältigen, deswegen ist auch der Urlaub für die jungen Soldaten gesperrt, die hier in der Heimat sind. Arbeitsurlaub ist auch bis auf weiteres gesperrt, na, wenn wir erst im März sind, mag es ja auch schon wieder frei sein.*

Prenzlau, d. 27.1.42
Die Post geht ja auch sehr lange, denn so wie es jetzt wieder ist mit der Feldpost??? und nur 50 g geschickt werden dürfen, lohnt es sich noch kaum Pakete zu schicken. Heute habe ich auch einen Brief von Otto erhalten. Der ist am 21ten Dezember geschrieben, hat über 4 Wochen gereist. Er schrieb auch, daß es nicht schön sei in Rußland und sehr kalt, sie kämen vielleicht etwas zurück, aber es ist wohl nichts geworden. Das Weihnachtsfest müßten sie wohl diesmal wieder auf der Straße verleben. Die haben dieses Jahr ein sehr schlechtes Weihnachten gehabt, und es sind auch schon viele, denen die Hände und Füße verfroren sind. W. u. K. Timm und Langheim sind ja denn auch alle noch immer in Rußland. Hat Ernst Puls schon geschrieben?

Prenzlau, d. 28.1.42
Du schreibst von 20° Kälte bei Euch, dann ist es da wohl noch kälter wie hier. Hier haben sie bisher nur 18° gemessen.
    Diejenigen, die damals von hier nach Neustrelitz gekommen sind, sind schon wieder weg, auch wohl nach dem Osten. Wir haben hier noch einen Oberleutnant bekommen, soll ein Pastor sein, wie erzählt wird. Denn werden wir wohl öfter Kirche haben??

Prenzlau, d. 29.1.42
Wie Du schreibst, liebe Leni, sind die Flieger bei Euch schon in der Nähe gewesen. Da ist es denn ja bald noch gefährlicher wie hier. Mit dem U. K.-Antrag ist es ja dann vorläufig vorbei. Hoffentlich ändert es sich bald wieder. Diesen Sommer muß es sich ja eigentlich entscheiden, ob der Krieg bald vorbei kommt. Wir wollen hoffen, daß ich dann wenigstens noch Urlaub bekomme zum Frühjahr.

Unser Bubi muß sich ja denn sehr vorsehen, wenn er schon Frost in den Hacken gehabt hat. Mama schrieb auch, daß es so kalt sei und alles einfriert. Der Ofen brennt denn nun wieder, und Ihr könnt Euch wieder ordentlich einheizen. Sabine frug an, ob Otto mir geschrieben hätte. Aber es ist ja so, wenn er an mich schreibt, so schreibt er ja auch zu Hause. Ich will es ihr aber trotzdem gleich mitteilen. Ich muß ja nun auch immer Angst haben, daß Flieger bei Euch kommen.

Prenzlau, d. 31.1.42
Als ich die ersten Stunden auf Wache stand (½ 1 bis ½ 3 Uhr), kam eine Frau an, die wollte Karl Ludek sprechen. Ich fragte, ob sie denn Frau Ludek sei. Ich wußte ja genau, daß sie es nicht war, wollte nur mal hören, was sie sagte. Frau Ludek sei sie nicht, sagte sie. Sie wollte ihm nur etwas bestellen. Da habe ich ihn denn raus gerufen. Er war gerade beim Schlafen und kam nachdem auch raus, da haben sie sich dann einen Augenblick unterhalten. Also es war Frau Ludek Nr. 2. Das sollte seine Frau mal wissen, nicht wahr? Morgen abend gehen wir vielleicht ins Kino. Morgen kommen hier wieder Artilleristen weg. Dann wird es wieder bequemer für uns. Werden dann auch wohl wieder umziehen mit 9 Mann auf der Stube. Jetzt sind wir 12 Mann. **Gestern abend haben wir uns die Rede angehört von Hitler, von 5 – 7 Uhr, auch weiter nichts Neues gesagt.**

Diese Rede vom 30.1.1942 im Berliner Sportpalast anläßlich des Jahrestages der Machtergreifung konnte man auch am 2. Februar unter der Überschrift „Über Deutschland kommt der Bolschewismus nicht" im Völkischen Beobachter nachlesen. Hitler schrie damals vom Podium in die Massen: „Es liegt im Wesen der Natur, daß immer wieder der Tüchtigere emporgehoben und herausgehoben wird.......Man muß dafür sorgen, daß fortgesetzt ein Strom frischen Blutes von oben nach unten fließt und daß alles das, was oben faul ist und absterben soll, weil es zum Absterben reif ist, auch tatsächlich abstirbt." Wieder mußte die Legende vom Dolchstoß in den Rücken der Front herhalten, die zum Zusammenbruch Deutschlands im Jahre 1918 geführt hätte. Der Aufstieg der NSDAP unter seiner Führung hätte den Bolschewismus in Deutschland verhindert und dafür gesorgt, daß 7 Millionen Arbeitslose unter anderem auch bei der Vollendung der Aufrüstung wieder Arbeit fanden. Er nannte Churchill einen Schwätzer und faulen Trunkenbold, seinen „Spießgesellen" im Weißen Haus einen armseligen Irren.

Auf die Lage im Osten eingehend, gibt er dem Wetter die Schuld für das Desaster: „Leicht war die Umstellung vom Vorwärtskrieg zur Verteidigung im Osten nicht. Die Verteidigung hat uns nicht der Russe aufgezwungen, sondern nur die 38, 40, 42 und zum Teil 45 Grad Kälte waren es."

Prenzlau, d. 2.2.42
Wie Du schreibst, hast Du ja denn wieder Asthma. Hoffentlich geht es bald wieder vorüber, damit Du mich auch besuchen kannst. Wie ist es nun zum nächsten Sonntag, also am 11ten?
Mit den Bomben, das wäre ja denn bald schlimm geworden. Wie Du schreibst, sind ja denn alle Fenster kaputt in Poltnitz. Bubi hat ja denn auch Schlitten gefahren. Das glaube ich Dir, daß es ihm gefallen hat. Nur daß er überall Frost hat, ist ja nicht schön. Ich verstehe es gar nicht, er kommt ja gar nicht viel raus. Serradella gibt es ja denn auch wieder nicht. Wenn Ihr nun was hört, daß es irgendwo welchen gibt, so könnt Ihr ja mal sehen, ob Ihr welchen bekommt. Aber wenn der Krieg nicht vorbei kommt, so ist ja alles nichts.

Prenzlau, d. 4.2.42
Hitlers Rede haben wir hier ja als Sondersendung gehört. Nun weiß wohl keiner mehr, wie lange der Krieg noch dauert. Morgen fahren wir mit 5 Mann von der Stube nach Neustrelitz, wollen 25 Gewehre hinbringen. Du schreibst von dem Sommerroggen und Hafer. Die 10 Ztn. müssen bleiben. Wenn nicht alle gebraucht werden, können wir ihn später noch verfüttern.

Prenzlau, d. 6.2.42
Herzlichen Dank für Deinen lieben Brief vom 3., auch für Bubis Brief. Wir sind wieder gut angekommen von Neustrelitz. Ich habe Euch ja auch 2 Karten geschrieben. In Neubrandenburg hatte der Zug schon 1½ Stunden Verspätung. Es ist jetzt nicht schön zu reisen. Auf den Zug kann man sich nicht mehr verlassen. Der Spieß ist gestern abend auch wieder zurückgekommen vom Urlaub. Für diese Herren gilt die Sperre nicht. Neustrelitz ist auch eine ganz hübsche Stadt. Im Sommer muß es da auch ganz schön sein. Was da in Ludwigslust passiert ist, ist ja auch allerhand. Es geht allerhand vor, jetzt im Krieg. Hier ja auch. Karl Ludek bekam gestern auch einen Brief aus der Stadt, die Adresse war nicht ganz richtig. Da fragte Feldwebel Weber, der hat den Spieß vertreten, ob er eine Freundin in der Stadt hätte, denn solle er Ihr man seinen richtigen Namen sagen. Er bekam den Abend zwei Briefe, einen von seiner Frau. So was kommt hier oft vor.

Offensichtlich übergeht Vater immer wieder die Feldpost und damit die Briefkontrolle, denn seine abschätzigen Bemerkungen über Hitlers Rede und die Sonderprivilegien seiner militärischen Vorgesetzten hätten schlimme Folgen haben können. Und was geschah Ende Januar 1942 in Ludwigslust? Ich habe es nicht in Erfahrung bringen können. Die Juden wurden dort erst im Juli wie Vieh zum Bahnhof getrieben und nach Auschwitz, Majdanek oder Treblinka in den Tod verfrachtet. Natürlich wurden sie schon zuvor diskriminiert.

Prenzlau, d. 7.2.42
Heute wollte ich nun ordentlich einkaufen. Etwas habe ich ja auch erhalten. Den Bezugsschein schicke ich dir wieder zurück, denn es war nicht so was da, was ich haben wollte.
Sie sagten alle, ich hätte im Herbst kaufen sollen, da hätten sie noch etwas gehabt. Jetzt bekämen sie so etwas nicht mehr rein, und dann ist ja auch schlecht, solche Sachen ohne anzupassen zu kaufen. Gewöhnliche Gummistiefel waren noch da, aber Du wolltest doch ein bißchen was Gutes haben, so für Sonntags und auf Reisen, nicht wahr? 3 Paar Holzpantoffeln habe ich gekauft, auch noch soeben geschnappt. 2 Paar sind nicht ganz mit Leder. Es ist oben Segeltuch. Aber was soll man machen, sind doch besser als gar nichts. Es wird aber immer

schlechter. Wir hofften, nach Weihnachten würde es besser, aber bisher ist es immer schlimmer geworden. Von Sabine erhielt ich heute eine Karte. Sie hat immer noch keine Nachricht von Otto. Pastor Lembcke ist ja denn auch verwundet am Knie und Unterkiefer und Willi Klähn auch.

Prenzlau, d. 8.2.42
Wir haben ja jetzt auch einen Obergefreiten hier auf der Stube. Er ist aus Berlin; einer von denen, die zuletzt gekommen sind. Ist ein anständiger Kerl, ziemlich ruhig. Da werden wir wohl mit fertig werden.

Liebe Leni, Du schreibst, Du willst meine Anzüge reinigen lassen. Hoffentlich kann ich sie bald wieder anziehen. Aber es wird wohl noch eine Weile dauern.

Prenzlau, den 10.2.42
Von Erich aus Pampin erhielt ich heute auch einen Brief. Es ging ihm ja soweit gut. Da ist ja auch schon wieder einer gefallen, 21 Jahre, auch in Rußland. Ist am Heiligabend an die Front gekommen und am 11ten gefallen. Es ist schon der 4te in Pampin, es bleiben viele in Rußland.

Du schreibst von Fürstenberg. Es ist eine kleine Stadt, wir waren da im Café, wollten noch Kuchen kaufen, aber es war in ganz Fürstenberg keiner zu bekommen. Im Café war er auch ausverkauft. Da haben wir uns Kaffee geben lassen und unser Brot dazu gegessen.

Mutter geht's denn auch nicht gut. Hoffentlich wird's nicht schlimmer, hat sich denn auch wohl erkältet. Bubi macht Euch denn wohl immer schön Spaß vor, wie Du schreibst. Hermann sagt er denn wohl noch immer, das vergißt er wohl nicht wieder?

Josef hat ja denn auch wieder jemanden, aber die nehmen das ja nicht so genau, die Polen, müssen sich denn wohl alle in Deutschland verheiraten? Du hast ja denn so viel Bürgersteuer bezahlt. Daß ich auch noch bezahlen muß, wußte ich nicht. Oder haben die anderen auch alle bezahlen müssen, die eingezogen sind?

Prenzlau, d. 12.2.42
Mit Moritz und Josef ist es ja denn schlimm, wenn sie sich gar nicht mehr vertragen können. Ja, wenn keiner da ist, dann machen sie, was sie wollen. Josef hat es denn wohl vergessen vom Sommer, denn er soll sich ja vorsehen. Ich glaube, die Franzosen haben doch wohl mehr recht wie die Polen, schlagen darf er ja auch nicht.

Unser Bubi hat ja denn eine Schlittenfahrt gemacht nach Stresendorf. Das hat ihm wohl sehr gefallen.

Hier ist auch immer Aufregung, sind in letzter Zeit welche ausgerückt, und der Draht ist nicht kaputt. Keiner weiß, wie sie raus gekommen sind.
Hoffentlich haben sich die beiden schon beruhigt, und es geht seinen alten Gang weiter. Weg lassen könnt Ihr ja keinen davon, denn das Wiederkriegen ist immer schlecht.

Prenzlau, d. 13.2.42
Heute abend sind keine Pakete ausgegeben worden. Der Spieß sagte, die Züge sind alle stecken geblieben im Schnee. Ich will noch einen kleinen Brief an Otto schreiben. Ich hoffte immer, er würde mal auf Urlaub kommen, aber das wird auch wohl nichts. Alle, die in Rußland sind, müssen lange auf Urlaub warten. Hoffentlich haben Josef und Moritz sich wieder beruhigt. Sie haben wohl nicht genug Arbeit, sie sollten man immer ruhig sein, denn sie haben es immer noch ganz gut.

Wir haben heute in der Kantine 25 Briefumschläge und einen kleinen Block dazu erhalten. Die bekommst Du zum Geburtstag.

Prenzlau, d. 16.2.42
Mit Moritz und Josef geht es denn wohl wieder. Wenn erst wieder mehr zu tun ist, werden sie sich schon beruhigen. Heute mittag, wie wir von der Wache kamen, sind uns ungefähr 100 Polen begegnet, da waren 4 Gendarmen bei. **Es ist ein Pole aufgehängt worden, da haben diese alle zusehen müssen. Der Pole, der aufgehängt wurde, hat ein deutsches Mädchen vergewaltigt.**

Ich hatte nun gestern davon geschrieben, ob Du mich auch bald mal besuchen willst. Für bestimmt kann ich es nun noch nicht sagen, ob es in 14 Tagen gehen wird. Am besten ist es, wenn Du schreibst, ob es Dir *dann paßt, und Du richtest Dich dann darauf ein. Ich gebe dann noch nähere Nachricht.*

Die Zeiten sind grausig, und die Menschlichkeit stumpft ab. Über die öffentliche Hinrichtung eines Polen berichtet Vater ziemlich emotionslos. Man findet nichts Besonderes dabei, daß für Polen, die zur Sklavenarbeit verdammt sind, grausamste Strafbestimmungen gelten, falls sie gegen faschistische Gesetze verstoßen. Glaubte Vater wirklich an eine Vergewaltigung? Er, der doch wußte, unter welch strengen Bedingungen Zwangsarbeiter und Kriegsgefangene in Deutschland leben mußten. Wäre da nicht eher an eine „Liebe in Deutschland" (Rolf Hochhuth) zu denken. Auch das bleibt offen wie so vieles in diesen nur angedeuteten Geschehnissen. Wahrscheinlich war aber schon schriftlich geäußertes Mitgefühl gefährlich.

Ein ähnliches Kriegsverbrechen ereignet sich etwa im gleichen Jahr auch in Poltnitz, einem Nachbardorf von Herzfeld. (Siehe auch Brief vom 1.11.42!) Dort hatte eine junges Mädchen ein Verhältnis mit einem Polen. Der Pole wurde in Anwesenheit seiner Kameraden in einem nahe gelegenen Wald gehängt und das Mädchen wegen „Rassenschande" eingesperrt.

In einer Bekanntmachung aus Ingolstadt über die Hinrichtung von vier Polen in polnischer und deutscher Sprache wird den polnischen Zwangsarbeitern folgendes mitgeteilt:
„Ihr sollt daraus ersehen:
Wer arbeitet, hat es gut in Deutschland!
Wer nicht arbeiten will, wird dazu gezwungen!
Wer sich gegen die deutschen Kriegs- und Sittengesetze vergeht, wird erhängt!" (7).

Im Katalog zur Ausstellung „Erinnerung bewahren – Sklaven- und Zwangsarbeiter des Dritten Reiches aus Polen 1939-1945" (11) wird ein internes Rundschreiben über „Pflichten der Zivilarbeiter und – arbeiterinnen polnischen Volkstums während ihres Aufenthaltes im Reich" zitiert (S. 50), in dem es heißt: „Wer mit einer deutschen Frau oder einem deutschen Mann geschlechtlich verkehrt oder sich ihnen sonst unsittlich nähert, wird mit dem Tode bestraft."

Die Nazipropaganda, die täglich und stündlich einseitig auf die Bevölkerung einhämmert, hinterläßt Verformungen auch bei denen, die sich ihre Skepsis bewahrt haben und auch wie Vater im nächsten Brief ihren Zorn auf korrupte örtliche Nazi-Funktionäre nicht zurückhalten.

Prenzlau, d. 17.2.42
Wie Du schreibst, bekommen wir denn ja in diesem Jahr nicht so viel Stickstoff wie sonst. Aber daß es nicht so viel Grünkorn [Kalkammonsalpeter] *gibt, ist ja nicht schön. Wir haben doch schon 30 Ztn. Kalkstickstoff genommen, da müßten wir eigentlich 20 Ztn. Grünkorn zu bekommen. Der Schneider* [ein fanatischer Nazi] *hat man seine guten Freunde dafür, glaube ich. Wenn wir nun nicht mehr erhalten, als wie Du schreibst, müssen wir noch bißchen sparen damit.* ***Es ist alles eine falsche Blase. Die machen alle, was sie wollen.***

Prenzlau, d. 23.2.42
Nun gab der Spieß heute abend bei der Befehlsausgabe bekannt, daß die Jahrgänge 08 und 09 nach Neustrelitz kommen und wenn dann noch kein Ersatz kommt, wird es ja wieder schlechter mit der Wache und auch mit dem Urlaub. Aber vorläufig wollen wir es doch noch hoffen, daß es am Sonntag, dem 8ten was wird??
  Chr. Krögers Frau wird denn wohl schon wieder lebendig, wie Du schreibst, denn was geht sie Josef an. Sie sollte ihre Mädchen nur besser behandeln, dann werden sie auch wohl bleiben. Herbert ist doch wohl schon weg.
Wir wollen nun hoffen, daß wir uns nächste Woche am Freitag wiedersehen.

Es steht nicht zum besten zwischen Mutter und der Frau ihres Onkels von der gegenüberliegenden Straßenseite, die zudem auch die bei ihr zur Zwangsarbeit verpflichteten polnischen Mädchen schlecht behandelt. Wahrscheinlich hat sie sich über Josefs Amouren mit einer von diesen beschwert. Mutters gutes Verhältnis zu ihren Cousins Herbert und Ernst blieb davon unberührt. Mutters Onkel Christian war am 20. November 1941 an den Folgen eines Autounfalls verstorben.

Kurzbrief von Mutter aus Herzfeld vom 25.2.42; Vater hat, um Papier zu sparen, seine Antwort vom 26.2. auf dem gleichen Bogen geschrieben.

M. l. Hermann!
Schnell ein kleiner Brief, ich gebe ihn Grete Jastram, die fährt nach Grabow. Habe Deine beiden Briefe erhalten und ein Telegramm aufgegeben, daß Frau Ahrens und ich beide am 6. kommen. Ich habe nämlich eben mit ihr telefoniert. Sie sagte eben, dort sei erzählt, Jahrgang 06 + 07 sollten nächste Woche weg. Ich habe mich sehr erschrocken. Wenn es <u>sein sollte</u>, dann mußt Du ein Telegramm schicken, ich möchte dann sofort kommen. Hoffentlich ist es nur Erzählen. Ich schließe jetzt, schreibe morgen mehr. Es grüßt Dich Deine Magdalene. Schreibe sofort!

Prenzlau, d. 26.2.42
Wir haben ja am Freitag Ersatz bekommen, aber, wie erzählt wird, sollen ja nicht ganz so viele kommen, wie weg gehen. Erzählt wird ja immer viel. Es ist ja auch so damit, was Du da im Brief geschrieben hast, daß 06 und 07 weg kommen. Da ist bisher noch nichts bekannt hier, denn vorläufig wird es bestimmt noch nichts. Diese, die weg kommen, sollten ja vor einem halben Jahr schon weg. Du bekommst gleich den Bogen zurück, auch den Briefumschlag. Ich habe gestern Zettel gekauft zum Verkleben.

    Das Kino war nicht so sehr berühmt gestern abend („Wir fordern auf zum Tanz"). Es war etwas zu Lachen, hatte aber keinen richtigen Sinn. Nun werde ich ja auch bald mit Dir ins Kino gehen. Hoffentlich gibt es dann wieder was anderes.

    Liebe Leni, denn wollen wir hoffen, daß wir uns am Freitagabend gesund wiedersehen.

Prenzlau, d. 27.2.42
Otto hat ja nun auch endlich wieder geschrieben.
    Von W. Lindner habe ich auch in der Zeitung gelesen, Du kennst ihn ja auch noch von dem 1. Ball in Brunow. Ja, damals waren noch andere Zeiten, er war auch ein fröhlicher Bursche. Ich habe am Sonnabend ja meine Uhr zum Uhrmacher gebracht. Wenn Du nun kommst, so bringe mir mal die Armbanduhr mit, damit wir die Tage wissen, was die Uhr ist und nicht so lange schlafen. Deine Uhr geht ja auch immer nicht, sonst wäre es ja nicht nötig. Brot brauchst Du nicht

mitzubringen. So knapp ist es denn ja auch noch nicht. Aber wenn Du noch eine Brotkarte hast, die bringe man mit.

Prenzlau, d. 1.3.41
Hoffentlich geht der Schnee noch weg bis zum Freitag, und Ihr habt schönes Reisewetter. Ihr wollt ja denn mit dem D-Zug fahren. Ihr könnt ja mitunter Glück haben. Liebe Leni, ob wir nun am nächsten Sonntag zurückbleiben von der Wache, können wir noch nicht bestimmt sagen, denn wir sind gerade so viel, daß es gerade langt. In jedem Zug sind jetzt 59 Mann und 51 ziehen auf Wache. Wenn nun noch paar krank sind, so langt es schon nicht. Wenn Ihr schon mittags hier seid, so können wir Euch nicht abholen. Aber abends werden wir dann da sein, sonst laßt Ihr die Koffer bei der Bahn. Das Zimmer habe ich gestern bestellt, und von Freitagabend bis Sonntagmittag werden wir ja bestimmt Urlaub bekommen. Und nachdem müssen wir dann mal sehen. Es ist ja nicht genug Ersatz gekommen.

Nach zwei Monaten haben sich meine Eltern wieder in Prenzlau gesehen. Für Mutter, die am 10. März Geburtstag hatte, war das sicherlich das schönste Geschenk.

Prenzlau, d. 11.3.42
Der Spieß ist heute nach Neustrelitz, kommt morgen wieder zurück. Er meint ja gestern bei der Befehlsausgabe, daß er dann vielleicht schon abends mehr wüßte, wo wir hinkämen, denn bisher ist ja noch nichts Bestimmtes raus. Der Oberleutnant Schroeder kommt wohl noch 14 Tage nach Stettin zum Kursus. Hoffentlich ist er zum April wieder da.
Ich hoffe ja, daß Du die anstrengenden Tage gut überstanden hast. Sie waren wieder sehr schön..

Prenzlau, d. 12.3.42
Gestern war auch noch wieder Kasernenstunde. Der Pastor war hier, hat über Friedrich den Großen erzählt. Heute nachmittag hat Oberleutnant Schroeder alle aufgeschrieben, die für Arbeitsurlaub in Frage kommen. Er hat sich alles aufgeschrieben, wie die Verhältnisse so bei jedem sind. Ich war gerade der Letzte, und da waren die anderen alle schon weg, er hat sich dann noch ein bißchen mit mir unterhalten.

Er fragte auch, wenn ich denn wohl fahren wollte. Ich sagte, am liebsten so Anfang April. So haben die meisten angegeben. Er will nun alles noch ein wenig danach einrichten. Ich hoffe ja, daß ich Anfang April fahren kann. Wir werden wohl noch von hier auf Urlaub fahren, aber bestimmt ist es ja noch nicht. Ich habe auch gefragt, wie lange es denn gäbe. Da meinte er so 16 Tage. Da sagte ich, das wäre ja eigentlich nicht genug. Wir hätten doch sonst auch 3 Wochen bekommen. Da sagt er, sie könnten bis zu 4 Wochen geben, aber es wären 50 Mann; die wollten alle welchen haben. Er müsse jetzt noch mal abwarten, was der Spieß für eine Nachricht vom Bataillon mitbringt. Er denke ja auch, daß diejenigen, die über 100 Morgen hätten, etwas länger bekämen. Er sagt auch noch, er wolle ja auch im April noch auf Urlaub. Er hätte noch viele Saatkartoffeln, die noch weg sollten.

Prenzlau, d. 13.3.42
Oberleutnant Schroeder kommt ja morgen weg [Vermutlich als Wehrwirtschaftsführer in den Osten]. Er wird wohl nicht wieder zurück kommen zur Kompanie. Er hat sich heute morgen verabschiedet. Für uns wäre es wohl ebenso gut gewesen, wir hätten ihn behalten, weil er auch Bauer war. Nun wird der Spieß wohl hauptsächlich die Sache machen. Na, wir sind ja auch nicht so schlecht bei ihm angeschrieben.

Prenzlau, d.15.3.42
Erhielt heute Deinen lieben Brief vom Sonntag; leider geht es Dir ja wieder nicht gut, denn hast Du dich doch wohl erkältet auf der Reise. Es war ja auch zu kalt, und wie wir beim Photograph waren, war es auch nicht schön. Die Bilder habe ich gestern geholt, na, so besonders sind sie gerade nicht geworden. Du bist noch am besten geworden. Meine Uhr ist jetzt fertig. Habe sie gestern geholt. Kostet 3,50 Mark. Aber denke nun nicht, daß Du mir deswegen Geld schicken brauchst. An Bubi habe ich gestern eine Karte geschrieben mit dem Lied „Lilli Marlen". Das soll er mir nachher vorsingen.

Prenzlau, d. 17.3.42
Das Wetter ist besser geworden. Der Schnee ist weg. Unser Wegkommen wird sich wohl noch etwas hinauszögern. Vielleicht

bleiben wir auch ganz hier. Aber erzählt wird ja immer hin und her. Ich habe heute auch nach Brunow geschrieben; auch von der Maschine. Ihr müßt Euch dann darüber verständigen.

Mit der Maschine ist ein Düngerstreuer gemeint, der sowohl auf dem Hof in Brunow als auch in Herzfeld genutzt wird. Zu dessen Einstellung und zur genauen Stickstoffdosierung auf den zu düngenden Schlägen hat Vater auch schon im Brief vom 15. März genaue Anweisungen gegeben.

Prenzlau, d. 18.3.42
Karl Jastram und Fritz Holz wollen denn ja Flieger werden. Vielleicht ist es nicht das schlechteste, denn zum Fliegen werden sie auch wohl nicht kommen, und sonst kann man ja nicht wissen, was am besten ist.
Heute war Hauptmann Linde hier, der jetzt Bataillonsführer ist. Wann und ob wir hier weg kommen, ist noch nichts Bestimmtes raus.
Na, wir müssen abwarten. Willi Evert ist ja dann auch gefallen, wie Du schreibst. Die sind ja auch alle noch nicht auf Urlaub gewesen, die damals umgekommen sind. Oberleutnant Schroeder sagt ja, eingereicht brauchte nicht zu werden. Sie hätten ja alles da. Ich hoffe ja, daß es so nächste Woche allmählich los geht mit dem Urlaub, denn einige wollen ja zu Palmsonntag hin.

Zu den Fliegern fühlten sich viele junge Leute hingezogen. Die Verbindung von sportlichen Leistungen mit neuerer Technik hatte etwas Anziehendes, wenn man schon in den Krieg mußte. Schon 1942 zeichnete sich aber ab, daß Görings Luftwaffe die großmäuligen Versprechungen ihres Chefs nicht erfüllen konnte, und offensichtlich hatte auch der Soldat Hermann Schmidt das schon erkannt.

Prenzlau, d. 20.3.42
Heute ist es böses Wetter. Haben Dienst auf dem Korridor gemacht (links und rechts um). haben jetzt einen Oberleutnant Wangemann, ich glaube, er ist wohl Beamter.

Lotti (Tochter von Mutters Onkel und Tante in Stresendorf) hat Euch ja auch ein Bild geschickt von ihrem Liebsten. Es wird ihr wohl gefallen haben bei ihrem Bräutigam, nicht wahr? Holz sollt Ihr denn ja wieder im Mai haben. Es ist komisch, daß es wieder so spät wird. Ich hoffe, zu Ostern bei Euch zu sein. Aber wenn es nun nichts werden sollte, so muß es denn ja auch so gehen. Die Hauptsache ist ja, ich bekomme drei Wochen, denn mehr wird es wohl bestimmt nicht werden.

Prenzlau, d. 21.3.42
Ich erhielt gestern Abend auch noch das Kuchenpaket. Es war ja eigentlich noch gar nicht nötig gewesen, aber er schmeckt trotzdem gut. Das Mehl ist ja jetzt überall nicht mehr so. Ich habe gehört, daß Kuchen und vieles mehr mit der Zeit völlig wegfallen sollen.
Habt Ihr die Wrucken schon aufgefuttert? Gekauft wurden sie doch wohl nicht mehr. Die Zeit ist ja jetzt eigentlich vorüber. Hier im Gefangenenlager kam gestern ein Lastauto voll an. Heut in 14 Tagen ist Ostern. Hoffentlich bin ich dann noch da?? Für bestimmt kann man es ja immer noch nicht sagen

Nun erfahren wir auch, welche Grundnahrung die belgischen Gefangenen in Prenzlau bekamen: nämlich Kohlrüben, die sogenannte „Mecklenburger Ananas" oder Wruke.
Die Wehrmacht holt sich alles, was irgendwie brauchbar ist. Es werden nicht nur Menschen sondern auch Pferde eingezogen.

Prenzlau, d.. 22.3.42
Der Fuchs ist weg. Es ist ja gar nicht schön, nun gerade wo die Arbeit los geht. Ich hätte da gar nicht mit gerechnet, daß wir den los würden, da wir doch nur zwei Pferde haben. Von anderen Leuten Pferde holen alle Tage, ist nicht schön. Ich glaube, in diesem Falle wäre es ebenso gut, wenn Du einreichen würdest. Wenn es 8 Tage mehr würden, wäre es ja nicht schlecht. Du müßtest dann schon angeben, daß ein Pferd weg ist und ein Pferd gekauft werden muß. Eigentlich müssen sie ja dafür sorgen, daß wir ein Pferd wieder bekommen. Dann muß eben einer uns eines verkaufen, der drei hat. Denn wenn wir jetzt ein junges kaufen und denn mit Josef, das geht ja auch alles nicht so, denn wenn es nachher verdorben ist, dann gibt uns keiner was.

Liebe Leni, Du hast gar nicht geschrieben, was Ihr dafür bekommen habt und was Bubi zu den Bildern gesagt hat??

Prenzlau, d. 22.3.42
Nun soll der Arbeitsurlaub losgehen. Die ersten fahren morgen früh. Wir sollen alle nur 12 Tage fahren. Das ist gar nichts, aber mit dem Urlaub ist es ja schon immer schlecht gewesen hier. Ist ja eigentlich noch zu früh. Wir werden wohl noch wieder hier bleiben. Wenn Schroeder hier gewesen wäre, so wäre es vielleicht anders gekommen. Der Spieß schimpft ja immer auf Schroeder, daß er uns allen den Kopf verkohlt hat von dem Urlaub. Aber sie haben sich ja auch nicht vertragen können. Das Urlaubsgesuch schicke man trotzdem ab, denn man muß alles versuchen. Viel Hoffnung habe ich nicht.

Nun war eben der Schreiber hier. Er sagte, mehr als 12 Tage Urlaub gäbe es nicht. Er sagt, diese müßten nun erst zurück sein. Früher dürfte jetzt keiner fahren. Demnach würde es wohl erst nach Ostern was.

Prenzlau, d. 24.3.42
Ich erhielt gestern Abend deinen lieben Brief und habe mich gefreut, daß der Fuchs wieder zurückgekommen ist; es wäre ja auch nicht schön gewesen. Wenn sie auch gut bezahlt werden und er auch mitunter seine Untugend an sich hat, so ist es doch gut, daß Josef ihn wieder mitgebracht hat. Er ist denn doch wohl zu langsam gewesen. Ich wollte gestern abend noch schreiben, aber da hatten wir noch Kino und mußten da sein. Es hieß „Opernball," aber es war nicht zu verstehen, sonst wäre es wohl nicht so schlecht gewesen. Am Sonntagabend waren wir auch wieder im Kino, war aber auch nichts. Das Stück nannte sich „Kadetten," stammte aus dem 17. Jahrhundert [gemeint ist das 18. Jahrhundert], wie damals die Kosaken in Berlin gewesen sind. Die Filme sind jetzt meist auf Propaganda eingestellt. Hier kommen nun am Freitag auch wieder 20 Mann von den jungen (20 bis 30 Jahre) nach Neustrelitz, und Ersatz ist noch nicht hier. Mit dem Urlaub wird es wohl vor Ostern nichts werden.

Es ist Nachtfrost. Schlecht für alle Saaten. Wenn ich da wäre und könnte mir mal den Roggen ansehen, so wüßte ich schon, was ich

machen würde, denn es ist ja alles spät in diesem Jahr und alles so weit zurück.
Liebe Leni, Du schreibst, daß schon wieder zwei gefallen sind, Rambow aus Barkow und W. Mewes aus Brunow. Es bleibt immer so bei. W. Mewes sein Vater ist ja vorigen Krieg auch gefallen. Ist alles traurig, war auch ein fleißiger Mensch.
Von Otto erhielt ich heute einen Brief; ihm geht es ja soweit noch ganz gut, schreibt er. Er hätte es ja auch immer etwas besser gehabt, da er das Gepäck von seinem Chef fahren müsse. Ich will heute eine Geburtstagskarte an Hans-Erich [Sohn des Schwagers Erich] *schreiben.*
Oberleutnant Schroeder, wird erzählt, sei auch nach der Ukraine gekommen oder kann da sein als Wirtschafter.

Daß Vater Heubergers verfilmte Operette „Der Opernball" nur schlecht verstanden hat, wird ein akustisches Problem gewesen sein. Wohl aber durchschaute er die progandistische Absicht, die mit dem Film „Kadetten" verbunden war: nämlich Haß auf die Russen zu schüren. Sehr viel vormachen ließ er sich von der Goebbelsschen Propaganda nicht.

Prenzlau, d. 25.3.42
Du bist ja denn schon wieder mit dem Rad nach Möllenbeck gewesen. Das solltest Du doch nicht tun. Du weißt doch, wie es ist mit dem Asthma. Wenn Porath aber nicht fährt, dann bleib doch lieber zu Hause.
Lotti ist ja denn sehr reiselustig. Es gefällt ihr denn doch wohl gut bei ihrem Liebsten. So groß ist es ja denn doch auch nicht ganz, wie zuerst gesagt worden ist. Aber es genügt ja denn auch so als Dorflehrer.
Karl [Bruder von Lotti] *in Stresendorf will ja denn kein Flieger werden, mag auch ebenso richtig sein, denn früher mußten sie sich ja 5 Jahre verpflichten. Aber so viel weniger wird es wohl sowieso nicht werden und* **nach dem Kriege, wenn er gewonnen wird,** *müssen sie auch noch viele Soldaten haben.*

Eine recht unvorsichtige Bemerkung, dieses: „ wenn er gewonnen wird." Öffentlich geäußerter Defätismus konnte lebensgefährlich sein.

Der Bauer Porath hatte Kirchenland gepachtet. Dies war mit der Verpflichtung verbunden, den Pastor in andere Dörfer mit einer Kutsche zum Gottesdienst zu fahren.

Bezeichnend für bäuerlichen Standesdünkel der damaligen Zeit, von dem auch Vater nicht frei war, ist die leicht abfällige Bemerkung über den Beruf des Verlobten von Mutters Cousine Lotti. Ein Dorfschullehrer galt wenig auf dem Lande, verfügte er doch kaum über große Besitztümer.

Prenzlau, d. 27.3.42
Bubi hat ja denn schon einen großen Marsch gemacht nach Stresendorf hin und zurück. Ich freue mich auch schon, daß ich ihn nun bald zu sehen bekomme.

Morgen ist ja Tag der Wehrmacht. Da sind hier auch Veranstaltungen. Wir wollen auch hin, haben morgen ja frei. Die Eintrittskarten kosten 2 Mark. Ist wohl Konzert und Vorträge, mal sehen, ob es was Vernünftiges ist.

Du hast denn ja Ostern Dienst, denn hast Du ja auch keine Zeit. Also brauche <u>ich ja auch noch nicht zu kommen</u>, nicht wahr? Ich werde aber trotzdem kommen, wenn sie mich zu Ostern los reisen lassen. Mit dem Verständnis für die Bauern scheint es ja nicht weit her zu sein bei unserem Oberleutnant.

Mit dem Verständnis für einander ist es ohnehin sehr schlecht bestellt im Deutschen Reich. Dies betrifft insbesondere auch das Verhältnis zu den Kriegsgefangenen und Zwangsverpflichteten aus den besetzten Ländern. 50 % der Zwangsverpflichteten aus der Sowjetunion waren Frauen und Mädchen im Alter von 17 bis 22 Jahren. Sie waren häufig willkürlich auf der Straße aufgegriffen worden, wurden unter menschenunwürdigen Bedingungen mit der Bahn nach Deutschland transportiert und dort bis zur Verteilung auf die Arbeitsstellen in den Dörfern bzw. in Industriebetrieben in Durchgangslagern untergebracht. Die Lebensführung dieser als „Ostarbeiter" bezeichneten Menschen war restriktiven Vorschriften unterworfen, und ihre Lebensbedingungen hingen weitgehend von Arbeitsort und Arbeitgeber ab. Sie mußten ein blauweißes Abzeichen mit den Buchstaben „OST" vorn auf der Brust tragen, um private Kontaktaufnahme zu Deutschen zu unterbinden.

Polnische Zwangsarbeiter mußten sich ein violettes „P" in einer gelben Raute anheften (7), (11).
Eine Postkarte von Vaters Schwester an Mutter, die sich unter den Briefen befand, offenbart völliges Unverständnis gegenüber einem ukrainischen Mädchen, das kein freudiges Gesicht macht, wenn sie in Deutschland Zwangsarbeit leisten muß. Und gefälligst Deutsch hatte sie auch zu sprechen. Diese überhebliche Ignoranz, gepaart mit eigenem Unwissen über alles Fremde, dürfte auch heute noch das Verhalten vieler deutscher „Normalbürger" gegenüber Ausländern prägen.

Brunow, d. 27.3.42
Liebe Magdalene!
Haben eben Deine liebe Karte dankend erhalten. Du hast ja denn den ganzen Ostern über Dienst, aber manchmal kommt Hermann erst nach Ostern. Meine Lieben, ich kann Euch mitteilen, daß wir ein Mädchen aus der Ukraine erhalten haben, aber die ist nicht gut ausgefallen. Sie ist zu langsam und so böse sieht sie aus und denn Tarif. Über 20 Jahre ist sie alt, also viel Geld und nichts verstehen. Ich habe schon wieder so viele Zahnschmerzen, und Karl-Otto war auch schon wieder krank. Immer wenn er raus gewesen ist, bekommt er gleich immer wieder so hohes Fieber, wie das zugeht, weiß ich nicht. Papa hat es wieder im Kreuz und Seite. Hat sich beim Holzfahren auch erkältet. Morgen sollen unsere Gefangenen alle zum Weidenabschneiden nach Bauerkuhl, zwei Tage, jetzt wo so wenig Zeit ist. Wenn Hermann nicht kommt Ostern und wir sind gesund, denn mögen wir ja Ostern rüber kommen
Nun seid alle recht herzlich gegrüßt von uns allen Eure Sabine.

„Und denn Tarif..." Polnische Zwangsarbeiter sollten nach dem für Deutsche gültigen niedrigsten Tariflohn bezahlt werden. Davon mußte der Arbeitgeber jedoch 15 % als sogenannte „Sozialausgleichsabgabe" an den Staat zahlen. Bei Krankheit entfiel der Lohn. Die Auszahlung von Zulagen war nicht erlaubt. Der niedrigste tägliche Tariflohn für einen deutschen Arbeiter betrug 2 bis 2,15 Reichsmark. Davon mußten die polnischen Zivilbeschäftigten noch 1,50 Reichsmark für den Lebensunterhalt zahlen. (11). Für Ukrainer dürften ähnlichen

Bestimmungen gegolten haben. Der Arbeitgeber oder der Ortsbezirk des Aufenthaltes durften nicht verlassen werden.

Prenzlau, den 29.3.42
Wie wir gestern von der Wache kamen, kam der Spieß gleich mit dem Zettel raus und las 7 Mann vor. Die mußten gleich ihren Schein abgeben und sind nun heute morgen schon weggekommen, wahrscheinlich zu einem anderen Landsch.-Bataillon. So werden es hier immer weniger und an Ersatz ist wohl vorläufig nicht zu denken. Es geht mitunter schnell. Da ist auch Ernst Lange mitgekommen. Der hat auch eine Wirtschaft von 50 bis 60 Morgen, und nun liegt seine Frau im Krankenhaus, ist operiert an Gallensteinen, muß wohl noch ¼ Jahr im Krankenhaus liegen. Er hat auch nur einen Polen da und seine beiden Kinder (10 und 12 Jahre). Da schickt nun der Ortsbauernführer jeden Tag eine andere Frau hin, die die Wirtschaft besorgt. Er wollte auch diese Woche auf Urlaub fahren. Er sagte noch, er hätte zwei Gesuche liegen bei der Kompanie. Sie müßten ihm Urlaub geben, und nun haben sie ihn schnell abgeschoben.

Liebe Leni, wir waren gestern zu einem bunten Abend der Artillerieabteilung. Es war ganz schön.

In dieser Nacht hat es wieder sehr gefroren. **Ist alles zum Verderben eingerichtet.**

Prenzlau, d. 1.4.42
Nun muß ich doch noch wieder einen Brief schreiben. Ich hoffte bis gestern noch, bis Ostern da zu sein. Aber nun wird es doch nichts. Ich habe gestern ein Paket zur Post gebracht mit paar Karten, 5 Apfelsinen und paar Bonbons.

Liebe Leni, Du hast ja nun nicht eingereicht, aber genützt hätte es wohl auch nicht, denn bei unserem Verein ist in dieser Sache nicht viel zu machen. Hier kann man sich die Pest ärgern, wenn man das alles so betrachtet, denn zu Ostern fahren nun auch diejenigen wieder, die sonst auch auf Sonntagsurlaub fahren können (100 km). Die können morgen schon abfahren und brauchen erst 2. Feiertag 12 Uhr oder Dienstagmorgen 7 Uhr wieder zurück zu sein, also 5 Tage. Denn bekommen sie pro Tag 2,10 Mark und brauchen gar nichts zu tun, da es alle solche sind, die gar keine Wirtschaft haben. Es fahren sogar 35

Mann auf einmal und wir, die hier bleiben, gehen jeden 2. Tag auf Wache. Sonst heißt es immer, wir sind zu wenig und darum können sie uns nicht unseren Arbeitsurlaub geben, müssen die Leute gebrauchen, und Ostern geht es auch mit zwei Zügen. Es ist schon so, wie Du geschrieben hast; die Feiertage sind für den Bauern zu schade, der ist nur zum Arbeiten da.

Unser Oberleutnant Wangemann ist nun auch wieder weg. Nun macht es der Pastor, Oberleutnant Schuncke. Es wechselt hier oft. Der Spieß sagte heute bei der Befehlsausgabe, am Dienstag könnte er vielleicht paar wieder auf Urlaub schicken. Ich hoffe, daß ich dann dabei bin.

Moritz hat sich denn wohl <u>tüchtig</u> ran gehalten beim Holzmachen, wie Du schreibst. Er versteht es ja auch gut.

Das Wetter ist besser geworden. Wir haben jetzt nachmittags auch wieder <u>Sport u. Spiele</u>, heut nachmittag Handball. Ist so was für die 40jährigen, nicht wahr? Ein schönes Ostern haben wir ja wieder vor uns, morgen auf Wache und dann immer 1 Zug um den anderen.
Bubi bekommt noch seine Karte.

In Vaters Soldbuch ist ein Urlaub vom 7. bis zum 17. April eingetragen. Die Hoffnung auf Entlassung kann er nun endgültig aufgeben, denn jetzt werden auch die schon über Vierzigjährigen eingezogen. Vater stand, als er dies schrieb, in seinem 36. Lebensjahr.

Prenzlau, d. 17.4.42
Bin wieder glücklich angekommen in unserem Bunker. Da saßen paar an unserem Tisch, die von Rußland kamen. Die erzählten so viel, und da ist die Zeit dann so schnell vergangen. So, nun das Neueste, wir kommen hier nächste Woche am Freitag weg. Es soll nun bestimmt was werden. Wir kommen auf Landkommando und wie gesagt wird, kommen wir nach Mecklenburg und zwar in die Gegend Röbel - Waren. Also dicht bei der Heimat. Wir haben uns natürlich gefreut, wie wir es gehört haben und sind alle sehr damit einverstanden, und ich hoffe, Du wirst Dich auch freuen.

Liebe Leni, wenn alles so kommt, so hoffe ich Euch alle ja bald mal wieder besuchen zu können auf Sonntagsurlaub, oder wenn es nicht geht, so kannst Du mich dort besuchen, denn von Parchim aus ist es ja nicht weit.

Liebe Leni, wir haben noch Glück gehabt mit dem Urlaub, denn bis jetzt sind keine mehr gefahren, Weil die Kompanie weg kommt. Wenn es auch nur 10 Tage waren, sie waren doch schön, nicht wahr? Was hat der liebe Bubi gesagt? Er ist ein zu lieber u. drolliger Bubi.

Prenzlau, d. 21.4 42
Soweit ich bisher hinten rum erfahren habe, bleiben Johann Hinzmann und ich zusammen, ebenso Steigner, der Berliner. Ob das nun ein größeres Lager ist, weiß ich ja auch noch nicht bestimmt. Es soll Priborn heißen und nicht weit von Röbel liegen. Neue Adresse: Schütze Hermann Schmidt, 2. Komp., Landsch. Batl. 281, Röbel.

Mußte gleich nach der Wache schnell Sachen zusammen packen, in eine andere Kaserne tragen und anschließend auf dem Bahnhof bis 6 Uhr Waggons verladen.

Prenzlau, d. 23.4.42
Wir liegen jetzt hier so rum und machen gar nichts, und Ihr müßt Euch so abquälen. Wir kommen mit 4 Mann nach Priborn. Wir bekommen da Russen, 44 Mann. Wo sie nun arbeiten, weiß ich ja auch nicht. Wir haben denn ja noch Gesellschaft mit 4 Mann. Welche haben auch Franzosen, so in den Dörfern. Das ist ja eigentlich am besten. Da braucht man kein Gewehr mitnehmen.

Ich wollte heute noch was kaufen für Bubi, aber es ist ja nichts zu haben. Kann ihm nur eine Karte schreiben. Hoffentlich kann ich nächstes Jahr zu Hause sein, wenn Bubi Geburtstag hat, und alles ist vorbei.

Prenzlau, d. 24.4.42
Morgen früh soll es nun von hier aus weg gehen. Bis zum Bahnhof ist ja 20 Minuten zu gehen, aber das Gepäck ist ja ziemlich schwer. Morgen abend sind wir vielleicht schon auf unserer neuen Stelle. Es geht schon früh los. Um 3 Uhr ist Wecken. Priborn soll 9 km von Röbel sein. Die müssen wir denn wohl marschieren.

3.3 Auf Landkommando in Mecklenburg
3.3.1 Priborn
Priborn, d. 26.4.42
Heute schreibe ich Dir nun den ersten Brief aus Priborn. Wir sind hier heute mittag angekommen. Ist ein größeres Gut. Haben hier 40 Russen. Die Russen sind schon von Herbst an hier, alles ganz junge, so 20 bis 25 Jahre. Wir haben gestern sehr lange gereist, waren erst um ½ 12 Uhr in Röbel, haben da im Saal geschlafen und sind heute morgen ½ 10 Uhr abmarschiert nach Priborn. Das Gepäck hat der Milchwagen mitgenommen. Wir haben gutes Essen bekommen. Es wird ja gesagt, daß es hier gutes Essen gibt, und sonst werden wir hier auch wohl fertig werden. Hinzmann und ich wohnen im Tagelöhnerkaten, ist gerade kein berühmtes Zimmer, wenigstes die Ausstattung nicht, denn ein Schrank ist nicht vorhanden, nur 1 Tisch, 2 Stühle, 1 Waschtisch und 2 Betten. Die Betten sind gut, aber einen Schrank muß er uns noch zur Verfügung stellen, denn das kann man ja eigentlich verlangen. Der Pächter heißt Heintke; der Besitzer wohnt aber auch noch im Schloß Er hat es auf 21 Jahre verpachtet. Die beiden anderen wohnen bei den Russen oben, da ist noch eine Stube. Das Lager ist früher wohl der Stall für die Kutschpferde gewesen.

Haben gestern zwei und eine halbe Stunde auf der Strecke gelegen, bis sie uns wieder hintergehakt haben. Sind über Fürstenberg, Neustrelitz, Malchow, Karow, Plau und dann nach Röbel gefahren, also noch an der einen Seite der Müritz lang und nachdem auf der anderen Seite wieder zurück. Das Postauto fährt hier auf einen Tag um den anderen. Martin Ahrens hat uns heute schon besucht. Ist hier auch in der Nähe, 7 km. Auch auf einem Gut mit 2 Mann 16 Russen. In Röbel bei der Kompanie sind noch im ganzen 30 Mann. Die Flieger sind ja diese Nächte in Rostock gewesen, soll ja auch doll aussehen. Heute morgen fuhren von Röbel auch Leute hin zum Aufräumen, also wird es wohl dringend nötig sein. Hier wohnen auch noch 5 Bauern, eine Kirche ist auch hier, ähnlich so wie in Möllenbeck. Um 5 Uhr müssen wir aufstehen, um ½ 7 Uhr geht die Arbeit los, das heißt, arbeiten tun wir ja nicht. Der Tag wird ja nun etwas länger sein wie in Prenzlau, aber dafür haben wir ja auch die Nacht frei.

Der heutige Besucher Priborns liest auf einer Schautafel, daß Priborn 1239 erstmals im Zusammenhang mit einer Wassermühle erwähnt wurde. Der aus dem Slawischen herrührende Name bedeutet „Mitkämpferort." Vom 6. Jh. bis zum Beginn der sächsischen Ostexpansion Mitte des 12. Jh. siedelte und herrschte hier der Stamm der Müritzen. Nach dem Dreißigjährigen Krieg kam das Bauernlegen nach ostelbischer Manier zu voller Ausprägung. Die Gutsherren wechselten. Die letzten sind nach der Ortstafel die von Ferber gewesen. Geht man durch das Dorf, kann man hinter den bestimmt nicht denkmalsgerecht umgebauten Häuschen kaum noch die ehemaligen primitiven Katen, wie Vater sie beschreibt, erkennen. Vielmehr prägen mehrstöckige Plattenbauten des ehemaligen sozialistischen Musterdorfes den Ortscharakter. Einen gepflegten Eindruck macht das Dorf allemal. Blickfänge sind die Kirche und das Schloß. Das gut erhaltene einstöckige, von zwei Rundtürmen flankierte Schloß beherbergt jetzt eine Nebenstelle des Amtes Rechlin und einen Kindergarten.

Auf dem Friedhof befindet sich das Grab des ehemaligen LPG-Vorsitzenden Fritz Dallmann und seiner Gattin Gerdaliese. Es ist ein Grab voller Blüten. Wir erinnern uns: Fritz Dallmann war Musterbauer, die von ihm geleitete LPG ein Muster- und Vorzeigebetrieb. Dallmann, Mitglied des ZK der SED und Vorsitzender der VdgB (Vereinigung der gegenseitigen Bauernhilfe), war sicherlich ein Schlitzohr und keineswegs immer parteihörig. Nach der Wende wurde er nicht stigmatisiert und blieb noch Jahre danach Vorsitzender der VdgB.

Sowjetische Kriegsgefangene, die, wie auch den Briefen zu entnehmen ist, außerordentlich scharf bewacht wurden, arbeiteten erst nach dem Scheitern des geplanten Blitzkrieges im Spätherbst 1941 auf Gütern in Mecklenburg. Noch am 25. August 1941 hatte Hitler entschieden, daß keine Rechtsvereinbarung mit der Sowjetunion über die Behandlung von Kriegsgefangenen geschlossen werden sollte. Infolge dieser und anderer Entscheidungen (z. B. „Kommissarbefehl") kamen zwischen dem Sommer 1941 und dem Frühjahr 1942 mehr als zwei Millionen sowjetische Kriegsgefangene um (12).

Priborn, d. 28.4.42
Ich bin diese Tage beim Kartoffeldämpfen gewesen mit den Russen. Den Mantel und Handschuhe haben wir diese Tage noch gar nicht aus gehabt. Ich habe mich meistens hinter den Tannen in der Sonne aufgehalten, denn wenn man nicht arbeitet, so ist es doch noch immer sehr kalt. Dem Heintke sind auch so viele Kartoffeln verfroren., die werden jetzt alle eingekocht. Es sind wohl über 2000 Zentner. Der Besitzer wohnt hier auch noch Er wohnt oben. Er heißt Dr. v. Ferber, ehemals Rittmeister. Der Heintke wundert sich, daß ich Soldat bin. Er meint, hier in dieser Gegend seien die Bauern, die über 100 Morgen hätten, alle noch zu Hause. Er kenne 3 Stück, die Jahrgang 07 wären, die noch zu Hause wären. Der Wald gehört dem Ferber noch. Der soll schon 100 ha Wald verkauft haben damals. Das Gut soll früher 4000 Morgen groß gewesen sein. Also Du kannst Dir denken, daß hier allerhand los ist.
Liebe Leni, ich schreibe hier bei der Lampe, denn elektr. ist hier nicht. Das hat der Besitzer früher nicht gewollt. Er hat wohl kein Geld gehabt. Soll auch nicht viel von Landwirtschaft verstehen, wie die Leute so erzählen. Wenn man gar nichts tut, und man ist den ganzen Tag draußen, daran muß man sich wohl erst gewöhnen. **In Rostock soll es ja schlimm sein. Was wohl noch alles kommt?**

Da saß er nun zwischen den Tannen, die wohl eigentlich Kiefern waren (denn wenn der Mecklenburger Tannen sagt, meint er den Wald) und grübelte wie die meisten seiner noch zum klaren Denken fähigen Mitbürger über das nach, „was wohl noch alles kommt."

Bei der erwähnten Bombardierung Rostocks starben am 23. und 27. April 220 Menschen und 800 wurden verletzt. Knapp 2000 Wohn- und andere Häuser gingen in Flammen auf, und 35.000 Menschen wurden obdachlos. Ferner wurden 150 Flugzeuge (He 111) und damit eine Monatsproduktion der Heinkel-Werke zerstört (3).

Priborn, d. 30.4.42
Waschen brauchen wir hier nicht. Das macht eine Frau. Wir haben uns schon eine Zeitung bestellt, damit wir etwas von der Welt zu hören bekommen. Du wirst mich wohl hier nicht besuchen können, denn es gibt hier ja kein Zimmer, und bei mir und Hinzmann geht es auch nicht,

denn müßte ich Hinzmann schon raus schmeißen. Aber der Schulmeister wohnt auch noch nebenan. Der muß auch durch unsere Stube, wenn er in sein Zimmer will. Und ich glaube, wenn Du es sehen würdest, Du würdest auch nicht einziehen. Ich sitze hier in der Sonne hinter Tannen und schreibe. Die Russen kochen noch immer Kartoffeln ein. Habe Zeit zum Schreiben. Abends ist es schon immer dunkel, und von unserer Tranfunzel kann man auch nicht viel sehen. Nach Prenzlau zurück möchten wir aber doch nicht mehr, denn hier ist man doch freier und hat nichts mit dem Dienst und Wachestehen zu tun. Eigentlich könnte ich hier ja abkommen und nach Hause gehen, denn 3 Mann sind auch genug hier. Vorgestern war der Oberleutnant hier. Heintke soll zu ihm gesagt haben, 3 Wachleute wären genug. In Wirklichkeit sind es auch genug, denn wenn sie weg laufen wollten, dann könnten sie es trotzdem.

Priborn, d. 2.5.42
Ich komme hier morgen wieder weg, habe soeben Befehl erhalten. Ich komme nach Granzow, es soll auch in der Gegend von Rechlin sein. Soll ein Bauerndorf sein. Der Wachmann, der dort war, kommt hier her, der kann da wohl nicht recht fertig werden. Was da nun für welche sind, weiß ich nun auch nicht. Ich wäre jetzt ganz gern hier geblieben, denn hier hatten wir schön Gesellschaft und habe nun eben ausgepackt, und nun geht es schon wieder los. Aber da kann man nichts daran machen, man muß sich fügen. Es ist immer so: Abends kommen sie damit an, und nächsten Morgen geht es gleich los.

3.3.2 Granzow
Granzow, d. 4.5.42

Ich bin hier gut angekommen. Es ist hier eine Wüste Sahara, ein kleines Dorf liegt auch in der Nähe. Aber es sind keine Bauern, wie mir erzählt wurde. Es sind nur Büdner und Häusler. Die arbeiten alle noch auf dem Flugplatz., denn vom Boden kann sich wohl hier keiner ernähren, der ist zu schlecht. Hier ist ein Barackenlager, in einer wohnen die Gefangenen, und in der anderen wohnen die Arbeiter, die auf dem Flugplatz arbeiten. Ich habe hier ein ganz schönes Zimmer. Auch das Lager ist sauber, aber so alleine, ziemlich einsam wird es wohl sein hier. Das Essen wird auch wohl so sein wie in Prenzlau, aber ich habe ja auch noch selber genug, so 14 Tage bis 3 Wochen reicht es noch. Ich habe gestern gleich an den Feldwebel telefoniert, ob wir hier nicht mit 2 Mann bleiben könnten, aber er wollte es ja nicht. Nun ist der andere heute morgen abgefahren nach Priborn. Der freute sich wie ein Spatz, daß er hier weg konnte. Er ist nur 4 Tage hier gewesen. Den hat der Feldwebel wohl nicht für voll angesehen. Ich habe hier 23 Polen, die haben sich nicht unterschrieben. Sie meinten, es wäre besser für sie. Ich habe es schon nachgesehen, von Beruf sind die meisten alle Bauern, scheinen ganz in Ordnung zu sein. Morgens um 6 Uhr wird hier aufgestanden und um ¾ 7 Uhr geht es los zur Arbeit, da geht dann ein Hilfswachmann mit. Ich brauche nicht gleich mitzugehen, gehe so um 10 Uhr hin und gehe um 12 Uhr wieder zum Mittagessen. Die Gefangenen bleiben da, kommen erst um 7 Uhr zurück. Einen Burschen habe ich hier auch, ist sehr froh darüber, macht mein Zimmer fertig, heizt ein hier, macht mein Bett und holt auch Kaffee. Also in dieser Hinsicht habe ich es ja besser wie in Priborn. 2 Mann arbeiten in der Küche.

Ich glaube, wenn es möglich ist, werde ich auch versuchen, hier auf irgendeine Art wieder raus zu kommen, oder vielleicht kannst Du mich hier ja auch mal besuchen. Wollen mal sehen.

Während sich die Mehrzahl der deutschen Soldaten für ihren Führer in der weiten Welt herumschlägt, lernt Landesschützer Hermann Schmidt seine engere Heimat Mecklenburg näher kennen und wird als Bewacher nun dort mit einer dritten Nationalität, die von der Wehrmacht überfallen wurde, den Polen, konfrontiert. Und „die haben sich nicht unterschrieben." das heißt vermutlich, sie wollen lieber den Status von Kriegsgefangenen behalten, als als „Freiwillige" für die Deutschen zu arbeiten und damit dem diskriminierenden Sonderrecht für polnische Zivilarbeiter unterworfen zu werden. Es ist fraglich, ob Vater auch heute noch Granzow als „Wüste Sahara" bezeichnen würde. Das am Südostrand des jetzigen Müritz-Nationalparkes an einer idyllischen Seenkette gelegene Dörfchen hat sich zu einem Zentrum für Kanu- und Radfahrten gemausert, und die wüste Hinterlassenschaft des „Versuchs-Großflughafens" der Wehrmacht und späteren sowjetischen Raketenstützpunktes Rechlin holt sich die Natur allmählich zurück.

Das unweit davon befindliche Städtchen Mirow hatte damals um die 3000 Einwohner, war seit 1564 Residenz der Herzöge von Mecklenburg-Strelitz und wies neben zwei kleinen Barockschlössern aus der Mitte des 18. Jahrhunderts eine einschiffige Johanniterkirche mit der Familiengruft besagter Herzöge auf. Auch Fritz Reuters ewig verschuldeter „Dörchläuchting" ruht hier als mumifizierter Leichnam, während die letzte Durchlaucht dieses Stammes, die sich im Februar 1918 aus dubiosen Gründen selbst entleibte, auf der „Liebesinsel" des am Mirower See gelegenen Landschaftsparkes begraben ist. Mein Vater wird dafür kaum einen Blick gehabt haben, denn er wollte vor allem bald wieder nach Hause, obwohl er in Granzow auf einem Schonposten saß.

Granzow, d. 5.5.42
Ich bin heute morgen mit 2 Gefangenen nach Mirow gewesen. Der eine war krank, der ist zum Arzt gewesen, und der andere hat die Post geholt, auch Pakete. War um 11 Uhr schon wieder zu Hause, und da hat der Bursche mir den Ofen warm gemacht, und ich habe meine schriftlichen Arbeiten erledigt, denn irgend etwas zu schreiben gibt es ja immer. Dann habe ich ein Buch gelesen. Um 1 Uhr gibt es Mittag, heute gab es Fisch. Schmeckte ganz gut. Die Herren von der Bauleitung u. der Lagerführer wohnen hier auch in der anderen Baracke. Es sind 5 Mann. Die Arbeiter essen erst abends. Heute Mittag habe ich noch drei Stunden geschlafen. Zum Bauplatz bin ich heute nicht gewesen. Da gehe ich nur hin, wenn ich Langeweile habe und mal frische Luft schnappen will. Das Wetter ist schlecht. Den Kuckuck habe ich auch noch nicht gehört. Den gibt es hier wohl nicht. **Am großen Feiertag** [1.

Mai] *habe ich in Priborn auch gearbeitet. Habt Ihr denn die Kartoffeln schon rein? Ist Joseph gut mit der Maschine fertig geworden.*

„Am großen Feiertag" ist ironisch gemeint, denn der nicht kirchlich abgesegnete Feiertag war in der Familie verpönt seit der Weimarer Republik. Seit die Nationalsozialisten diesen Tag ganz für sich vereinnahmt hatten, war er noch mehr in Mißkredit geraten.

Granzow, d. 7.5.42
Heute ist es wieder so ein Sturm. Die ganze Gegend ist grau vom Staub. Der Sand ist so richtig in Bewegung hier. Man darf die Augen nicht aufmachen. Der Pole sorgt für alles hier, holt Verpflegung und Kaffee, sorgt dafür, daß Wasser da ist, und wäscht auch für mich. Ich habe ganz vergessen, die schönen Bilder von Dir und Bubi habe ich auch erhalten, sind ja sehr gut geworden. So vergnügt seht Ihr aus. Habe mich sehr gefreut dazu.

Wie lange dauert es, und dann ist Pfingsten. Ob wir uns dann wohl wiedersehen?? Wenn ich dann nicht fahren darf, so mußt Du wohl kommen. Aber ob es hier ein Zimmer gibt, glaube ich kaum und hier bei mir im Lager wohnen, geht wohl auch nicht. Mirow ist immerhin 3 km ab. Na, wollen mal sehen.

Granzow, d. 9 5.42
Ich war gestern nachmittag nach Mirow und bin auch zum Bahnhof gewesen. Der Beamte meinte, über Karow müßte ich nicht fahren. Das wäre zu weit, sondern über Wittstock, Putlitz, Marnitz. Wenn man hier um ½ 9 Uhr abfährt, so bin ich um 3 Uhr in Marnitz, und am Sonntag fahren diese Züge aber nicht. Mirow ist hier auch nicht weiter ab, als wenn man von der Kaserne zum Kino ging. Ich hätte sonst zu Pfingsten gedacht, wenn es dann so 4 Tage wären. Sonst hast Du ja recht, ist es gar nicht mal wert. Hier sollen sonst 5 Bauern gewesen sein, die sind woanders angesiedelt worden. Ich wollte ja auch wieder ausrücken hier, aber man weiß nicht, was man wieder bekommt, und in Wirklichkeit habe ich es hier ja auch besser wie in Priborn, brauche nicht den ganzen Tag rumzustehen.

Die Fahrstrecke von Granzow nach Herzfeld beträgt etwa 100 km. Mit dem Auto bewältigt man sie heute über Landstraßen in anderthalb Stunden. Vater benötigte unter den damaligen Verkehrsverhältnissensechseinhalb Stunden mit der Bahn (einschließlich der Wartezeiten beim Umsteigen) und brauchte noch anderthalb Stunden für Radfahrten zum bzw. vom Bahnhof.

Granzow, d. 11.5.42
Der Sonntag war ja bißchen langweilig. Die Arbeiter haben hier gestern bis 1 Uhr gearbeitet, auch 8 Polen waren mit. Am Nachmittag habe ich mir dann die Gegend bißchen angesehen und beim Angeln zugesehen, denn Wasser ist hier auch genug, Es ist nur 200 m ab. Die Arbeiter waren zum Angeln. Ich muß mir wohl auch eine kaufen, aber verboten ist es ja auch. Du brauchst nun Dich aber gar nicht zu beunruhigen, denn ich schlafe ja nicht mit den Polen in einer Bude, habe ja ein Zimmer für mich, und 5 Meter davon ist auch schon die Baracke von der Bauführung und für die Arbeiter, da habe ich am Sonnabend- u. Sonntagabend Karten gespielt, also ganz so einsam ist es auch nicht. Der Wachmann, der da war, konnte wohl nicht so recht schreiben, und das hat der Feldwebel wohl gemerkt. An Zeitungen habe ich hier 2 Stück. Die lesen die Polen. Ich habe sie aber zuerst. Es ist der Völkische Beobachter und eine Zeitung aus dieser Gegend, denn viele können ja deutsch lesen. Der eine versteht alles, und mit den anderen kann man sich auch verständigen, sind schon über ein Jahr hier.

Granzow, d. 12.5.42
Vom Brot, das ich hier bekomme, habe ich den Polen schon bißchen zukommen lassen, denn trocken werden lassen möchte ich es ja auch nicht, und ich bekomme hier wirklich Brot genug. Heute morgen war ich mit einem Gefangenen nach Mirow zum Postholen. 8 Pakete und 10 Briefe haben sie bekommen. In den Paketen, die ich ja auch immer öffnen muß, ist der meiste Teil verschimmelt. Es müssen doch viele Bauern dazwischen sein, denn es war alles selbst gebackenes Brot und schöner dicker Speck.
   Wenn es nun nichts mit dem Urlaub wird, würdest Du denn Pfingsten kommen? Ich würde Dich dann natürlich nicht allein schlafen

lassen. Es ließe sich schon machen, aber wollen erst mal abwarten, mag ja noch alles werden.

Granzow, d. 15.5.42
Wenn ich von hier nach Röbel fahre, so komme ich dicht an Priborn vorbei. Wenn man hier durch die Gegend fährt, sind überall Seen und Kanäle. Die Gegend von Vibberow bis Röbel ist besser, da waren die Wiesen schon ganz schön grün. Ich muß wohl mein Rad mitnehmen. Das kann man hier gut gebrauchen, denn keiner will sein Rad ausleihen, und dann sind es auch noch solche Karren. Ich war gestern ordentlich müde, wie ich zurück war. Man ist gar nichts mehr gewohnt. Von Himmelfahrt war gestern nichts zu merken. Ich habe noch daran gedacht, war ja immer Schützenfest in Herzfeld. So kommt es wohl vorläufig nicht wieder.
    Nun bin ich bald 14 Tage hier. Wenn ich hier den Krieg zu Ende kriegen könnte, dann ging's noch.

Granzow, d. 18.5.42
Liebe Leni, Du hast wieder vom Kalkstickstoff geschrieben, und ich habe doch schon dreimal genau geschrieben, wo er rauf kann. Über Briefumschläge brauchst Du Dir noch keine Sorgen zu machen. Du schreibst, Ihr könnt noch eine Schrotmühle bekommen. Schlecht wäre es ja nicht. Aber es ist man nichts da zum Schroten, und wenn sie das man nicht ganz und gar verbieten.

Granzow, d. 18.5.42
Wie ich schon geschrieben habe, habe ich Deine Strafpredigt schon am Sonnabend erhalten und danke auch dafür. Ich habe es natürlich auch nicht böse gemeint, aber wenn ich schreibe, ich habe noch genug bis Pfingsten, dann habe ich auch genug, das kannst Du mir ruhig glauben.
    Du bist denn ja Himmelfahrt in Brunow gewesen. Oma geht es denn wohl nicht besser. Link aus Drefahl ist auch gefallen. Kenne ihn sehr gut, ist mit mir aus der Schule gekommen. Jetzt geht es wohl wieder tüchtig los in Rußland. Wenn wir hier noch immer bleiben können, wollen wir Gott danken.
Gestern abend war ich im Kino nach Mirow. War ganz gut der Film, aber schon von früher. Hatte nur keinen guten Platz in der zweiten

Reihe. Einmal muß man ja auch raus. Ich habe die Polen um 7 Uhr abgeriegelt.

Granzow, d. 20.5.42
Ich war gestern wieder nach Röbel, habe die Handschuhe u. Kopfschützer hingebracht. Ich hatte noch einen Polen mit, haben noch Sachen eingekauft.
 Auf Urlaub werde ich wohl kommen. Es wird dies wohl der letzte Brief vor Pfingsten sein. Der Spieß ist auch wieder auf Heimaturlaub gefahren. Der hält sich ran, daß er nicht zu kurz kommt. Heute morgen sind die Gefangenen schon eine Stunde früher zur Arbeit gegangen, ¾ 6 Uhr. Ich habe den Koch schon um 4 ¼ Uhr geweckt, damit er dann auch den Kaffee fertig hatte. Heute will ich noch wieder mit 2 Mann nach Mirow, zur Post und zum Arzt, und so bringt man die Zeit hier rum. Wenn ich komme, ob Bubi mir dann noch entgegen kommt?

Granzow, d. 27.5.42
Ich bin hier nun wieder gut angekommen. War so 3.10 Uhr hier. Der Feldwebel hatte schon angerufen. Der mich abgelöst hat, sollte gestern schon nach Röbel kommen, und da bin ich dann noch nicht da gewesen, es ist 10 Minuten vorher gewesen. „Na", hat er dann gefragt:, „Der ist noch nicht da, wie kommt denn das?" Es ist nicht so schlimm. Der andere ist nachher auch gleich los gewandert, nach Röbel wäre er ja auch nicht mehr gekommen. Ich habe in Pritzwalk 3 Stunden warten müssen. Sonst ist es gar nicht so weit, aber es werden ja immer Züge umgestellt. In Suckow muß man schon wieder umsteigen und dann in Pritzwalk. Räder werden von Sonnabend 12 Uhr bis Sonntag 24 Uhr auch nicht mitgenommen. Also wenn ich mein Rad mit haben will, so muß ich schon immer Freitagabend und Montag fahren. Wie bist Du denn nach Hause gekommen? Ich hoffe ja gut, und hoffentlich hast Dich nicht erkältet. Was macht Bubi.? Ist er noch morgens wieder eingeschlafen.

Granzow, d. 31.5.42
Joseph soll denn schon wieder 5 Mark bezahlen. Der Brunower [gemeint ist der Gendarm] ist denn wohl noch schlimmer. Ich meine, wenn er vor dem Hof sitzt, das wäre doch wohl nicht so schlimm. Lotte

Puls hat sicherlich auch schön gescholten, wenn der Gendarm sie für eine Polin gehalten hat. Ernst Kröger ist ja denn auch schon verwundet, wie Du schreibst. Aber es ist denn wohl nicht so schlimm?

Es ist nun doch bißchen gesellschaftlicher mit 2 Mann. Sonntagsurlaub gibt es nur alle 3 Wochen. Ich hoffe, in 14 Tagen auch wieder welchen zu bekommen. Was macht der liebe Bubi? Du hast ja diesmal gar nichts von ihm geschrieben.

Granzow, d. 3.6.42
Ich mußte noch zum Feldwebel nach Lärz kommen wegen Bekleidung für die Gefangenen. Er war schon wieder ganz freundlich. Von dem Urlaub und dem Zuspätkommen hat er gar nichts mehr gesagt. Hat er wohl schon vergessen. In Mirow traf ich dann noch Martin Ahrens. Der hatte Gefangene geholt von Neubrandenburg. Kam gerade damit vom Bahnhof. Linde, der jetzt wieder in Röbel ist, hätte gewollt, daß die Sonntagsurlauber schon am Sonntag 12 Uhr nachts wieder zurück sein sollten. Aber jetzt soll es doch so bleiben bis Montag 12 Uhr. Zu nächsten Sonntag werde ich auch wieder einreichen. Wenn ich dann wieder schon abends fahren kann, geht es ja noch immer

Granzow, d. 4.6.42
Morgen muß ich nach Röbel. Ich muß Rauchwaren abholen für die Gefangenen. Christa Schliemann ihr Mann ist ja denn auch schon gefallen, ja, es geht oft sehr schnell im Krieg, ist alles traurig. Lotti ihrer ist ja denn auch dazwischen; Wir wollen dankbar sein, daß wir hier noch sind. Ernst Puls [hat vor dem Krieg als Tagelöhner auf dem Hof gearbeitet] *ist ja nun endlich auch auf Urlaub. Der sehnt sich jetzt wohl nicht mehr so sehr zum Soldatspielen. Er konnte ja die Zeit damals gar ich nicht mehr abwarten. Sabine schrieb auch gestern, sie hätten gar keine Enten raus bekommen und hatten sonst immer so viel. Sie hätten auch so viel zu tun. Der eine Franzose sei immer unterwegs. sei vom Heuboden gefallen (Gehirnerschütterung), müßte 8 Tage im Bett liegen. Haben alle so viel zu tun, und der Krieg geht nicht zu Ende.*

Granzow, d. 7.6.42
Gestern war ein langer Zug hier, von morgens ½ 4 Uhr bis abends um 11 Uhr. Wir hatten beim Bau solche dringende Arbeit, und die mußte

mit einmal fertig, und mein Kamerad Stoltmann ist gestern auf Urlaub gefahren. Der Hilfswachmann ist auch nicht hier, und so mußte ich denn mit den Polen los.
    Bubi hat sich denn wohl gleich bekannt gemacht mit dem Berliner Besuch, wie Du schreibst, und wenn es Pralinen gibt. Da sind ja denn so viel Russen weggelaufen und mit dem Jahncke.

Zu dieser Flucht hätte man gern Näheres gewußt. Mit „da" ist vermutlich nicht Herzfeld gemeint. Und Jahncke ist wohl ein Wachmann gewesen sein. Für die hatte Vater aus verständlichen Gründen immer ein besonderes Interesse.

Granzow, d. 8.6.42
Den Sonntag habe ich gut überstanden. Ich hoffe ja, am nächsten Sonntag bei Euch zu sein. Ich habe jetzt den Meinke aus Priborn hier. Mit dem war ich ja da schon zusammen. Dem will es hier gar nicht gefallen. Überhaupt das Essen. Er hat sich nun auch nicht bißchen mitgebracht und wenn man hier nicht bißchen zu hat, dann langt es nicht ganz. Aber viele müssen ja da auch mit auskommen. Nun zu Deinem Brief: Du bist ja denn auch nicht viel zu Hause am Sonntag. Aber wenn ich am Freitag ausrücken kann, dann geht es ja immer.
    Der Stickstoff müßte auf die Wruckenpflanzen, muß schon lange rauf. Ich hatte es doch geschrieben. Ihr solltet nur da welchen streuen, wo auch wirklich welche sind. Wenn Ihr noch Kali bekommen könnt, so 3 Ztn. für die Runkeln, dann holt sie man.

Granzow, d. 9.6.42
Wenn Joseph und Moritz noch nichts zu tun haben, da der Motor noch nicht fertig ist, so können sie ja noch immer Waldstreu holen, denn es wird wohl sehr knapp werden in diesem Jahr. Ihr wollt ja denn die Runkeln schon verziehen. Vorher müßte ja eigentlich auch Kali rauf, aber sie werden ja auch noch öfter gehackt. Bubi will ja denn auch schon arbeiten, wie Du schreibst. Wie lange dauert's, und er kann bald alleine Kühe holen.

Granzow, d. 15.6.42
Ich bin wieder angelangt hier im Lager. Ich war schon um 5 Uhr in Putlitz. Hast Du noch schön geschlafen nachdem? Ich las heute vormittag Zeitung, wäre bald eingeschlafen. Ich sitze heute in der Bude. Meinke ist bei den Polen. Morgen gehe ich mit.

Granzow, d. 17.6.42
Was hat der liebe Bubi denn morgens gesagt? Ich war gestern vormittag nach Mirow mit drei Mann zum Arzt. Der eine hatte ein dickes Ohr, und den anderen beiden war beim Bau etwas auf den Arm und die Brust gefallen. Ist aber nicht so schlimm, wird wohl in paar Tagen wieder weg sein. Wenn ich für nächste Woche bißchen Brot habe, so reicht es.

Granzow, d. 18.6.42
Bubi hat ja denn gleich nach mir gefragt, wie Du schreibst. Ja, wenn nur die Zeit noch da wäre, wo man nicht wieder weg bräuchte, aber wir wollen trotzdem noch zufrieden sein. Wenn man sich noch so oft sehen kann, geht es noch. Du willst ja denn die Luftpumpe wieder haben. Ich hätte sie gern hier behalten, wenn ich noch mal nachts auf Sonntagsurlaub fahren sollte und dann nachts unterwegs bin. Wenn man dann Pech hat, bekommt man auch keine. Dann gehe ich zu Fuß und komme dann einen Tag später an. Ich habe heute schon in Mirow gefragt auf Stellen, aber es gibt keine; in Grabow wäre es wohl doch noch möglich. Ich werde sie aber schicken. Ich habe bloß kein Papier zum Einpacken. In ganz Mirow gibt es kein Packpapier, muß sie wohl noch in ein großes Paket legen.
Der Meinke hatte heute kein Brot mehr, habe ihm ein bißchen abgegeben. Er ißt alles auf einmal auf. Ich habe Bubi ein Kuhhorn gekauft, das will ich ihm nächstes Mal mitbringen, dann kann er Nachtwächter spielen.

Mit dem Horn habe ich noch lange gespielt. Es gab auf dem Lande kaum noch das Nötigste im dritten Kriegsjahr. Das entschuldigt jedoch nicht die unverständliche Haltung meiner Mutter, die sich jederzeit im Dorf eine Luftpumpe borgen konnte.

Granzow, d. 21.6.42
Heute habe ich das Brot erhalten; herzlichen Dank dafür. Die ganze Woche 1 Brief, das bin ich ja gar nicht gewöhnt, oder hast zu wenig Zeit gehabt? Ich will noch ein bißchen zum Kartenspielen, hier bei den Arbeitern. Sonst ist es auch zu langweilig. Hier ist alles dasselbe. Sie wollen hier in 5 bis 6 Wochen fertig werden. Na, dann hoffe ich ja auf Urlaub zu sein.

Wenn die Essenrationen schon den Wachmännern nicht reichten, mit wie viel weniger mußten dann wohl die schwer arbeitenden Kriegsgefangenen aus Polen auskommen? Die waren als Bauern auch früher sicher nicht an Schmalkost gewöhnt.

Granzow, d.23.6.42
Ich erhielt gestern Deinen lieben langen Brief. Du schreibst nun, ich soll mich auch danach richten. Ja, so viel kann ich aber nicht wissen wie Du, denn hier ist es jeden Tag dasselbe. In Brunow haben sie ja denn auch genug zu tun, wenn Joni nach Bethlehem gekommen ist [Name des Krankenhauses in Ludwigslust, evangelisches Stift]. *Die Kuh habt Ihr denn ja verkauft, hat ja schnell gegangen, 650 RM. Ist ja ganz gut, aber sie sind ja auch teuer; ob es nun so genug ist, weiß ich ja auch nicht, denn die Sterken, die im Herbst kalben, kosten ja auch schon über 500 RM. Unsere Kühe sehen ja ganz gut aus, und der Bulle ist ja auch gut; dem, glaube ich, könnt Ihr vor der Ernte noch ein bißchen abziehen. Die Schweine müssen ja auch noch haben, ganz ohne Schrot geht es ja auch nicht. Die Pferde brauchen jetzt auch nicht so viel, denn die Arbeit können sie ja gut machen. Wenn Zeit ist, dann können sie ja auch ein bißchen Gras holen für den Bullen. Es hilft alles mit. Bubi will ja denn jetzt schon anfangen zu schmusen; zur rechten Zeit, nicht wahr? Der Pastor will Dir wohl immer mehr aufbrummen, da laß Dich man nicht mit ein. Zuletzt hast Du sonntags überhaupt keine Zeit mehr.*
Otto soll denn auch noch mehr nach vorn, wie Du schreibst. Ja, es werden immer mehr gebraucht. An mich hat er ja so lange nicht mehr geschrieben.
Es geht ja denn allerhand vor in der Umgegend. Je länger der Krieg dauert, je schlimmer wird es.

Wieder so eine schwer interpretierbare „Allerhand-Bemerkung!" Meint er die beginnende Judendeportation? Aber die begann in Mecklenburg erst im Juli 1942. Bei der ersten Deportation wurden 67 Juden aus Mecklenburg in Ludwigslust wie Vieh durch die Stadt zum Bahnhof getrieben.

Granzow, d. 29.6.42
Ich will schnell noch einen kleinen Brief schreiben. Ich bin hier gut wieder angekommen in Granzow. Hat alles gut geklappt. War schon eine Stunde zu früh in Putlitz. Um 6 Uhr war ich schon hier in Mirow. Hoffentlich bin ich in 4 Wochen wieder bei Euch und dann recht schön lange. Heute abend weiß ich nichts mehr. Denn ärgere Dich nicht so viel über den Brief, die Hauptsache ist ja, der Krieg ist erst vorbei.

Granzow, d. 1.7.42
Nun muß ich wohl wieder etwas von mir hören lassen. Ich war heute vormittag nach Mirow. Mit einem zum Arzt und zur Post. Der hat ein Geschwür im Nacken, ist geschnitten worden. Es liegen hier jetzt 3 Mann im Lager, die krank sind. Eigentlich bißchen viel. Der eine hat es im Magen, der andere kann nicht essen, hat keinen Appetit, und so haben sie alle was. Heute gab es was vom alten Gaul, war noch nicht ganz gar, ist wohl schon bißchen alt gewesen.
Willst Du die Luftpumpe auch wieder haben? Dann schicke ich sie.
Liebe Leni, eine Woche ist bald wieder rum, und wir können ja noch immer hoffen, daß wir uns bald wiedersehen.

Granzow, d. 4.7.42
Wie Du schreibst, ist ja wieder Pferdemusterung, aber ich denke, daß diesmal noch keine weg kommen. Donnerstagabend hat Martin Ahrens uns besucht. Hier war gerade ein kleiner Kameradschaftsabend. Es gab Freibier und dann wurde auch geschossen (Luftgewehr). Bier haben wir so viel getrunken, aber es war nicht besonders. Da kann man heute 10 Liter von trinken, und man merkt gar nichts. Das eine hat man nur davon gehabt, daß man die ganze Nacht raus mußte, denn es läuft ja immer schnell durch.

Ich fahre heute morgen noch nach Lärz. Hier ist ein Pole schon 10 Tage krank. Der muß nach Neubrandenburg, wohl nächste Woche.

Wie Du schreibst, kommt Karl Jastram [damals 19 Jahre] *ja denn auch schon weg. Ob Karl* [damals 18 Jahre] *in Stresendorf auch schon weg kommt, weißt Du ja denn auch nicht. Hoffentlich kann er noch bißchen bleiben. Die Jungs müssen alle früh hin.*

Granzow, d. 6.7.42
Hier war es diese Tage sehr warm. Gestern war es nicht auszuhalten in der Bude. Wir waren gestern nachmittag mit den Polen zum Baden. Ich wäre auch am liebsten rein gesprungen, aber ich hatte keine Badehose. Die wollte ich ja mal mitbringen, habe sie aber vergessen.

Wie Du schreibst, seid Ihr wohl heute fertig in der Wiese. Hat es denn ein bißchen geschafft, oder war nicht viel drin? Ihr seid ja denn die Letzten gewesen. Denn konnte Euch ja keiner vorbei fahren. Ist auch gleich. Nun ist es aber zu trocken, und die Kühe haben dann gar nichts mehr. Heute fahre ich noch nach Lärz. Wir haben hier einen Kranken, der soll nach Neubrandenburg, ist arbeitsunfähig. Er hat denn wohl Ischias, müßte denn wohl wieder Spritzen haben, oder soll ich die ihm geben?

Granzow, 9.7.42
Du schreibst von Urlaubssperre. Es waren auch schon wieder 18 Mann da, die kommen nach Neustrelitz zur anderen Kompanie auf Landkommando. Die Kompanie wird immer schwächer. Auf verschiedenen Stellen, überhaupt, wo Franzosen sind, da haben sie Wachleute weggenommen.

Martin Ahrens bekommt pro Tag noch eine Mark dazu vom Gutsbesitzer. Er war auch schon auf Wildschweinjagd mit ihm abends, erzählte er heute, und er hätte gar keine Lust dazu, aber absagen wollte er ja auch nicht.

Unser Bubi will denn ja schon früh heiraten, aber ich denke, er wird schon alleine eine finden. Karl Kopplow kommt denn wohl in eine warme Gegend, wenn sie da schon bei der Ernte sind. Ich hoffe ja, am nächsten Sonntag bei Euch zu sei, denn was man weg hat, hat man weg. So lange es geht, muß man es irgendwie auch versuchen.

Granzow, 12.7.42
Urlaub werde ich für Sonntag einreichen. Sonst komme ich erst Sonnabend, aber fahren tue ich trotzdem, denn hier ist es auch langweilig..
    Nun wird der Roggen wohl kommen, wie es scheint, na, hoffentlich ist es in der Ernte besser wie voriges Jahr. Wie Du schreibst, ist R. Köhn denn ja auch gefallen. Er war ja schon eine Zeit lang wieder frei. Ist denn wohl nachdem wieder eingezogen worden.

Granzow, 21.7.42
Bin gut gelandet hier gestern. War pünktlich hier, genau 9 Uhr. Mir geht es jetzt wieder gut. Die Krankheit habe ich wieder überstanden. Meinen Urlaubsschein bin ich gestern gut los geworden, denn der Schreiber beim Feldwebel war auch im Zug.

Granzow, d. 23.7.42
Gestern war der Unteroffizier hier, der sagte, vom 1. August ab soll es jetzt los gehen mit Ernteurlaub. Der Hauptmann hat etwas gesagt von 14 Tagen, höchstens 3 Wochen. Hoffentlich bekomme ich 3 Wochen. Wenn denn man gutes Wetter ist, denn muß man ja zufrieden sein damit. Er hat auch gesagt, diejenigen, die zu Hause Gefangene hätten, könnten noch warten, denn die machten doch nicht viel. Zuerst sollten die fahren, wo die Frau alleine wäre. Na, Gefangene hat wohl jeder, der eine Wirtschaft hat, und er scheint ja überhaupt keine Ahnung zu haben, sonst könnte er so was nicht sagen.

Granzow, d. 25.7.42
Ich war gestern nach Röbel und habe Rauchwaren für die Gefangenen geholt. Ich war auch noch in der Schreibstube. Ich hatte noch gar nichts gefragt wegen Urlaub, da frug der Spieß schon, wann ich denn fahren wollte. Ich sagte so 4. – 5. August. Ich denke, daß es dann wohl so weit ist. Er hat sich es aufgeschrieben. 3 Wochen meinte er, mehr könnten sie nicht geben, na, wenn es dann man gutes Wetter ist, so geht es ja auch. Der Spieß war gut gelaunt gestern. Von Martin Ahrens sagte er auch noch, der wird dann auch wohl fahren. Ich werde ihm, wenn es so paßt, noch ein kleines Stück Speck da lassen, denn ich brauche es nicht alles mehr.

„Wenn es so paßt." Das ist auch so eine geläufige niederdeutsche Redewendung. Und für kleine Bestechungen mußte man nur aufpassen, daß keine Zeugen in der Nähe waren. Dann paßte es immer.

Granzow, d. 26.7.42
Wie Sabine schrieb, ist Onkel Hermann aus Hamburg auch schon 10 Tage da. Er bleibt noch bis Mittwoch, hat aber diesmal tüchtig mit geholfen, schrieb Sabine, denn geht es ja auch, aber wenn sie nur zum Essen kommen wollen und dann in dieser Zeit. Er hat es doch wohl schon eingesehen, daß es nicht anders geht, wollen ja nachdem auch immer noch ein bißchen mit haben. Er ist ja auch groß geworden auf dem Lande, hat ja früher auch alles machen müssen. Denke Dir, sie sollten in Brunow noch 25 Ztn. Kartoffeln abliefern. Der Bauernführer und NSDAP-Stützpunkt haben nachgesehen und haben angegeben, sie hätten noch 40 Ztn. und die sollten sie denn noch nach Grabow fahren. Die sind wohl noch verrückter wie in Herzfeld. Otto hatte ja vom 12. 7. geschrieben, ist da auch zwischen.

Granzow, den 30.7.42
Karl Kopplow ist ja denn auch schon dazwischen, wie er geschrieben hat. Und denn 50° Hitze. Ganz so warm wird es doch wohl nicht sein.
    Gestern war ich beim Feldwebel. Stoltmann soll hier nun wieder weg am Sonnabend. Da kommen ja die 11 Mann weg. Ich fragte, ich würde wohl Ernteurlaub bekommen nächste Woche, da meinte er, dann müßte Stoltmann wohl gleich da bleiben. Ich weiß nun auch nicht, was er macht.

Noch einmal hat Hermann Schmidt einen längeren Ernteurlaub gehabt, und er wird sich nicht zurück gesehnt haben nach seinen faulen Tagen in der Granzower „Sahara," obwohl dort sein polnischer „Bursche" alle häuslichen Arbeiten für ihn erledigte, und auch nicht nach öden Kameradschaftsabenden bei Dünnbier und Skat. Wartete doch zu Hause seine Familie auf ihn und vieles, was meine Mutter nicht übersah, bedurfte der ordnenden Hand.
    In Herzfeld und Brunow wie auch in anderen Dörfern bestimmten Parteibonzen ohne Fachkompetenz, wer welche Erzeugnisse abzuliefern hatte. Zwangsarbeiter und Kriegsgefangene, die anstelle der

eingezogenen Bauern auf den Höfen arbeiten mußten, waren der Willkür der Gendarmen in den Dörfern ausgesetzt. Währenddessen überforderte Hitler die Südfront im Osten mit Vorstößen zu den Ölfeldern des Kaukasus und zur Wolga, und Verwandte und Freunde waren „auch dazwischen," wie Vater schreibt. Er indessen durfte sich noch ein letztes Mal für längere Zeit zwischen Getreidegarben bewegen. Die Zeit wird ihm rasch vergangen sein, und Ende August ist er wieder in Granzow. Die ersten aus seiner Kompanie sind bereits auf dem Weg nach Rußland. Er selbst jedoch bleibt vorerst noch verschont.

Granzow, d. 26 8.42
Ich bin gut wieder angekommen hier in Granzow. Es ist alles noch nicht so richtig, man muß sich erst wieder dran gewöhnen
Wie Stoltmann sagte, ist Franz Beintken auch weg von der Kompanie. War hier in der Nähe auf einem Gut, soll nach Stettin gekommen sein. Ob die nach Rußland gekommen sind, weiß ich ja weiter auch nicht. Ich denke, daß Du ihn noch kennst, war ja immer bei uns auf der Stube in Prenzlau. Was sagt Bubi jetzt, er wollte ja mit zum Spieß?

Granzow, d. 28.8.42
Nun bin ich schon wieder paar Tage hier. Die meisten Tage sind langweilig. Man muß sich erst wieder damit abfinden. Gestern ist es nun raus gekommen, es wird hier noch weiter gebaut. Die Polen bleiben noch hier. Einer wird ja jetzt weg kommen hier. Ich fragte am Mittwoch den Feldwebel, aber der sagte auch keinen genauen Bescheid. Wahrscheinlich werde ich wohl hier bleiben. Linde ist nun weg. Haben einen anderen Hauptmann. Der heißt Veduar. Ist von der Kavallerie, nennt sich Rittmeister, wie ich gehört habe.
Mit Sonntagsurlaub ist es jetzt auch wieder schlechter. Es darf jetzt keiner vor 11 Uhr sonnabends fahren. Wenn sie nun das so genau nehmen, so kann ich ja erst nachmittags um 4 Uhr fahren und bin dann um ½ 9 Uhr abends in Grabow. Mein Rad könnte ich dann auch nicht mehr mitnehmen, da nach 12 Uhr keine Räder mehr befördert werden. Dann lohnt es sich kaum noch.

Granzow, d. 31.8.42
Ich habe diese Tage hier immer so rum gesessen, hätte auch noch gute 8 Tag dableiben können, denn Stoltmann ist auch noch hier.
    Ernst Puls hat mehr Glück. Ist ja auch notwendiger?? Aber da wird nicht nachgefragt. Nun habt Ihr doch schon Hafer gedroschen und habt wieder was zum Füttern. Der hat ja denn gut gelohnt.
    Du hast es wohl schon wieder vergessen vom Draußenschlag. Ich habe es Joseph auch gesagt, aber da kann man sich ja auch nicht drauf verlassen. Also auf dem Draußenschlag kommt der Mist hin, wo der gelbe Hafer war, und wenn er dann noch frischen mitnimmt, der käme denn noch da hin, wo der Sommerroggen und Hafer war. Vorläufig wird es ja noch nichts werden, denn erst muß er alles umschälen, und ich mag ja auch noch mal Sonntagsurlaub bekommen. Ich werde es ja versuchen so in 3 Wochen. Über Wiesenmähen kann ich ja nicht schreiben. Ihr müßt dann auch mähen, wenn alle dabei sind.
    Liebe Leni, ich habe hier ja gute Tage. Mir wird es wohl sehr langweilig noch werden, aber da muß man sich mit abfinden.

Wie in vielen seiner Briefe zeigt Vater auch in diesem, daß er als guter Bauer die Wirtschaft ohne Handbuch im Kopf hat..
    Das Sterben von Bekannten aus dem Dorf an der Front wird so „normal," daß seine Reaktionen darauf im Gegensatz zu früheren Briefen ziemlich knapp und teilnahmslos erscheinen.

Granzow, d. 2.9.42
Ihr habt denn alles rein bekommen zum Sonntag. Es war ja auch gutes Wetter. Hoffentlich bekommt Ihr die Pappe nun bald, damit es nicht wieder naß wird in der Scheune. Otto Lauck ist ja denn auch gefallen, wie Du schreibst. Ja, es ist schon so, der eine kann alles mit durchmachen, und der andere kommt eben hin und bekommt gleich einen [Schuß]. Karl Kopplow und Karl Jastram sind ja auch gleich wieder auseinander gekommen.
    Liebe Leni, ich bin jetzt hier allein. Stoltmann ist jetzt weg. Am Montagabend ist er nach Priborn gekommen.

Granzow, d. 4.9.42
Ich war heute Vormittag nach Mirow mit 1 Polen zum Arzt, und da traf ich M. Ahrens, der war auch mit einem Russen beim Zahnarzt. Die wohnen hier in Mirow dicht zusammen. Er sagte, der Spieß hätte schon wieder Urlaub, und für Sonntagsurlaub kämen wir diesen Montag noch nicht in Frage. Alle, die erst auf Urlaub waren, müßten erst 6 Wochen warten.
Ich soll auch noch einen schönen Gruß bestellen von Martin. Er meinte auch noch, in Prenzlau wäre es doch besser wie bei den Russen, denn hier müßte man von morgens früh bis abends spät in Bewegung sein, und bei den Russen ist es ja auch noch strenger wie bei den Polen. Am besten ist es ja, wenn man Franzosen hat, aber mit Polen geht es ja auch noch. Es sind schon viele Wachleute von uns eingesperrt worden. [Dazu siehe Brief vom 12. 9.!] Man muß sich vorsehen. In Röbel soll neulich gar kein Platz mehr gewesen sein, meinte Martin.
Am kommenden Sonntag sind wir nur drei Deutsche hier. Der Lagerführer ist heute schon gefahren. Seine Tochter hat morgen Verlobung. Die haben es eilig, sie ist 17 Jahre und er 21 Jahre, wird ja auch Zeit, nicht wahr?

Granzow, d. 6.9.42
Hoffentlich hast Du was erreicht in Grabow? Warst Du auch wegen Pappe ran?. Sabine schrieb auch. Otto ist ja auch da bei Rschow [vermutlich Rschew], da hat der Russe ja die letzten 4 Wochen dauernd angegriffen. Er hatte ja einen Brief mit einem Urlauber geschickt und für Karl-Otto 5 Tafeln Schokolade. Der wird schön geschmaust haben. Sie würden ja diese Woche auch fertig mit dem Einfahren. Die Franzosen wollen auch nicht mehr, und der Littauer ist auch wohl sehr faul.

Warum und für wen sollten sie sich auch im Feindesland engagieren?

Granzow, d. 8.9.42
Stoltmann war gestern nach Neubrandenburg und hat einen Polen hingebracht, war ja schon 10 Tage krank. Er sollte einen Russen mitbringen, aber hat keinen bekommen. Die Russen sollten hier in der Gegend noch auf den Gütern hin. Karl Kopplow ist ja denn in Wien,

kommen aber dann wohl weiter nach Osten. Es hat schon so viel Leute gekostet in Rußland. Es stand ja vor zwei Tagen in der Zeitung und bei der Festung Sewastopol schon alleine über 20.000 Tote [Deutsche], *hörte ich heute im Radio. Ernst Kröger ist ja denn auch da auf Urlaub, wie Du schreibst, und zwei Unteroffiziere auch noch. Jetzt schicken sie denn doch wohl paar mehr auf Urlaub von Rußland.*

Mit den Kriegsgefangenen scheint es zuzugehen, wie auf dem Sklavenmarkt. Offensichtlich gibt es aber auch versteckten Widerstand unter den Gefangenen, der sich in einer Art Dienst nach Vorschrift äußert. Besonders die sowjetischen Gefangenen, die am härtesten behandelt werden, versuchen immer wieder zu fliehen und bringen damit ihre Bewacher in schwierige Situationen. An der „Heimatfront" werden inzwischen die primitivsten Dinge knapp.

Granzow, d. 10.9.42
Die Kartoffeln sind ja denn nicht zu teuer, aber sie kosten denn wohl jetzt nicht mehr. Es ist ja schade, daß wir damals nicht gleich an Iser u. Harz telephoniert haben wegen der Pappe. Na, hoffentlich bekommt er noch welche diese Zeit, und es wird vor dem nicht mehr so viel regnen Liebe Leni, bißchen Schreibpapier, paar Feldpostbriefe und Umschläge kann ich Dir wohl noch abgeben. Zu viel habe ich ja auch nicht, denn hier in Mirow gibt es ja nichts. Ich habe schon immer gefragt, aber es ist nicht mehr da. Es bekommen wohl nur gute Bekannte was. Mit Zahnpaste sieht es auch schlecht aus, da kann ich auch nicht helfen. Muß eben so gehen. Ich bin jetzt auch beim Zahnarzt, war gestern hin, so ein Stummel ist raus gekommen, und paar werden noch ausgeflickt. Ich hatte ja bisher noch keine Schmerzen, aber Jahrgang 7, 6, u. 5 sollen sich die Zähne nachsehen lassen. Werden diesen Winter auch wohl nicht mehr in Deutschland bleiben. Aber vielleicht dauert es ja noch bißchen länger. Brauchst nun nicht gleich Angst zu haben, so schnell geht es noch nicht los, will ja noch mal auf Urlaub kommen. Hier wird es ja Ende dieses Monats fertig sein. Hoffentlich kann ich dann gleich auf Urlaub fahren. Ich wollte Euch ja gerne wieder die Kartoffeln raus und den Roggen rein helfen.

Granzow, d. 12.9.42
Nun, wegen dem Einsperren von Wachleuten willst Du wissen warum. Nun, es ist alles verschieden. Auf einer Stelle sind paar ausgerückt, der eine hat sich mal hingesetzt bei der Arbeit, einer hat den D-Zug benutzt beim Sonntagsurlaub, und so gibt es allerhand Sachen. Ich weiß es ja weiter auch nicht, nur Ahrens erzählte es. Der bei ihm ist, hat auch 5 Tage gehabt, ist Obergefreiter, hat sich ein Pioniersturmabzeichen angesteckt, was er aber nicht tragen darf. Er war ja dabei und ist auch verwundet worden. Ist noch jung. Er wollte sich auch wohl wichtig machen, so was gibt es ja.
Ich hatte gestern abend noch Besuch, um 11 Uhr war der Feldwebel noch hier, Kontrolle. Mußte noch wieder aus dem Bett, hatte schon bißchen geschlafen.
Heute morgen will ich noch wieder nach Mirow (Post) und heute abend Kino. Man muß ja auch mal was anderes sehen als diese Baracken. Kino haben wir hier auch frei; einmal in der Woche. Die Polen sind heute hier beim Abreißen. Die letzten 8 Tage wird es hier noch langweiliger. Dann steht nur noch eine Baracke hier. Die Deutschen sollen im Dorf untergebracht werden. In 14 Tagen wollen sie hier fertig sein. Bei den Kartoffeln muß es jetzt auch schön trocken sein? Bubi muß wohl immer mit. Er wird sich dabei auch schön schwarz machen.

Recht hatte er. Ich kam schwarz wie ein Schornsteinfeger vom Kartoffelacker, auf dem nach der Ernte das Kraut angezündet wurde, und das gehört zu meinen schönsten Kindheitserinnerungen.

Granzow, d. 13.9.42
Ihr habt ja da wieder einen großen Rummel gemacht, wenn Joseph das da auf dem Draußenschlag oben, wo der schlechte Roggen war, zur Saat gepflügt hat. Ich habe doch gesagt, da wollen wir Wrucken pflanzen im nächsten Jahr, und es soll nur umgeschält werden. Ich habe es Joseph auch gesagt. Wenn Du das nicht <u>behalten kannst</u>, so hättest Du es Dir <u>aufschreiben</u> müssen, aber Du hast auch noch gesagt, jetzt wüßtest Du Bescheid. Na, es ist ja nun nicht so sehr schlimm. Aber es wäre doch viel besser gewesen, wenn es nicht so tief umgepflügt worden wäre, denn es ist da ja auch viel Quecke drin, und Ihr hättet Zeit und Arbeit gespart, und die Pferde hätten es auch besser gehabt.

Nun will ich es noch mal schreiben, was zur Saat gepflügt werden soll.
[Schreibt genaue Hinweise] *Hoffentlich wird es jetzt richtig???*
Die Tante ist ja denn schon da aus Hamburg. Bestelle man einen schönen Gruß von mir. Gesehen habe ich sie doch auch wohl schon, glaube ich doch. Sie war doch schon mal da? Bubi hat denn wohl am besten abgeschnitten dabei. Pralinen, die hat er ja lange nicht mehr gehabt. Wenn ich nächste Woche ein Paket abschicke, so werde ich noch eine kleine Tafel Schokolade mit einlegen. Die Polen haben gestern Liebesgaben bekommen, und da war auch Schokolade bei, da habe ich eine Tafel abbekommen. Ich hatte ihnen diese Woche mal paar Zigaretten abgegeben. Die hatten nämlich gar nichts mehr zu rauchen, und dafür habe ich die Tafel bekommen. Die Polen haben heute auch allerhand schöne Sachen aus England bekommen. Die haben ja nichts mehr, steht in der Zeitung.
Moritzen wird der Kohl denn auch wohl zu fett, denn wenn er um 8 Uhr sein Essen hat, so ist es doch wohl noch früh genug.
Gestern war ich im Kino, war ganz gut. Es hieß „Die Erben vom Rosenhof"

Zum Dank für seine Zigarettenspende an polnische Kriegsgefangene erhielt Vater von diesen englische Schokolade für mich. Und dabei hatten die Engländer, glaubte man den Zeitungen, selber nichts mehr. Vater glaubte diesen Zeitungsenten nicht.

Granzow, d. 15.9.42
So schnell, wie Du meinst, werde ich wohl nicht weg kommen. Unsere Kompanie bleibt hier. Es sollen ja nur die Jahrgänge 7, 6 u. 5 rausgezogen werden. Es wären von unserer Kompanie über 30 Mann, die Du so kennst. Aber so schnell wird es ja auch noch nichts werden. Wir sollen jetzt einen neuen Hauptmann bekommen, soll Kamp heißen. Die lernt man gar nicht mehr kennen. Wenn ich mal wieder nach Röbel komme, so werde ich mal fragen, ob es Urlaub gibt zur Herbstbestellung. Wenn es welchen gibt, so werde ich nicht vor Oktober kommen, denn zum ersten wird es hier wohl fertig. Wenigstens haben sie die Polen zum ersten abgemeldet. Müssen nun mal abwarten.
Moritz ruht sich denn wohl mal aus, denn so schlimm wird es denn wohl nicht sein mit seiner Krankheit.

Granzow, d. 19.9.42
Dir geht es ja denn gar nicht gut. Das Wetter ist ja auch sehr schlecht gewesen diese Tage. E. Puls ist denn ja schon Gefreiter, wie Du schreibst. Na, denn wird Lotte sich ja freuen; er muß doch ein <u>guter</u> Soldat sein. Ich bin ja <u>leider</u> immer noch nicht höher gekommen, aber wir können uns hier alle trösten, denn bisher ist noch keiner was geworden von denen, die von Stettin bei unserer Kompanie sind. Na, ohne dem geht es ja auch. Man bekommt ja denn 20 Pfennige mehr pro Tag, und das ist auch alles.
 Die Tante aus Hamburg hat ja denn so viel mitgebracht, auch für Bubi. Denn hat sie auch Asthma gehabt. Mama schrieb auch nicht viel Gutes im Brief. Die Pferde seien krank, und keiner von den Franzosen könnte ackern. Sie sollen jetzt einen von W. Niemann haben. Der soll 4 Wochen da bleiben. Wenn es keinen Herbsturlaub gibt, so hoffe ich doch wenigstes noch auf Sonntagsurlaub.
 Liebe Leni, ich nutze jetzt alles aus, jedes Stück Papier. Du hast ja den Feldpostbrief noch in einem Umschlag geschickt. Hast Du nichts mehr zum Kleben?

Granzow, d. 19.9.42
Heute ist es hier sehr eintönig im Lager. Es sind nur noch zwei deutsche Arbeiter hier, die beiden anderen sind auch schon weg, sind nach Berlin gekommen, und der Lagerführer ist auch gestern abgefahren. Der kommt nach Rostock. Ich habe aus Langeweile schon zwei Bücher gelesen. Morgen kommt die letzte Baracke zum Abreißen, und so allmählich wird hier alles verschwinden. Hoffentlich seid Ihr alle gesund??

Granzow, d. 22.9.42
Hoffentlich bleibt es nun noch lange so ohne Asthma?? Wenn wir den Bullen als Zucht verkaufen können im Frühjahr, wäre ja besser. Er würde dann ja etwas mehr kosten. Aber darauf kann man noch nicht rechnen. Es ist noch lange hin.
 Liebe Leni, Du schreibst, daß Du ein Paket abgeschickt hast. Es wäre doch noch nicht nötig gewesen. Ich verstehe es nicht, daß Du mir nicht glaubst. Wenn wir weg kommen sollten, kann ich es ja auch nicht

gebrauchen in Rußland. *Karl Kopplow ist ja denn auch schon verwundet, wie Du schreibst. Hoffentlich ist es nicht so schlimm, und es hat keine Folgen. Denn ist er da wenigstens eine Zeit lang zwischen raus.*

Ich dachte, der Unteroffizier käme heute und würde Nachricht bringen wegen der Fahrt nach Röbel. Aber er kommt auch nicht mehr. Ich habe ihm neulich 12 Zigaretten geliehen, weil er keine mehr hatte.

Granzow, d. 25.9.42
Liebe Leni, ich hoffe nun, wenn alles klappt, daß dies der letzte Brief aus Granzow sein wird und daß wir uns nachdem mündlich unterhalten können. Gestern war der Unteroffizier hier und hat die Zigaretten zurück gebracht. Er sagte, daß schon einige [in Urlaub] *gefahren seien. Ich hätte auch schon fahren sollen, aber es waren keine da zum Ablösen, und weil es hier am ersten vorbei sei, wollten sie keinen mehr schicken. Dann war der Feldwebel gestern abend um 10 ½ Uhr noch hier, und der sagte auch, er hätte leider nicht genug Wachen, und es lohnte sich ja auch gar nicht mehr. Ich sagte, es würde man ein bißchen spät.*

Nun habe ich ja heute Zigaretten geholt von Röbel. Wie ich denn in die Schreibstube kam, fragte der Spieß dann gleich, ich wollte auch wohl auf Urlaub fahren. Ja, sagte ich, wenn es möglich wäre. Da sagte er, er hätte schon mit Fröhloff [dem Feldwebel] *gesprochen, aber der hätte ja keine Leute zum Ablösen. Wenn es irgend möglich wäre, würde er noch einen zur Verfügung stellen. Vielleicht kann ich am Dienstag fahren. Ich habe dann noch Zigaretten gekauft, und da kam der neue Hauptmann noch rein. Ich hatte nämlich noch bißchen bei mir, und nun konnte ich es ja nicht los werden. Zuerst waren zu viele Leute da, und der Hauptmann war nun auch noch da. Da bin ich denn wieder raus gegangen, wie ich fertig war. Ich hatte nämlich das Stück Speck noch mit, und ein halbes Pfund Butter hatte ich mir heute morgen auch noch auf die Karte gekauft. Also das war bestimmt nicht schlecht. Ich wollte es ja auch nicht wieder mit zu Hause nehmen. Da habe ich denn noch ein bißchen gewartet, bis der Hauptmann raus war, und da gingen wieder welche rein. Es wollte gar nicht passen. Na, zuletzt klappte es denn doch noch. Er kam nämlich gerade raus, da war niemand, da habe ich es ihm dann gegeben und ihm gesagt, er möchte doch dafür sorgen, damit ich Anfang nächster Woche fahren könnte. Nun hat er es mir versprochen, einen zu schicken. Ich hoffe ja, daß er Wort hält. Wenn nicht, so muß ich mich noch ein paar Tage gedulden.*

Liebe Leni, es ist ja so, man kann immer nicht wissen, was kommt. Denn was man weg hat, hat man weg. Ich frug den Feldwebel gestern abend, was er denn für eine Stelle hätte für mich. Da meinte er, vielleicht käme ich wieder nach Priborn oder nach Neu-Garz, da ist Ahrens. Er meinte, Neu-Garz wäre die beste Stelle in seinem Bezirk. Hauptsache ist ja, wir bleiben hier.

Er kam weder nach Priborn, noch nach Neu Garz sondern nach Schwarz am Schwarzen See, und das lag auch nur wenige Kilometer von Mirow entfernt an einer reizvollen Seenkette, die die Rheinsberger Seen mit der Müritz und den anderen großen Mecklenburger Seen verbindet. Gut möglich, daß die in Röbel beim Hauptfeldwebel abgezogene „Schwejkiade" mit Butter und Speck ihren Teil dazu beigetragen hatte, daß sie ihn vorerst noch nicht gen Osten schickten und er noch drei Wochen Arbeitsurlaub bekam. Helf er sich, kleiner Mann!

Das Schmieren des Spieß scheint eine übliche Gepflogenheit im militärischen Alltag hinter der Front gewesen zu sein. Auch der inzwischen zum Obergefreiten avancierte Otto Gasse (9) beschreibt in einem Brief vom August 1943 die gemütserweichende Wirkung von Eiern und Schinken auf diese Chargen.

3.3.3 Schwarz
Schwarz, d. 20.10.42
Nun bin ich hier in Schwarz; habe hier 45 Franzosen, 28 sind hier im Dorf, 11 sind in Schwarzerhof und 6 in Schwarz-Abbau. Auf Schwarzerhof und in Schwarz-Abbau sind Hilfswachmänner. Da muß ich bloß mal hinfahren und nachsehen. Ich wohne hier beim Gastwirt, und der Saal ist das Lager. Wohne oben, aber die Bude ist nicht berühmt. Da muß man mitunter mit dem Kopf schütteln. Denn der Eisenofen rußt mächtig. Wenn man Feuer drin hat, ist es nicht auszuhalten in der Bude, und Mäuse scheinen hier auch zu sein. Wie der Unteroffizier sagt, sollen sie eine andere Stube zur Verfügung stellen. Hoffentlich wird es was.
Ich gehe hier jetzt hier im Dorf bei den Bauern rum zum Essen. Auch so, wie es früher in Herzfeld war. Man muß sich erst überall einleben. 18 Mann sind ja weg gekommen von der Kompanie. Es geht ja jetzt vom Jahrgang 01 bis 07, wir mögen ja vorläufig noch hierbleiben. Dieses Dorf heißt Schwarz, und es scheint auch bißchen schwarz zu sein, wenigstens diese Gastwirtschaft ist nicht sehr sauber. Ich werde hier schon zurecht kommen. Heute morgen hatte es schon gefroren. Ich habe bis 7 Uhr geschlafen. Das Bett scheint hier auch ganz gut zu sein.

Von Mirow kommend, gelangt man zuerst nach Schwarz-Ausbau. So heißt die Bushaltestelle an einer nicht sehr ansehnlichen Stallanlage, der an der Straße noch ein Friedhof vorgelagert ist. War hier der von Vater erwähnte Ortsteil Schwarz-Abbau? Viel freies Feld für neue Gräber tut sich da auf. Von allen Namen, die Vater in seinen nachfolgenden Briefen erwähnt, finde ich hier keinen. Eine junge Frau aus dem Gemeindebüro berichtet, daß die Erwähnten in den 50er Jahren in den Westen gegangen seien. Die Gastwirtschaft, in deren Saal Gefangene untergebracht waren und die auch Hermann Schmidt eine bescheidene Unterkunft bot, liegt am entgegengesetzten Ende des Dorfes am Ausgang der Straße in Richtung Diemitz. Ein Nachkomme des damaligen Besitzers hat sich auf dem Gehöft seiner Eltern eine Ferienwohnung ausgebaut, denn auf das heutige Schwarz trifft die etwas abfällige Beurteilung meines Vaters keineswegs mehr zu. Seit langem ist Schwarz ein beliebter Urlaubsort für Wasserwanderer und alle, die Ruhe und Entspannung in noch weitgehend ursprünglicher Umgebung suchen.

Schwarz, d. 23.10.42
Heute war ich auf Schwarzerhof, das gehört ja auch zu. Hier liegt noch alles etwas durcheinander, denn es sind in letzter Zeit drei verschiedene Wachleute da gewesen, und jeder hat da rumgewurstelt. Die meiste Arbeit hat man ja mit der Post, denn die bekommen ja Pakete, und das Ausgucken und Eintragen dauert lange. Gestern war ich in Röbel, habe Handschuhe geholt für die Gefangenen. Ich hatte alles mitgenommen, bin aber nichts los geworden, denn der Spieß ist krank, liegt im Lazarett in Waren, ist operiert, hat ein Geschwür am Darm gehabt. Wäre bald zu spät geworden. Der wird wohl vorläufig noch nicht wiederkommen. Ich traf heute den Schreiber. Der sagte, ich bekäme noch einen Wachmann zu. Liebe Leni, wie ich gesagt habe, sind die 18 Mann, die weggekommen sind, nach Frankreich gekommen. Was das Essen anbelangt, scheint es nicht die Herzfelder oder Brunower Küche zu sein. Aber dazu brauche ich nichts.

Ein zweiter Bestechungsversuch scheitert an der Ungunst der Umstände. Aber so mächtig war kein „Spieß," daß er auf Dauer die Verlegung eines Soldaten an die Front verhindern konnte. Das wußte Vater natürlich auch. Ihm ging es wohl auch nur um etwas Zusatzurlaub, denn „was man hat, das hat man." Dennoch dürfte Korruption im Dritten Reich ziemlich verbreitet gewesen sein, denn auf welchem Weg kommt ein Kriegsgefangener anders zu Paß und Geld? (Siehe Brief vom 27. 10.!)?

Schwarz, d. 25.10.42
Liebe Leni, Du schreibst von vor fünf Jahren [Hochzeitstag]. *Ja, da war noch eine andere Zeit für uns und alle Leute. Ob es noch wieder so wird?? Ich esse heute bei dem Bauern Schröder. Der hat 2 Stellen* [Bauernhöfe]. *Der junge Schröder ist auch in Rußland, Jahrgang 12. Ist auch verheiratet, haben einen Jungen und ein Mädel, 3 u. 1 Jahr alt, sind auch ganz drollig, aber mit unserem Bubi kommen sie doch nicht mit. Ich habe hier Karten bekommen, muß bei jedem Karten abgeben. Eben waren die Gefangenen da und haben sich alle noch zu essen*

geholt, denn die ganzen Pakete sind hier auch noch auf der Bude, und die ist gar nicht groß. Ich soll ja auch einen anderen Ofen haben. Du brauchst Dir keine Sorgen zu machen. Den Spieß bekomme ich ja vorläufig nicht zur Sprache, muß noch erst abwarten, wie lange es dauert. Wir mögen ja vorläufig noch hier bleiben. Bubi sagte ja denn, ich komme bald wieder. Es mag ja auch was werden. Bißchen wird es wohl doch noch dauern. Geht der liebe Bubi jetzt wieder frühzeitig ins Bett?

Schwarz, d. 27.10.42
Hier war am Sonntagabend auch eine kleine Aufregung, denn ein Franzose war ausgerückt, wurde aber auch gleich wieder gefaßt, bevor er noch nach Mirow kam. Der Hilfswachtmeister H. Berlin ist gerade von Mirow gekommen abends und hat ihn erkannt und wieder mit zurück gebracht. Nun sollte er doch nicht wieder zusammen mit den anderen, und so mußte er die ganze Nacht bewacht werden. Habe dadurch gar keinen Schlaf bekommen. Der Gefangene hatte 140 RM deutsches Geld bei sich und auch noch fr. Geld, 6 große Scheine, 1 Paß für Ausländer, der war ordnungsmäßig abgestempelt vom Arbeitsamt Stettin und von der Polizei. Wenn der erst im Zug gesessen hätte, wäre er vielleicht hingekommen. Für mich ist es aber so besser. Ich habe ihn den nächsten Tag bis Mirow gebracht, und von dort hat ihn Kalka nach Neubrandenburg weiter gebracht. Ich freute mich, daß ich nicht damit hin brauchte.
Nun will ich erst mal Deine Fragen beantworten: Es ist ein großes Dorf. 28 Bauern, Häusler nicht so viele. Eine Kirche ist auch hier und ein Pastor auch. Zwei Gastwirtschaften sind hier auch, Schule ist auch hier. Dreck ist hier auch genug, und bei den Bauern ist es auch überall nicht sehr aufgeräumt. Sonst gibt es hier auch große Häuser, aber so nobel sind die Stuben nicht, wo ich bis jetzt gewesen bin. Der Hauptmann wollte gestern noch kommen, aber ist heute auch noch nicht hier gewesen. Die meiste Zeit bin ich auch unterwegs. Heute nachmittag dachte ich, ich hätte noch Ruhe, und da mußte ich nach Lärz.

Schwarz, d. 30.10.42
Ich habe gerade einen Gravensteiner [Apfelsorte] *verzehrt. Die liegen hier auf dem Boden rum. Viel Ordnung herrscht hier nicht, liegt alles drunter und drüber. Auch bei den meisten Bauern ist es noch so, obwohl hier noch fast alle Bauern zu Hause sind. Von Jahrgang 05, 04 u. 03 sind hier noch alle, und die Alten leben auch noch. Es muß doch an der Kreisbauernschaft liegen, denn es ist ja in dieser Gegend überall so. Karl Jastram hat sich denn noch nicht gemeldet, wenn nur nichts Schlimmes vorliegt, denn die Gefallenenanzeige geht jetzt durch die Partei, wird an den Ortsgruppenleiter geschickt, und der muß sie hin bringen. Ist auch so ein Posten. Wie es bei Schröder war neulich, der hatte auch eine da. Davon weiß ich es. Mit Karl Kopplow ist es ja denn auch nicht schön.* [Der wurde verwundet, kaum, daß er an der Front war.]

Gestern war ich bei dem jetzigen Ortsbauernführer. Der ist noch Junggeselle, Jahrgang 05. Die Eltern leben auch noch, aber da war auch wohl lange nicht gelüftet worden, es roch nämlich mächtig muffig. *Überhaupt sieht es in den Häusern nicht sehr nobel aus, wenn es auch neue Häuser sind. Es gibt abends zu Bratkartoffeln selten Fleisch, aber Marken wollen sie alle haben, und ich habe nur 24 für den Monat. Da kann jeder gar keine bekommen. Na, bei einigen wird es ja auch so gehen.*

Liebe Leni, Du schreibst, ich will ja keinen Besuch haben. Das stimmt ja nun nicht ganz, aber hier ein passendes Zimmer zu bekommen, wird wohl nicht so einfach sein. Der Gastwirt hat ja noch paar Zimmer, aber die können ja nicht gezeigt werden, und in meiner Bude, na, da kann ich Dich auch wohl nicht unterbringen. Na, wir wollen mal sehen, wie es ist im nächsten Monat.

Schwarz, d. 1.11.42
Diese Tage war es hier ruhiger, waren nicht so viele Pakete auszugeben. Der Gastwirt hier, wo ich wohne, heißt Otto. Es sind vier Kinder hier, 12, 9, 3 und 1 ½ Jahre. Der letzte ist ein Junge. Er ist sonst auch sehr drollig, aber er ist nicht oft sehr sauber.

Nun mußte ich noch nach Lärz kommen. Es waren noch mehr dort. War Unterricht über Handgranaten. Die haben wohl Angst, daß wir alles vergessen. Ich wußte auch nicht mehr viel davon.

Liebe Leni, Du schreibst, ich bin wohl bald einmal rum. So schnell geht es nicht. Es sind immerhin 27 Mann, also 1 Monat dauert es.
In Poltnitz ist ja auch einer aufgehängt worden. Ja, es geht allerhand vor. *Joseph soll denn ja auch Vater werden. Das fehlte noch. Denn muß er seine Katrin noch wieder laufen lassen.*

Liebe Leni, Du hast wieder Luftbeschwerden. Ob es gar nicht wieder weg geht? Es muß doch auch mal eine Zeit lang besser werden. Unser lieber Bubi ist ja dann auch schon fleißig gewesen, wie Du schreibst.

Gestern war hier auch Kirche. Wie es schien, gingen noch ganz gut Leute hin. Aus der Kirche soll weiter noch keiner ausgetreten sein, als der Ortsgruppenleiter Schröder. Es kam mir neulich schon so vor, wie ich da war

Schwarz, d. 4.11.42
Ich war gestern mit Voje, so heißt der, der in Schwarz-Abbau ist, nach Röbel, haben Hemden, Strümpfe und Unterhosen geholt. In der Schreibstube war ich nicht. Ich hatte auch nichts mit, aber der Spieß ist schon wieder da, wie ich gehört habe. Na, ich komme vielleicht nächste Woche wieder hin. Es sind hier von Schwarz so 30 km, schönes Ende.
Bubi hat ja denn gemeint, ich käme Weihnachten. Ich wollte ja auch, er hätte recht, mag ja auch was werden?? Heute morgen war ich nach Buschhof (Gut). Habe Zeitung für die Russen hin gebracht. Bin hier oft unterwegs. Gestern waren 4 Säcke mit Paketen. Ich habe bis 10 Uhr ausgegeben. Einer hatte 4 Stück.

Schwarz, d. 5.11.42
Der Feldwebel war hier. Das Lager war ihm nicht sauber genug. Er meinte, in Granzow wäre es immer sauberer gewesen. Ich sagte ihm auch, daß da auch einer zu Hause gewesen sei und hätte sauber gemacht. Na, wenn sie meckern wollen, wenn da ein Streichholz liegt, ist ja nicht so wichtig. Der andere Feldwebel, der am Dienstag hier war, hat gar nicht rein geschaut und hat ins Buch geschrieben, „Lager in Ordnung."

Wie ich nun gestern hörte, ist der Spieß auch auf Urlaub gefahren. 14 Tage Erholungsurlaub. Dann ist Karl Jastram nun ja plötzlich gekommen; ich kann mir denken, daß die Freude groß gewesen ist.

Diese Tage hatte ich ganz gute Stellen beim Essen, war wenigstens sauber. Wie ist es denn nun, willst Du mich diesen Monat mal besuchen hier? Und wann paßt es Dir? Aber von Mirow muß es dann zu Fuß gehen. Abholen werde ich Dich ja, und wenn ich kein anderes Zimmer habe, so mußt Du schon mit diesem zufrieden sein.

Bubi hat ja auch geschrieben. Mit dem Haarschneiden wird es diesmal noch nichts, muß wohl Onkel Holz machen. Ich stehe um ½ 6 Uhr auf, um 6 Uhr wecke ich, um ½ 7 Uhr müssen sie raus sein. Ist es da auch so?

Schwarz, d. 7.11.42
L. L., Dir geht es ja denn auch nicht gut. Es bleibt denn wohl immer so bei. Ich war gestern morgen nach Mirow, und mittags rief der Feldwebel. Mußte nach Lärz und dann noch nach Krümmel, habe Farbe geholt. Muß heute abend und morgen Sonntag Maler spielen. Sämtliches Zivilzeug muß nun das Abzeichen „Kgf." haben, und die Gefangenen sind böse, daß Ihre Pullover angemalt werden.

Heute mittag gab es wieder Kohl, aber die Leute hier sind doch meistens ganz vernünftig und freundlich.

Was Du von den Polen schreibst [Siehe Brief vom 1. 11.!], *ist ja schon öfter vorgekommen, damals in Prenzlau ja auch. Ja, dieser Krieg bringt was mit sich. Moritz bockt denn auch wieder. Dem wird auch alle Zeit schon lang. Ich habe hier heute auch schon drei Kranke im Lager. Aber schlecht ist es ja auch alles, denn richtiges Schuhzeug haben sie ja auch nicht auf den Füßen.*

Der liebe Bubi hat ja auch eine Karte geschrieben, aber sie ist ja immer noch nicht zu lesen. Karl Jastram hat Euch ja denn auch besucht. Was Gutes kann keiner erzählen, der von Rußland kommt.

Schwarz, d. 9.11.42
Jetzt wird es wieder schlechter für mich, denn der Feldwebel rief heute morgen an. Die Gefangenen werden jetzt wieder schärfer bewacht, muß jetzt wieder mit Gewehr rumlaufen, auch morgens hinbringen und abends abholen, auch sonntags, wenn sie in der Baracke sind, muß ich dabei sein. Hier in Schwarz kommt auch ein Wachmann hin. Bei Euch wird jetzt wohl auch wieder einer hin kommen. Es will doch nicht mehr

so gehen, ist wohl zu viel passiert. Gestern Sonntag habe ich die Pullover alle angemalt u. Zivilzeug.

Nun muß ich ja denn in Sorge sein um Dich, wenn das Asthma wieder so schlimm ist. Wenn der Krieg doch bald zu Ende wäre, dann muß doch mal etwas versucht werden. **Gestern abend hat Hitler ja geredet, aber ist ja auch immer dasselbe, hat auch nicht gesagt, daß der Krieg bald zu Ende kommt.**

Es war ja so lange ganz bequem, brauchte kein Gewehr, aber es ist ja auch nicht so wichtig. Hält man hier schon aus. Wo ich heute bin, wird Schwein geschlachtet. Muß wohl <u>Wurst machen</u> helfen. Wollt Ihr auch bald schlachten? Aber Ihr eßt jetzt wohl gar kein Fleisch??

Hitlers Rede aus dem „Münchener Löwenbräukeller" anläßlich des Jahrestages seines Putschversuches am 8. und 9. November 1923 in München veröffentlichte der Völkische Beobachter am 10. November 1942 unter der Überschrift **„Es kommt die Stunde, da schlage ich zurück."** Mit dem Satz „Das Schicksal oder die Vorsehung werden denen den Sieg geben, die ihn am meisten verdienen." sprach Hitler ungewollt die Wahrheit. Neben dem üblichen Gelaber über die Mühen seines Aufstiegs und über bisherige Kriegserfolge liest man: „In mir haben sie nun einen Gegner gegenüber, der das Wort Kapitulieren überhaupt nicht kennt." ... „Und alle unsere Gegner können überzeugt sein: Das Deutschland von einst hat um ¾ 12 die Waffen niedergelegt – ich höre grundsätzlich immer erst 5 Minuten nach zwölf auf". Nach dieser Tirade bemerkt der Völkische Beobachter daß sich der tosende Beifall der alten Kampfgefährten zu einer großen Ovation für den Führer steigerte. Und weiter Hitler: „Von uns gibt es kein Friedensangebot mehr.... Wenn das internationale Judentum sich etwa einbildet, einen internationalen Weltkrieg zur Ausrottung der europäischen Rassen herbeiführen zu können, so wird das Ergebnis nicht die Ausrottung der europäischen Rassen, sondern die Ausrottung des Judentums in Europa sein." Auf den Kampf um Stalingrad eingehend, nennt er als Ziele den Weizen aus den gewaltigen Gebieten der Ukraine, des Kubangebietes, Manganeisenerz und Öl. „Und wenn der Gegner glaubt, uns durch etwas mürbe zu machen," *(gemeint sind die Luftangriffe der Alliierten)* „dann irrt er sich. Er kann mich nicht bewegen, von meinem Ziel abzugehen. Es kommt die Stunde, da

schlage ich zurück, und dann mit Zins und Zinseszins." ...„Sie werden drüben erleben, daß der deutsche Erfindergeist nicht geruht hat, und sie werden eine Antwort bekommen, daß ihnen Hören und Sehen vergeht."
...„Denkt ausnahmslos, Mann und Weib, nur daran, daß in diesem Krieg Sein oder Nichtsein unseres Volkes entschieden wird. Und wenn ihr das begreift, dann wird jeder Gedanke von euch und jede Handlung immer nur ein Gebet für Deutschland sein."
Es war wahrlich kein Anlaß für irgendwelche Hoffnungen, was Vater da aus einem Volksempfänger entgegen röhrte. Und unvorsichtiger Weise äußert er sich auch noch schriftlich abfällig über die Rede.

Schwarz, d. 11.11.42
Danke herzlich für Deinen lieben und langen Brief vom Sonntag, den ich gestern abend bekam. Es freut mich, daß es Dir doch etwas besser geht und daß Du mich auch besuchen willst. Denn werde auch nicht wieder krank und bestelle gutes Wetter. Meinen Dienst muß ich ja trotzdem machen, hoffentlich kommt keine Reiserei dazwischen. Sonst habe ich ja am Tage Zeit. Es ist ja nun abends anders geworden mit der Bewachung, aber es ist ja in der Hauptsache morgens und abends. Ob ich nun den ganzen Sonntag hier beim Lager sitzen muß, weiß ich ja auch noch nicht. Liebe Leni, Du brauchst aber nicht so viel mitbringen, nur was Du brauchst, denn ich habe ja hier meine Verpflegung. Ob Du nun ein heizbares Zimmer bekommst, weiß ich noch nicht. Aber es wird sich schon machen lassen. Müssen dann <u>dicht</u> zusammenkriechen. Mit T. Pauline ist es denn ja auch nicht schön, und mit Karl ist es denn ja wohl ziemlich schlimm. Du kannst mir mal seine Adresse schreiben. Den Tabak brauche ich jetzt noch nicht. Die letzten Tage hatte ich eigentlich gutes Essen. Diese Seite vom Dorf scheint bißchen hübscher zu sein. Gestern habe ich ja 2 Gefangene weggebracht bis Mirow. War dann auch gleich zum Zahnarzt. Am Dienstag will er es fertig machen. Er meinte, eigentlich müßte ich vorn eine Brücke haben, aber er könnte es ja nicht machen, da es doch nicht sicher sei, ob ich so lange hier wäre. Du schreibst von dem Feldwebel, daß der was ins Buch geschrieben hat. Ist nicht so schlimm, ob der das nun rein schreibt oder nicht.

Irgendwann zwischen dem 15. und 25. November war meine Mutter für eine Woche zu Besuch in Schwarz. Mit der Gastwirtsfamilie Otto haben die Eltern sich offensichtlich etwas angefreundet. Vater hat dort zwar nicht immer die erwartete Ordnung, dafür aber menschliche Wärme gefunden, und diese war ihm auch wohl wichtiger als ein rauchender Ofen und ein paar Flöhe. Und zudem bekommt er noch einmal ein paar Tage Urlaub.

Schwarz, d. 29.11.42
Liebe Leni, am vorigen Sonntag war es besser, aber das Gute dauert immer nicht lange. Gestern abend war der Feldwebel hier, so um 7 Uhr. Es kommen hier noch wieder 3 Gefangene weg. Ich muß sie morgen hin bringen nach Neubrandenburg. Muß hier schon um ½ 6 Uhr weg, mit dem ersten Zug. Hoffentlich hat das Wetter sich dann ausgetobt.
Liebe Leni, es freut mich, daß Du die Reise gut überstanden hast. Hoffentlich bleibt es nun so. Ich werde ja Urlaub einreichen diese Woche. Mal sehen, ob es was wird. Ich hoffe ja denn, daß ich die Pfeffernüsse zu Hause probieren kann.
   So allmählich werden wir wohl alle wegkommen. Na, müssen das Beste hoffen. Der Spieß ist ja jetzt wieder da. Wenn ich mal hin komme, so werde ich ihm ja noch ein bißchen mitnehmen. Wir wollen ja hoffen, daß ich nächsten Sonntag bei Dir bin, wenn es auch nicht lange ist. Also Auf Wiedersehen!

Schwarz, d. 9.12.42
Ich habe gestern 2 Kgf. von Buschhof geholt. Die hat Schröder hier bekommen. Es scheinen auch die Richtigen zu sein. Heute mittag rief Schröder schon an bei mir, ich sollte mal hin kommen. Da bin ich denn hin gewesen. Die Kgf hatten sich 1½ Stunden in der Küche hingesetzt, und wie ich kam, waren sie dann beim Mistaufladen, hatten beide den großen Mantel dabei an. Da habe ich ihnen es dann gesagt, daß es doch jetzt unmöglich wäre 1½ Stunden Mittag zu machen bei diesen kurzen Tagen, und da sagten sie, es stünden ihnen 1½ Stunden zu, und den Mantel haben sie auch nicht ausgezogen und dann noch hoch oben rum. Am liebsten hätte ich sie gleich verprügelt, aber man muß sich ja auch vorsehen. Ich habe nachdem noch den Feldwebel angerufen, und

der sagte, ich könnte ein bißchen nachhelfen mit dem Gewehrkolben. Na, ich werde ja morgen mittag mal rüber gehen. Liebe Leni, ich weiß ja nun auch noch nicht, wie lange ich noch hier bin

Ich habe gestern noch eine Frau [eine Schneiderin] vom Bahnhof mitgebracht. Die ist hier schon öfter gewesen. nicht alles fertig. Ich bin nämlich gestern mit dem Wagen nach Buschhof gewesen. Gastwirt Otto hatte eine Kiste da zum Abholen, und nun paßte es ja gut, weil ich doch gerade hin mußte. Heute sind Frau und Herr Otto nach Mirow. Die Schneiderin sagte heute nachmittag, sie hätte wohl gleich in der ersten Nacht Flöhe bekommen, denn sie sei schon so oft hier gewesen, und Flöhe wären keine Seltenheit hier. Na, vorstellen kann man es sich ja. Denn will ich mich aber vorsehen mit den Kleinen.

Schwarz, d. 11.12.42
Ich bin ja noch hier. Brauchst noch keine Angst zu haben. Aber ob ich nächste Woche um diese Zeit noch hier bin, kann ich noch nicht sagen Der von Schwarzerhof ist heute schon abgefahren.

Der kleine Bubi singt denn wohl jetzt immer Weihnachtslieder. Ja, es könnte so schön sein, wenn der Krieg nicht wäre. Ihr habt denn wohl beide gar nicht mehr geschlafen Montagmorgen. Hier wird heute die Schlafstube sauber gemacht. Es ist wohl auch mal nötig. Es macht die Frau, die hier zu Besuch ist, und das Mädchen.

Der Unteroffizier hat gestern den Weihnachtsurlaub mitgebracht. Es gibt jedes Mal 5 Tage auch Neujahr. Es wäre ganz gut gewesen, aber wird wohl nichts werden. Wir müssen uns nun wohl damit abfinden. Es geht uns ja nicht allein so. Bisher konnten wir ja noch öfter zusammen sein, man muß das Beste hoffen.

Schwarz, d. 13.12.42
Heute bin ich hier bei Ottos zum Kaffee eingeladen. Erika hat gestern Geburtstag gehabt. Ich hab Dir ja gestern ein Päckchen mit Zucker abgeschickt, den hat Dir Frau Otto spendiert. Sie hat ihn mir angeboten. Ich habe ihn ja auch bezahlt. Das wird denn wohl Dein Weihnachten sein von mir, weiter wird es wohl nichts werden. Die Kriegsgefangenen sind hier oben beim Theaterspielen für Weihnachten.

Am besten ist ja, ich fahr auch zu <u>Weihnachten auf Urlaub</u> aber?? Diese Woche wird es sich ja entscheiden, ob wir noch vor Weihnachten

weg kommen. Schlägerei habe ich bisher noch nicht gehabt. Es wird auch wohl so abgehen. Der Schröder hat ja auch selber bißchen Schuld. Die Leute hier im Dorf sagen es auch alle. Morgen kommen ich bei dem zum Essen.
Unser Bubi singt ja denn schon Weihnachtslieder. Er kann sich ja noch freuen zu Weihnachten.

Für Vater ist es keine schöne Adventszeit gewesen. Gefangene flohen und rebellierten wegen der schlechten Behandlung beim Obernazi des Dorfes. Von diesem gerufen, um „Ordnung" zu schaffen, geriet er in eine zwiespältige Situation. Seiner bäuerliche Arbeitsmoral widerstrebte das Verhalten der Gefangenen, doch ließ er sich nach anfänglichem Wutausbruch von keiner Seite weder provozieren noch vereinnahmen, zumal ihm nach Rücksprache mit Dorfbewohnern wohl klar geworden ist, daß das ihn provozierende Auftreten der beiden Gefangenen durch den Ortsgruppenleiter der NSDAP und nicht durch städtische Arroganz gegenüber Bauern bedingt war.

Die Kirche von Schwarz hat er auch besucht, deren helmartiges Turmdach noch ein spitz auslaufender Aufbau krönt. Das ganze hat etwas von einer Pickelhaube. Ist ja auch nahe dran am ehemaligen preußischen Staatsgebiet. Der heutige Besucher findet die Vorderfront von einer Ausstellung verschiedener Gesteinsformationen umstellt, die das Eis aus Schweden mitgebracht hat. Es handelt sich meist um Granite, deren Alter auf mehrere Hundert Millionen Jahre beziffert wird. Über Herkunft und Art der Steine erhält man leichter Auskunft als über das, was sich hier vor 60 Jahren zugetragen hat. Auf Spurensuche in Schwarz spreche ich einen älteren Mann an, der mit seiner kleinen Enkeltochter, die schon von weitem grüßt, auf einem kleinen Handwagen Kürbisse, Gurken, Tomaten und andere Früchte zum Erntedankfest in die Kirche bringt. Er trägt eine blaue Kitteljacke und Kordhose, die für alte Bauern in mecklenburgischen Dörfern übliche Arbeitskleidung. 1942 war er 18 Jahre alt. Vater hat er nicht mehr gesehen, da war er schon eingezogen. Wohl aber konnte er sich an die französischen Gefangenen erinnern, die im Saal des Gasthauses Otto untergebracht waren. Dann folgt, wie das so bei Männern der Kriegsjahrgänge üblich ist, ein Bericht über eigene Kriegserlebnisse. Wir haben inzwischen auf einer Kirchenbank Platz genommen. Seine

Stationen waren Dänemark, Ostpreußen, Frankreich, das berüchtigte amerikanische Kriegsgefangenenlager Remagen, in dem die Gefangenen im Freien kampierten und ihnen nur ab und zu ein paar Brote zugeworfen wurden, damit nicht alle verhungerten. In einem französischen Lager in den Ardennen soll es auch nicht viel besser gewesen sein. Dann kam er zu einem französischen Bauern. Der war schon 70 Jahre alt, und so mußte er dort alle anfallenden Arbeiten verrichten. U. a. waren täglich 11 Kühe morgens und abends per Hand zu melken, zu füttern und zu pflegen. Bis 1948 war er dort in den Ardennen, zuletzt als „Ziviler." Morgens erhielt er einen Topf, der je zur Hälfte mit Kaffee und Milch gefüllt war, und zwei Scheiben trockenes Brot. Das mußte bis Mittag reichen. Erst später, als er sagte, er könne mit solcher Ration keine vollwertige Arbeit leisten, bekam er zusätzlich etwas Speck. Sicherlich war das nicht überall so in Frankreich, aber es gab das eben auch. Ähnlich differenziert verfuhr man in deutschen Dörfern je nach Charakter und Prägung der Bauern auch. Es konnte einem richtig warm ums Herz werden bei dem Gespräch mit diesem alten Mann. Er hatte ein so gutes Gesicht.

„Wegkommen" ist zu einem geläufigen Wort für Ortswechsel in Vaters Briefen geworden. Weit herum ist er bisher noch nicht gekommen. Alles blieb überschaubar und auf den heimatlichen Umkreis begrenzt. Doch damit war es nun vorbei. Am 19. November 1942 begann im Raum Stalingrad die sowjetische Gegenoffensive, und drei Tage später war die 6. Armee unter General Paulus mit Teilen der 4. Panzerarmee und rumänischen Verbänden im Kessel von Stalingrad eingeschlossen. Nachschub wurde dringend benötigt. Das führte auch zu Umgruppierungen von Truppenverbänden im Inland. Am 19. Dezember wurde Vater der Marsch-Kompanie des Landesschützen-Ersatzbataillons 2 zugeteilt und landete für den Rest des Jahres wieder in Stettin. Er traf dort einige Bekannte wieder. Für ein Wiedersehen mit seinen Lieben zu Weihnachten aber standen die Aussichten schlecht.

3.4 Zwischenstation Stettin
Stettin, d. 20.12.42
Will heute auch noch einen kleinen Brief schreiben. Viel weiß ich ja auch noch nicht. Den Sonntag haben wir hier gut überstanden, haben heute nachmittag Karten gespielt. Wollten noch in die Stadt, aber da ist ja auch nichts los, und wir werden auch wohl hier noch bis ins nächste Jahr bleiben. Aber Bestimmtes bekommt man ja auch nicht zu wissen. Ich wollte ja gestern abend noch Richard Schmidt besuchen, aber ich konnte ihn nicht finden. Heute vormittag bin ich und Karl Schleppkow hin gewesen und haben ihn aufgesucht. Er ist schon reisefertig, ist ja als Sanitäter ausgebildet. Nun war seine Frau auch noch gekommen gestern abend und hat ihn plötzlich am Arm gefaßt, wie er beim Revierreinigen gewesen ist.
Liebe Leni, Lebensmittel habe ich genug, schicke nur nicht mehr, höchstens ein kleines Päckchen vom Weihnachtskuchen. Es ist ja nun einmal so, hier liegt man nun über Weihnachten.
Liebe Leni, denn laß unseren Bubi sich trotzdem man gut freuen zum Tannenbaum und zu seinem Geschenk. Ich habe ja leider nichts für ihn und für Dich. Ich wünsche Euch nun allen ein frohes und gesundes Weihnachtsfest. Ein frohes Fest wird es ja nicht werden, aber Bubi soll seine Freude haben. Es geht ja vielen so, die alle nicht bei ihren Lieben sein dürfen. Mir geht es gesundheitlich gut. Mit dem Dienst ist es nicht so schlimm. Ich werde Bubi auch noch eine Weihnachtskarte schreiben. Nun gute Nacht.
Herzliche Grüße an Euch alle u. Dich u. Bubi grüßt und küßt herzlich Papa Hermann.

Stettin, d. 22.12.42
Liebe Leni, Du schreibst, ob Du nicht selber den Kuchen bringen kannst. Ich kann aber nichts Genaueres schreiben. Zu Weihnachten müssen wir es wohl lassen. Ich werde dann Nachricht geben, denn ich weiß ja auch nicht, ob es Quartier gibt in Stettin. Wird wohl alles überfüllt sein zu Weihnachten. Aber wenn Du Dir die Reise übernehmen willst, dann zu Neujahr. Ich habe aber noch keine genaue Nachricht, denn man weiß ja nichts genaues. Aber wir werden wohl erst nach Neujahr weiter kommen.

Stettin, d. 1.1.43
Ihr Lieben!
Nun haben wir das Jahr 1943. Es hat damals keiner geglaubt, daß wir 43 noch Krieg haben würden im Anfang. Wir sind nun so weit fertig. Zuerst sollte es ja heute schon losgehen, aber nun wird vom 3. gesagt.

Liebe Leni, mit dem Besuch hatte es wirklich keinen Zweck mehr, so wie es jetzt ist. Man weiß ja auch immer nichts Bestimmtes. Aber so viel steht wohl fest, nach Rußland geht es nicht, denn die hin kommen, bekommen andere Bekleidung. Wir haben das alles behalten, was noch einigermaßen war. Also wird es wohl nach Frankreich gehen. Wenn Du diesen Brief erhältst, sind wir wohl schon unterwegs. Urlaub gibt es nicht mehr. Hier sind nun noch einige Frauen, die stehen hier nun rum, und die Männer kommen nicht mehr raus.

Eben haben wir Bescheid bekommen, also morgen früh um ½ 7 Uhr geht es los.

Liebe Leni, dies ist nun der letzte Brief aus Stettin. Wenn ich Gelegenheit habe, noch aus Deutschland zu schreiben, werde ich es tun. Herm. Hinzmann, W. Brandt, der aus Kuhstorf, und ich sind in einer Gruppe. Hier herrscht gute Stimmung, weil es nicht nach Rußland geht. Die vor uns hier waren, liegen noch in Krekow. So heißen die anderen Kasernen. Die liegen hier nicht weit ab. Die sind für Rußland eingekleidet. Auch die, wo K. Schleppkow, Ive u. Kalka mit bei sind, kommen nach Rußland. Sind nach Anklam gekommen, sollen deutsche Strafgefangene bewachen hinter der Front

Liebe Leni, vorläufig bekomme ich ja nun keine Post und Du wohl auch nicht, denn wir werden unterwegs noch keine Briefe einstecken dürfen. Unsere Reise wird wohl 4 Tage dauern. Mir geht es gut, und ich hoffe es auch von Euch allen. Ich hoffe ja, daß ich kein Jahr warten brauche mit Urlaub. So, alles Gute und macht Euch keine Sorge.

Herzliche Grüße an Euch alle u. Dich und Bubi grüßt und küßt herzlich Papa Hermann.

3.5 Als Besatzer in Belgien
Brüssel, d. 6.1.43
Wir sind nun heute hier in Belgien gelandet. Ob wir hier nun länger bleiben, weiß ich noch nicht. Wir haben lange gereist, sind unterwegs immer liegen geblieben. Diese Nacht werden wir wohl gut schlafen, denn wenn man so lange unterwegs ist und nicht viel geschlafen hat, geht man zuletzt kaputt. Ich weiß nun noch nicht, was für eine Adresse wir hier bekommen. Brüssel ist auch eine hübsche Stadt, sonst ist nicht viel Unterschied.
Liebe Leni, ob wir nun alle zusammen bleiben, kommt noch wieder drauf an. Am Sonnabend sind wir noch durch Mecklenburg gekommen, Bad Kleinen, Hamburg und so weiter. Die Karte hast Du doch wohl bekommen?
Mir geht es ja gut. Kleinen Schnupfen haben wir ja alle bekommen, denn unser Wagen war schlecht geheizt. Nun haben wir aber abends zu Essen bekommen. Unterwegs haben wir zweimal Suppe bekommen und warmen Kaffee. Morgen werden wir wohl noch wieder eingeteilt, und nachdem muß man auch noch abwarten, was wird.

Der Landesschütze Hermann Schmidt hat noch mal Glück gehabt. Zwar ist es, fern der Heimat, mit dem gelegentlichen Heimfahrten an den Wochenenden vorbei, doch besteht keine unmittelbare Lebensgefahr. Denn dort, wo er jetzt ist, im schönen Brüssel und später bei Dinant, pausiert der Krieg. Und die Erleichterung darüber, nicht in den Winterkrieg nach Rußland oder hinter der Front Strafkompanien bewachen zu müssen, ist nicht zu übersehen.

den 9.1.43.
Nun will ich etwas schreiben über die Stadt, wo wir uns befinden. Gestern haben wir einen Marsch gemacht, durch die Stadt, und heute nachmittag waren wir im Kino. Gespielt wurde „Bismarcks Entlassung". An und für sich nicht schlecht, ist ja ein politischer Film. Heute hatten wir nun Ausgang bis 5 Uhr, denn länger wollten sie uns noch nicht laufen lassen. Die Stadt ist ja sehr hübsch und groß und viele Geschäfte, auch schöne breite Straßen. Kaufen kann man hier noch alles so an Waren. Lebensmittel sind auch knapp, aber sehr, sehr teuer alles. Zigaretten kosten hier 10 Pfennig, und denn taugen sie auch

noch nichts. So Kinderanzüge, so für Bubi, kosten 40 RM. Handtasche so für Dich kostet 50 RM. Einen Koffer habe ich mir gekauft. Paket Tabak kostet 2,50 RM.

 Nun will ich noch etwas über die Damen hier schreiben. Hier sieht man selten eine in der Stadt, die sich nicht angemalt hat. Die haben sich hier das ganze Gesicht bemalt, und die Lippen sind all so <u>knallrot</u>. Ich finde es scheußlich solche Mode. Spielwaren gibt es hier auch genug, aber nicht zu bezahlen. Wir werden hier ja nun noch lange warten müssen auf Post, aber hier bekommt ja keiner was, da muß man sich nun vorläufig mit abfinden.

den 12.1.43
Heute sind wir nun eingeteilt. Wir sind nun alle bißchen auseinander gekommen. Ich bin noch mit Herm. Hinsmann und dem aus Kuhstorf zusammen, auch noch anderen Mecklenburgern. Ich nehme an, daß unsere Hauptbeschäftigung Wache stehen sein wird. Liebe Leni, diese Tage geht es ja nun weg von hier, aber so sehr weit wird es wohl nicht werden. Du brauchst noch keine Sorge zu haben. Man bekommt hier auch noch Schnaps, aber man muß Geld haben, und vorläufig habe ich ja noch was. An Briefumschlägen und Schreibpapier gibt es hier auch noch genug.

den 26.1.43
Heute erhielt ich nun zum ersten Mal Post, 3 Briefe von Dir und 1 Karte und Brief von Brunow. Ich habe mich sehr gefreut dazu. Nun ist es hier ja nicht so wie in B. ½ Stunde von uns ab ist nur eine kleine Stadt. Ob ich da nun so was bekomme, weiß ich nicht. Aber wenn es sich machen läßt, dann werde ich Dich, soweit es geht, zufrieden stellen. Das Geld wird wohl wieder zurück kommen. Es geht hier ja sonst noch mit der Verpflegung, aber 1 Pfund Brot ist nicht zu viel. Mama geht es denn ja auch nicht gut, und wie sie schrieb, hast Du ja auch schon wieder Asthma gehabt, und Du hast doch gar nichts davon geschrieben?

 Otto ist ja denn auch in Deutschland. Wenn alles gut geht, hoffen wir hier zum Frühjahr auf Urlaub. Die haben hier bisher zweimal im Jahr gehabt (14 Tage jedes Mal). Ob wir nun hier wegen der Bestellung auch berücksichtigt werden, müssen wir wohl abwarten.

Landwirte scheinen hier nicht viele zu sein in der Kompanie. Wache haben wir bisher noch nicht gehabt, das heißt, wir 12 Mann noch nicht. **Es ist ja noch das einzige, daß man sich schreiben kann.**

Resignation und Fatalismus begleiten Hermann Schmidt auch nach Belgien.
Der „militärische Ausflug" in die große, weite Welt, der er kurzzeitig in Brüssel begegnet, beeindruckt ihn wenig und die großstädtisch geschminkten Damen erfüllen sein schlichtes Gemüt mit Abscheu. Und diese Haltung erinnert mich an den Ausspruch eines alten polnischen Bauern, auf dessen Hof wir vor 35 Jahren zelteten und der uns recht wohl gesonnen war. Nur daß ich mir dort einen Bart stehen ließ, fand er „erbärmlich und abscheulich," und ähnlich abfällig hätte sich Vater wohl auch darüber geäußert.

Er ist nun vorerst in der Umgebung von Dinant angekommen, und kann auch wieder ins Kino gehen. Er sieht dort den 1942 mit Emil Jannings in der Hauptrolle (als Bismarck) gedrehten Film „Die Entlassung." Ob sich sein Urteil „an und für sich nicht so schlecht" auch auf diesen ausgezeichneten Schauspieler bezieht, ist nun nicht mehr nachzuvollziehen, erscheint aber nicht ganz abwegig, denn die Figur des Bismarck muß ihn doch beeindruckt haben, da er in seinem Brief den Filmtitel „Die Entlassung" in „Bismarks Entlassung" wohl auch für Mutter zur Verdeutlichung erweitert. Die mochte politische Filme gar nicht. „Politisch Lied, ein garstig Lied," war auch ihre für die Zeit des Nationalsozialismus durchaus verständliche Devise.

Emil Jannings war nicht emigriert, da er als Schauspieler aufgrund seiner nicht ausreichenden Englischkenntnisse keine Zukunft in den USA für sich sah. So avancierte er in Deutschland zu Hitlers Lieblingsmimen. Christoph Hein läßt ihn in einem im Jahre 2004 gesendeten Hörspiel („Jannings") sagen: „Den Schurken kann schließlich nur einer spielen, der selber einer ist."

In Vaters Briefen nehmen Menge und Qualität des Essens immer noch viel Raum ein. Ein Pfund Brot am Tag bei reichlichem Mittagessen ist ihm zu wenig. Zur gleichen Zeit mußte im belagerten Leningrad die hungernde Bevölkerung mit 200 g Brot pro Person und Tag auskommen. Arbeiter erhielten 350 g Brot. So waren damals die Relationen.

Sonntag, d. 29.1.43
*Ich komme soeben vom Mittagessen; es gab Rinderbraten, Rotkohl, Kartoffeln und eine Suppe vorweg, war ganz schön. Heute nachmittag wollen wir noch ein bißchen raus gehen. ½ Stunde von hier ist ein Soldatenkino, waren ja vorigen Sonntag auch da. Sonst gibt es hier ja auch weiter nichts Neues. Heute morgen ist der Hauptmann die Stuben durchgegangen und hat dann nebenbei gefragt, wo wir her seien und was wir von Beruf seien und wer nun die Arbeit macht zu Hause. Er ist ja auch vom Rheinland, von Beruf ist er Studienrat, heißt Dr. Heß. Ich weiß gar nicht so recht, was ich schreiben soll, **denn alles kann man nicht schreiben.***

Die Männer arbeiten hier auch nicht viel, glaube ich. Die meisten sind beim Angeln beschäftigt, wohl in der Hauptsache mehr aus Sport, denn viel bekommen sie nicht an Fischen.

Die Feldpost kann Vater nun nicht mehr umgehen. Vieles, was er sagen möchte, bleibt so ungesagt, und mit gefühlsbetonten Äußerungen war er schon immer sehr zurückhaltend.

den 30.1.43
Übrigens, gestern ist auch das Geld gekommen. Ich habe davon 38 RM für Januar und 38 für Februar bekommen. Die 24 RM gehen wieder zurück. Der Rechnungsfr. sagte, wie ich zum Abholen kam: „Sie haben sich 100 RM schicken lassen, nun werden Sie eingesperrt." Ich habe aber nun Dir die Schuld gegeben. Da sagt er, ich sollte Dir man hin schreiben, er hätte gesagt, wenn Du es noch mal machst, wirst Du auch eingesperrt, aber es war nur Spaß. Du weißt ja nun Bescheid, also nur 38 RM, und vorläufig habe ich ja auch nun genug. Will nun morgen Sonntag mal sehen, was es so gibt. Vielleicht sind die Läden auf. Brandt hat sich am vorigen Sonntag 1 Paar Filzschuhe gekauft. Wenn Bubi auch welche gebrauchen kann, so schreibe mal. Vielleicht bekomme ich noch welche und welche Größe? Aber hier wird es auch jeden Tag knapper, glaube ich, denn die wollen auch schon Karten haben, also Punkte. Briefpapier werde ich die nächsten Tage abschicken. Vielleicht weißt Du es auch schon, daß seit gestern Paketsperre ist. Ich glaube, nur 100 g gilt noch. Aber es ist ja gut, daß Du gleich was abgeschickt hast.

*Harnack aus Löcknitz ist ja auch gefallen, Sabine schrieb es mir auch. Bei Stalingrad müssen wohl viele ihr Leben lassen. Wir haben ja heute den 30. Januar, **10jähriges Jubiläum.** Unser Hauptmann hat heute auch zu uns gesprochen, und Göring sprach ja auch heute mittag im Radio.* **Ja, es ist eine böse Zeit, die wir durchmachen müssen, und wer weiß noch, was alles kommt.**
*Liebe Leni, Du schreibst, ich soll mehr Marken schicken. Es gibt aber nur 2 davon im Monat. Und jetzt, wo die Sperre ist, ist es ja vorläufig ganz aus. Und im Frühjahr, nehmen wir an, kommt die Urlaubssperre wohl noch hinzu. Du wirst es wohl auch schon erfahren haben von dem **totalen Krieg**.*
Es ist schon schwer für Hinnrichs, das kann man sich denken, auch für Harnacks, war auch ein ordentlicher Junge und hat die Heimat nicht wieder gesehen.
Bei Euch ist es denn doch etwas kälter wie hier, wenn das Pflügen nicht geht. Moritz ist ja denn auch immer bockig.
Wenn Du eine Karte hast und den Fluß Maas gefunden hast, so wirst Du auch das Städtchen Dinant finden. In dieser Gegend stecken wir.
Ich will es versuchen, für unseren Bubi etwas zu erhalten, aber?? Auf Wache sind wir noch nicht. Unser Hauptmann kann gut reden, na, er ist ja auch ein studierter Mensch und ist ja auch sein Beruf. Er ist ziemlich genau im Unterricht, und unsere Köpfe sind schon ein bißchen dick, da sackt nicht mehr drin.

Liest man diesen und einige der folgenden Briefe, so wird man unwillkürlich an Brechts Gedicht „Und was bekam des Soldaten Weib?" erinnert:
„Und was bekam des Soldaten Weib
Aus Brüssel im belgischen Land?
Aus Brüssel bekam sie die seltenen Spitzen.
Ach das zu besitzen, so seltene Spitzen!
Sie bekam sie aus belgischem Land."
Meine Mutter bekam sie nicht, die seltenen Spitzen. Wohl wäre schon Begehrlichkeit dagewesen, nur reichte das Geld nicht. In Deutschland waren, wie wir lasen, die primitivsten Dinge knapp, und so wurden Filzschuhe und Briefpapier schon zu Wertgegenständen.

Währenddessen wurde vor Stalingrad das Schicksal der 6. Armee besiegelt.
Die Schlagzeilen, die der Völkische Beobachter Ende Januar dazu absondert, sind bezeichnend:
- Stalingrad stellt die härtesten Kämpfe in den Schatten; Um jeden Fußbreit Boden gerungen (23.1.1943)
- Im Raum von Stalingrad heldenhafter Widerstand unter Aufbietung aller Kräfte (Immer wieder füllten die Bolschewisten die von unserer Abwehr gerissenen Lücken) (24.1.1943)
- Der aufopfernde Kampf in Stalingrad (Unsterbliche Ehre für die Fahnen der 6. Armee; Jeden Meter Boden bezahlt der Feind mit höchstem Blutzoll); Fortdauer der Abwehrschlacht, Rumänische Verbände schlagen sich mit Truppen der 6. Armee bis zum Letzten – Woronesh planmäßig geräumt (26.1.1943)
- Heroischer Widerstand in den Ruinen Stalingrads (27.1.1943)
- Paulus zum Generalfeldmarschall befördert (1.2.1943)
- Südgruppe der 6. Armee von der Übermacht überwältigt (2.2.1943).

Vater hat vor dem Radio die Ohren gespitzt und am 30. Januar Görings Appell an die Wehrmacht gehört, den er dann zwei Tage später im Völkischen Beobachter nachlesen konnte. Da war wieder vom „Kampf der Weltanschauungen" und vom Bolschewismus als dem eigentlichen Gegner die Rede. „Und seien Sie überzeugt, meine Kameraden", dröhnte der Reichsmarschall, „diese Sowjetunion wäre längst unter unseren Schlägen zusammengebrochen, wenn sie nicht durch die brutale Prägung der bolschewistischen Weltanschauung tyrannisch zusammengehalten worden wäre. ... Darum unterschätzen Sie niemals, wie wichtig es ist, daß die deutsche Wehrmacht einen einheitlichen, festgefügten Block nationalsozialistischer Weltanschauung darstellt."

„Von der Sowjetunion lernen, heißt siegen lernen", war eine bekannte Phrase zu DDR-Zeiten. Auch Göring maß der ideologischen Indoktrination überragende Bedeutung zu und zog daraus wie das spätere SED-Politbüro falsche Schlußfolgerungen. Vaters Kompaniechef, der redegewandte Studienrat Dr. Heß, hat seinen Leuten Unterricht erteilt. Viel wird es nicht genützt haben, denn „unsere Köpfe sind schon ein bißchen dick, da sackt nicht mehr drin," bemerkt er, ein typischer mecklenburgischer Bauer, lakonisch. Dabei ist ihm nicht entgangen, was sich da unter der Überschrift „Totaler Krieg" (Völkischer Beobachter vom 24. Januar 1943) verbarg. „Ja, es ist eine böse Zeit, die wir durchmachen müssen, und wer weiß noch, was alles kommt". Erstaunlich, daß dieser Satz den Kontrolleuren entging. Oder umging er die Postkontrolle auch hier?

Am 4. Februar meldet das Führerhauptquartier: „Der Kampf um Stalingrad ist zu Ende. Ihrem Fahneneid bis zum letzten Atemzuge getreu, ist die 6. Armee unter der vorbildlichen Führung des Generalfeldmarschalls Paulus der Übermacht des Feindes und der Ungunst der Verhältnisse erlegen."

Doch noch lebt Vater ziemlich ungefährdet in Belgien. Bis zum „Witwenschleier" „aus dem weiten Rußland" *(Brecht)* gehen weitere Monate ins Land. Und Zusatzverpflegung aus der Heimat ist auch wieder eingetroffen.

Im Westen, d. 1.2.43
Heute abend erhielt ich 10 Päckchen und das 2 Pfd.-Paket. Herzlichen Dank für alles. Ihr habt Euch viel Mühe damit gemacht, all die kleinen Dinger fertig zu machen. Ich dachte erst mit 100 g ist nicht viel wert, aber die Menge macht doch was.. Nun geht es vorläufig. Hat ja noch gerade geglückt, denn mit den großen Paketen ist es ja nun vorbei. Gestern nachmittag waren wir nun in die Stadt gegangen, aber die Läden waren zu. Ich schicke Dir etwas Briefpapier. Das lege ich diesem Brief mit ein. Ich hoffe doch, daß es hin kommt. Für Bubi habe ich auch paar Bonbon gekauft. Schokolade gibt es hier auch nicht. Die wollen Punkte sehen oder den Deutschen weniger verkaufen.

Im Westen, d. 3.2.43
2 Paar Strümpfe habe ich für Dich gekauft, aber ich weiß nicht genau, wolltest Du seidene Strümpfe haben oder wollene Strümpfe? Schachtel schwarze und braune Schuhcreme habe ich noch gekauft und dicken schwarzen Zwirn und weißen Twist. Ob es nun das Richtige ist, weiß ich nicht. Ich will nun mal noch abwarten, ob wir noch bißchen hier bleiben. Es soll ja morgen raus kommen. Man muß lange Zeit haben zu kaufen.

Es kommen hier von nur 15 Mann zur Ausbildung aus dieser Gegend. Hoffentlich sind wir nicht dabei. Heute sind 15 zurück. Soll da keinen Spaß machen.

Hoffentlich geht es Mama wieder besser in Brunow? Bubi hat ja auch geschrieben [sicherlich wie immer nur etwas gekritzelt]. Seine Bonbons werde ich ihm auch noch schicken. Ja, wenn es man erst soweit wäre, daß er wieder mit mir auf dem Rad sitzen könnte???

Martin Ahrens ist ja denn noch da. Ich werde ihm auch mal schreiben. Ja, in der Heimat ist es noch immer am besten.

Liebe Leni, Du hast denn auch schon wieder Dein altes Leiden. Es stellt sich auch immer wieder ein.

Das Quartier ist hier noch gut, wenn wir es immer noch so hätten, geht es noch.

Stalingrad hat der Russe ja jetzt wieder, und es hat schon so viel gekostet. War Ernst Schult auch bei Stalingrad?

Wir müssen immer das Beste hoffen, schlecht genug wird es von selber. Mir geht's gut. Hoffentlich ist Dein Asthma nicht so schlimm.

Im Westen, d. 5.2.43
Mama geht es ja denn schon bißchen besser. Aber so richtig gut war sie ja in letzter Zeit immer nicht mehr. Das bringt diese Zeit alles so mit sich.

Liebe Leni, morgen kommen wir hier mit 12 Mann weg. Ich hatte ja schon davon geschrieben. **Na, man muß denken, es geht alles vorüber, nur man muß nicht fragen wie??** Wir haben es uns schon gedacht, daß wir Mecklenburger und Pommern da hin sollten, denn es ist ja immer so, wenn man zu einer neuen Einheit kommt, da ist man immer der Dumme. Die Hauptsache ist ja, daß wir zusammen bleiben. Ich habe gestern 3 Päckchen abgeschickt. Ich habe auch noch über 50 Briefumschläge und einen Block mitgeschickt.

Mittwoch, d. 10.2.43
Wollten erst noch ins Kino, aber hatte keine Lust mehr, und vor 7 Uhr ist man nicht da. Dann kann man ja doch nichts mehr kaufen. Ich hoffe aber, am Sonnabend und Sonntag noch etwas zu kaufen, denn es wird hier jeden Tag teurer. Ich erhielt heute abend Deinen lieben Brief vom 25. 2.. Herzlichen Dank dafür. Wir haben hier ein ganz warmes Zimmer

mit Zentralheizung. Und mit dem Dienst werden wir auch fertig. Man gewöhnt sich da dran.

Fritz Jahncke hat Dir ja denn auch geschrieben. Er wird denn auch im nächsten Jahr schon Soldat und war damals, wie unsere Hochzeit war, noch ein kleiner Junge. Ernst Kröger hat Dir denn ja auch einen Brief geschrieben. Du schreibst ja, er sei auch Gefreiter geworden. Na, das kann man ihm ja zutrauen. Ich bin ja noch immer <u>nichts geworden</u>. Aber man darf sich hier nicht sehr vorn halten, denn bei unserer jetzigen Kompanie hatten die Gefreiten noch immer eine Stunde länger Dienst. Der Hauptmann will es haben. Aber er prüft jeden erst, den er zum Gefreiten machen will. Denke Dir, in der Kompanie sind schon Leute, die schon 4 Jahre Soldat sind und auch noch nichts geworden sind. Ist ja eigentlich nicht richtig. Na, uns kann er nicht meinen. Und dann noch immer diese Kursusse mitmachen, da fragt von uns wohl keiner was nach.

Wenn Du jetzt mal schreibst an Fritz Jahncke und Ernst Kröger, dann schreibe mal einen Gruß mit ein. Auch sonst grüß man alle Bekannten, auch Jastrams, auch Karl. Er hat ja seine Operation gut hinter sich. Hier muß man viel Schuhe putzen. Wir haben hier auch ein Klavier in der Stube. Der eine kann auch spielen. Herm. Hinzmann ist im Kino heute abend. Auch Drews, der ist der aus der Schweriner Gegend, hat 50 Morgen.

Liebe Leni, Du schreibst von Ansichtskarten. Es ist verboten, sonst hätte ich bestimmt schon welche geschickt und auch Bubi schon eine geschrieben. Jetzt müssen wir uns hier ja erst mal 6 Wochen <u>amüsieren</u> und nachdem abwarten, was kommt. **Unser Hauptmann hat uns gestern im Unterricht hier auch allerhand erzählt. Man soll nur Soldat sein und an weiter nichts denken. Die können wohl klug reden, ist ihr Beruf, aber wir denken auch an was anderes.**
Ich weiß, daß Bubi und Du immer für mich beten, und ich denke auch immer an Euch. Aber hier darf man nicht zu viel denken. Dann macht man gleich etwas falsch und fällt auf. Der liebe Gott wird es ja wissen, wie er es haben will.

Von denkenden Untergebenen hielt er wohl nicht viel, der Herr Studienrat. Vater könnte stolz darauf sein, daß ihn der nicht zum Gefreiten machte. Der erwähnte Brief von Mutters Cousin Ernst Kröger war eine vom 1. Februar 1943 datierte Karte ohne Ortsangabe folgenden Inhalts:

Liebe Magdalene!
Habe Deinen lieben Brief dankend erhalten. Wie ich sehe, geht es Dir noch sehr gut, was ich auch von mir sagen kann. Hier in der Gegend kann man's noch lange aushalten. Wenn es draußen auch hoch her geht, so möchte ich doch nicht wieder raus. Von K. Grünwald habe ich noch nicht gehört. Immer müssen die Besten dran glauben. Harnack kenne ich gut. Er ist mit mir eingezogen worden. Wochenendurlaub bekomme ich diesen Monat noch nicht, weil ich Erholungsurlaub hatte. Es ist auch so schlecht, von Grabow nach Hause zu kommen, noch dazu im Winter. Am 30. 1. bin ich nun auch Gefreiter geworden, da gibt's etwas mehr Geld, was ich hier gut gebrauchen kann. Hermann hat ja viel Glück gehabt, daß er nicht nach Rußland gekommen ist. Zum Schluß viele Grüße Dein Vetter Ernst! F.P.N. 00825.

Vom frisch ernannten Gefreiten wieder zum Soldaten Hermann Schmidt:
Freitag, d.12.2.43
Ich habe mir noch die Handtaschen angesehen. Waren alle nicht nach meinem Geschmack. Habe heute auch Briefpapier gekauft für Brunow. Wir waren heute nachmittag noch in der Soldatenkantine. Da gab es Kuchen und Kaffee, nicht zu viel, aber schmeckt ganz gut.
Vorläufig geht es mir ja noch immer gut, wenn wir auch Dienst machen müssen. Aber haben ja des Nachts noch immer unsere Ruhe hier und eine warme Bude. Nun sollt Ihr dann auch noch Holz fahren und dann nach Neustrelitz. Ja, es wird jetzt immer mehr verlangt von uns auch. Roggen müßt Ihr denn auch schon allein hin fahren. Na, wenn Wahls dabei ist, so geht es ja auch. Die Pferde können es ja gut machen. Wie es wird mit dem Holzfahren, weiß ich ja auch nicht. Nun kommt G. ja denn auch weg und der H. in Ziegendorf. Na, die Herren können ja auch ebenso gut abkommen

Bei den von Vater im Brief vom 12. Februar 1943 erwähnten „Herren" G. und H. handelte es sich um überzeugte NSDAP-Mitglieder. Er selbst befindet sich zu dieser Zeit in einem speziellen Ausbildungslager vermutlich für Soldaten, die für den Fronteinsatz vorgesehen sind, und seine Stimmung ist „grannig."

Mittwoch, d. 18.2.43
Gestern waren wir in N. zum Theater. Es wurde gespielt „Frischer Wind aus Sumatra." War ganz gut, ein lustiges Stück. Man muß ja auch mal was anderes sehen, auch wenn man keine große Lust hat. Es war ja nur für Soldaten. Wir sind ja etwas ab von der Stadt, aber mit der Straßenbahn geht es schnell. Mit unseren 6 Wochen werden wir auch noch wieder fertig, viel zur Ruhe kommt man ja am Tage nicht, denn man muß hier zu viel bürsten und Schuhe putzen bei diesem Dreckwetter und dem Lehm.
    Schreibe mal, was wir an Thomasmehl bekommen. Da brauchen wir 50 Pfund auf 50 Ruten. Näheres schreibe ich noch. Den Mist könnt Ihr nun schon zur Saat unterpflügen, für Kartoffeln. Wir haben gestern Zitronen bekommen, 5 Stück. Ich kann sie ja eigentlich nicht gebrauchen. Werde sie wohl morgen abschicken, auch leere Päckchen. Habe schon fast den ganzen Koffer voll. Wenn Fritz Hoop (Nachbar in Herzfeld] *meint, ich werde hier noch zu **grannig**, es ist hier aber so, da denkt hier keiner dran. Natürlich gibt es auch hier Ausnahmen, aber im großen und ganzen gibt es hier nicht viele zwischen.*

Eine etwas unverständliche Äußerung. Wahrscheinlich will Vater damit ausdrücken, daß die meisten seiner Kameraden keine begeisterten Soldaten sind.

Freitag, d. 19.2.43
Heute waren wir wieder zum Baden in N. Ich werde nun noch mal morgen sehen, ob ich was für Bubi bekomme und ob das Geld noch reicht, denn Du glaubst nicht, wie teuer es hier ist. Oder sonst werde ich noch paar Kleinigkeiten kaufen.
    Liebe Leni, Du schreibst, ob wir wohl noch wieder zur Wache kommen. Da kann ich Dir ja auch keine Auskunft drüber geben. Die beim vorigen Kursus hier waren von unserer Kompanie, sind ja wieder zurück gekommen. Du kannst das Geld ja schon jetzt abschicken, denn ist es schon etwas früher hier, denn es geht ja auch immer einige Tage.

Briefpapier wird denn ja wohl reichen. **Ich hoffe, daß der Krieg dann aus ist??**
Denn mag Bubi die Bonbon ja auch, wenn er sie gleich verschluckt hat.

Der Krieg war noch lange nicht aus, als das Briefpapier vollständig verbraucht war. Denn nun trat er in sein totales Stadium. Über die Veranstaltung im Berliner Sportpalast am 18. Februar 1943, auf der Goebbels die Volksgenossen auf das kommende Inferno einschwor, berichtet der Völkische Beobachter am nächsten Tag unter der Schlagzeile „Massenkundgebung im Berliner Sportpalast: Volksentscheid für den totalen Krieg (Ja – Ja – Ja)." und ein Kommentar im gleichen Blatt bezeichnet Goebbels als „Dolmetsch unseres Empfindens". Die Stimme des einzelnen sei von der dröhnenden Resonanz der Entschlossenheit aller übertönt worden. „Es saßen dort Schwerverwundete, die alle Schmerzen des Krieges am eigenen Leibe schon bitter auskosten mußten. Man bedenke, daß neben ihnen Minister und Generale ihren Platz hatten, denen der Einblick in sachliche Schwierigkeiten den wohlfeilen Trost der Massenhypnose erwehren *(verwehren?)* würde. ... Man bedenke, daß alle Forderungen des totalen Krieges, wie sie die Rede mit schonungsloser Offenheit zu bisher unbekannten Ausmaßen erhob, jeden einzelnen Menschen auch dort im Sportpalast in seinem persönlichsten Alltag schwer treffen müssen – und man werte dieses Ja. ... Wir unterstellen uns rückhaltlos und ohne jedes persönliche Reservat von heute bis in die Ewigkeit des Deutschen Reichs dem Dienst am Volk, bereit, uns dafür zu opfern, wie wir gewiß sind, aus seinem wohl einst unser Glück wiederzugewinnen. ... Führer befiehl, wir folgen."

Vater hat sich hierzu nicht mehr geäußert. Der Zusammenhang, in dem er in seinem Brief vom 30. Januar schon das Schlagwort vom „totalen Krieg" erwähnt, charakterisiert eindeutig sein Denken. In dieser Situation war ihm der geistliche Trost, den Mutter ihm schickte, besonders willkommen.

Dienstag, d. 21.2.43
Ich erhielt gestern Deinen lieben Brief mit dem Gesang [Text eines Chorals]. *Er paßt in diese Zeit hinein. Ich werde ihn mir aufheben. Heute abend erhielt ich auch eine Karte von Sabine aus Grabow. Die*

haben ja Otto abgeholt. Hat ja 14 Tage Urlaub. Sie schrieb ja, daß sie heute nach Herzfeld wollten. Die Freude ist ja groß gewesen, na, das kann man sich ja auch denken. Man weiß ja, wie das ist.

Liebe Leni, nun glaube ich, muß ich nun Kaufen auch einstellen, höchstens noch paar Kleinigkeiten, denn es ist alles zu teuer. Das Geld reicht nicht. Wenn man das vorher gewußt hätte, dann hätte man sich mehr mitnehmen müssen. Aber es hat bald auch keinen Sinn mehr bei diesen Preisen. Heute nachmittag waren wir auch noch wieder hin. Gehen immer ins Soldatenheim zum Kaffeetrinken. Gibt immer bißchen Kuchen da. Wer weiß, wie lange wir noch hier sind. Man munkelt hier vom 6. und 7. Von Onkel Karl aus Stresendorf bekam ich gestern auch einen kleinen Brief. Ich hatte ja zum Geburtstag geschrieben. Bubi hat mich vertreten, schrieb er. Bubi hat ja denn gleich gefragt: „Wenn wir Kaffee getrunken haben, geht es wieder nach Hause?" Das kann ich mir denken. Lottis Verlobter ist ja denn auch wieder zwischen. **Was soll man über Rußland denken?? Besser ist, nichts von schreiben, wo der das alles her hat.** *Ich schreibe nichts mehr von der Wirtschaft. Aber bißchen werde ich jetzt noch von schreiben, was Ihr machen sollt.* [Es folgen spezielle Hinweise zur Düngung.] *Müßt Karl Jastram denn mal bißchen fragen. Mit dem Urlaub wird es wohl doch nichts werden zum Frühjahr. Da kann man wohl wenig mit rechnen.*

Ich freue mich, daß es Dir jetzt wieder etwas besser geht. Mir geht es gut. Wir müssen immer das Gute hoffen.

Man tuschelt wohl schon in den kleinsten und abgelegensten Dörfern über die Geschehnisse in Rußland. Wer hat da was erzählt? War es mein Patenonkel Karl oder Lottis Verlobter, der Lehrer Werner Best aus Schwerin, der nun auch „dazwischen" war? Und worum ging es, über dessen Ursprung man besser nicht schreiben sollte? War schon etwas über die Massenexekutionen bekannt geworden? Vieles bleibt im Dunkel vager Andeutungen verschüttet.

Mittwoch, d. 24.2.43
Liebe Leni, Du schickst wohl alles weg. Ich habe jetzt doch tatsächlich genug an Fettigkeiten, und wenn Ihr nun auch nicht mehr schlachten könnt, so habt Ihr nachdem selber nicht genug. Ich habe sie noch gar nicht alle ausgepackt, aber den Mürbeteig habe ich schon probiert.

Schmeckt gut. Der Postausgeber sagte heute schon, ich sollte mir nächstes Mal einen Sack mitbringen. 15 Stück auf einmal, das fällt hier beinahe auf.
Das Essen bekommt man hier immer im Kochgeschirr, alles in einen Topf. Aber sonntags geht es noch. Ich leide keine Not darin.

Mit Karl Kopplow ist es denn doch wohl ziemlich schlimm geworden, wenn er jetzt noch auf Krücken geht, aber **wer weiß, wo es gut für ist.** Mir geht es ja noch ganz gut hier, aber es kann ja auch noch anders kommen. Waren denn Sabine und Otto da am Sonntag? Moritz hat ja denn noch nicht ausgebockt, und Joseph wird es denn auch wohl noch zuletzt so weit bringen mit Katharina.

Freitag, d. 26.2.43
Ich erhielt gestern Deinen lieben Brief vom 21ten. Herzlichen Dank. Es freut mich, daß Du den Pullover leiden magst und daß er paßt. Nun wird Bubis Pullover wohl auch bald da sein. Hoffentlich habe ich es damit auch gut getroffen. Ich könnte ja sonst noch allerhand Brauchbares kaufen, aber Du weißt ja auch, wo es dran liegt. So richtige hohe Lederschuhe habe ich eigentlich auch noch nicht gesehen, aber mit der Schere mag es ja noch was werden. So weit wird es wohl noch reichen. Wir waren heute nachmittag noch da. Eine Rolle Bindegarn habe ich schon gekauft.

Liebe Leni, unser Verein wird hier wohl diese Tage wohl aufgelöst, und dann kommen wir wohl zurück zur Kompanie. Aber wie lange wir nun noch da bleiben?? Karl Kopplow ist ja denn dicht bei der Heimat jetzt. Nun können sie ihn denn öfter besuchen. In Herzfeld sind denn ja auch viele, die lange nicht geschrieben haben. **Ja, die Zukunft sieht gerade nicht rosig aus.**
Liebe Leni, Du schreibst, ich bin wohl schon schlank geworden. Ich komme aber noch mit allen mit, und Du läßt mich ja auch nicht hungern. Hier spielt heute abend einer Klavier, und einer singt. Es sind ja immer noch lustige Kameraden dazwischen, und es ist ja auch gut, denn hier ist ein Kölner. Ich schicke heute abend noch 6 Zitronen weg, die bekommen wir hier genug. Apfelsinen wären ja besser, aber die Zitronen so ohne Zucker sind zu sauer.
Was sagt Otto denn zu seinem Jungen? Nun wo man seine Freude dran haben könnte, kann man nicht zu Hause sein.

Sonntag, d. 28.2.43
Heute haben wir nun wieder eingepackt, und morgen früh geht es wieder zurück.
Liebe Leni, von Mama erhielt ich gestern auch einen Brief. Sie schrieb, Bubi wäre etwas schüchtern gewesen diesmal. Er ist doch sonst nicht so bange. Aber das macht wohl, weil er alle lange nicht gesehen hat.
Du schreibst nun, Thomasmehl bekommen wir gar nicht mehr. Na, dann muß es eben so gehen. Denn muß wohl 6 Ztn. Renania hinter der Koppel hin und die 2 Ztn. auf die Runkeln, also hinten im Hof. Nun ist der Ofen ja denn auch eingefallen, aber es mußte ja mal kommen. ***Ja, es stimmt wohl schon, kaputt geht alles, und heil wird nichts wieder.***
Du schreibst, H. Kröger hat auch lange nicht geschrieben, der war doch wohl sonst in Frankreich. Ist er denn da weg gekommen?
Liebe Leni, Ihr habt ja denn jetzt einen schönen Wachmeister, der wird die Polen ja denn wohl in Ordnung kriegen, überhaupt die Mädchen. Paßt ja denn ganz gut.
Mama schrieb auch, Lehrer Burmeister wird ja denn Soldat. Schule ist ja denn wohl bald hinfällig. Heute haben wir nun schon den letzten in diesem Monat. Voriges Jahr im März warst Du ja noch in Prenzlau auf Deinem Geburtstag. Da konnten wir uns noch öfter sehen, aber dieses Jahr wird es wohl nicht oft werden. Die Brunower habe ich ja auch schon mit Briefpapier versorgt, und ich hoffe, Du hast ja nun auch vorläufig was. Gut wäre es ja, Du brauchtest es nicht mehr alle im Kriege verschreiben. ***Aber mit Frieden sind schlechte Aussichten.***

Vaters Briefe werden immer pessimistischer, denn Aussicht auf Frieden gibt es nicht und schwere Verwundungen sind ein Grund zur Beruhigung, denn „wer weiß, wo es gut für ist." Der Gedanke an den „Heimatschuß" wurde zur heimlichen Hoffnung vieler Soldaten. In Herzfeld ist der Backofen, mit dem auf dem Hof Brot gebacken wurde, eingestürzt und die Versorgungslage wird immer schlechter. Von einer „rosigen Zukunft" konnte da wirklich keine Rede sein; nur war es ziemlich gefährlich, dies in eventuell kontrollierten Briefen zu schreiben.
In Herzfeld schikaniert ein Wachtmeister polnische Mädchen, während Josef seiner Jugend gemäß in den Tag hinein liebt.

Dienstag, d. 2.3.43
Wir sind gestern ja zurück gekommen, haben aber gar nicht erst ausgepackt bei der Kompanie, sondern sind nachmittags gleich auf Wache gekommen. Ich habe hier Brückenwache, heute zum ersten Mal. Sitze in der Schreibstube und schreibe. Hier sind keine Mecklenburger. Es sind zum größten Teil Rheinländer und Ostmärker, aber man lernt sich auch kennen. Einige kenne ich ja schon von damals. So weit sind wir ja alle nicht auseinander, es handelt sich ja nur um einige km. Liebe Leni, wie lange wir noch hier Wache machen, weiß ich ja auch nicht. Ich glaube, hier ist es sonst nicht schlecht, denn Wache habe ich ja auch schon öfter gestanden. Du schreibst ja auch immer fleißig. Ich könnte es mir ja auch gar nicht anders denken. Aber man lernt hier welche kennen, die schreiben selten. Hoffentlich bekommt unser Bubi recht, daß ich bald mal wieder bei Euch schlafen kann, aber so berühmt sind die Aussichten nicht.

Denn sollt Ihr jetzt alles schon allein holen von Grabow, wie Du schreibst. Ja, es ist ja alles schlecht mit Joseph da hin. Viel Wert hat es ja nicht, aber sonst werdet Ihr keinen Kalk bekommen. [Es folgen Hinweise zur Aussaat]. *Ihr müßt ja nun auch sehen, was die anderen so machen, denn von hier aus läßt sich alles schlecht bestellen*

Mittwoch, d. 3.3.43
Meine Lieben!
Liebe Leni und Bubi, nun erst mal meine herzlichen Glückwünsche, gute Gesundheit und alles Gute im neuen Lebensjahr. Wir wollen nur das eine hoffen, daß wir bald wieder zusammen sein können für immer. Ich glaube, das wäre das beste Geburtstagsgeschenk, nicht wahr?? Ich hoffe, daß Du diesen Brief so etwa am 10ten bekommst. Gestern erhielt ich Deinen lieben Brief vom 26. II. und dazu 9 Päckchen von Dir und eines aus Brunow. Herzlichen Dank für alles. Der Honigkuchen schmeckt ja sehr gut, das muß ich Dir bestätigen. Liebe Leni, ich glaube, ich lebe hier ganz gut. Hoffentlich kann ich noch bißchen hier bleiben. Und Du hast schon recht, wir müssen es alle so nehmen, wie es Gott uns zugedacht hat.

Denn ist Fritz Jahncke ja auch schon eingezogen. Mit der Schule ist es denn wohl vorbei.

Unser Bubi muntert Euch doch wohl noch öfter auf. Es ist doch gut, daß er von diesem Krieg noch nicht viel weiß, und hoffen wir, daß er auch nichts davon zu spüren braucht.
Nun liebe Leni, nochmals alles Gute zu Deinem Geburtstage.

Zu ihrem 30. Geburtstag erhielt Mutter das letzte Mal Glückwünsche von ihrem Hermann. Und als ahnte er schon, daß er ihren nächsten Geburtstag nicht mehr erleben würde, sucht und findet er Trost im Glauben.

Ein Bild in Mutters Fotoalbum zeigt, in kurzen Hosen auf einer Wiese gelagert, Fritz Jahncke, den Sohn der Schwester meines Großvaters Wilhelm Kröger, im Alter von etwa 16 Jahren. Fritz war ein hübscher, freundlicher Junge mit einem weichen, empfindsamen Gesicht, der damals das Lehrerseminar in Neukloster bei Wismar besuchte. Er konnte wunderbar mit Kindern umgehen, und Fritzis (Fritzi nannte ich ihn) Besuche in Herzfeld gehörten zu den Festtagen meiner Kindheit. Kurz vor Kriegsende ist er als Flakhelfer gefallen.

Sonnabend, d. 6.3.43
Ihr habt ja denn etwas Zement und Kalk bekommen, um das Wichtigste bißchen auszubessern. Du schreibst von der Waschküche, da müssen wir wohl dieses Jahr noch abwarten. Ich werde ja noch dann schreiben, denn es fehlt ja dann immer der Schuppen, und wir können ja nicht alles draußen stehen lassen. Denn muß auch schon gleich ein Schuppen gebaut werden für Maschinen. Nun könnt Ihr ja nicht mehr backen in unserem Ofen. Denn wird wohl nun immer bei Hoop gebacken.

Ihr Wunsch nach einer Waschküche im Schuppen, an den sich unmittelbar ein Brunnen anschloß, wurde Mutter weder im Krieg noch danach erfüllt. So wurde die Wäsche weiter in einem großen Kessel in der Küche des Wohnhauses gekocht, und das Wasser aus dem 30 m entfernten Brunnen in Eimern über den Hof getragen. Ein einfaches Waschbrett ersetzte die Waschmaschine, und eine Wäscheschleuder gab es natürlich auch nicht.

Sonntag, d. 7.3.43
Bubis Pullover ist ja denn auch da und das Backpulver Ich habe Backpulver gekauft, weil die anderen Kameraden auch kauften und sagten, es sei auch schon schlecht zu kriegen in Deutschland.

Unser Bubi hat ja denn einen schönen Traum gehabt, hoffentlich wird er wahr??? Wenn wir hier bleiben, so könnte es vielleicht im April möglich sein. <u>Aber</u>*? Ich lege heute ein Bild mit ein. In der Veranda sitze ich heute.*

Dienstag, d. 9.3.43
Liebe Leni, Du hast ja denn schon wieder Honigkuchen abgeschickt für mich. Der letzte hat mir sehr schön geschmeckt. Ernst schreibt Dir denn auch noch ab und zu. Er wird sich sicherlich auch freuen zu dem Kuchen.

Ihr habt ja denn schon Künstlich gestreut auf dem Haferland. [Es folgen detaillierte Hinweise zur mineralischen Düngung.] *Wir können ja auch für Gemenge Süßlupinen nehmen, wenn es welche gibt, denn Erbsen und Peluschken werden wohl knapp und teuer sein. Aber teuer ist ja alles. Bestellt man einen Zentner Süßlupinen.*

Joseph hat ja denn auch paar an die Brille bekommen, es ist auch ganz gut, aber frech sind sie doch, lügen einfach drauf los. Moritz ist denn ja auch noch immer stumm.

Liebe Leni, mit den Fliegern wird es wohl immer schlimmer, überhaupt war es die letzte Woche doll, aber hier haben wir noch nichts mit zu tun gehabt, wenn wir sie auch hören.

Bubi redet ja denn auch sehr altklug öfter, das hört er denn so. Ich kann mir denken, daß Bubi es öfter im Hals hat, wenn es dann immer bißchen süßen Honig gibt.

Für heute soll es genug sein. Du kannst Dich auch nicht beklagen. Wenn wir uns noch immer so oft schreiben können, geht es noch. Morgen hast Du ja Geburtstag, ich denke an Dich.

Mutter hat Honigkuchen auch an ihren Cousin Ernst Kröger geschickt, der damals gerade eine Verwundung bei leichtem Dienst in Deutschland oder Österreich auskurierte. Von den Brüdern Herbert und Ernst Kröger ist ein Bild im blühenden Alter von etwa 18 bis 20 Jahre erhalten geblieben. Beide stehen in Anzug und Schlips, eine brennende

Zigarette in der Hand, mit einer „Was-kostet-die-Welt-Haltung" vor ihrem Elternhaus, und hinter ihnen flattert von der Veranda herab die Hakenkreuzfahne. Noch ahnen sie nicht, daß sie das Kriegsende nicht mehr erleben werden.

Warum und weshalb Josef vermutlich vom Gendarm oder Wachmann wieder geschlagen wurde, ist mir unbekannt. Der Kriegsgefangene Moritz stemmte sich derweil in stummem Widerstand gegen sein Schicksal.

Karte von Ernst Kröger, 1.3.43
Liebe Magdalene!
Deinen Brief und die drei Päckchen habe ich erhalten. Wie ich sehe, geht es Dir noch sehr gut, was ich auch von mir sagen kann. Sonntag war ich in Urlaub, habe hier in der Nähe ein kleines Bratkartoffelverhältnis. Herbert ist jetzt auch wieder weg aus Frankreich. Wo er ist, weiß ich nicht genau; habe seit Weihnachten keine Nachricht mehr von ihm. In Rußland geht es jetzt schwer zu; ich werde auch bald wieder dort sein, es wird hier schon langweilig. Sonst ist alles beim Alten, viele Grüße sendet Dir Dein Vetter Ernst.

Donnerstag, d. 11.3.43
Saat bekommt Ihr denn ja wieder genug. Der Serradella wird wohl sehr teuer sein in diesem Jahr, denn in Schwarz erzählten sie schon damals von 45 RM. Ich glaube kaum, daß Ihr welchen bekommt. Über Kleesaat wißt Ihr wohl Bescheid? Auf dem Draußenschlag kommt ja unter dem Roggen an Holz auch Klee. Könnt Holz ja mal fragen. Am besten wäre es ja, ich könnte das alles selber tun. Aber das wird wohl nichts. Ölfrüchte sollt Ihr auch anbauen. Was Ihr auch alles sollt!

Bubis Brief habe ich auch erhalten, aber er läßt sich schlecht lesen. Ich habe gestern ein Päckchen abgeschickt, Apfelsinen, Bindfaden, paar Bonbon, da wird Bubi sich wohl mehr zu freuen als zu Zitronen. Otto hat ja denn noch 14 Tage nach bekommen. Hier fahren viele in Sonderurlaub wegen Bombenschäden, sind ja viele aus der Gegend, wo die Flieger jeden Tag kommen.

Ich habe neulich auch an Familie Otto geschrieben. Die sagten damals, ich sollte mal schreiben, wo ich abbliebe.

Freitag, d. 12.3.43
Ich will noch schnell einen kleinen Brief schreiben. Ich habe hier selber Urlaub eingereicht zur Frühjahrsbestellung. Brandt hat es auch gemacht, aber es ist nicht genehmigt worden. Es muß vom Ortsbauernführer und von der Kreisbauernschaft beglaubigt werden, sagte der Spieß gestern zu mir. Sonst könnte ja jeder kommen und was aufschreiben. Sie haben ja hier keine Ahnung von Landwirtschaft. Nun ist es ja bißchen spät. Hermann Hinzmann sagte heute morgen zu mir, er hätte schon vor 8 Tagen hingeschrieben zu Hause, sie sollten für ihn einreichen. Und nun möchte ich Dich bitten, das auch zu tun. Ich weiß, Du gehst nicht gerne hin zu Kluth, aber wenn ich dadurch etwas eher Urlaub bekommen kann und wenn es nun auch schon etwas spät ist zum Kartoffelpflanzen, könnte ich dann doch noch da sein, wenn alles klappen sollte. Wir wollen es mal versuchen. Vielleicht glückt es noch, wenn nichts dazwischen kommt.

Sonntag, d. 14.3.43
Erhielt am Freitagabend Deinen lieben Brief vom 7. 3. und dazu 8 Päckchen, 6 mit Honigkuchen und 2 mit Butter. Ich danke herzlich für alles. Der Kuchen schmeckt ja wieder sehr gut, und die Butter kam auch gerade richtig. Nun sollt Ihr denn auch noch Sommerrübsen säen. Das muß denn wohl vom Kartoffelland genommen werden. Für Wrucken sollen ja auch 300 Ruten liegen bleiben an dem Roggen an Krögers. Und die sollen ja auch nicht ganz rauf, sondern nur so weit, wie der Buchweizen ging. Da oben sollen ja Zichorien hin. Also denn kommen die Wrucken an den Roggen und daneben dann der Rübsen und das andere mit Kartoffeln. Hoffentlich hast Du es nun richtig verstanden? Ich mag ja auch noch was davon zu sehen kriegen, wenn es Urlaub gibt.
    Liebe Leni, Ich habe gestern ein Päckchen geschickt. Da sind 1 Apfelsine, 1 m breites Gummiband, 1 paar Strümpfe für Bubi (aber für den Sommer) und 2 Stück Seife drin. Ich habe schon wegen Schuhe nachgefragt, aber hier gibt es meist selten, und wenn ich überhaupt noch welche bekomme, so muß ich 40 RM anwenden. Die wollen Bezugsscheine haben. Du hast noch nichts von Wolle geschrieben. Ich wollte wissen, ob Du so 100 g davon haben wolltest. Die könnte ich vielleicht noch kaufen.

Heute nachmittag gehen wir vielleicht nach D. ins Soldatenheim und auch Kino, wenn es Urlaub gibt. Hier kaufen noch einige Kaffee, Kilo 120 RM, was sagst Du dazu.?
   Hier gehen die Leute alle fleißig in die Kirche, sind ja alle katholisch. Es fängt morgens fünf schon an und dann in der Woche auch noch paar Mal.
Hoffen wir, daß wir uns bald wiedersehen. Aber man kann es nicht früher sagen, bis man in die Tür tritt.

Vater wird von zu Hause mit Paketen verwöhnt, und dabei lebt man dort auch nicht im Überfluß. Aufschlußreich ist, daß nun auch Buchweizen und Zichorie angebaut werden müssen. Es sind dies zwei Pflanzenarten, die eigentlich als Kulturpflanzen schon damals in Mecklenburg kaum noch Bedeutung hatten. Zichorienwurzeln wurden sicherlich als Ersatz für den teuren und immer knapper werdenden Kaffee genutzt, während der schnell wachsende und relativ anspruchslose Buchweizen vorrangig als Grünfutter für Pferde und Jungvieh in Betracht kam. Die aus seinen Früchten (Nüsse) herstellbare Grütze dürfte allerdings nicht dem Geschmack mecklenburgischer Bauern entsprochen haben.

Montag, d. 15.3.43
Liebe Leni, heut ist hier ein Schreiben angekommen von der Kompanie, da steht drauf, daß der der längeren Urlaub zur Frühjahrsbestellung haben will, auch die Genehmigung oder die Zustimmung des Wehrkreiskommandos haben muß. Aber nun ist es doch wohl schon zu spät, und Du hast es vielleicht schon abgeschickt? Sonst hätte es ja gleich auch nach Parchim gehen können. Wir haben heute auch schon wieder eingepackt. Ist wohl bißchen dicke Luft. Hoffentlich kommt nichts dazwischen, es ist Alarmbereitschaft.
   Liebe Leni, Du hast ja denn viel Post bekommen zu Deinem Geburtstag. Besuch hast Du denn ja auch noch gehabt zu Deinem 30jährigen Jubiläum, ich hatte noch gar nicht gedacht, daß Du gerade 30 geworden bist. Martin Ahrens und Frau haben denn auch noch daran gedacht. Aber wir haben ja auch voriges Jahr noch eine Flasche Wein zusammen getrunken in Dreikronen (Prenzlau). Martin ist ja denn noch in Rostock, auch Marschkompanie.

Denn kommt Witt nun auch wohl weg aus Neubrandenburg. Ja, allmählich werden sie alle raus finden.

Der liebe Bubi hat ja denn auch schon allerhand im Kopf, was er da alles erzählt hat. Er hört es denn wohl immer, und nachher kommt er denn drollig mit raus.

Bis jetzt haben wir ja noch nichts mit Fliegern zu tun gehabt. In Holland oder vielmehr an der Küste ist es ja schlimmer. Hoffentlich habe ich auch noch Glück im April? Du schreibst, ich habe ja auch einen ganz guten Posten. Ja, gut ist ja auch was anderes, aber wenn man hier noch sein kann, so soll man noch zufrieden sein.

Dienstag den 16.3.43
Wir haben nun heute wieder ausgepackt. Na, das ist ja nichts Neues bei Soldaten. Ist ja auch besser so.

Nach Grabow warst Du ja denn auch und hast noch ganz gut eingekauft. Ich werde ja auch versuchen, Schuhe zu bekommen, wenn's möglich ist.

Hoffentlich hat Bubi recht mit seinem Traum. Ob er schon wirklich weiß, was er träumt? Ich glaube es kaum, denn so weit reichen seine Gedanken doch wohl noch nicht. Ich nehme an, weil er öfter so was hört, und nun sagt er es auch, oder meinst Du, daß er es wirklich träumt?

Es wird wohl ein Traum von baldiger Heimkehr des Vaters gewesen sein. Das war ja eines der häufigsten Gesprächsthemen in der Familie.

Sonntag, d. 21.3.43
Liebe Leni, so ganz wollen wir da aber auch noch nicht mit rechnen [mit dem Urlaub], *denn wie ich schon geschrieben habe, kommt es mitunter schnell anders, aber wir wollen das Gute hoffen.*

Schwarze Schuhe hätte ich gestern schon haben können, aber wie ich schon geschrieben habe, 40 RM. Ich bin mir noch nicht ganz klar darüber, ob ich es ausgebe, ist ja bißchen viel.

Heute erhielt ich eine Antwort auf meinen Brief an Familie Otto in Schwarz. Frau Otto hat gleich wieder geschrieben. Die Kleine ist ja wieder ganz gesund, und sie hätten jetzt schon wieder 4 Wachleute gehabt. Da sind noch keine eingezogen von den Bauern bis jetzt.

Heute Mittag geht es auf Wache. Waren gestern auch noch im Kino. Man muß ja mal was anderes sehen. Bubi hat ja denn auch gesagt, so viel Zeit müßte ich haben zum Kommen, ist ja drollig. Hoffen wir auf ein gesundes Wiedersehen??

Montag, d. 22.3.43
Es ist gut, daß Du das Urlaubsgesuch noch nicht abgeschickt hast, weil, wie ich schon geschrieben [habe], *das Gesuch auch vom Bezirkskommando Parchim genehmigt werden soll. Wenn nun Hersen noch keine Anweisung davon hat, so kannst Du dann ja mal nach Parchim fahren. Also hoffen wir, daß es noch klappt, man kann ja immer nur hoffen. Für bestimmt ist ja gar nichts im Kriege.*

Liebe Leni, das hübsche Bild [ein kleines Mädchen mit mir Hand in Hand] *habe ich auch bekommen. Es ist das hübscheste, was ich hier habe. Das Mädchen ist doch die aus Wittenberge, die damals bei Jastrams gewesen sind.*

Inzwischen hat auch Vetter Ernst Kröger wieder mit markigen Worten von sich hören lassen. Im Gegensatz zu Vater möchte er nicht „immer in der Heimat rum sitzen." Wie groß muß damals die Verführbarkeit der Jugend zum Krieg gewesen sein! Und dabei wird er zu Hause dringend benötigt, denn sein Vater Christian Kröger, der Bruder meines Großvaters, war im November 1941 tödlich verunglückt.

Brief von Ernst Kröger vom 21.3.43
Liebe Magdalene!
Habe vor kurzem Deinen lieben Brief dankend erhalten. Ebenfalls ist ein Päckchen angekommen.
    Die anderen sind wohl unterwegs verschwunden. Es gibt ja viele, die Hunger haben. Ich bin heute schon den ganzen Tag im Bau. Hatten gestern einen anständigen Marsch, ungefähr 80 km. Trotzdem habe ich keine kaputten Füße, nur bin ich etwas müde.
Liebe Magdalene, wie geht es Dir? Ich denke, noch immer gut, was ich auch von mir sagen kann. Jetzt sind wir auch die längste Zeit hier gewesen. Ist auch ein Glück. Ich möchte nicht immer in der Heimat rum sitzen. Ist Karl Kopplow auch noch im Lazarett? Der muß doch anständig ein Ding abgekriegt haben. Heute hatten wir große Parade,

war ganz in Ordnung, dafür haben wir morgen frei. Sonst ist alles beim Alten. Viele Grüße sendet Dir Dein Vetter Ernst.

Mittwoch, d. 24.3.43
Liebe Leni, die Sterke ist ja denn schon wieder hoch. Dann wird sie sich schon wieder besinnen. Beim Säen habt Ihr ja denn keine Hilfe gehabt. Ja, auf andere Leute verlassen, da sieht es schlecht aus. Na, Joseph versteht ja auch schon ein bißchen. Hoffentlich haben sie überall was hingekriegt.

Dann geht die zweite Kuh ja auch ab. Ist ja auch eigentlich nicht viel, 30 bis 35 Pfennige fürs Pfund. Was hat denn der Bulle gekostet? Du schreibst, Bubi hat sich gefreut zu den Apfelsinen. Oft bekommt er ja auch keine zu kaufen. Was meinst du, was die Bonbons kosten, die ich damals geschickt habe. 2 RM die paar, also 1 Pfd. kostet 100 Franc. Du schreibst, Witt soll sich in Stalino melden. Der bekommt denn wohl wieder einen Posten als Zahlmeister? Winterfelds haben ja denn keine gute Nachricht bekommen.

Mittwoch, d. 24.3.43
Ich habe nun vorläufig noch keine Hoffnung auf Urlaub, denn ich traf Brandt gestern. Der sagt, seine Frau wäre hin gewesen nach Parchim, und der Major hätte es abgelehnt. Nun werden wir wohl so lang warten müssen, bis wir an der Reihe sind. Liebe Leni, ich habe nun Schuhe gekauft für Bubi. Ich war in allen Läden drin, haben nur halbe. Dies sind aber noch hohe. Sie kosten 32 RM. Ist ja viel Geld, aber ich wußte auch nicht genau, wie nötig es ist.
Ich habe an Hans-Erich [mein Cousin, der Sohn seiner verstorbenen Schwester Hanni] *gestern ein paar Bonbon abgeschickt zum Geburtstag. Für Bubi habe ich auch noch welche, aber die will ich noch aufheben für den Urlaub, wenn's mal was wird??*

Brandt sagte, der Major hätte gesagt, es sollen die Nachbarn mitmachen. Man weiß ja, wie es ist damit. Kainit soll es auch nicht mehr geben. **Es gibt wohl gar nichts mehr.**

Sonnabend, d. 27.3.43
Den Hafer habt Ihr ja denn rein. Nun kann Joseph nachher ja Kartoffelland pflügen. Ist dieses Jahr 4 Wochen früher wie im vorigen

Jahr. Du schreibst, Ihr wollt noch 100 Zentner Kartoffeln abliefern. Verkauft nur nicht so viel. Es ist immer noch früh genug.

W. Stahl ist ja denn auch schon verwundet, die Zehen sind denn wohl alle verfroren gewesen. **Es wird viele geben nach dem Krieg, die Krüppel sind.**

Liebe Leni, Du schreibst, ob es wohl nicht zum Winter vorbei kommt. Da ist bis jetzt wohl noch wenig Hoffnung, sonst muß es noch anders kommen. Na, einmal muß es ja vorbei kommen.

Mama schrieb auch noch neulich. Otto hat sein Rad ja mitgenommen nach Parchim und hat es da abgegeben bei L. Schuster. Die alten Eltern waren ja auch auf Großmutters Beerdigung. Und wie er da angekommen ist, haben sie gerade die Nachricht erhalten, daß Ihr Sohn Paul gefallen ist in Rußland. Ich glaube, er ist Jahrgang 04. Ich weiß nicht genau, aber ich glaube, da sind auch zwei Kinder.

Sonntag, d. 28.3.43
Ich habe auch das schöne Bild von Bubi erhalten, freue mich sehr dazu. Er ist doch schon ein prächtiger Bursche. Wenn man ihn so sieht auf dem Bild, so glaubt man kaum, daß er erst 4 Jahre wird. Nun habe ich Tante Ida auch gleich hier. Die hat wohl nicht gedacht, daß sie auch noch mit rauf kam.

Liebe Leni, das Gesuch hast Du ja nun in Bewegung gesetzt, aber viel Hoffnung habe ich nicht. Denn wenn es von Parchim nicht genehmigt wird, denn nützt es nichts. Es wäre doch wohl besser gewesen, wenn Du selbst damit nach Parchim gefahren wärst. Aber ich weiß ja auch nicht, wenn die Herren es nicht tun wollen, tun sie es doch nicht. Müssen es nun mal abwarten.

Nun weiß ich ja ungefähr, was Du so gebrauchen kannst. Ich werde es ja soweit kaufen, so lange die Moneten reichen, denn billig sind die Sachen hier bestimmt nicht.
Vielleicht werde ich mir den Soldatenfriedhof noch ansehen. War schon einmal da, aber da hatte ich nicht viel Zeit, alles durchzugehen. Der Friedhof ist sehr hübsch angelegt, liegen bald 1000 Mann drauf.

Ereignisse, die fast 30 Jahre zurückliegen, scheinen sich in fataler Weise zu wiederholen. Im Juli 1916 sandte mein Großvater Wilhelm Kröger aus der Gegend von Bouillon Ansichtskarten von

Soldatenfriedhöfen und Beerdigungen. Vater darf keine Ansichtskarten schicken, solche von Friedhöfen schon gar nicht. Aber aufsuchen will er vielleicht schon in böser Vorahnung den Ort, an dem so viele Soldaten ihrer letzte Ruhestätte gefunden haben. Die Friedhöfe in der Nähe von Bouillon bzw. von Dinant dürften nicht mehr als 60 km auseinander gelegen haben. Vater ahnt, daß er nicht mehr viel zu hoffen hat, sterben doch immer mehr Bekannte aus seinem heimatlichen Umkreis bzw. kehren als Invaliden zurück. Hinzu kommt noch die Sorge um die finanzielle Situation der Familie. Aufgrund von Geldforderungen des geschiedenen Ehemannes meiner Großmutter müssen dringende Bauvorhaben auf dem Hof (Maschinenschuppen, Waschküche) unterbleiben, und der „Geschäftsmann" – so nannte man auf dem Dorf auch Handwerker – Maurermeister Kelch konnte nur Flickarbeiten an der Scheune ausführen.

Es ist in den Briefen auch nicht mehr häufig die Rede davon, daß diese Zeit vorbei gehen würde, sondern man klammert sich an jeden Strohhalm, der das bittere Ende noch hinauszögern könnte, wie z. B. ein genehmigtes Urlaubsgesuch.

Dienstag, d. 30.3.43
Du hast so allerhand geschrieben. Diese Sachen sind heute alle so nebensächlich. Wenn es auch ärgerlich ist, für andere zu arbeiten, denn es ist ja viel Geld, wo man schon was anderes für haben könnte, **aber das Schlimmste ist und bleibt doch der Krieg.** *Was nützt es alles, wenn man doch nicht zusammen sein kann. Liebe Leni, nun habt Ihr doch schon allerhand abgezahlt, und das Klagen hat ja keinen Zweck. Aber könnt Ihr so viel Geld schaffen?*

Es ist ja immer so, wenn man Urlaub bekommen kann, so muß man es versuchen. Denn wenn noch was dazwischen kommt, so ist es ganz aus. Von unserer Kompanie fahren jetzt die Ostmärker. Die sind alle im September eingezogen und Ende November hier angekommen. Demnach müßten wir ja eigentlich auch im April dran sein. Das Geld ist auch schon hier, aber ich bekomme es erst die ersten Tage im April. Und für Mai werde ich auch teurer, da kann ich 45 RM bekommen, weil ich dann 2 Jahre nun habe.

Von Erich aus Pampin bekam ich heute auch einen Brief. Hans-Erich hatte auch paar Wörter geschrieben.

Heute kam durchs Radio, daß 1 kg Päckchen wieder zugelassen sind. Hoffen wir bald auf ein gesundes Wiedersehen!

Die Ostmärker. Wer sind denn die? Verschwunden war das „Felix Austria" allerdings schon nach dem I. Weltkrieg. Aber Österreicher gab es immerhin noch nach dem Untergang Kakaniens. Nun waren auch sie aus dem Sprachgebrauch verschwunden, wenn auch nicht ganz ohne eigenes Verschulden, denn für den Zusammenschluß mit Deutschland hatten im Frühjahr 1938 99 Prozent der Österreicher gestimmt und sich bei dieser Gelegenheit auch gleich ihrer Juden und anderer „Volksfeinde" entledigt.

Donnerstag, d. 1.4.43
Heute abend erhielt ich viel Post, 2 Briefe und die Karte von Dir, herzlichen Dank. Dann noch einen von Sabine und einen Brief von M. Ahrens. Denn ist Kelch ja schon dabei. Ich glaube, daß Ihr da viel Arbeit von habt. Es ist ja immer so, wenn man Geschäftsleute hat. Mit der Scheune ist es ja schlecht, daß das gemacht werden muß, wissen wir ja auch, aber es ist ja nur Geld weg werfen, weil sie ja überall schlecht ist. Wenn ich nun da wäre, könnte ich mit Kelch reden, und man müßte den Giebel gleich so machen, daß er so stehen bleiben kann für eine neue Scheune. Ich kann es hier im Brief ja auch nicht alles so bestimmen.

Martin Ahrens ist ja noch da in Rostock, wie lange weiß er ja auch nicht. Der Spieß soll ja auch im Osten sein, und so ist die Kompanie ja nun alle auseinander. Bubi kann sich denn wohl gut unterhalten mit Kelch. Bohnen werde ich Dir auch mitbringen, wenn ich in Urlaub komme. Ihr habt ja denn alle kaputte Hände, aber im Frühjahr ist es ja immer am schlimmsten.

Sonntag, d. 4.4.43
Heute schicke ich noch die langen Kartons ab und lege paar Batterien bei, auch paar Bonbon und bißchen Bastzwirn, aber auch 2 Tuben Zahnpaste.
Stickstoff ist ja denn wenig für den Roggen, und für Hafer ist denn gar nichts da, wie Du schreibst.

Bubi ist denn wohl immer bei Meister Kelch und hat es wohl bestimmt wichtig damit.
Moritz, glaube ich, ist wohl Kommunist, denn gute Gesinnung hat er nicht. Na, **vorläufig** *soll er sich man noch beruhigen.* ***Ganz so weit ist es noch nicht, wie er denkt.***
Ich will heute noch an Martin Ahrens schreiben, auch an Behncke. Bin ja auch neugierig, was sie alle so machen. Du schreibst von Wohnungen. Ja, es soll wohl kommen. Immer diese Fliegerangriffe. Es haben dadurch schon manche ihre Wohnung verloren. Sind ja auch schlimm dran.

Moritz war Kommunist und ein französischer Patriot, und wahrscheinlich hatte er seine Zweifel am Endsieg der Deutschen auch deutlich geäußert. Ob er „keine gute Gesinnung" hatte, sei noch dahingestellt. Im Januar 1943 begannen die amerikanischen Tagesangriffe im Luftkrieg. Die Auswirkungen des Bombenkrieges bleiben jedenfalls auch den Kriegsgefangenen nicht mehr verborgen. Außerdem flattern auch schon die ersten feindlichen Flugblätter über die Felder. Vater selbst zweifelt am Endsieg, wie sein Brief vom 4. April zeigt.

Montag, d. 5.4 43
Heute war Brandt hier, der sagte, daß die anderen, die mit uns gekommen wären, schon alle Nachricht hätten, wenn sie fahren sollten. Zwei sind schon weg hier von, und die sind auch alle die selbe Zeit in Urlaub gewesen wie wir. Demnach müßten wir ja auch unseren Urlaub bekommen. Es sind nur Brandt, Hinzmann und ich noch nach.
Du hast ja denn die ganzen Festtage Dienst. Ich habe sonst schon so ziemlich gehofft, Ostern mal zu Hause zu sein. Wäre ja schön, aber wenig Aussicht.

Dienstag, d. 6.4.43
Liebe Leni, Du schreibst ja auch so verzagt in diesem Brief. Wir müssen uns mit allem abfinden, und bisher ging es ja alles noch. Ich wollte heute eigentlich mal fragen wegen Urlaub in der Schreibstube, aber der Hauptmann war gerade da, und dann ist es am besten, man

wartet ab. Ich hoffe ja immer noch, daß es diesen Monat noch was wird mit dem Urlaub, denn die anderen haben ja auch welchen bekommen.
    Du schreibst von Flugblättern, die dort abgeworfen worden sind. Ist es in Stresendorf gewesen? Ich kann es nicht richtig lesen. **Ja irgend etwas wird wohl noch kommen zuletzt.** *Du willst wissen, ob es lauter Deutsche sind hier auf dem Heldenfriedhof. Ja, es sind nur Deutsche.*

Daß zuletzt irgend etwas noch kommen wird, ist vielseitig auslegbar, hier aber wohl defätistisch gemeint. Aber daß schon in zwei Jahren und einem Monat Panjewagen der Roten Armee durch Herzfeld rollen werden, hat er bestimmt nicht erwartet.

Freitag, d. 9.4.43
Dir geht es ja denn wieder nicht gut. Du mußt Dich nicht über alles so aufregen, denn es ändert sich dadurch auch nichts. Ich habe ja immer nichts Genaues geschrieben über den Urlaub. Am besten wäre wohl gewesen, ich hätte gar nichts davon geschrieben, denn Du darfst nicht so bestimmt damit rechnen. Aber trotzdem kann es ja noch was werden in diesem Monat, aber für bestimmt ist nichts.
    Kämme gibt es hier noch genug. Aber, wie gesagt, viel Geld. Ich war ja zum Zahnarzt am Mittwoch. Mußte plombiert werden.
    Nun liebe Leni, werde man nicht krank und rege Dich nicht über alles auf. Wir müssen es doch so nehmen, wie es kommt.

Sonntag, d. 11.4.43
Ich weiß nun auch nicht, wie es eigentlich ist mit dem Gesuch, sie müßten doch eigentlich Nachricht geben darüber, wenn es abgelehnt ist. Diese Woche werde ich mal sehen, was ich noch so kaufen kann, aber die Schuhe für Dich, da haben sie mir 50 bis 60 RM für abgefordert. Denn muß ich es wohl noch vorläufig zurückstellen, denn dazu reicht es nicht, oder ich könnte dann weiter nichts kaufen.
Dem einen sein Urlaubsgesuch ist abgelehnt. Wenn man nun alles vorher wüßte, ob man in der Ernte noch hier ist. Sonst ist es denn ja noch notwendiger wie jetzt. Man muß alles so gehen lassen, wie es kommt. Müssen mal diese Woche noch abwarten.

Montag, d. 12.4.43
Du bist denn ja mit Bubi nach Brunow gewesen. Es ist ja auch zu viel für Dich und dann noch bei diesem Wetter. Und Asthma hast Du doch auch gehabt. Du sollst Dich doch immer <u>vorsehen</u>.

Das Schaukelpferd ist ja so was gewesen für Bubi, das kann ich mir denken.

Das Kartoffelland hat Joseph denn auch fertig. Ob ich Euch pflanzen helfen werde, glaube ich jetzt noch kaum. Aber wenn ich vorher noch welchen [Urlaub] bekomme, ich werde natürlich nicht verzichten.

Ja, zwei Jahr sind nun bald voll. Wer hätte es damals gedacht. Und bisher ist noch keine Aussicht. Ihr habt ja denn nun schon Richtfest gehabt. Na, so konnte es ja auch nicht bleiben. Die ganze Seite ist ja schlecht nach dem Hof raus. Da fällt wohl auch mit der Zeit wieder was raus [gemeint ist die zusammengeflickte Scheune].

Mit den Fliegern ist es ja schlimm überall. Wie hier durch das Radio kam, werfen sie ja auch schon welche auf die Dörfer ab. Hier haben wir sie bisher nur brummen gehört, da seid Ihr denn in der Heimat aber schlechter dran wie wir hier, und in den Städten ist es ja noch schlimmer. Der Spieß hier ist im Urlaub. Ich glaube, er soll Werkmeister sein.

Witt ist ja denn auch nicht weit von der Front. Da wird es denn noch früher dunkel. Ja, da ist es wohl nicht schön.

Freitag, d. 16.4.43
Ich war ja nun gestern hin zur Schreibstube und habe da nachgefragt. Da sagten sie, für mich wäre noch kein Gesuch da gewesen, aber ich könnte ja die Post noch abwarten. Und wie ich denn nachher noch mal hin komme, da sagten sie, es wäre gerade angekommen. Ob es nun so gestimmt hat, weiß ich ja auch nicht. Es sind 14 Tage für mich bewilligt. Der Hauptmann war gestern nicht da. Hoffentlich lehnt er es nicht ab. Sonst hoffe ich ja, Anfang nächster Woche zu fahren. Es wäre ja schön, wenn es so kommen sollte. Dann wäre ich ja Ostern zu Hause, wollen es hoffen.

Liebe Leni, ich wollte erst nicht schreiben, denn wenn alles klappt, bin ich früher da als dieser Brief. Ihr seid denn wohl jetzt schon beim Kartoffelpflanzen? Hier ist es diese Tage sehr schönes Wetter gewesen, die Bäume fangen an zu blühen, und die Birken werden grün. Hermann

Hinzmann habe ich heute morgen auch getroffen. Der wartet auch noch immer. Ich habe ihm auch gesagt, er müßte mal nachfragen.
Du schreibst, von Baumeister Viereck seine 3 Söhne wären gefallen. Die kenne ich auch alle, der eine war ja bei uns beim Haus.

Das Rätselraten um den Urlaubsantrag hatte nun ein Ende, und Vater bekam 14 Tage Osterurlaub. Hätte er sich nicht danach erkundigt, wäre er wohl nicht gefahren. Den Stempeln der Partei- und Militärbürokratie und dem Wohlwollen kleiner Militärhäuptlinge auf Kompanieebene war das Leben der Soldaten völlig ausgeliefert.

Ostern war in meiner Kindheit ein ganz besonderes Fest. Da ging man schon kurz vor Sonnenaufgang in den Garten und beobachtete durch ein rußgeschwärztes Glas, wie der rote Sonnenball zu Ehren des Auferstandenen tanzte. Er tat das zwar an anderen Morgen auch, aber da wurde nicht so genau hingesehen. Es war halt so der Brauch, und dem hatte sich die Natur zu fügen. Ein besonderer Anlaß zur Freude war für mich das anschließende Ostereiersuchen. Das Moos dafür aus dem Wald habe ich diesmal bestimmt zusammen mit Vater geholt.

Doch zwei schöne Wochen vergehen rasch, und schon auf der Rückreise nach Belgien läßt Vater wieder schriftlich von sich hören. Die Postkarte trägt folgenden sinnigen Aufdruck: *Verderbt dem Kohlenklau den Spaß und spart mit Kohle, Strom und Gas.*

Hamburg, d. 7.5.43
Meine Lieben!
Ich bin gut in Hamburg angekommen. Hatte noch Zeit in Ludwigslust. Die Uhr ist jetzt ½ 9, um 10 Uhr fahre ich ja weiter. August Jaap ist schon abgefahren, hatte gleich Anschluß. Hoffentlich seid Ihr auch gut nach Hause gekommen. Was sagt Bubi denn jetzt?

Sonntag, d. 9.5.43
Liebe Leni und Bubi!
Ich bin hier gut angekommen. Ich habe schon wieder paar Stunden Wache hinter mir. Nun ist die schöne Zeit wieder vorüber. Na, es nützt ja nichts, aber die Tage waren doch schön, nur daß sie immer so schnell vorüber gehen. Ich freue mich sonst, daß ich wieder auf meine alte Stube hin gekommen bin. Da weiß man schon Bescheid, und da

kennt man alle. Einen Mecklenburger habe ich ja jetzt auch hier. Nun kann man sich doch auch mal wat plattdütsch erzählen.

Wir können ja noch immer zufrieden sein, wenn ich hier noch bleiben kann, denn zu Hause kann man ja doch nicht sein. Du wirst ja nun staunen, ich war gestern abend im <u>Kino</u>, aber aus Langeweile, denn Lust hatte ich nicht dazu. Aber ich müßte doch 2 Stunden warten, und nun bin ich hin gegangen, damit ich die Zeit schneller rum kriegte.

Dienstag, d. 11.5. 43
Ich habe jetzt schon wieder drei Tage hier nach dem Urlaub. So allmählich gewöhnt man sich doch wieder dran. Am Sonntag war Brandt hier und hat mich besucht. Er will ja jetzt noch etwas warten, wie er sagt, hätte er ja auch sonst schon fahren können. Er meint, vielleicht zur Heuernte.

Du hast mir so viel eingepackt. Nun darfst Du aber nicht eher was schicken, <u>bis ich schreibe</u>.

Heute mittag geht es nun wieder auf Wache. Nur an den Schlafsack muß man sich erst wieder gewöhnen. Bei Dir und Bubi schlief es sich weicher.
Meine liebe Leni und Bubi, an meinen drolligen Bubi denk ich noch oft und an die schönen Stunden mit Dir. Nun müssen wir uns erst wieder gedulden.
Dich und Bubi grüßt und küßt herzlich der große Vater Hermann.

Der Abschied von zu Hause ist Vater diesmal besonders schwer geworden, wie auch uns, meiner Mutter und mir. An diese Trennung kann ich mich noch erinnern. Wir brachten Vater bis in das eine etwa eine Stunde Fußweg entfernte Vorwerk Karlshof bei Möllenbeck. Dort mündete die holprige Landstraße von Herzfeld in eine Chaussee. Von hier konnte Vater mit einem Postauto weiter nach Grabow bzw. Ludwigslust fahren, wo er Bahnanschluß hatte. Vater hat uns fest umarmt, und alle weinten. Dann kam das Auto, er stieg ein, und Mutter setzte mich auf den Gepäckträger ihres Fahrrades und fuhr mit mir unter fortwährendem Schluchzen zurück nach Herzfeld.

Das Leben ging nun wieder in getrennten Bahnen weiter. Mutter mußte sich gemeinsam mit meiner Großmutter um den Fortgang der

Wirtschaft kümmern, suchte und fand immer mehr Trost beim sonntäglichen Orgelspiel.

Vater nutzte die karg bemessene Freizeit zum Einkauf notwendiger Gebrauchsgegenstände für seine Familie und seine Eltern in Brunow. Mein Patenonkel Otto Kemling, sein Schwager, war inzwischen von Rußland nach Frankreich versetzt. Immer wieder klingt in Vaters Briefen die Verbundenheit mit seiner mecklenburgischen Heimat und den Menschen dort durch.

Mittwoch, d. 12.5.43
Ich erhielt heute abend schon Deinen lieben Brief. Habe mich sehr dazu gefreut. Hatte noch gar nicht damit gerechnet, schon Post zu bekommen. Dann seid Ihr ja wieder gut angekommen zu Hause, und der liebe Bubi hat denn auch noch geweint. Ja, ich wäre auch noch gern bei Euch geblieben. Man muß immer hoffen, wenn nur alle gesund bleiben, so muß ja auch mal wieder die Zeit kommen, wo ich immer bei Euch bleiben kann

Denn habt Ihr ja noch bißchen Rotklee und 30 Pfund Serradella bekommen. Es wäre ja besser gewesen mit Wundklee, aber es ist ja auch nicht viel. Den Serradella hebt denn man so lange auf, bis Ihr Nachricht habt von den anderen. Hoffentlich bekommt Ihr nun noch welchen zu, damit es sich auch lohnt.

Meine liebe Leni und Bubi, die erste Zeit kann man sich gar nicht so recht an das Leben hier gewöhnen. Ich denke noch oft auf Posten an Euch und an den lieben Bubi, wie er sich so freuen konnte, und wie drollig er immer war.

Freitag, d. 14.5.43
Ich erhielt gestern Deinen lieben Brief vom Sonntag; herzlichen Dank. Auch einen Brief von M. Ahrens.

Den Klee hast Du denn ja schon gesät. Moritz hat sich denn ja auch vergnügt, will sich denn auch wohl eine <u>Freundin suchen</u>?

Ich habe mich gestern schon geärgert, denn ich habe die Schuhe gekauft für Bubi. Nun sind sie mit Gummi, aber oben ist Zeug, besser gesagt, wohl mehr Papier. Sie sind ja auch nicht so teuer. Ich dachte ja auch so, wenn Bubi diese nun noch mit trägt, so wird er ja diesen Sommer auch auskommen, denn sie wollen ja keine ledernen mehr so verkaufen. Ich habe noch einen Pullover für Bubi gekauft. Backpulver habe ich ein Päckchen gekauft, da könnt Ihr Euch ja denn mit aushelfen. Es sind 50 Pakete.

Martin Ahrens ist noch immer in Rostock, warten jeden Tag auf das Töchterchen, schrieb er. Ich soll Dich schön grüßen. Er schrieb noch, es würde wohl wieder ein Junge werden. Denn es dauert wieder so lange. Er hat ja bisher noch Glück gehabt. Er schrieb noch, wenn er jetzt weg käme, so würde er als Fahrer zu den Pferden kommen. Er will aber noch vorher Urlaub haben.

Brandt sagt neulich auch noch, er hätte den Hauptmann noch mal gefragt [Gesuch wegen Arbeitsurlaub]. Der hätte sich so aufgeregt, also wer nicht aus der Landwirtschaft ist, kennt es nicht.

Verständnis dafür konnte man wohl auch von einem rheinischen Studienrat nicht erwarten.

Sonntag, d. 16.5.43
Ich habe heute frei, einige wollen ja auch ins Kino, aber ich habe keine große Lust, ist ja auch alles nichts besonderes. Schreibe mir auch über alles, wie der Hafer steht, ob die Runkeln schon raus sind usw. Gestern seid Ihr denn wohl ausgekehrt mit den Kühen? Ist einigermaßen Gras drin? Gestern habe ich noch Briefpapier für Dich abgeschickt und nach Brunow paar Batterien, Rasierklingen und braune Schuhcreme. Wenn ich mitunter was vergesse, so Kleinigkeiten, die Du brauchst, so mußt Du es schreiben. Ich denk mitunter nicht überall dran.
Wie ist es mit dem Roggen? Bekommt er schon Ähren?
Der Mecklenburger, der hier ist, ist aus Banzkow. Es liegt ja an der Straße von Parchim nach Schwerin. Er hat heute Wache. Wir haben ja nicht die selbe Zeit. Aber vielleicht kommen wir noch mal zusammen, denn mit Mecklenburgern kann man sich doch am besten über alles unterhalten. Er ist ja auch Büdner. Hat 60 Morgen.

Dienstag, d. 18.5.43
Wie hier gesagt wird, soll es jetzt ja für jeden Soldaten nur noch einmal im Jahr Urlaub geben. Dann dauert es noch lange, bis ich wieder dran bin. Aber hoffentlich wird es nicht wahr, oder besser, der Krieg ist früher vorbei.

Liebe Leni, wie geht es jetzt mit dem Asthma? Ist es noch immer so, mußt Du noch jeden Tag räuchern? In Afrika ist es ja jetzt Schluß, aber besser wird es dadurch ja bestimmt nicht, denn mit den Fliegern wird es in der Heimat immer schlimmer, sie greifen ja auch schon Dörfer an.
 Hat der Hafer sich schon besonnen? Ist viel Distel zwischen? Wie sieht hinten im Hof das Stück Sommerweizen aus? Ich bekomme ja da nichts von zu sehen. Voriges Jahr konnte ich es noch ab und zu mal sehen.

Am 13. Mai 1943 hatte das deutsch-italienische Armeekorps in Nordafrika kapituliert und war mit 252.000 Mann in alliierte Gefangenschaft gegangen (6).

Mittwoch, d. 19.5.43
Du schreibst, Du hast das letzte Blatt von dem Block voll geschrieben. Ich habe ja schon wieder für Nachschub gesorgt. Denn der Krieg wird dann wohl noch nicht vorbei sein, wenn Du diese Sendung verschrieben hast. Aber man kann es ja nicht wissen, und es ist ja auch oft besser, wenn man vorher nicht alles weiß. Das Geld ist auch schon hier. Du schreibst von einer Sommerhose für Bubi. Ich werde versuchen, eine zu bekommen.
Ihr habt ja denn auch noch Stroh abgeben müssen und haben so nichts.
Mieke Jastram will ja den Karl besuchen. Ja, wenn es nicht im Krieg wäre, wollt ich ja nichts sagen. Aber jetzt ist es besser, wenn man zu Hause bleibt. Das Reisen macht keinen Spaß und denn die Fliegerangriffe dazu.
 Wir gehen heute abend vielleicht noch ins Kino, damit man auch mal raus kommt. Drews [das ist „der aus Banzkow"] hat heute auch frei und ich auch. Ich werde mir einen Schein ausschreiben lassen für Bubis Trainingsanzug. Ich hoffe, daß ich dafür Punkte bekomme, die sollen aber sehr teuer sein, wie ich schon gehört habe.

Freitag, d. 21.5.43
An Goldwaren gibt es hier ja auch noch so ziemlich alles, aber ohne dem geht es ja auch. Hoops haben ja denn auch noch ein Mädchen bekommen, denn sind sie jetzt Leute genug.

Unser Bubi hat ja denn den Storch gerufen, denn laß ihn man nicht kommen? Aber es wird wohl nichts zu sagen haben.
Ich habe heute ein Paket mit 2 schmalen Harken gepackt. Heute habe ich auch einen Bezugsschein ausgeschrieben, für einen Knabenanzug, 40 Punkte. Einen Anzug so für Bubi habe ich ja gesehen, mit blauer Hose, weiß gestreifter Bluse mit Matrosenkragen, sah sehr gut aus.
Johannes Hinzmann ist nach Rußland gekommen. Du kennst ihn ja auch noch. Er sollte ja zuerst auch hier mit her, und da bekam er ja noch Urlaub zu Neujahr. Ist ja dadurch nicht mit uns gekommen. Ihm gefällt es da auch nicht gut, hat er an Behncke geschrieben

Matrosenanzüge für Kinder waren in Mecklenburg auch noch 45 Jahre nach Gründung des „Deutschen Flottenvereins," mit dem Wilhelm II. seine Mannen für die Kriegsmarine ertüchtigen wollte, begehrt.

Donnerstag, d. 27.5.43
Ich war gestern nach D., auch noch im Kino. Im Kino wurde ein Rembrandt-Film gegeben. Ich habe gestern für Dich einen Gürtel gekauft und einen schicken Unterrock (rosa) und für Bubi noch ein paar Kniestrümpfe. Meine Punkte habe ich noch nicht gekriegt. Sonst wollte ich ja eigentlich für Bubi die Hose oder einen ganzen Sommeranzug kaufen. Zahnpaste schicke ich auch noch mit und 2 Haarspangen. Unser Bubi hat ja denn wieder ein bißchen geweint beim Haarschneiden. Wann ich ihm wohl mal wieder Haarschneiden kann?? Bei Euch soll ja denn auch schon ein Graben gemacht werden. Diesen Sommer wird es wohl noch schlimm werden mit den Fliegern.

Diese Voraussage traf zu. Ab Juni 1943 wechselten nächtliche Flächenbombardements der Royal Air Force mit Präzisionsangriffen der amerikanischen viermotorigen „Fliegenden Festungen" tagsüber, ohne auf nennenswerte Gegenwehr zu stoßen.
Auch in den Dörfern wurden tiefe Gräben vorerst zum Schutz gegen Luftangriffe, später zur Panzerabwehr gegraben.

Dienstag, d. 28.5.43
Liebe Leni, Ihr habt ja denn nun von neuem die Runkeln gedrillt. Hoffentlich wird es denn jetzt gehen, sonst hättet Ihr ja auch das eine Stück noch stehen lassen können, aber es ist denn doch wohl zu grün gewesen?
Wir hatten heute Blumenkohl als Gemüse, schmeckt ganz gut. Sonntagabend habe ich Bratkartoffeln mit Eiern gehabt. Jetzt werde ich wohl wieder nach 2 Zentner ran kommen. Du darfst nun nicht früher etwas schicken, bis ich schreibe. **Der Mai ist nun bald zu Ende, nur der Krieg will nicht zu Ende kommen.**

Sonnabend, d. 295.43
Die Erdbeeren werden hier schon reif. Die gibt es hier im Walde genug, auch gibt es welche zu kaufen. Von Brunow habe ich auch diese Woche noch keine Post bekommen.
Leider wird das Fest (Pfingsten) *nicht so gut sein für mich wie Ostern, wo wir zusammen sein konnten*

Montag, d. 31.5.43
Denn hast Du die Päckchen ja endlich erhalten, die haben auch lange genug gereist. Wie Du schreibst, gefallen Dir die Schuhe denn doch. Otto hat ja auch geschrieben, daß er da wohl wieder wegkommt und wohl wieder nach dem Osten.
Unser Bubi hat ja denn seinen Besuch schon abgestattet in Stresendorf. Mit Karl hat er sich denn wohl gut unterhalten, wie Du schreibst.
Ihr müßt ja denn schon Gräben anlegen. Hoffentlich braucht Ihr da nicht rein, aber vorstellen kann man sich wohl noch viel dieses Jahr.
Mieke Jastram ist ja denn schon hin gewesen zu Karl. Sie hat ja denn tüchtig was angewendet für den Ring, hat ja Geld genug, und wer weiß, ob das Geld später auch noch Wert hat. Ich bin mir noch nicht ganz klar darüber, ob ich für Bubi einen Trainingsanzug kaufe und denn nur solche Hose, wie Du sie haben wolltest.
Dienstag, d. 1. 6.43
Danke herzlich für Deinen lieben Brief vom 27.5.. Die Anzeige vom Gefreiten Ahrens und Frau lag auch drin. Denn haben sie ja nun Ihren

Wunsch noch erfüllt bekommen, ist ja doch ein Mädchen geworden und dann auch noch eine Elke. Martin ist noch bei der alten Kompanie Gefreiter geworden. Es wurde ja damals in Stettin von den anderen auch so allerhand erzählt. Es hat wohl auch bißchen gekostet. Du weißt ja auch, wie es ist, und der Feldwebel Fröhloff hat auch wohl ein bißchen dazu beigetragen. Er sagt ja damals auch zu mir, wie ich in Herbsturlaub fuhr, wie es mit den Enten wäre, aber ich sagte, die wären schon alle geschlachtet. Es ist ja auch egal, wir bekommen ja dasselbe Geld, und weiter hat man ja auch nichts davon. Hier gibt es noch viele, die schon das dritte Jahr rum haben und sind auch noch gar nichts. Aber so ist es nicht überall. Die Hauptsache ist ja, man bleibt gesund.

Nun kam ich soeben von D. Ich habe bißchen eingekauft. Für Bubi einen Anzug ganz in weiß mit Matrosenkragen und eine blaue Hose, so für alle Tage. Eine Hose kostet allein schon ungefähr 15 RM. Dieser Anzug wird ja leicht schwarz. Mit in den Sand darf er sich damit nicht setzen. Es ist so was für Pfingsten. Das Paket geht morgen ab. 2 Stücke Seife und etwas Vanillepulver ist noch drin.

Du schreibst von den Fliegern. Das wollen wir ja nicht hoffen, daß sie da auch kommen. Liebe Leni, Du bist ja denn noch in Spornitz gewesen. Karl Timm seine Frau ist ja denn ganz gut, 180 Pfd., das geht schon, und Grete ist ja denn auch dicker geworden, wie Du schreibst. Mußt Dich auch <u>ranhalten</u>, na, mag ja noch kommen, nicht wahr??

Himmelfahrt, d. 3.6.43
Heute ist nun Himmelfahrt. Früher war denn in Herzfeld Schützenfest und heute?? Ob es wohl wieder noch so kommt??

Liebe Leni, ich habe deinen Brief vom 28. 5. 43 dankend erhalten; ich hab ihn „Nervenbrief" getauft. Es geht Dir denn wohl wieder nicht gut. Du schreibst da wieder so viel von Deinen Nerven drin, bist Du denn schon ganz am Ende damit? Du sollst Dich doch nicht immer so aufregen. Es nützt doch nichts, müssen es so nehmen, wie es kommt. Wir wollen noch nicht so sehr klagen, denn wir haben uns bisher öfter sehen können. Es gibt viele, die haben es bisher schlimmer gehabt. Man weiß ja auch nicht, was uns bisher noch alles bevor steht.

Liebe Leni und Bubi, ich wäre ja Pfingsten auch gern bei Euch, aber vorläufig können wir noch nicht vom Wiedersehen schreiben. Das müssen wir vorläufig unterdrücken, und Du mußt Deinen Nerven auch auf den Kopf treten, sagt Tante Ida doch. Hier merkt man nicht viel davon [gemeint ist Himmelfahrt], nur daß heute morgen die Glocken geläutet haben, hier feiern sie heute noch. Hast Du auch Kirche? Aber in Deutschland wird wohl gearbeitet; ich nehme aber an, daß in Herzfeld heute auch nicht viele arbeiten?

Denn müßt Ihr ja noch bei der Landesbauernschaft einreichen, für Dachpappe. Hier hat ein Bauer auch schon seine Wiese gemäht, hätte man noch bißchen warten sollen, denn Heuwetter ist es hier jetzt noch nicht, hat aber sonst viel Futter drin.

Heute mittag muß ich die Post holen, für mich wird wohl nichts da sein heute, habe ja gestern erst bekommen. Ich will mich aber nicht beklagen hiermit, und ich hoffe ja auch, daß Du zufrieden bist?

Kamerad Ahrens hatte offensichtlich eine glücklichere Hand beim Bestechen der militärischen Vorgesetzten. Schützenfeste gab es in Herzfeld nicht wieder, nur wiederholten sich alljährlich besonders im Frühjahr auch noch in späteren Jahren Mutters Depressionen, und das waren dann für mich auch keine guten Tage.

Montag, d. 7.6.43
Heute habe ich ein Litermaß gekauft und für Bubi noch ein paar Filzschuhe. So wichtig ist es ja auch nicht mehr. Denn habe ich auch noch paar Hemden für Dich gekauft, hoffentlich ist es das richtige, denn es wird ja auch schon allmählich schlechter die Ware. Bißchen Pfeffer (weißen) habe ich auch gekauft, ist aber auch sehr teuer und nur bißchen in Tüten. Gummilösung 2 Tuben schicke ich auch mit. Nähmaschinengarn und Zwirn muß ich noch kaufen. Habe auf paar Stellen gefragt heute, aber es war noch nicht das richtige. Werde in diesen Tagen wieder ein Päckchen abschicken. Ich weiß, Du meinst es gut, ich soll ordentlich Kuchen haben. Aber ohne Kuchen geht es noch immer, weil wir jetzt Brot genug haben.
Denn herzliche Pfingstgrüße an Euch alle und für Dich und Bubi die meisten Grüße und Küsse. Der liebe Papa Hermann.

Mittwochabend, d. 9.6.43
Habe soeben Deinen lieben Brief vom 4. 6. dankend erhalten. Auch ist heute das Paket mit den kleinen Kuchen angekommen. Ich habe sie schon probiert, schmecken sehr schön. Nun wollte ich die Marke entfernen und gleich wieder zurückschicken, aber es hatte keinen Erfolg, denn die war völlig übergestempelt, und Du hast es wohl auch nicht so gemacht, wie ich es gesagt habe, sonst hätte der Stempel wohl auch nicht so sehr geklebt. Wenn Du mal wieder Marken bekommst, so mußt Du es etwas besser machen. Die Marke mußt Du so kleben, daß sie unter dem Band sitzt, damit der Stempel nicht ganz rauf kommt, nur auf eine Ecke und dann, wenn die Marke aufgeklebt ist, mit etwas Seife überstreichen, denn hackt die Farbe nicht, und man kann sie denn mitunter noch mal verwerten. Diese Marke ist nicht mehr zu gebrauchen. Sie ging zwar leicht los, aber der Stempel ließ sich nicht entfernen. Also das nächste Mal machst Du es so.

   Von Martin Ahrens habe ich heute auch einen Brief bekommen, auch von Hans Behncke. M. Ahrens ist ja jetzt sehr glücklich, daß sein Wunsch in Erfüllung gegangen ist. Er hat ja auch Glück, daß er noch immer in Rostock ist. Hat schon wieder 10 Tage Arbeitsurlaub gehabt. Und mußte am 21ten wieder weg. Am 22ten ist ja das Mädel angekommen. Er hofft, auch noch auf Pfingsturlaub zu fahren, scheint es zu verstehen.

   Du hast ja denn noch wegen einer Arbeitskraft geschrieben, ja, notwendig wäre es ja, aber denn mußt Du Dich schon beim Arbeitsamt melden. Ich glaube aber kaum, daß es nützt.
Ich habe schon daran gedacht, ob der Pastor es genehmigt bekommt, Kirche zu halten, denn es soll ja nun mal nicht sein. (Himmelfahrt war kein Feiertag mehr.) Unser Bubi will ja denn sogar in Stresendorf schlafen, wie Du schreibst. Ich glaube aber, wenn es soweit wäre, käme es doch anders.

   Dies soll nun mein Pfingstbrief sein. Ich hoffe, daß er zur Zeit da ist. Bubi bekommt auch noch eine bunte Karte mit dazu. Meine Lieben, ich wünsche Euch allen ein gutes Pfingstfest. So gut wird es ja nicht sein wie voriges Jahr und wie Ostern war. Aber bisher wollen wir doch nicht klagen, nur Gott danken, denn Otto ist jetzt schon wieder in Rußland. Ich weiß ja auch nicht, ob wir immer hier bleiben und was uns noch alles zugedacht ist in diesem Krieg, aber sonst ist es mir ja noch immer gut gegangen, wenn es einem auch schon zum Hals raus hängt, dies unsrige Leben. Trotzdem wollen wir zufrieden sein.

Außer den kleinen Kuchen enthielt das Paket auch noch eine dicke Mettwurst. Dennoch nörgelt Vater in seinem Pfingstbrief wegen einer nicht mehr verwendbaren Briefmarke (die Paketgebühren betrugen immerhin 4 – 5 Reichsmark) und schließt dem auch noch eine Gebrauchsanweisung zum Betrug der Reichspost an. Vielleicht hatte er wieder ein Schlupfloch gefunden, um die Feldpost zu umgehen. Sein als unsinnig empfundenes Soldatenleben ist ihm aus tiefster Seele zuwider, obwohl er bisher noch sehr glimpflich davon gekommen ist und das auch weiß, denn Schwager Otto hat es inzwischen wieder in den Osten verschlagen. Und dem steht der Sinn auch nicht nach Heldentaten.

Brief von Otto Kemling vom 9.6.43
Liebe Schwägerin!
Heute erhielt ich Deinen lieben Brief, ich bedanke mich da nun vielmals dafür. In Frankreich bin ich jetzt nicht mehr. Das hat nicht lange gedauert, bin jetzt wieder im Osten, aber diesmal im Süden. Hier ist es sehr heiß.

Liebe Schwägerin, Hermann hat ja denn bisher immer noch Glück gehabt, bekommt da denn ja auch noch vieles zu kaufen. Wo ich in Frankreich gewesen bin, war nur ein Dorf, und da gab es nichts zu kaufen. Ich hätte gern für unseren kleinen Bubi paar Schuhe und Wolle gekauft, aber es gab nichts. Nur Kleinigkeiten habe ich für Sabine in unserer Kantine gekauft.
Liebe Schwägerin, diese Tage ist nun wieder das schöne Pfingstfest, und man kann wieder nicht daheim bei seinen Lieben sein. Wer weiß, wann der Krieg nun mal ein Ende nehmen wird, bis jetzt können wir uns ja noch immer freuen, daß wir gesund sind. An Urlaub ist nun vorläufig von hier auch wohl nicht dran zu denken. Wenn wir in Frankreich geblieben wären, wäre ich wohl zur Ernte da gewesen.

Liebe Schwägerin, was macht denn Euer kleiner Hans-Hermann? Unser kleiner Karl-Otto geht jetzt zur Spielschule, da sind sie doch nun wenigstens unter Aufsicht. Meine Mutter schrieb, daß in Grabow auch erst wieder vor kurzem ein kleines Kind ertrunken ist.

Nun habe ich mich hier auch schon etwas an die Kameraden gewöhnt, aber so ist es immer noch nicht als bei meiner alten Kolonne. Nun wünsche ich Euch daheim alles Gute, nun sei vielmals gegrüßt von Deinem Schwager Otto.

Sonnabend, d. 12.6.43
Es ist ja gut, wenn Ihr wieder mit Jastrams zusammen pflanzen könnt, denn schafft es wenigstens.
    Von Mama erhielt ich auch einen kleinen Brief gestern. Sie hatte ja gestern Geburtstag.
Morgen ist ja nun Pfingsten. Ich werde wohl morgen ins Kino fahren, denn ich habe den 1. Tag frei. Brandt und Fehlandt (ist auch Mecklenburger) sind ja hier in der Nähe, habe ich heute morgen getroffen, die hatten heute nachmittag frei und wollten heute hin. Ich bin diesmal auch <u>Schützenkönig</u> geworden, hatte am besten geschossen Na, dies so nebenbei.

Dienstag, d. 15.6.43
Aber daß Du nun schon des nachts schreiben mußt und gar nicht früher Zeit hast als 11 Uhr, tut mir sehr leid. Aber ich kann Euch ja leider nicht helfen. Ihr habt es denn wohl auch zu eilig. Müßt denken, es wird doch immer wieder Tag. Ich weiß ja, was jetzt zu tun ist, aber um 11 Uhr mußt Du doch wohl Feierabend machen? Gestern abend kamen auch die 6 Päckchen und das Honigkuchen-Paket an. Herzlichen Dank dafür. Den ersten habe ich schon verzehrt. Es geht schnell mit mir, nicht wahr. Brot haben wir jetzt in Hülle und Fülle. Habe schon eines gegen Marmelade eingetauscht und habe noch drei liegen.
    Liebe Leni, Ihr könnt denn doch auch, wenn Ihr keinen Mann bekommt, vielleicht ein Mädchen nehmen. Mit Joseph geht es ja denn doll, wenn er so bei bleibt, denn kann er es ja noch zu was bringen. Na, es ist ja kein Wunder.

Wieder einmal Rätselhaftes über Josef. Mutter wird wohl über seine Amouren berichtet haben. Zu Hause werden die Arbeitskräfte knapp, und die Wehrmacht holt sich immer mehr jüngere und bald auch die älteren Männer. Dafür werden aus der Sowjetunion weitere Zwangsarbeiter nach Deutschland geschickt, und in den Dörfern nimmt man diesen Sklavenhandel auch als selbstverständlich hin. Es wird vieles selbstverständlich in dieser schlimmen Zeit, in der die Menschen völlig der Willkür der Parteibonzen unterworfen sind und die notwendigsten Dinge immer knapper werden. So bedarf auch die Zuteilung von Dachpappe für eine Scheune der Genehmigung der Landesbauernschaft.

Donnerstag, d. 17.6.43
Ich habe nun heute frei. Zu Hause habt Ihr so viel Arbeit, da ist die Zeit so knapp, und hier hat man Langweile. Die Jungs sind denn auch schon gemustert, wie Du schreibst, aber bis 50 Jahr einziehen glaube ich denn doch nicht ganz. Man kann es aber doch nicht wissen.

Die Landesbauernschaft hat sich ja denn noch nicht gemeldet, wird auch wohl nichts werden.

Wie ist es da mit Rauchwaren? Bekommst Du noch mitunter was? Hier ist es jetzt sehr schlecht damit geworden, man hätte damals mehr kaufen müssen. Hier kosten jetzt 50 g [Tabak] 3,50 RM und ist denn noch nicht zu gebrauchen. Aber wie ich schon gehört habe, gibt es da auch wohl nichts mehr?

Sonnabend, d. 19.6.43
Du hast ja denn Pfingsten auch fast immer Dienst gehabt. Mama schrieb gestern auch, sie seien alle froh gewesen, daß sie sich ein bißchen ausruhen konnten, habe alle gleich viel Arbeit. E. Puls ist ja denn auch auf Urlaub. So weit ab ist es nicht von hier, wenn er in der Gegend von Lüttich ist.

Du schreibst von Lebensmitteln. Es fehlt mir in der Hauptsache Butter. Diese Woche habe ich noch genug. Lotti in Stresendorf hat ja denn auch Geburtstag, wird denn schon 22 Jahre. Man kann es bald gar nicht glauben. **Wir werden so alt durch diesen Krieg und haben nichts vom Leben, und es ist immer noch dasselbe.** *Wir wollen hoffen, daß wir im nächsten Jahr zusammen sein können.*

Diese Hoffnung hegte er wohl selbst nicht mehr, und der bittere Aufschrei über die verpfuschten Jahre sagt eigentlich alles.

Montag, d.21.6.43
Ich war gestern im Kino. Es wurde der Film gespielt: „Die Kellnerin Anna". Ist ja ein schöner Film. Wir haben ihn ja beide damals in Prenzlau gesehen, wie Du auf Besuch da warst, wirst Dich wohl noch entsinnen? Damals konnten wir uns ja noch öfter sehen, und Du konntest mich noch mal besuchen, ist ja heute vorbei.
Mit der Arbeitskraft wird es denn wohl nichts. Ihr müßt mal fragen, ob Ihr kein Mädchen bekommen könnt. Ist ja besser wie gar nichts. Wie Mama schrieb, sind da auch noch Mädchen gekommen. Ich werde Euch ja nicht helfen können in der Ernte.

Postkarte von Sabine Kemling vom 21.6. 43
Liebe Magdalene!
Habe Deinen lieben Brief eben erhalten und freuen uns, daß es Euch gut geht. Ich war wieder sehr krank und bin noch nicht gut. Das Essen schmeckt nicht und Trinken, ich hatte 39 Fieber, hatte Anfall von Diftarie [Diphtherie] *und starke Mandelentzündung. Habe gleich drei Spritzen erhalten. Es war auch nicht schön. Nun ist es gleich zurück gegangen und so schnell in einer Nacht, 2. Pfingsttag nachts. Da waren noch die Lübecker hier und Frieda. Da habe ich noch nichts gemerkt.*
Papa macht Messer scharf. Wir wollen alle mähen, fangen heute erst an, unsere Runkeln haben wir noch nicht abgezogen und denn noch hacken, auch so viel Arbeit. Wir haben ein Mädchen bekommen, 21, groß, aus Rußland. Hier sind 10 Stück rein gekommen. Ihr sollt Euch auch man eine nehmen, die gibt es doch genug, hier haben sie alle eine. Die müssen ja auch alles lernen. Otto schrieb, sie wären nicht weit von Krasnodar. Das kann ich mir gar nicht denken. Wir sind beim Spargeleinwecken. Sonst alles beim Alten. Nun seid alle recht herzlich gegrüßt von allen Eure Sabine.

Wie schon in ihrer Karte vom 27. März 1942 offenbart meine Tante Sabine auch hier ihr Unverständnis gegenüber der Situation, in der sich die zwangsverpflichteten ausländischen Mädchen befanden. Zehn „Stück" sind nach Brunow gekommen. Als „Stück" bzw. „Sache" bezeichnete man schon im alten Rom die Sklaven. Man sollte diese Diktion hier allerdings nicht überbewerten, denn auch mein Vater spricht in seinen Briefen von Stück, wenn er eine bestimmte Anzahl

Soldaten meint. Und so redet man gelegentlich auch heute noch in mecklenburgischen Dörfern.

In seinem nächsten Brief berichtet Vater über das schlimme Schicksal eines Unteroffiziers, der seinem Landsmann Brandt ein Paket mitgebracht hat, und über Konflikte, in die man geraten konnte, wenn das Speckpaket von zu Hause zu groß ausfiel.

Dienstag, d. 22.6.43
Der [gemeint ist der leidgeprüfte Unteroffizier] *hat auch einen sehr schlechten Urlaub gehabt, denn wie er 8 Tage da gewesen ist, ist seine Frau krank geworden und nach 2 Tagen schon gestorben. Ja, es geht allerhand vor.*

Brandt sagte noch, er hätte das Paket noch gar nicht ausgepackt gehabt und sei auf Posten gewesen, und da sei einem die Uhr weg gekommen. Da ist alles durchsucht worden. Der Ltn. ist auch damit bei gewesen. Da haben sie bei ihm das Stück Speck gesehen, und da hätte der Ltn. es vor der ganzen Mannschaft ausposaunt, er solle das Stück unter den Kameraden verteilen. Der hat schöne Ansichten, was die zu Hause sich absparen, noch für alle Mann verteilen, na, so was kommt ja gar nicht in Frage.

Der liebe Bubi erzählt Dir ja mitunter allerhand. Er hat drollige Einfälle. Wenn's erst so weit wäre, hätten wir schon andere Zeiten, aber wann??

Liebe Leni und Bubi, ich muß nun immer zusehen, wenn die Bauern hier beim Heu sind. Denke dann auch immer an Euch. Sonst konnte ich Euch ja noch jedes Jahr bei der Ernte helfen. Ich weiß auch nicht, wie Ihr alles fertig bekommt. Wie ist das Gemenge? Haben die Kühe auch noch Gras? Ich will viel wissen, müßt mir alles beantworten.

Der Anblick heuender belgischer Bauern läßt das Heimweh wieder aufbrechen, und von zu Hause werden nicht alle Fragen zum Wirtschaftsablauf beantwortet. Dabei könnten genaue Informationen darüber eine willkommene Abwechselung in dem militärischen Stumpfsinn sein, dem er täglich ausgesetzt ist. Alles, was zu Hause geschieht, ist ihm viel wichtiger, bedeutet seelischen Ausgleich für den als üble Pflicht empfundenen Militärdienst in einem fremden Land.

Mittwoch, d. 23.6.43
Ihr arbeitet denn wohl schon <u>Tag und Nacht</u> bei den Runkeln, wenn Ihr nach Feierabend noch dabei seid. Unser Bubi hat ja denn seinen Anzug Pfingsten doch noch angehabt und ein Bild ist ja denn auch gemacht worden. Bin ja neugierig, wie es geworden ist.
    Ernst Kröger hat auch schon wieder Pech gehabt. Na, wer weiß, wo es gut für ist.
In Brunow haben sie ja auch noch ein Mädchen bekommen, schrieb Mama, soll aber auch nichts verstehen, ist ja wohl Lehrerin. Was das für eine ist, weiß ich auch weiter nicht. Mama hat weiter nichts dazu geschrieben. Nehmt Euch doch auch eine, wenn Ihr eine bekommen könnt, aber <u>keine Lehrerin</u>.

Da ist es wieder, dieses Unverständnis gegenüber dem Anderssein von studierten Ausländern und überhaupt gegenüber allen, die nicht aus bäuerlichem Milieu kamen, in dem nur körperliche Arbeit etwas galt. Und wem diese ungewohnt war, der verstand eben nichts.

Sonnabend, d. 26.6.43
Ja, es ist schade, daß man es [das Getreide] nicht selbst sieht jetzt. Man muß da nicht dran denken. Und wenn wir hier noch bleiben, so kann ich denn im Herbst auch mit Urlaub nehmen, aber?
    Es ist ja schade, daß das Dach nun nicht dicht ist. Hoffentlich bekommt Ihr auch noch Pappe.
Heut muß ich denn wohl an die lustige Grete eine Karte schreiben zum Geburtstag. Sie wird denn wohl in Herzfeld sein. Tante Marie schrieb ja auch, daß sie wohl kommen würde.
    *Wie Du schreibst, ist ja denn in Löcknitz [bei Freunden] auch noch was in Sicht. Ich dachte schon, bei den beiden würde es nichts mehr nützen. Er ist ja auch öfter auf Urlaub gewesen, denn hat es doch geholfen. Wie Sabine mir mal schrieb, ist er auch wieder nach Rußland gekommen jetzt. Die müssen alle immer wieder hin. Wenn doch nun bald Schluß wäre. **Aber es ist keine Aussicht, das Gegenteil kann man annehmen.** Meine Lieben, wir müssen das Beste hoffen.*

Sonnabend, d. 27.6.43
Wir haben uns heute morgen einen Vortrag angehört von unserem Hauptmann über die Lage. Er kann gute Vorträge halten, das muß man lassen, na, ist ja auch sein Beruf.
Gestern waren wir im Kino. Ich habe für Bubi noch paar weiße Socken gekauft und habe sie nun heute gleich in ein Päckchen gepackt. Ein Stück Seife ist auch noch drin und ein paar Bonbon für unseren Bubi.
Von Otto erhielt ich gestern einen Brief aus Rußland, ist da ja sehr warm, wie er schrieb.

Dienstag, d. 29.6.43
Ihr seid ja denn nun schon tüchtig beim Heu gewesen. Wie Du schreibst, schafft es denn ja gut in diesem Jahr. Denn wird der Boden wohl ziemlich voll. Wird ja auch mal Zeit. In den letzten Jahren war es immer sehr wenig. Liebe Leni und Bubi, wenn ich das so lese, so bekommt man doch so richtig Heimweh, daß man nicht mit dabei sein kann.
    Ernst Kröger ist ja denn doch verwundet. Du schriebst ja doch damals auch, daß er auch nach Italien gekommen ist. Wobei ist er denn verwundet worden? Durch Flieger?
Moritz hat ja denn auch für Bubi Schokolade spendiert. Ist er denn jetzt schon wieder etwas gesprächiger? Hat Josef denn noch immer was zu rauchen? Ich werde vielleicht mal paar Pakete Tabak kaufen und mitschicken. Ab und zu bekommt man hier ja noch welchen, wenn er auch teuer ist und nicht so viel taugt. Aber wenn sie gut arbeiten, so kommt es ja auch nicht darauf an. Von dem Tabak, den Du da bekommst, gebe man nichts weg. Liebe Leni, wenn Du bißchen Tabak schicken kannst und wenn es nur ein Paket ist zum Geburtstag, werde ich mich freuen. Aber so allein schicke es nicht, denn geht es leicht verloren. Die anderen Rauchwaren hebe man auf. Ich hoffe ja, daß ich sie bei Dir noch aufrauchen kann??
    Die Landesbauernschaft läßt ja denn auch auf sich warten, ich habe auch wenig Hoffnung. Es ist schade, daß ich nicht dabei sein kann, sonst würde es schon alles seine Richtigkeit kriegen. Ich habe schon gedacht, wenn's nicht anders ist, müßt Ihr eine Miete setzen und den Dreschkasten so lange draußen lassen und gut zudecken. Wenn ich dann noch mal Urlaub bekomme, so wäre es denn vielleicht drin, die

Miete auszudreschen. Denn wird wohl für die Pferde auch bißchen übrig bleiben.

Seit Mai 1943 hatten englische und amerikanische Luftkampfverbände pausenlose Luftangriffe auf Flugplätze in Süditalien, auf Sizilien, Korsika und Sardinien geflogen, und dabei wurde Mutters Cousin Ernst Kröger das zweite Mal verwundet.

Zu den erlebten Kuriositäten dieses Krieges gehört es sicher, daß der Kriegsgefangene Moritz mit mir zum Gefangenenlager in Herzfeld marschierte und mir Schokolade schenkte. Er nannte das, eine Reise nach Paris machen. So wurde schon früh der Wunsch geweckt, diese Stadt kennenzulernen. Bis es dazu kam, vergingen allerdings noch 50 Jahre.

Vater stand der Sinn nicht nach Paris, und für teuren, parmierten belgischen oder französischen Tabak hatte er auch wenig übrig. Als Geschenk für Josef hat er ihn dann doch gekauft, wozu ihn wohl humanes Denken und praktische Erwägungen gleichermaßen veranlaßt haben.

Mittwoch, d. 30.6.43
Brandt freut sich schon auf den Urlaub. Wenn man so kurz davor steht, freut man sich, aber wenn man erst da ist, so geht es schon wieder bergab. Er sagte noch, daß der Hauptmann diesmal sehr freundlich gewesen sei und gesagt hätte, er bekäme im Herbst auch noch mal Urlaub. Ich muß ja nun noch warten. Wenn alles so bleibt, so hoffe ich ja auch, wenn wir drei Monate weiter sind, daß ich denn auch wieder bei Euch bin, aber vorläufig wollen wir da man noch von schweigen, denn in 3 Monaten kann noch allerhand kommen, wollen aber das Beste hoffen.

Nun hast Du von braunen Socken geschrieben. Ich hoffe ja, daß ich noch welche bekomme. Aber ich muß noch erst das Postgeld haben, denn ein Paket kostet immerhin 4 – 5 RM. Nun haben sie Euch denn doch 20 Rollen [Dachpappe] bewilligt und 40 müßt Ihr haben, es wird ja teuer, aber so kann es nicht bleiben, und vorläufig ist ja an Neubau gar nicht zu denken..

Unser Bubi lernt ja denn schon Gebote, lehre ihn man noch nicht so viel, denn er wird ja immer erst 5 Jahre. Wenn er gut lernen kann, ist ja gut. Ist auch ein lieber Junge.
Für Drews hab ich heute ½ Pfund Butter mitgebracht, kostet beinahe 6 RM.

Freitag, d. 2.7.43
Mit dem Klee seid Ihr denn ja fertig, es hat ja trotzdem noch ziemlich schnell gegangen, und die Wiesen werdet Ihr denn wohl auch noch schaffen alleine. Aber hoffentlich bekommt Ihr zur Ernte noch bißchen Hilfe. Der alte Stützpunkt ist ja denn auch mit allen <u>Ehren</u> begraben, wie Du schreibst. Zu viele haben denn ja nicht mitgemacht. Wer macht denn jetzt die Sache in Herzfeld, seit Giese weg ist?
Ich habe soeben meine Schuhe vom Schuster geholt. Der ist aus Essen, ist vor paar Tagen vom Urlaub gekommen, der erzählte was von dem Elend, wo die Flieger jeden Tag kommen, man kann es nicht schreiben. **Wann wird dies mal aufhören, dieses Morden und Zerstören.** *Die Leute machen da auch was durch. Die von Rußland kommen, sagen, die Städte sehen da nicht so aus wie unsere im Westen.*
   Die Ferkel sind ja einfach zu teuer, 60 RM. Da kann ja nichts mehr bei raus kommen.
Ernst Kröger ist ja denn in Wien. **So sitzen sie alle in der Welt rum, und in der Heimat sind alles Ausländer.**
   Unser Bubi geht denn auch schon zum Kindergottesdienst, er versteht doch wohl noch nicht so viel davon? Seinen Anzug kann er ja sonntags auch immer tragen, denn die Hose ist für nächstes Jahr ja doch zu klein.

Bei dem Stützpunkt in Herzfeld, der da „mit allen Ehren begraben" wurde, handelte es sich wahrscheinlich um eine nationalsozialistische Einrichtung.
Das „Morden und Zerstören," das Hitlers Wehrmacht über ganz Europa gebracht hat, kehrt nun als Bumerang nach Deutschland zurück.

Sonntag, d. 4.7.43
Liebe Leni, wir sind schon im Juli, und es hat sich immer noch nichts geändert vom Krieg. Diese Nacht haben sie auch wieder tüchtig geflogen.
　Hier sind jetzt immer einige beim Fischen. Zu viel kriegen sie auch nicht. Der eine schläft mitunter nicht dafür, sitzt jede freie Stunde am Wasser, ist auch solche Leidenschaft.
Hier sind heute morgen Ballons in der Luft. Kommen wohl von England, sind aber weit weg und nur so groß wie ein Ball zu sehen. Die öffnen sich wohl automatisch, wollen wohl Flugblätter abwerfen, denn weiter können sie ja keinen Zweck haben.

Montag, d. 5.7.43
Nun seid Ihr denn ja doch noch schnell fertig geworden mit dem Heu. Ich freue mich auch, daß Ihr es jetzt doch wieder etwas ruhiger habt. Arbeit habt Ihr ja trotzdem immer genug. Wenn Ihr eine Arbeitskraft bekommen könnt, so nehmt Ihr sie. Was Ihr nun am liebsten haben wollt, müßt Ihr ja wissen, denn es wird für Euch zu viel, und unsere Nachbarn haben ja auch alle 3 Mann und sind noch selber da. Auf mich könnt Ihr Euch diesmal doch nicht verlassen. Wenn ich nun den Urlaub damals nicht genommen hätte, wäre es nun vielleicht besser gewesen. Aber wer weiß es im Krieg, was richtig ist, und es ändert sich mitunter in einem Tag. Wie Du schreibst, ist der Roggen ja denn auch groß, und Ihr seid alle nicht so kräftig. Wenn Josef dann schon mäht, so sitzt Ihr alleine da mit Moritz. Tante Ida hat ja denn auch noch einen schlimmen Finger, und wenn es noch schlimmer wird, so kann sie gar nichts anfassen. Und beim Abladen seid Ihr ja auch zu wenig. Es bleibt ja den ganzen Herbst so bei. **Und der Krieg kommt doch nicht vorbei, wird wohl eher noch schlimmer.**
　Meine liebe Leni und Bubi, ich habe hier ja an und für sich so viel Zeit. Wenn ich die für Euch gebrauchen könnte, so würde es schon genügen. Wir wollen ja immer noch froh sein, wenn wir hier bleiben können. Drews und ich unterhalten uns auch sehr oft über alles, und es bleibt immer gleich. Es ist ja immer das Ungewisse, wie lange wir wohl noch darin leben müssen??
　Unser lieber Bubi hat denn immer fleißig Frösche gefangen, und Moritz hat denn auch seine Freude daran gehabt. Die beiden haben

denn ja fleißig gearbeitet, wie Du schreibst. Ist ja auch gut, denn man kann es alles verstehen. Gehen ja alle gerne nach Hause.
Es ist ja gut, daß Jastrams Euch noch bißchen geholfen haben.
   Meine Lieben, ich wäre ja gern bei Euch und denke nun oft an Euch, wie Ihr wohl fertig werdet. Nun alles Gute. Mir geht es ja gut hier. Tante Ida wünsche ich gute Besserung. Sag Ihr man, sie soll es nicht so schlimm werden lassen wie voriges Mal.

Mittwoch, d. 7.7.43
Hier war heute morgen ein Fußballspiel von der Kompanie. Wir haben ja verschiedene Kameraden aus der Stadt, die da noch Interesse daran haben. Ich war natürlich nur Zuschauer.
   Brandt bringt mir ein Paket mit. Ich schreibe es Dir noch genau oder gebe ihm einen Brief mit. Der ist dann schnell da. Das Geld habe ich schon, habe heute schon Tabak gekauft, aber der wird jeden Tag teurer. Man muß das Rauchen wohl noch einstellen, wird bald zu teuer, aber man hat so viel Langeweile, und dann wird die Pfeife immer noch mal angesteckt. Das Abgewöhnen ist <u>schlecht</u>.
   Liebe Leni, wir müssen immer das Beste hoffen, wenn wir alle gesund bleiben, so wird ja auch mal die Zeit kommen, wo wir wieder zusammen sein können. Der liebe Bubi meint, ich soll morgen schon kommen. Es wäre ja schön, wenn der Krieg dann aus wäre. Er lernt wohl denn noch fremde Sprachen, wie Du schreibst

Moritz hatte mir wohl beigebracht, wie die von mir gefangenen Frösche und die von ihm gern gegessenen Froschschenkel auf Französisch hießen. Somit dürfte „cuisse de grenouille" (Froschschenkel) wohl eines meiner ersten Fremdwörter gewesen sein.

Freitag, d. 9.7.43
Martin Ahrens schrieb heute einen Brief. Der ist ja noch immer in Rostock, fährt immer noch schön in Urlaub, hofft auch schon wieder in der Ernte zu fahren.
Diese Nacht haben die Flieger auch wieder tüchtig geflogen. Wie die Nachrichten sagten, sind sie wieder in Köln gewesen, jetzt schon zum dritten Mal wieder in kurzer Zeit. Der Dom ist ja auch getroffen.

Ich soll Dich schön grüßen von M. Ahrens. Er schrieb, er hätte jetzt einen Kameraden bei sich aus Herzfeld, Salmann aus Neu-Herzfeld.

Die alliierten Luftangriffe verschonten auch dicht besiedelte Wohngebiete und kulturelle Zentren nicht. So berichtete der Völkische Beobachter am 30. Juni 1943, daß Kulturbauten in Nürnberg, Berlin, Potsdam, München und Mannheim, Mailand, Turin und Genua zerstört wurden. Schwer beschädigt wurden u. a. das Münster von Essen, der Mainzer und der Kölner Dom. Über letzteren stand zu lesen: „Das linke Querschiff wurde völlig zerstört, gleichfalls die herrliche Orgel, die Taufkapelle und eine Anzahl wertvoller Skulpturen. Teile des Gewölbes stürzten in sich zusammen" und weiter: „Das Kölner Rathaus mit seinem reichen Figurenschmuck und das gegenüberliegende Stadthaus sowie der Gürzenich, dieser weltberühmte, aus dem frühen Mittelalter stammende Saalbau der alten Hansestadt, sind durch den Terrorangriff völlig vernichtet."

Sonnabend, d. 10.7.43
Leider geht es Dir denn ja nicht gut. Wie Du schreibst, hast Du denn ja wieder Asthma und bist auch sonst nicht auf dem Posten. Du hast Dir wohl zu viel zugetraut beim Heuen und zu viel gearbeitet. Du mußt gut leben, damit Du kräftig bleibst. Denn wiegst Du wohl man mehr 90 Pfd.??
    Du schreibst, F. Holz hat jetzt aus Sizilien geschrieben, ja, zu sehen bekommt man ja allerhand, aber ich glaube, er würde da gern auf verzichten. Wie ich gehört habe, wollen die Engländer da jetzt landen, und es sind schon schwere Kämpfe im Gang. Unser Radio ist kaputt hier. Sonst läuft es ja den ganzen Tag, muß immer egal weg spielen. In Rußland geht es ja auch wieder los jetzt, und so geht es immer weiter. Du meinst, so in 14 Tagen wird es wohl los gehen mit dem Roggen. So wie das Wetter hier ist, wird er noch nicht so schnell reif. Hoffentlich bekommt Ihr die Scheune noch dicht von oben, oder wie ist es damit?
    Morgen früh wird hier Fußball gespielt, unsere Kompanie gegen eine andere. Ich habe ja morgens früh Wache bis 6 Uhr Mittag. Mich interessiert es auch sehr wenig.
    Nun hoffe ich, daß Du mir nicht krank wirst, <u>liebes Lenchen</u>. Also gute Besserung. Mir geht es gut.

Am 10. Juli 1943 landete General Montgomery mit der 8. britischen Armee im Südosten Siziliens, und westlich davon baute die 7. amerikanische Armee unter General Patton einen Brückenkopf auf. An den Abwehrkämpfen auf deutscher Seite nahm auch der Nachbarsohn Fritz Holz aus Herzfeld teil. Dem ging es da nicht so gut. Der Völkische Beobachter berichtet am 12. Juli 1943 über heftige Abwehrkämpfe deutscher und italienischer Truppen mit gelandeten feindlichen Kräftegruppen.

Freitag, d. 16.7.43
Herzlichen Dank für Deinen lieben Sonntagsbrief mit den hübschen Bildern. Ich habe, wie ich die Bilder zuerst so kurz besah, gar nicht gesehen, daß Du auch dabei warst. Du und Tante Ida sehen ja gar nicht so sehr freundlich aus. Aber sonst sind die Bilder ganz schön. Unser Bubi sieht überall sehr vergnügt aus. Er erzählt Euch ja denn allerhand von dem Klapperstorch. Man muß sich tatsächlich wundern, was ihm alles so einfällt.

Wir können ja jetzt jeden Tag wegkommen. Damit müssen wir nun rechnen, mitunter morgen am Geburtstag schon. Von Karl Kopplow bekam ich auch Post, einen Brief. Er gratulierte für alle. Lotti hat noch paar Zeilen daneben geschrieben.

*Wie Du schreibst, kommen bei Euch ja auch schon Obdachlose an. Ja, es ist ein Jammer, und denn ist es bei Euch ja auch nicht mehr sicher. Faßt nur nichts an, wenn irgend etwas auf dem Felde liegt. Es wird immer schlimmer. Sabine schrieb auch, sie bekämen eine Frau, mit einem kleinen Kind. Es ist traurig für die Leute, die alles verloren haben, und **man weiß noch nicht, wie es uns allen noch gehen wird**.*

*Hinzmann und Brandt haben nun auch keinen Urlaub mehr bekommen. Es ist dann noch schlimmer, wenn man so gerade davor steht, haben alle nicht viel Hoffnung. Drews, der hier bei mir auf Wache ist, hat noch wieder Glück. Seine Frau hat ja eingereicht. Der fährt jetzt am 21., ist ja Jahrgang 05. **Man ist schon bald alt und doch noch alt genug für den Krieg.***

Das Paket ist noch nicht da. Wird wohl nicht mehr ankommen, sind ja schon 14 Tage her. Die Bomben machen alles kaputt.

Liebe Leni, Ihr könnt doch gar keinen unterbringen, wo sollen sie hin? Und dann 4 Personen. Ist ja gar nicht möglich. Es ist ja sehr traurig für die Leute, aber ich weiß gar nicht, wie Ihr es machen sollt?
Deine letzten Briefe sind wieder schneller gekommen wie sonst. Nun, meine Lieben, macht Euch man noch keine Sorge, denn noch sind wir ja noch hier. Ich kann ja nicht mehr alles Gewünschte kaufen. Du hast wohl sehr abgenommen. Wenn ich das Bild so sehe, muß ich denken, Du bist es gar nicht.

Die Ausgebombten aus den Großstädten wurden auch in die mecklenburgischen Dörfer evakuiert. Viele kamen aus den verwüsteten Städten des Ruhrgebiets und des Bergischen Landes und mußten irgendwie untergebracht werden. Viel Platz war nicht in dem nur im Erdgeschoß bewohnbaren Haus mit zwei großen und zwei kleinen Zimmern, zwei Küchen und zwei unbeheizbaren Kammern, in dem damals meine Großmutter, ihre Schwester, meine Mutter, ich und der Pole Josef wohnten. Nun kamen noch vier Personen hinzu, und es wurde sehr eng.

Brief von Ernst Kröger aus Wien vom 19.7.43
Liebe Magdalene!
Deinen lieben Brief und das Päckchen mit vielem Dank erhalten. Der Kuchen war noch, als wäre er gestern erst aus dem Ofen gekommen, hat gut geschmeckt. Wie ich aus Deinem Brief lese, geht es Dir ja noch sehr gut, was ich auch in Beziehung auf Gesundheit von mir sagen kann. Nur mein Bein macht noch nicht mit. Ich muß immer noch im Bett liegen. Das Wetter ist hier ganz schön. Ich denke auch bei Euch.
Mutter schreibt, sie will schon mit der Ernte anfangen. Seid Ihr auch schon so weit? Kommt Hermann in Urlaub? Ich muß auch eine ganze Woche warten, bis ich soweit bin. Muß erst noch Wien kennen lernen. Hoffentlich kommt der Tommy von Italien aus nicht mal hierher. Im Osten geht es die letzten 14 Tage wieder mal anständig ran. Der Russe muß es doch mal merken. Das nächste Mal mehr.
Viele Grüße sendet Dir dein Vetter Ernst.

Böse Ahnungen und wachsende Zukunftsangst breiten sich nicht nur in Vaters Briefen aus. Die schimmern sogar im Brief von Vetter Ernst

Kröger durch, dem es im März in der Heimat schon zu langweilig wurde, der aber immer noch nicht zu merken scheint, was nach seiner Meinung „der Russe" merken sollte, nämlich, daß der weitere Kampf aussichtslos ist. Aufschlußreich für das damalige Denken verführter junger Menschen ist die Pervertierung das Wortes „anständig." Und dieser Unsinn ist auch aus dem heutigen Sprachgebrauch noch nicht verschwunden.

Mittwoch, d. 21.7.43
Diese Woche kommen wir wohl noch nicht weg, denn sie müssen erst Ersatz haben. Der Hauptmann sagte damals, in 3 Tagen, aber wie ich jetzt gehört habe, wird es diese Woche noch nichts. Na, hier sind wir ja noch immer ganz gut aufbewahrt. Aber was am besten ist und was noch alles kommt, weiß nur Gott allein. Das Paket hat Drews ja mitgenommen. Wird wohl diese Woche noch ankommen.

Meine Lieben, Ihr seid jetzt schon angefangen beim Roggen. Hoffentlich klappt alles gut, und Ihr werdet damit fertig. Von Brunow erhielt ich heute einen Brief. Die haben eine Frau mit 2 Kindern, ja, es ist schlecht für alle, und es wird wohl noch manchen Ärger geben. Du hast schon recht, am gemütlichsten ist es, wenn man alleine ist, denn jeder hat viel Arbeit. Nun schreibst Du auch schon so, als wenn die Flieger da noch kommen. Ich glaube aber kaum, denn alles kann der Engländer ja schließlich auch nicht vernichten. Aber kommen kann noch allerhand.

Du schreibst ja nicht sehr fröhlich. Es nützt ja alles nichts. Mußt den Mut nicht gleich verlieren. Ich weiß ja, daß es schwer ist für Euch, aber was soll man machen.

Immerhin schreibt Vater noch „der Engländer" und nicht „der Tomy" oder „der Iwan." Der Singular hatte sich schon Jahrzehnte zuvor als herabsetzende Bezeichnung für ein ganzes Volk in dem deutschen Sprachgebrauch eingenistet. Und von allen Völker war natürlich „der Jude" den Nazis am meisten verhaßt.

Freitag, d. 23.7.43
Es kommen denn wohl immer mehr Bombengeschädigte. Aber Ihr könnt doch wirklich nicht mehr aufnehmen, wenn Johann Muchow schon

keinen nehmen will. Wer soll denn welche aufnehmen, denn er hat ja Platz genug. Kann sie sogar für sich einquartieren. Es ist ja auch eigentlich am besten, wenn es möglich ist, daß sie für sich kochen und wohnen, aber es läßt sich ja nicht überall machen.

Es ist nicht schön diese Zeit, und wenn die bis Weihnachten da bleiben sollen, wird es wohl noch allerhand Vorfälle geben. Wenn die Frauen da spazieren gehen und die anderen wissen nicht, wo sie alles fertig kriegen sollen, stimmt nicht zusammen. Ich kann mir ja denken, daß Marta jetzt viel jammert um Fritz. Ja, sie denken immer nur an sich. Es kann man ja alles verstehen, aber es ist ja bald keiner, der nicht die selben Sorgen hat.

Elli Mund hat Dich denn ja auch besucht. Gefällt es Ihr denn nicht mehr zu Hause, daß sie Rote-Kreuz-Schwester werden will? Oder ist Ihr Bruder schon verheiratet, daß sie jetzt abkommen kann?

Vorläufig ist ja noch nicht bestimmt raus, wann wir hier wegkommen. Mitunter geht es zu schnell, und manchmal zögert es sich ja noch bißchen hin

Die deutschen Städte werden zu Ruinenlandschaften, und die obdachlos Gewordenen drängen in die Dörfer. Die Landbevölkerung reagiert mit Unverständnis auf die Evakuierten, die nicht gleich mit zupacken. Für ledige Bauerntöchter war es damals nicht leicht, sich längere Zeit vom heimatlichen Herd zu entfernen und einen selbständigen Beruf zu erlernen. Mutters Freundin Elli Mund hat den Absprung gewagt.

Postkarte von der Schulfreundin Elli Mund aus Greifswald, d. 12.8.43
Liebe Magdalene!
Du wirst wohl sehr erstaunt sein, daß ich schon fort bin. Ja es ging schnell. Und zu Hause war ja noch reichlich Arbeit, aber die müssen nun auch sehen, wie sie fertig werden. Ich bin hier in der Klinik. Man ist zuerst noch dumm, und ich muß mich erst einleben. Körperlich hat man die Arbeit ja nicht so. Aber es sind fast alles Jüngere. Wenn ich noch länger gewartet hätte, wäre ich doch schon zu alt gewesen. Wenn es bei Euch auch so regnet wie hier, könnt Ihr noch keinen Hafer einfahren.

Hat denn Hermann auch Urlaub gekriegt? Wir haben zu Hause ja auch Bombenbeschädigte bekommen, eine Frau mit Sohn. Auf der Bahn war es ja sehr überfüllt. Alles wandert. Was wird werden? Hoffentlich gut. Ich denke, daß Du auch mal von Dir hören läßt.
Grüße für alle, besonders für Dich. D. Fr. Elli.

Sonntag, d. 25.7.43
Am Freitag kam nun das Geburtstagspaket an, der Kasten war ziemlich verbogen, aber was drin war, war alles sehr gut. Auch die Butter hat noch nicht gelitten. Herzlichen Dank für alles. Es wäre ja auch schade gewesen um die schönen Sachen, und ich kann sie ja auch gut gebrauchen. Morgen fahren wir nun zur Kompanie, und am Mittwoch wird es wohl weiter gehen, wohin?? Wenn ich es weiß, so werde ich es ja am Dienstag noch schreiben. Gestern habe ich die anderen besucht, hatten auch frei. Hoffentlich bleiben wir nun noch später zusammen, oder ob sie uns alle noch wieder auseinander schmeißen? Meistens ist es ja so. Heute habe ich nun die letzte Woche hier, und was nun nachdem kommt, weiß man ja auch nicht. Da muß man sich vorher noch keine Sorgen drum machen. Nützt ja auch nichts.
Wie weit seid Ihr mit dem Roggen? Ich habe hier noch nicht gesehen, daß Frauen bei der Ernte helfen.

3.6 Grenadierausbildung in Köln
Köln, d. 28.7.43
Wir sind hier gut angekommen in Köln, gestern abend spät. Wir sind ja nun Grenadiere geworden. Uns soll es ja auch wundern, was sie noch mit uns machen wollen, müssen nun mal abwarten. Noch sind wir nun alle zusammen, aber ich glaube, wir kommen auch wohl noch alle auseinander. Brandt, Hinzmann u. Fehlandt haben Ihr Gesuch ja mitgekriegt, aber ob sie von hier nun noch Urlaub bekommen, weiß ich ja auch noch nicht. Dann wäre ich allein übrig. Ich kenne ja hier auch noch welche, aber so ist es ja doch nicht. Ob wir nun lange hier bleiben, weiß ich ja auch nicht, denn es geht hier auch wie im Taubenschlag, ein Kommen und Gehen. Ja, was wir schon von Köln gesehen haben, genügt. Man braucht da weiter nichts von zu schreiben.
Es ist traurig, was dieser Krieg alles mit sich bringt.
Meine Lieben, Ihr wißt ja auch sicher, was in Italien los ist, ein schöner Bundesgenosse.
Wie man hört, haben die Engländer auch wieder Hamburg angegriffen, machen alles kaputt. Wir waren auch gleich die erste Nacht im Keller, aber nur 10 Minuten. War nichts los. Hier braucht er ja auch nicht mehr zu kommen, hat ja alles fertig. Mach Dir nur keine Sorgen deswegen, und, wie angenommen wird, bleiben wir ja auch nicht lange hier und das ist *auch ebenso gut. Heute haben wir den ganzen Tag Kartoffeln geschält und denn trotzdem kein warmes Essen bekommen. Bekommen kalte Verpflegung. Ich werde ja immer von mir hören lassen, wenn es geht.*

Das zerbombte Köln ist Vaters letzte Station vor dem Einsatz im Osten. Im Grenadier- Ersatz u. Ausbildungsbataillon 317 wird er nun auf die Front vorbereitet.

In Italien war Mussolini am 25. Juli 1943 gestürzt worden, und obwohl die neue italienische Regierung erst am 3. September einen Waffenstillstand mit den Alliierten unterzeichnete, war nun klar, daß Italien als Verbündeter der Deutschen ausfallen würde. Die Bombardierungen von Genua, Mailand und Turin im Jahre 1943 hatte die Kriegsmüdigkeit in Italien noch erhöht. Doch die Deutschen machten verbissen weiter, und Vater ist gezwungenermaßen dabei, obwohl ihn immer mehr die Frage nach dem Ende des großen Mordens bewegt. Vater war ein rationell und nüchtern denkender Mensch. Das aufgeblasene Gehabe des großmäuligen Duce war ihm wohl schon immer zuwider. Vielleicht resultiert auch daraus die abfällige Bemerkung über den „schönen Bundesgenossen."

Ende Juli war die Operation „Gomorrha" über Deutschlands zweitgrößte Stadt gekommen, und nach drei nächtlichen Großangriffen mit 2.200 Maschinen hatte die Royal Air Force nicht mehr viel von Hamburg übrig gelassen. Etwa 30.500 Menschen fielen dem Bombenhagel und dem Feuersturm zum Opfer. Unter den Toten waren auch Vaters Onkel Hermann und seine Frau, die nicht mehr rechtzeitig in den Bunker gelangen konnten und auf der Straße verbrannten. Doch das wußte Vater zu diesem Zeitpunkt noch nicht.

Im Völkischen Beobachter vom 4. August 1943 äußerte sich Goebbels unter der Schlagzeile „Ein Wort zum Luftkrieg": „Ich weiß, daß der Luftkrieg eine schlimme Sache ist, aber es gibt Schlimmeres, und das Schlimmste wäre, wenn wir vor seinen Belastungen versagten. Was die Engländer im Herbst 1940 durchgestanden haben und wofür manch einer von uns sie bewunderte, das müssen wir jetzt durchstehen." Wenn das nicht tröstlich war!

Köln, d. 30.7.43
Von Post hört man hier gar nichts, kommt wohl nichts ran, und viele sind ja auch nur paar Tage hier. Wir fragen hier auch oft, was sie wohl alle zu Hause machen, denn keiner bekommt Post. In Hamburg sind die Flieger jetzt wohl jede Nacht, ist wohl auch bald in Trümmern. **Wie soll das enden??** *Hoffentlich kommen sie noch nicht bei Euch. Gehört habt Ihr es auch wohl? So lange wir jetzt hier sind, hat es ja noch immer gut gegangen, und hoffentlich bleibt es so. Hier ist ja auch immer Alarm, aber bisher nur immer kurz. Was macht Bubi denn, ist er auch immer mit raus gewesen, oder spielt er jetzt zu Hause mit den Kindern von der Frau?* (Gemeint sind Evakuierte, die bei uns einquartiert waren.) *Hier machen wir bisher nur Arbeitsdienst. Heute hatten Brandt und ich eine schöne Beschäftigung. Haben die Punkte von den Raucherkarten auf <u>Zeitungsbögen</u> geklebt in drei Kantinen und dabei geraucht und Bier bekommen. <u>Geht ja vor der Ernte!!</u>*

Dienstagabend, d. 3.8.43

Nun haben mich die anderen drei (Mecklenburger) schon verlassen. Die sind zwar noch hier in Köln, aber sind gestern versetzt worden zur Ausbildungskompanie. Liegen jetzt so 200 – 300 m auseinander, besuchen können wir uns noch. Es waren gestern 100 Mann, die da rüber gekommen sind. Es waren so 15 Mann dabei von unserer Kompanie aus Belgien. Ich war diesmal noch nicht dabei, aber es kann jeden Tag los gehen. Ich wollte mich ja auch nicht freiwillig melden, denn die werden ja jetzt 4 – 6 Wochen als Infanteristen ausgebildet. Mir wird es wahrscheinlich auch nicht anders gehen. Aber es ist nun wohl egal. Schlechter kann ich es auch nicht antreffen, denn, so viel man schon gehört hat, soll es da ziemlich rund gehen und denn die jungen Unteroffiziere. Na, Du kannst Dir ja denken, wie ich es meine. Hier war noch einer auf der Stube, der ist auch mit gekommen. Er sagte, die ließen die Köpfe hängen. Ihre Gesuche sind ja mit gegangen. Es mag ja sein, daß sie nun ihren Urlaub noch bekommen.

Nun will ich Euch noch mal schreiben, was ich diese Tage gemacht habe. Gestern war ich im Offizierskasino, habe da <u>ausgefegt</u>, und welche haben da Geschirr abgewaschen. Ich habe abgetrocknet. Was man auch alles machen muß. Und heute haben wir Brot auf- und abgeladen. Ja, man könnte zu Hause auch nützlicher sein jetzt, aber wer kann's ändern. **Wir sagen immer, uns kann nur noch retten, daß der Krieg bald ein Ende nehme, aber??** *Man weiß immer nicht, wo man dran ist, ob man den nächsten Tag nicht auch schon damit bei ist. Es ist immer noch sehr warm hier. Es ist nicht schön, wenn man keine Post bekommt. Wir wissen gar nicht, ob Ihr alle gesund seid und wie weit Ihr mit der Arbeit seid?* **Aber Lust hat ja keiner mehr dazu.**

Köln, d. 5.8.43

Heute abend noch einen kleinen Brief. Post habe ich bisher noch nicht bekommen, haben aber alle noch nichts erhalten. Gestern abend war Brandt noch hier, und nachdem bin ich noch bißchen da rüber gegangen. Die drei sind alle in eine Gruppe gekommen. Liegen in einer Baracke.

Diese beiden Tage habe ich in der Stadt gearbeitet in einer Schule. Da sollen Fensterscheiben rein, und da haben wir die kaputten Scheiben ganz raus gehauen und den Kitt schon los gemacht. Wir waren mit 20 Mann da. Diese Tage bin ich so richtig durch Köln gekommen. Köln am Rhein, schönes Städtchen, kann jetzt keiner mehr singen. **Es sieht stellenweise zu doll aus, so eine Verzweiflung.**

Meine Lieben, ich weiß nun überhaupt nicht, was Ihr alle macht und wie weit Ihr wohl seid? Was machen die Einquartierten? Gehen die noch alle spazieren, oder helfen sie auch ein bißchen mit? Was macht Bubi, ist er noch immer drollig?

Vater hat nun die verwüstete Stadt in ihrem ganzen Elend gesehen, doch findet man keine Haßtiraden auf die Engländer in seinen Briefen. Die hätte er sicher schreiben können, wenn er es gewollt hätte. Verzweiflung und Verbitterung über den Krieg und seine Folgen sind seine Reaktion. Sicher hat er auch Ursachen und Ursprung der Zerstörungen zu deuten gewußt.

Köln, d. 8.8.43
Meine Kameraden sind ja nun schon einige Tage dabei. Ich war gestern noch da. Gefallen tut es ja keinem da. Na, wem kann so was auch noch gefallen, wenn man noch als Rekrut behandelt wird. Brandt ist schon 4 Tage krank, hat Durchmarsch. Hat noch keinen Dienst gemacht. Meine Arbeit war diese Tage wieder Kartoffel schälen, sogar heute noch von ½ 10 – 1 Uhr mit 50 Mann.

Wir waren hier heute nachmittag zum Pferderennen. So was gibt es hier auch noch <u>im Krieg</u>, aber der Kölner ist nachher ja wieder etwas anders wie der Norddeutsche. Einige Menschen haben immer noch Humor. Jetzt geht es wieder dem Winter entgegen, und der Krieg geht immer weiter.

Wenn ich nun man erst eine feste Adresse habe, dann kann ich auch wieder mit Post rechnen. Aber so ein Durcheinander wie hier ist, habe ich bisher auch noch nicht erlebt. Die Post wird gar nicht verteilt. Die muß man sich schon abholen und dann nur bestimmte Stunden. Wenn man dann nicht da ist, bekommt man keine.

Was macht denn der liebe Bubi? Ich kann ihm gar keine Bonbon mehr schicken, aber ohne dem ging es ja noch, wenn man nur erst wieder zu Hause sein könnte. Einer ist hier bei mir noch auf der Stube von Belgien, ist ja auch ein Bauernsohn. Mit dem Dienst geht es hier ja noch. Machen ja nur ein bißchen Arbeitsdienst, aber morgens um 5 Uhr schmeißen sie uns hier auch schon raus und um 6 Uhr ist schon antreten.

Die bei aller Misere rundherum noch fröhliche Mentalität der Rheinländer widerstrebt dem Empfinden des Mecklenburgers, zumal er hier gezwungen war, seine Zeit sinnlos zu vergeuden, während er zu Hause dringend gebraucht wurde. Er wartete auf Post, aber die ließ seit der Versetzung nach Köln auf sich warten. Er konnte sich nur damit trösten, daß diese Zeit vom direkten Fronteinsatz abging, denn das, was er am 6. August im Völkischen Beobachter unter den Schlagzeilen: „Ansturm der Sowjets ohne Rücksicht auf Verluste; Orel im Zuge einer Frontverkürzung geräumt," lesen konnte, deutet keineswegs auf ein baldiges Kriegsende hin. Im darunter stehenden Text erfuhr man dann: „Mit der Aufgabe von Orel wird die deutsche Front in diesem Abschnitt nicht etwa erschüttert, sie erfährt lediglich eine Begradigung.... An keiner Stelle haben die Bolschewisten einen Ansatzpunkt für weitzielende eigene Operationen gewonnen – auch bei Orel wird dies nicht der Fall sein." Glaubten die Nazis im Ernst, daß Stalingrad schon vergessen war?

Köln, d. 10.8.43
Hoffentlich geht es Euch allen gut, was ich auch von mir sagen kann. Bisher bin ich immer noch in der Stammkompanie. Die anderen 3 sind ja nun schon 8 Tage dabei, 14 Tage sind wir nun schon hier in diesem Verein. **Na, es geht ja alles vom Krieg ab.** *Wir sind ja noch immer beim Arbeitsdienst. Ich hätte auch lieber diese 3 Wochen Euch geholfen. Viel Post kann ich ja nicht erwarten, weil ich schon immer geschrieben habe, Du brauchst nicht zu schreiben. Ich wußte ja auch nicht, daß wir so lange hier bleiben würden. Hoffentlich kann ich Dir bald eine genaue Adresse geben. Sonst geht es mir hier ganz gut. Bißchen Arbeitsdienst ist ja immer noch besser als bei der Ausbildung, denn das kommt einem schon bald oben raus. Die anderen haben die Nase auch schon voll.*

Köln, d. 12.8.43
Ich habe heute auch noch keinen Brief bekommen, bekomme wohl keinen mehr??

Na, so lange man noch hier ist, braucht man noch nicht woanders hin, **geht alles vom Krieg ab.** *Es ist ja nur wegen der Post so dumm. Gestern habe ich auch auf der Post gearbeitet, bei den Paketen in Köln-Deutz, denn das Hauptpostamt ist ja auch kaputt. Ich habe so richtig gesehen gestern, wie die Pakete so behandelt werden. Was nicht sehr gut verpackt ist, muß kaputt gehen. Da haben sich so viel Pakete angesammelt, die können es gar nicht schaffen.*

Ich denke, Ihr seid wohl beim Hafer?? Ob Ihr wohl auch wieder mit dem Draußenschlag fertig geworden seid? Ich weiß ja nun von nichts. Heute abend will ich noch mal zu den anderen 3 rüber, was die machen.

Köln, d. 14.8.43
War soeben wieder hin und wollte mal fragen nach der Post, da hatten sie schon wieder zugemacht. Mache noch immer Arbeitsdienst. Das heißt, arbeiten ist es ja auch nicht, hat ja keiner Interesse dran.

Meine 3 Kameraden, die sagen: „So lange Du da noch bist, hast Du es gut. Hier bei uns komm nur nicht her." Brandt liegt noch im Revier, macht noch keinen Dienst mit. Heute hat es hier tüchtig geregnet. Wir waren heute morgen wieder in einer Schule in Köln und haben wieder den Kitt von den kaputten Fenstern gemacht.

Meine Lieben, wie es so stellenweise aussieht, ist bald gar nicht zu denken, wie das alles wieder fertig werden soll, und die Zerstörung geht immer weiter. **Wann es wohl mal ein Ende hat??** *Ich habe hier schon bald drei Wochen rum.* **Na, die Zeit ist schon wieder weg.** *Man hofft immer bald auf ein Ende, aber es wird wohl noch immer so weiter gehen. Wenn ich nun mal einen Brief erhielte, so wäre ich etwas beruhigt.*

Köln, d. 15.8.43
Heute habe ich endlich mal eine Karte von Dir erhalten vom 5. 8.; herzlichen Dank.
Denn habt Ihr ja den Roggen bald rein. Wenn es Euch nicht zuviel wird mit dem Dreschen, so ist es ja ebenso gut als in der Miete.
Die beiden Nachbarn sind ja denn auch schon wieder zur Musterung gewesen, wie Du schreibst. Von Sabine erhielt ich heute die zweite Karte. Arbeit habt Ihr ja alle genug, und wir können nicht

helfen. Heute war hier wieder ein Pferderennen. Ich war auch aus Langeweile da hin. Man kann das kaum verstehen, daß jetzt noch so etwas gemacht wird. Es waren allerhand Leute da.

Soeben bin ich noch bei den 3 anderen gewesen. Die gehen nicht aus. Brandt war auch gerade da, liegt ja noch im Revier, aber es geht schon wieder. Nur Dienst kann er noch nicht machen. Hat ordentlich abgenommen. Morgen sollen ja wieder welche abgestellt werden hier von dieser Kompanie. Ob ich nun auch da mit bei bin, weiß ich ja nicht. Hoffentlich bekomme ich noch einen Brief.

Köln, d. 17.8. 43
Gestern erhielt ich endlich Deinen lieben Brief vom Sonntag; herzlichen Dank. Ich bin ja noch immer hier in der Stammkompanie. Diese Tage war ich wieder auf der Post beschäftigt. Ist ganz gute Arbeit, aber ohne Zukunft, kannst Dir ja denken. Soeben war Brandt noch hier. Ist noch immer krank, sieht schlecht aus, liegt noch immer im Revier. Er hätte sonst jetzt auf Urlaub fahren können. Aber nun wollen sie ihn noch nicht fahren lassen. Fehlandt u. Hinzmann sind heute gefahren, Hinzmann 3 Wochen u. Fehlandt 14 Tage. Die sind glücklich, daß sie hier mal eine Zeit lang raus sind. Na, wenn ich nun erst bei einer festen Kompanie bin, so hoffe ich ja auch noch welchen zu bekommen zum Herbst??

Wenn Bruhn seine Tochter auch in Hamburg tot ist, denn hat er ja auch nicht viel Lust, **aber Lust hat ja heute keiner mehr.** Es ist schon so, die Gemütlichkeit ist weg, wenn man jeden Tag fremde Leute um sich hat. Aber wenn man es sieht, diese Zerstörung, wo die Leute nun alles verloren haben, ist ja auch schlimm für jeden.

Ihr habt denn doch alles schon soweit fertig gekriegt mit eigener Kraft, und die beiden sind ja denn so weit fleißig gewesen. Wenn man auch nicht so viel zu hoffen hat, aber man hofft doch, daß noch einmal alles vorbei kommt und wir wieder zusammen sein können. Die Zimmerleute sind ja denn schon da gewesen. Hoffentlich bekommt Ihr sie (die Scheune) denn auch noch dicht, denn es ist ja schade, wenn alles so naß wird. Müssen immer das Gute hoffen.

Köln, d. 18.8.43
Ich bin nun heute auch auf die andere Seite rüber gekommen. Bei der selben Kompanie, wo meine 3 Kameraden sind. Nun kann ich Dir ja auch vorläufig die genaue Adresse angeben. Du kannst ja nun an Fehlandt ein Paket schicken. Der bringt es mir bestimmt mit. Dann bekomme ich es wenigstens, und es geht vielleicht auch noch etwas schneller. Sonst kommt es doch nicht an. Die Adresse ist: Herrn Karl Fehlandt, Groß Krams, Büdner 10, über Ludwigslust – Land M.

Und nun noch eins, Du reichst jetzt Arbeitsurlaub ein für mich, so daß das Gesuch am 15. September hier ankommt für Kartoffelernte und Herbstbestellung. Muß natürlich wieder von Bauernführer, Kreisbauernschaft u. Bezirkskommando unterschrieben sein. Wollen dann hoffen, daß wir uns gesund wiedersehen. Ich wohne nun auch in der Baracke, aber diese Zeit wird auch vorüber gehen. Hoffen das Beste. Es ist hier jetzt so warm, ist gar nicht auszuhalten in diesen Baracken. Vor 1 Uhr nachts kann man kaum schlafen und am Tage immer den Stahlhelm auf. Die Hauptsache ist, daß es mit dem Urlaub was wird.

Nun habt Ihr auch bald alles rein? Hier ist die <u>Stimmung</u> gut, warten alle auf das Ende. Aber man muß sich ja fügen. Hier hat man bald keinen Platz, wo man seine Sachen hin tun soll, so eng ist es hier und kann nichts abschließen. Wenn alles gut geht, hoffe ich ja auf nächsten Monat und diese Zeit bei Euch zu sein, aber man kann immer nichts Bestimmtes sagen.

Warum war die Stimmung gut, wenn die Zeichen der Zeit so schlecht standen? Und auf welches Ende warteten sie da in der überfüllten Baracke? Dies kann wohl nur ironisch gemeint sein, zumal „heute keiner mehr Lust hat" und, wie es im nächsten Brief heißt, „es auch schon bald alles gleichgültig ist." Als einziger Trost bleibt noch die Hoffnung auf Urlaub, aber den Dauerurlaub, den er sich im nächsten Brief wünscht, wird er bestimmt nicht erhalten.

Köln, d. 20.8.43
Will heute abend diesen Brief noch schnell fertig schreiben, den soll Brandt morgen mitnehmen, der fährt nämlich morgen in Urlaub. Ist

jetzt wieder ziemlich gesund, freut sich sehr, war ja auch von Herbst an nicht mehr da.

Wir sind hier noch alle so verteilt. Liegen hier mit 2 Mann zwischen 19 übrigen, die sind schon 8 Monate hier. Man wird da auch nicht klug daraus. Es sind viele darunter vom Lande, aus Emsland. Für die Jungen geht es ja noch, aber für uns Alte ist es hier nichts. Diese Jungs haben schon Arbeitsurlaub bekommen, zum Teil 4 Wochen. Du mußt, wenn es Dir möglich ist, selber zur Kreisbauernschaft gehen und Hersen es mal sagen. Denn wenn die Jungen so lange bekommen, dann steht es uns auch wohl zu, nicht wahr? Denn wir liegen hier ja auch bloß rum, es ist alles überfüllt.

Liebe Leni u. Bubi, paar Tage sind wir ja nun schon bei dieser Kompanie, aber so was habe ich auch noch nicht erlebt. Wir sind ja gerade nicht mit den Jungen zusammen gekommen, aber trotzdem, es geht tüchtig rund hier. Wenn Du irgend was wissen willst, mußt Du es schreiben. Du schreibst gar nichts vom Gemenge und ob auch Klee unter dem Hafer ist. **Wenn es auch schon bald alles gleichgültig ist,** *so möchte ich es doch gern wissen.*

Was macht Bubi? Hat er die Karte schon bekommen? Ich weiß nicht genau, Karl-Otto hat doch bald Geburtstag? Schreibe mir mal darüber. Liebe Leni, heute hast Du auch wohl Gottesdienst gehabt. Die hier katholisch sind, waren heute morgen auch zum Gottesdienst. Da war nämlich einer ertrunken im Rhein beim Baden. Und da war die Trauerfeier hier, und wir anderen mußten diese Zeit Stube fegen.

Liebe Leni und Bubi, hoffentlich kann ich auch bald wieder bei Euch sein, wenn es doch alles klappt?? Das Haus ist ja denn voll, aber ich werde dann auch wohl noch wieder Platz finden bei Dir und Bubi. Brandt meint auch, ihm graute schon davor, hier wieder zurückzukehren. Ja, wenn es doch bald Dauerurlaub gäbe??

Feldpostkarte von Fritz Jahncke O. U., d. 19.8.43
Liebe Magdalene!
Ich habe Dir wohl lange nicht mehr geschrieben. Ich hatte 4 Wochen Urlaub. Unsere Post ist fast ganz verloren gegangen. Seit 3 Wochen haben wir keine Post erhalten. Auch sind wir inzwischen in eine andere Stellung gekommen. Bis wir uns richtig eingefunden haben, das dauert auch einen geraume Zeit.

Mir geht es sonst noch gut. Seid Ihr mit der Ernte fertig, oder hat es dort auch so viel geregnet? Hier steht sogar noch Roggen draußen.
Seit Montag ist unser Unterricht wieder angefangen. Das ist nur gut. Wir brauchen jetzt wenigstens den Batteriedienst nicht mehr mitmachen. Wir haben jetzt mehr Baracken bei uns. Ich liege mit einem anderen Lw-H. [Luftwaffenhelfer] *auf einem Bunker. Das macht Spaß und ist gemütlich. Uns fehlt jetzt nur noch ein Radio. Dann haben wir alles, was wir uns wünschen Das Essen ist hier ganz gut. Darüber können wir nicht klagen. Wir liegen 15 Min. vor einer größeren Stadt. Da gibt es hoffentlich auch mal Ausgang.*
Nun, recht herzliche Grüße sendet an alle Dein Fritz.

Seit Januar 1943 wurden insbesondere Schüler ab 16 Jahre als Luftwaffenhelfer eingezogen.
Noch keine 18 Jahre war Fritz Jahncke, da hatte ihn die Wehrmacht schon vom Lehrerseminar geholt. Kaum anzunehmen, daß er schon ein Mädchen geliebt hatte. Weder zur Liebe noch zum Lernen war Deutschlands Jugend in dieser mörderischen Zeit bestimmt. Feindliche Flugzeuge sollten sie abschießen, doch die blieben meist oben und ließen ihre tödliche Fracht auch auf junge Flakhelfer regnen. Nur ein Radio brauchte diese Knabengemeinschaft noch, dann hatte sie alles, was sie sich wünschte. War das wirklich alles? Vielleicht haben sie ab und zu noch mal Ausgang gehabt. Das war dann schon ihr Leben. Fritz hat den Krieg nicht überlebt.

Köln-Riehl, d. 22.8.43
Heute will ich Euch einen kleinen Sonntagsbrief schreiben, denn heute nachmittag habe ich ja Zeit. Sonst wird hier <u>Zeit</u> auch groß geschrieben. Die letzte Nacht haben wir hier auch wenig geschlafen, denn wir liegen ja hier zwischen den Jungs, und die sind heute morgen weggekommen. Nun hatten sie noch Ausgang gestern abend und waren beim Packen. Die haben fast die ganze Nacht rum getobt in der Stube. Die haben doch noch anderen Humor wie wir Alten. Sind ja auch noch 20 Jahre jünger. Morgen sollen wir wohl ausziehen. Die Gruppen sollen auf eine Stube kommen. Brandt ist gestern nun auf Urlaub gefahren, hat aber nur bis zum 7. 9.

Köln, d. 24.8.43
Will heute abend noch einen kleinen Brief schreiben, denn die nächsten Tage wird es nichts. Wir machen einen Ausmarsch hier. Morgen früh um 5 Uhr geht's schon los, und kommen erst am Donnerstagabend wieder, und dann wird wohl keiner mehr Lust haben zu schreiben, glaube ich.
Mir geht es gesundheitlich ja gut, aber sonst läßt es hier zu wünschen übrig. **Haben alle die Nase voll.** *Ich hoffe, daß Ihr auch alle gesund seid?*
    Diese Tage war es hier nicht ganz so heiß. Hoffentlich ist es auf dem Marsch auch nicht zu warm, denn so 50 km werden es wohl werden. Haben sie jede Woche gemacht. Denn werden wir wohl erst paar Tage genug haben. Man muß denken, es geht alles vorüber, hoffentlich bald.
    Nun sind bald 4 Jahre voll, und nun soll man noch wieder jung werden. Zuerst war man schon zu alt. Das paßt nicht zusammen.

Die Jungen werden jetzt vorzeitig eingezogen, und die Älteren, die zu Beginn des Krieges vom Wehrdienst zurück gestellt wurden, werden nun wie Jüngere wieder „geschliffen", damit sie fit sind für den großen Kampf im Osten.
    Aus dem Lazarett in Wien flattert Mutter noch eine Nachricht von Ernst Kröger ins Haus. Dessen Bein ist immer noch nicht geheilt. Für ihn wäre es besser gewesen, wenn das Bein amputiert worden wäre, denn den nächsten Schuß in Rußland hat er später nicht mehr überlebt.

Karte von Ernst Kröger aus Wien vom 25.8.43
Deine liebe Karte habe ich dankend erhalten. Wie ich sehe, geht es Dir noch sehr gut, was ich auch von mir sagen kann. Ich muß aber immer noch im Bett liegen; es ist nicht sehr schön bei dieser Hitze. Jetzt ist Herbert im Urlaub. Es ist schade, daß ich nicht kommen kann. Wir haben uns lange nicht gesehen.
Liebe Magdalene, wie weit seid Ihr mit der Arbeit? Es ist ja nicht schön, wenn Ihr alles allein machen müßt. Bekommt Hermann keinen Urlaub? Mutter hat jetzt für kurze Zeit etwas Hilfe.
Ich will jetzt schließen, das nächste Mal mehr. Viele Grüße sendet Dir Ernst!

Köln-Riehl, d. 28.8.43

Wie ich schon in meinem letzten Brief geschrieben habe, haben wir ja einen Marsch gemacht. Wie wir zurück waren, hatten wir ja alle genug. So was sind wir nicht gewöhnt, und die Füße taten auch schon weh. Wir liegen jetzt mit 18 Mann auf der Stube. Da ist was los, und denn wenig Platz. Na, es muß alles gehen

Ihr habt ja denn immer einen ganzen Tisch voll und wenn die Dachdecker denn auch noch da sind, denn habt Ihr ja <u>genug zu versorgen</u>. Das wird einem auch mit der Zeit über. Eigentlich wäre ja auch eine Frau mit einem Kind genug gewesen für Euch. [Gemeint sind die Evakuierten.] *Wenn sie noch bis Weihnachten da bleiben wollen, na, da habt Ihr schöne Aussichten. Man weiß ja auch immer noch nicht, wie alles kommt. Hoffentlich dauert der Krieg nicht mehr so lange, aber wer weiß.*

Ihr habt denn schon tüchtig gedroschen, wenn Ihr schon 100 Zentner abgeliefert habt. Den Hafer habt Ihr denn nun auch wohl rein? Du hast noch gar nichts vom Gemenge geschrieben und vom Sommerroggen, ob der auch gut war? Ich weiß ja, daß Ihr den Kopf voll habt, aber ich hätte es doch auch gern gewußt. Wir haben hier mitunter auch den Kopf von all den Sachen voll, die mit uns noch getrieben werden.

Du und Bubi seid ja denn auch im Varieté gewesen. Ich glaube schon, daß es Bubi gefallen hat.

Köln-Riehl, d. 29.8.43

Es ist doch gut, daß es noch einen Sonntag gibt. Da hat man doch wenigstens noch einen Tag Ruhe, denn sonst haben sie es immer eilig.

Onkel Hermann und Frau in Hamburg sind ja denn auch tot, wie Sabine heute schrieb. Was Gutes hört man heute nicht mehr, **und es geht immer weiter dieser schreckliche Krieg.**

Wie Du in Deinem letzten Brief schriebst, werden denn ja die Enten auch alle gezählt, hoffentlich nicht zu genau??

Mit Holz ist ja auch nicht schön, wenn die Pakete wieder zurück kommen, dann ist er auch wohl nicht wieder mit zurück gekommen von Sizilien. Aber er kann ja auch gefangen sein. Es ist alles sehr traurig.

*Du schreibst auch schon wieder von Pferdemusterung, es bleibt immer so bei. Hoffentlich nehmen sie den Fuchs nicht, sonst wird's ja schlimm **Aber ist immer noch nicht das Schlimmste, das ist der Krieg.** Hans-Erich liegt ja denn auch in Ludwigslust. Hoffentlich ist es nicht so schlimm, denn mit dem Knie ist auch nicht zu spaßen.*

Heute abend sind 17 Mann auf der Bude, aber man lernt sich so allmählich alle wieder kennen. **Haben ja alle nur den selben Wunsch, nach Hause.**

In Hamburg ist es ja auch sehr schrecklich gewesen, und die letzte Nacht waren sie ja auch wieder in dieser Gegend, Mönchen-Gladbach. Da sollen sie auch wieder schwer gehaust haben.

Lottis Werner ist ja denn auch da. Hoffen wir auf ein Wiedersehen.

Nahezu kommentarlos nimmt Vater den Tod von Onkel und Tante in Hamburg zur Kenntnis. „Dieser schreckliche Krieg" stumpft ab.
„In ungebrochener Schlagkraft zu neuen Aufgaben bereit," unter dieser Schlagzeile meldet der Völkische Beobachter am 18. August, daß mit einer „übermenschlichen Leistung von Führung und Truppe" die „Sizilienkämpfer mit Waffen und Gerät zurückgeführt" wurden. Nachbarsohn Fritz Holz war auch dabei. Des weiteren berichtet das Sprachrohr des „übermenschlichen" Führers in der letzen Augustwoche des Jahres 1943 von harten Abwehrschlachten am Ladogasee und im Raum Charkow.

Köln-Riehl, d. 31.8.43
Ich hoffe ja, daß alles klappt, und wir uns gesund wiedersehen. Aber man darf nicht früher damit rechnen, ehe man in die Tür guckt. Fehlandt kann sich freuen, daß er erst morgen kommt. Morgen früh um 5 Uhr geht es wieder los zum großen Marsch.
Das Heu habt Ihr denn noch wieder gut weg bekommen. W. Völsch ist ja denn auch wieder hin nach Rußland. Ja, so lange der Krieg nicht zu Ende ist, muß jeder wieder weg, so lange er noch kann.

Köln-Riehl, d. 3.9.43
Heute morgen hat Fehlandt mir das Paket gebracht und auch den Brief. Einen Brief erhielt ich heute auch noch durch die Post; herzlichen Dank für alles. Fr. Holz hat ja denn auch geschrieben jetzt. Denn ist er

doch noch glücklich entkommen. Ich werde heute nur einen kleinen Brief schreiben, denn ich habe Stubendienst, und nach Brunow will ich auch noch paar Zeilen schreiben. Es wird hier oft spät, und denn hat man noch bißchen zu waschen u. zu rasieren, und um 10 Uhr muß man in der Falle sein, wie kleine Kinder.
Mit Hans-Erich ist ja auch nicht schön, wenn es die Kniescheibe ist.

Köln-Riehl, d. 5.9.43
Heute ist nun mal wieder ein ruhiger Tag, der ruhigste in der Woche. Von Drews u. Hans Behncke erhielt ich gestern auch einen Brief. Drews ist ja noch da von uns. Er schreibt, daß die anderen auch noch nachkommen würden. Also stimmt es doch nicht, daß die jetzt da bleiben werden. Hans Behncke schickte mir die Adresse von Martin Ahrens mit. Er schrieb, Martin würde bei der Feldpost ausgebildet, macht jetzt einen Kursus. Ich weiß nun nicht, was richtig ist. Du schreibst von Feldgendarmerie, aber nach seiner Adresse muß es ein g sein. Ich glaube auch, daß es bei der Feldgend. ist. Sonst hätte er es ja gut getroffen, wenn er bei der Feldpost wäre. Was am besten ist, weiß man nicht.
Nun geht es zum Essen. Kohl ist hier die Hauptbeköstigung.
Über das Paket habe ich ja schon am Freitag geschrieben. Schmeckt sehr gut. Ist doch was anderes, wenn man wieder selber was hat, aber viele Kameraden müssen da ja auch mit aus und können nichts bekommen.
Nun sind denn die Dachdecker auch gekommen. Hoffentlich bekommen sie es dicht, damit es doch nicht alles verdirbt.
Mit den Fliegern wird es ja immer schlimmer. Nun ist ja Berlin an der Reihe, und so geht es immer weiter. Wie in der Zeitung steht, sind sie jetzt auch schon in Italien gelandet. Wie Du schreibst, ist W. Völsch ja denn auch schon Obergefreiter, denn bekommt er auch schon Gehalt, na, laß, uns geht es hier gleich. Hinzmann ist noch gar nichts, Brandt ist auch Obergrenadier. Am besten ist ja, man kommt gesund nach Hause, das andere ist ja Nebensache. Hier sind ja auch viele Obergefreiten, und in Wirklichkeit können sie gar nichts.
Frau Holz ist ja denn sehr krank, wie Du schreibst. Es ist nicht schön, daß die Krankenhäuser gar keinen aufnehmen, ist ja traurig. Ein Menschenleben ist heute nichts mehr auf der Welt.

Bei Euch werden sie denn auch schon drollig, wenn jetzt schon die Enten gezählt werden. Sabine schrieb neulich auch schon davon. Zu dick werdet Ihr wohl nicht werden. Mit Rauchware ist es hier auch schlecht, bekommen 4 Zigaretten pro Tag. Ich hatte ja immer im Vorrat, aber nun wird es auch schon allmählich weniger, aber schließlich geht es denn ja auch so.
Karl Jastram ist ja denn auch auf Urlaub. Brandt kommt ja Dienstagmorgen auch wieder zurück. So vergeht die Zeit schnell, wenn man auf Urlaub ist. Für einen meiner Kameraden hier (Hugo Stropp) ist auch Urlaub eingereicht. Hoffentlich können wir beide dann zusammen fahren, haben wir schon immer gesagt. Ist auch ein guter Kamerad. Es kommt nichts gegen einen Mecklenburger. Der ist nun mal so. Auch mit Pommern und Hamburgern versteht man sich gut, viel macht ja auch die Sprache und Stadt und Land.
So, meine Lieben, nun weiß ich für heute nichts mehr, wollen auf ein baldiges Wiedersehen hoffen.

Und nun reist Vater noch einmal zu einem Arbeitsurlaub nach Herzfeld. Es müssen vier Wochen gewesen sein. Im Wehrpaß ist dieser Urlaub nicht eingetragen. Aufschlußreich sind seine Bemerkungen über die Ausbildung seines Kameraden Martin Ahrens zum Feldgendarmen. Davon hielt er nichts. Martin Ahrens hat den Krieg überlebt.

Vater war nie ein diensteifriger Soldat. Beförderungen waren ihm, wie er mehrfach betonte, gleichgültig. Er wollte nur nach Hause zu den Menschen, die er liebte und mit denen er sich durch Lebensweise, Sprache und Beruf verbunden fühlte.

Hitlers Wehrmacht sah sich im September an allen Fronten bedrängt und in Abwehrkämpfe verwickelt. Am weiteren Vordringen der Amerikaner und Engländer in Italien änderte auch die deutsche Besetzung von Rom, Nord- und Mittelitalien am 10. September 1943 wenig. Die Befreiung Mussolinis durch eine deutsche Fallschirmjägertruppe führte zum Bürgerkrieg in Italien. Die deutsche Absetzbewegung an der Ostfront verklärte der Völkische Beobachter am 25. September zum „Kräftegewinn durch Verteidigung".Dies alles und mehr konnte Vater während seines Urlaubs lesen, wenn er denn Zeit und Lust dazu hatte. Allerdings hatte seine Familie den Völkischen Beobachter nicht abonniert. Vater wird viel zu tun gehabt haben bei der

Kartoffelernte, der Herbstbestellung und der Regelung weiterer dringender Dinge, bei denen Mutter und Großmutter überfordert waren. Der Urlaub ist sicherlich überschattet gewesen vom drohenden Fronteinsatz, und der Abschied wird unter ähnlich traurigen Umständen wie im Mai 1943 verlaufen sein.

Seinen relativ langen Arbeitsurlaub verdankt Vater wohl auch der Tatsache, daß in Anbetracht des Kriegsverlaufs und der Zerstörung der Städte durch alliierte Flugzeuge der Ernährungslage im Reich eine größere Bedeutung zukam. Erfolgsmeldungen zur Beruhigung der Bevölkerung wurden dringend benötigt. Am 4. Oktober berichtet der Völkische Beobachter über eine Kundgebung zum Erntedanktag 1943 im Berliner Sportpalast, auf der Goebbels „dem Landvolk" im Namen des Führers dankte und Staatssekretär Backe Zwecklügen über Ernteerfolge verbreitete.

Köln-Riehl, d. 15.10.43
Nun muß ich wohl einen kleinen Brief schreiben. Meine Karte hast Du doch wohl schon bekommen? Ich hatte gestern noch keine Zeit zum Schreiben, denn ich meinte ja schon zu Hause, daß ich diese Woche nun den Marsch nicht mitmachen brauchte. Sie marschierten gerade ab, wie ich ankam. Ich dachte nun ja, ich könnte trotzdem zurück bleiben. Und es wurde zuerst nichts gesagt, und wie ich meine Sachen empfangen hatte, mußten wir denn doch mit 2 Mann nach.

Hoffentlich bist Du wieder mit Bubi gut nach Haus gekommen? Ich habe diese Nacht draußen geschlafen im Zelt. War mächtig kühl. Von Schlafen ist ja auch nicht viel geworden. Es fängt gut an, nicht wahr? Aber man muß sich da wieder dran gewöhnen. Stropp ist ja auch wieder hier, bekommt noch Zahnersatz. Also kommt er vorläufig ja auch nicht weg. Hinzmann ist diese Tage im Pferdestall, mußte dem Hauptmann sein Pferd nach bringen.

Köln-Riehl, d. 16.10.43
Diese letzte Nacht haben wir alle geschlafen wie die Dachse.
Meine liebe Leni und Bubi, wie war es doch schön zu Hause bei Euch Lieben, aber man muß sich wieder hier daran gewöhnen. Heute abend geht es früh in die Falle. Deine beiden letzten Briefe von Sonntagabend und Montag sind nicht hier, sonst habe ich noch 4 Stück

bekommen. Die waren alle noch von vor dem Urlaub. Morgen ist ja nun Sonntag, wird ja nicht so schön sein wie der vorige. Vielleicht gehen Stropp, Hinzmann und ich noch bißchen zur Stadt. Mal sehen, wenn es gutes Wetter ist. Einen kleinen Schnupfen habe ich mir auch schon geholt, die erste Nacht. Es war ja auch kein guter Anfang, sonst so schön im Warmen.

Köln-Riehl, d. 18.10.43
Gestern nachmittag waren wir bißchen nach Köln-Mühlheim, da ist ja noch bißchen heil. Waren im Kino, war aber nichts besonderes. Dann haben wir noch gegessen, aber wenn man im Hotel von Karten leben sollte, so würde man auch nicht oft satt. Wie lange dauert es, und ich bin schon wieder 8 Tage hier. Man gewöhnt sich so allmählich wieder daran.

Hoffentlich geht es Euch allen gut. Mein Schnupfen ist schon bald wieder weg. Nun putzt Stropp auch schon Pferde. Der war am Sonnabend zum Zahnarzt, und da hat der Spieß ihn gefragt, ob er Landwirt sei. Er müßte noch einen haben als Vertreter für einen Urlauber, und nun ist er heute auch hingekommen. Wenn es auch nur 14 Tage sind, so ist es doch besser als Dienst machen. Hier spielt einer Gitarre auf der Stube, ein Kölner.

Köln-Riehl, d. 20.10.43
Gestern erhielt ich Deinen ersten Brief, Postkarten u. Hans Behncke seine Adresse. Von Brandt und Fehlandt habe ich noch nichts erfahren, wo die stecken. Gestern sind hier die Jungen (18jährige) wieder zurück gekommen. Sind ja damals nach der Ukraine gekommen, haben da auch die Ernte bewacht.

Wie Du schreibst, soll ja denn in Stresendorf auch Hochzeit werden. Ist ja eigentlich keine gute Zeit dafür, aber sie müssen es ja wissen. Unser lieber Bubi hat ja denn fleißig gekarrt, wie Du schreibst. Es hat ihm wohl wieder Spaß gemacht, daß er seine Karre mal wieder hatte. Er frug ja schon immer damals danach.

Meine Lieben, es könnte ja alles so schön sein. Wie war es doch schön im Urlaub. Und wenn nun überhaupt kein Krieg wäre. **Man kann es sich bald nicht mehr denken, daß noch mal alles wieder gut wird.** Mit dem Zusammenbleiben ist es ja nun vorbei, da kann man

nichts dran ändern. Die Richtigen sind es ja nicht, wo ich jetzt mit zusammen bin. Aber wer weiß, ob nicht noch alles wieder Durcheinander geht. Hier ist es diese Tage nicht so kalt gewesen Das kommt nun nachher erst in <u>Rußland</u>, denn da wird es doch wohl hin gehen.
Ich werde ja auch immer Nachricht geben, wenn ich kann.
    Meine Lieben, hoffentlich geht es Dir wieder besser. Mir geht es ja soweit gesundheitlich gut, und wie es nun weiter kommt, muß man ja abwarten. Heute ist gutes Wetter. Schade, daß wir nicht zusammen sein können. Wann werden wir uns wohl wiedersehen??

Nun war das Reiseziel schon ziemlich klar, und Vaters Landsleute Brandt und Fehlandt befanden sich vermutlich schon auf dem Weg nach Rußland. Der Ton in Vaters Briefen wird immer hoffnungsloser.
    Endzeitstimmung breitet sich überall aus. Junge Leute versuchen noch rasch ein Stück Leben zu ergreifen, bevor sie der Krieg auseinander reißt. Kriegstrauungen häufen sich. Mutters Cousine, Lotti Kopplow, heiratet während seines Urlaubs ihren Verlobten, den Lehrer Werner Best. Viel Zeit für Flitterwochen bleibt ihnen nicht, denn Werner muß wieder zur Ostfront. Dort ist er später auch gefallen. Ich weiß nicht, ob er seinen Sohn, der kurz nach Kriegsende an einer Infektionskrankheit starb, noch gesehen hat.

Köln-Riehl, d. 22.10.43
Heute erhielt ich Deinen lieben Brief vom Sonntag; habe herzlichen Dank. Leider geht es Dir denn ja auch nicht gut. Hoffentlich wird's bald vorüber gehen und etwas besser werden.
Ich muß Dir nun leider mitteilen, daß ich jetzt auch weg komme. Bin gestern eingekleidet, und nun wird es wohl Montag von hier weg gehen, wohin?? (Ich glaube bestimmt Rußland). Stropp bleibt noch hier und Hinzmann auch, waren auch schon damit bei. Aber Stropp ist ja noch nicht fertig mit den Zähnen, und Hinzmann konnte nachdem noch wieder raus gehen, weil noch ein Mann zu viel war, und da konnte er wieder zum Pferdestall gehen.
    Meine Lieben, was am besten ist, weiß man ja nicht, und lange werden die anderen ja auch nicht mehr hier bleiben. Gesagt wird ja,

daß nächste Woche schon wieder welche weg kommen. Wir müssen das Beste hoffen und alles weitere dem lieben Gott überlassen.
Unser lieber Bubi ist ja denn sehr lieb gewesen, wie Du schreibst. Ja, ich habe schon oft an Euch gedacht und werde es immer tun.

Köln-Riehl, d. 24.10.43
Ich wollte gestern abend noch schreiben, aber die Flieger kamen schon wieder früh. Gestern erhielt ich Deinen lieben Brief vom Freitag; herzlichen Dank dafür. Meine liebe Leni und Bubi, nun kannst Du mir bald nicht mehr schreiben, denn es wird mich ja nicht erreichen, denn morgen wird es wohl losgehen. Heute morgen war es hier auch sehr unruhig, schon von 2 Uhr ab, denn die sind ja so doll in Kassel gewesen. Nun sind heute morgen von jeder Kompanie hier 100 Mann zum Aufräumen hingekommen. Die sind nun soeben abgerückt. Uns haben sie nicht mehr mitgenommen. Es geht immer eine Stadt nach der anderen in Trümmern. Werner Kalkstein ist ja denn auch gefallen. Karl Kopplow hat ja denn auch lange nicht geschrieben. Er wollte doch auf Urlaub kommen Ist denn wohl doch nichts geworden. **Ja, man darf nichts denken in dieser bösen Zeit.** *Wer hätte damals* [Anspielung auf den Hochzeitstag am 22. Oktober 1937] *gedacht, daß wir soweit auseinander sein müssen. Ob es nun schon der letzte Brief von hier ist, weiß ich noch nicht, aber ich glaube es.*

Der verheerende Luftangriff der Royal Air Force auf Kassel, den Vater erwähnt, fand am 22. Oktober statt und kostete etwa 10.000 Menschen das Leben. Mir ist unbekannt, ob sich mein Patenonkel Karl Kopplow noch einmal wieder gemeldet hat. Auch er ist ein Kriegsopfer geworden.

Zusammen mit Vaters letztem Brief aus Köln hat meine Mutter eine Feldpostkarte von ihrem ehemaligen geistlichen Dienstherren bekommen, der ebenfalls eingezogen worden war.

Feldpostkarte von Pastor Wossidlo aus München, d. 25.10.1943
Liebe Frau Schmidt!
Ich wollte schon längst auch einmal an Sie schreiben; aber wir sind in den letzten Wochen durch so viel Hin und Her hindurchgegangen, daß man nie recht zur Ruhe kam. Nun endlich scheinen wir hier eine feste

Bleibe und Adresse gewonnen zu haben, und da möchte ich Ihnen und den Ihrigen herzliche Grüße senden. In Stettin und Dresden hatte ich mancherlei Gelegenheit, schöne Musik zu hören; besonders in Stettin hörte ich ein herrliches Kirchenkonzert mit schönen Sachen von Händel, und in Dresden habe ich zusammen mit meiner Frau im Rahmen eines Gottesdienstes von dem berühmten Kreuzchor die Bach-Kantante „Gott der Herr ist Sonne und Schild" gehört. Das hätte ich Ihnen auch gegönnt. Hier wird man von diesen Dingen wohl weniger hören, aber dazu sind wir ja nicht eingezogen. Wie es Ihrem Mann wohl geht und wo er sich wohl befindet. Ob sie auch für die letzte Ernte so gutes Wetter hatten, wie wir hier dauernd, und ob alles gut geborgen ist? Ob Sie mit der Bestellung schon fertig sind? So gehen doch die Gedanken immer nach Hause und zur Gemeinde, die ich auch in meiner Fürbitte nie vergesse. Große Freude hatte ich auch von dem Erntedankfestgottesdienst, von dem meine Frau mir erzählte.
Ich grüße Sie alle herzlich Ihr G. L. Wossidlo.

3.7 Reise ohne Rückkehr
Postkarte aus Düsseldorf vom 26.10.43
Absender: Obergrenadier Hermann Schmidt, III. Komp., Marsch-Batl. 126/3, Reitzenstein-Kaserne, Düsseldorf

Ich bin in Düsseldorf, sind gestern hier her gekommen, und die nächsten Tage wird es wohl los gehen nach <u>Rußland</u>. Meine Lieben, ich schreibe ja noch einen Brief von hier, vielleicht morgen, und wenn denn keine Post mehr kommt, so wißt Ihr ja, daß wir auf der Reise sind. Meine liebe Leni und Bubi, zu schreiben brauchst Du hierher nicht, denn da bekomme ich doch nichts davon. Sonst geht es mir gut und hoffe es auch von Euch allen.

Herzliche Grüße an Euch alle u. Dich u. Bubi grüßt und küßt herzlich der liebe Papa Hermann.

Düsseldorf, d. 28.10.43
Heute haben sie uns schon wieder durcheinander gejagt. Bin jetzt wieder mit anderen zusammen gekommen. Und, wer weiß, in Rußland geht es wieder durcheinander. Ich wollte heute den Koffer eigentlich schon abschicken. Morgen werde ich aber sehen, daß er weg kommt. In den Koffer habe ich Stroh gestopft, und dann sind meine Lederhandschuhe darin, ein Hemd und der große Block Papier. Diese Sachen kriege ich nicht mehr mit weg. Und ich brauche sie ja auch nicht, denn man hat so viel zu schleppen. Du glaubst es gar nicht, und in Rußland, sagen ja doch die meisten, da geht doch alles verloren. Wir sollen ja gar kein Paket mitnehmen, aber meinen Speck und sonstige Sachen nehme ich doch mit im Paket. Laß sie sagen, was sie wollen. Wir kommen wohl morgen noch nicht weg. Ich gebe ihn doch wohl hier ab, denn wer weiß, was morgen alles wieder los ist.
Ich denke an Euch, gute Nacht!

Postkarte aus Düsseldorf vom 30.10.43 Bahnhof um 8 Uhr abends
Habe soeben den Koffer aufgegeben als Expreßgut. Ihr werdet ihn denn schon von Grabow hinkriegen. Wir werden wohl nun erst Mittwoch abrücken. Bestimmtes ist noch nicht raus. Ich habe soeben an Bubi auch eine Karte geschrieben. Diese beiden Karten sind ja nun nicht gestempelt, vielleicht müßt Ihr nun paar Pfennige bezahlen, aber ich konnte keine Marken bekommen hier.

Meine liebe Leni u. Bubi, morgen schreibe ich auch noch einen Brief, darin werde ich Euch mitteilen, auf was für eine Ecke wir hinkommen in Rußland. Sonst geht es mir gut, und ich hoffe es auch von Euch. Wenn ich Gelegenheit habe, schreibe ich ja auch noch von unterwegs.

Düsseldorf, d. 31.10.43
Heute ist es nun Sonntag. Es ist ziemlich langweilig heute, denn man hat nicht die richtige Gesellschaft. Die meisten spielen Karten, aber sehr hoch. Wir kommen morgen noch nicht weg. Es ist immer noch nichts Bestimmtes raus. Der Oberleutnant sagte ja vor einigen Tagen, wir kämen in die Gegend von Krementschug hin. Da steht ja auch jeden Tag was von in der Zeitung. Es ist wohl mehr an der Südfront.

Ihr seid wohl bei den Wrucken oder seid vielleicht schon damit fertig? Aber Fragen brauche ich ja nicht zu stellen, denn ich bekomme nun ja vorläufig doch keine Post.
Meine Lieben, ich hoffe, daß es Euch allen gut geht, was ich auch von mir sagen kann. Leben kann ich ja noch gut jetzt, denn ich habe ja noch alles hier, und ich werde wohl auch noch wieder Kameraden finden. Einer ist hier auch noch, der ist auch vom Lande. Scheint auch ein vernünftiger Kerl zu sein.

Der genaue Zeitpunkt steht noch nicht fest. Man sagt von Sonnabend oder Sonntag, na, **nach Rußland kommt man immer noch früh genug.** *Ich bekomme ja nun keine Post mehr. Es wird wohl lange dauern, bis es wieder soweit ist.*

Meine liebe Leni und Bubi, macht Euch man nicht so viel Sorgen. Es hilft ja doch nichts, und der liebe Gott wird ja wissen, ob wir uns wiedersehen sollen. Es sind ja auch viele da, nur nicht alle bei der Infanterie. **Daß es auch so kommen mußte, wo man so schön zusammen sein könnte. Und nun dieser schreckliche Krieg.**

Meine liebe Leni und Bubi, ich will nun schlafen gehen. Wir haben diese Tage mit Fliegeralarm nichts zu tun gehabt. Ich bin ja gestern so richtig durch die Gegend gefahren, aber es sieht trostlos aus überall. Morgen ist nun noch wieder Appell, und so bleibt es immer bei, bis man hier weg ist. **Die haben alle es auch so satt, da ist keiner mehr, der Lust hat.** *Hier aus der Stube sind noch viele raus gegangen in die Stadt, aber ich habe da kein* Interesse *daran. Aber die Städter sind ja*

etwas anders. Bisher habe ich noch keinen Mecklenburger getroffen, sind ja auch nicht so viel zwischen.
Nun, meine Lieben, will ich schließen und sage gute Nacht. Wäre ja besser, ich könnte heute Nacht mit Euch Lieben schlafen gehen, aber das soll nicht sein.
Herzliche Grüße an Euch alle und Dich und Bubi grüßt und küßt in Liebe der liebe Papa Hermann. Ich denke an Euch.

Trostlose Resignation spricht aus diesem Brief, denn es gibt nichts mehr, das noch Anlaß zur Hoffnung böte. In Krementschug, so stand es am 14. Oktober im Völkischen Beobachter, tobten schwere Kämpfe, und es war da die Rede von einem „hartnäckigen Widerstand unserer seit fast einer Woche in ununterbrochenen Kämpfen stehenden Infanterie- und Panzerdivisionen." Am 1. November berichtet das Blatt unter der Schlagzeile „Unvermindert harte Kämpfe im Südabschnitt der Ostfront:" „Südöstlich von Krementschug wurden unzusammenhängende Angriffe der Bolschewisten in Bataillonsstärke abgeschlagen, örtliche Einbrüche der Sowjets im Gegenstoß beseitigt. Nordwestlich von Krementschug gelang es unseren Grenadieren, ihre Stellungen zu verbessern."

Das war alles andere als beruhigend. Vaters Eltern und seine Schwester Sabine machen sich ebenfalls Sorgen.

Postkarte von Sabine Kemling vom 1.11.43
Liebe Magdalene!
Hermann hat mir geschrieben, daß er schon auf der Reise ist, wir sind auch alle so unruhig. Ich dachte heute auch, Otto schrieb wohl, aber auch noch nicht. So grübelt man von einem Tag zum anderen, und es wird nicht besser. Habt Ihr Eure Wrucken schon raus? Es ist ja noch immer gutes Wetter dabei. Wo Hermann und Otto wohl hinkommen, wohl wieder nach Rußland. Da sind ja jeden Tag so schwere Kämpfe, und es nimmt kein Ende. Was macht denn Hans Hermann? Karl-Otto spielt immer draußen, der vergißt alles schnell. Sonst geht es uns gut. Schreibe doch mal wieder. Nun seid herzlich gegrüßt von uns allen Eure Sabine.

Die Postkarte war mit folgendem Aufdruck versehen: *Der Führer kennt nur Kampf, Arbeit und Sorge. Wir wollen ihm den Teil abnehmen, den wir ihm abnehmen können.* Hat diese vorgedruckten Sprüche von den Betroffenen überhaupt jemand wahrgenommen? Mein Vater bestimmt nicht und wenn, dann mit Zorn. Der Transport zur Ostfront führte vermutlich von Düsseldorf über Frankfurt a. M., Nürnberg, Regensburg, Passau, Linz, Wien, Bratislava, Budapest, weiter durch die Karpaten bis Bukarest und von dort in die Ukraine zur Front bei Krementschug.

Postkarte auf der Reise, d. 6.11.43
Meine Lieben!
Sende Euch herzliche Grüße aus Süddeutschland. Sind diese Nacht durch Nürnberg gefahren und sind jetzt ungefähr an der ehemaligen deutsch-österreichischen Grenze. Hier schneit es heute morgen schon tüchtig, sieht schon ganz winterlich aus.
    Meine liebe Leni und Bubi, ich werde diese Karte, wenn es möglich ist, auf der nächsten Haltestelle abgeben. Kalt war es diese Nacht noch nicht, liegen ja alle dicht zusammen. Es schläft sich schlecht im Fahren.
Herzliche Grüße an Euch Euer Papa Hermann.

Ungarn, d. 8.11.43 auf der Reise 4 Uhr nachmittags
Meine Lieben!
Meine liebe Leni und Bubi, wir können von hier Post abschicken, und da will ich auch die Gelegenheit noch ausnutzen, auch paar Zeilen zu schreiben. Wir sind ja nun schon 5 Tage unterwegs und kommen unserem Ziel so allmählich näher. Hier ist auch eine arme Gegend, nur schwach bevölkert und alles mit Mais bebaut.
    Meine liebe Leni und Bubi, ich schreibe hier eine Feldpostnummer drauf. Ob ich die nun später behalte, weiß ich noch nicht. Aber Du kannst ja mal darauf schreiben. Vielleicht bekomme ich dann etwas früher Post, und wenn es dann eben nicht ankommt, so ist es ja auch egal. Es schreibt sich hier schlecht im Fahren, aber es muß alles gehen. Die Feldpostnr. ist 00404 M. Wir werden ganz gut verpflegt, und sonst liegen wir ziemlich warm. Schnee liegt hier noch nicht, aber nachts friert es schon etwas.

Meine Lieben, wir werden wohl noch einige Tage zu fahren haben, vielleicht durch Rumänien. Ich hoffe, daß es Euch allen gut geht, was ich auch von mir sagen kann. Hoffen wir auf ein gesundes Wiedersehen. Ich werde wohl die nächsten Tage mal wieder schreiben. Viele herzliche Grüße an Euch alle und Dich und Bubi grüßt und küßt herzlich der liebe Papa Hermann.

Ru., 10.11.43
Meine Lieben!
Meine liebe Leni und Bubi, heute fahren wir nun durch Rumänien. Haben hier etwas Aufenthalt, und nun will ich noch schnell diesen kleinen Brief schreiben. Hier liegt schon etwas Schnee, und es wird schon kälter.

Auf diese Feldpostnummer schreibe man noch nicht, denn sie sagen ja alle, wir bekommen nachdem noch eine andere. Ob es Euch allen gut geht? Hoffentlich geht es etwas besser mit der Luft? Ich bekomme ja nun vorläufig keine Nachricht von Euch Lieben, aber die Hauptsache ist ja, es hat bald ein Ende, und wir können uns dann gesund wiedersehen.
Meine Lieben, wir sind jetzt schon weit auseinander, aber im Herzen bleiben wir doch zusammen.

Wenn man diese Gegend hier so sieht und die Menschen in ihren armseligen Hütten, so hat man schon genug. Aber sonst sind sie hier ja nicht unfreundlich. Ob es bei Euch schon kalt wird? Für uns geht das Zigeunerleben ja jetzt auch los. Man hat mitunter kaum Wasser zum Waschen, und es wird ja noch schlimmer damit. Und das andere kommt dann noch hinzu.
***Aber denken wollen wir nicht, denn es ändert ja doch nichts**. Bubi wird Euch öfter aufheitern, und er soll ja auch noch nichts merken von dieser schweren Zeit.*

Mir geht es gut, und ich hoffe, daß Du meine Briefe und Karten alle bekommen hast. Die Fahrt geht ja sehr langsam, aber wir versäumen ja auch nichts.
Viele herzliche Grüße an Euch alle und Dich und Bubi grüßt herzlich Euer lieber Papa Hermann.

„Das andere," das noch hinzu kommt, klingt mehrdeutig, ist aber wohl eindeutig gemeint. Es sind die Furcht vor dem Fronteinsatz und Todesahnung. Da das Grübeln über all dieses auch nicht weiter hilft, untersagt er sich und seinen Lieben das Denken und beherzigt damit die von Studienrat Dr. Heß empfohlene soldatische Haltung. Zweifelhaft, ob dies gelang.

Am 12.11.43
Meine Lieben!
Meine liebe Leni und Bubi, wir sind noch immer unterwegs, bleiben viel liegen, na, wir haben ja Zeit genug. Wir sind jetzt noch in Rumänien, fahren vielleicht jetzt in Richtung Odessa. Mir geht es noch gut, und weiter kann man ja auch nicht viel schreiben. Was wir hier bisher gesehen haben in dieser ganzen Gegend, so was sieht man in Deutschland nicht. Es ist schon so, daß die Zigeuner von dieser Gegend kommen, sehr, sehr arm.
Meine liebe Leni und Bubi, ich hoffe ja, daß Ihr alle gesund seid, denn man weiß jetzt ja von nichts, auch nicht, was sonst in der Welt los ist. Ich werde heute auch wohl nach Brunow schreiben. Die Briefe gehen von Zeit zu Zeit ja weg, und ich hoffe, daß sie auch alle ankommen.
*   Nun hat Tante Ida auch wohl bald Geburtstag. Ich gratuliere hiermit. Bestelle es man.*
Meine liebe Leni und Bubi, wir bekommen, glaube ich, auch schon Gesellschaft. Die kleinen Tierchen (Läuse) stellen sich schon ein, kommen zur rechten Zeit, nicht wahr?
Ich glaube, es geht von hier noch Post weg, und da kann dieser Brief noch gleich mitgehen.
So, nun will ich schließen und sende herzliche Grüße an Euch alle und Dich und Bubi grüßt und küßt herzlich der liebe Papa Hermann.

Die Reise wird etwa 14 Tage dauern, aber die Soldaten, die einem ungewissen Schicksal entgegen fahren, versäumen nichts und haben Zeit genug, denn die „kleinen Tierchen," die in diesen lausigen Zeiten plagen, sind nahezu harmlos im Vergleich zu den großen Tieren, die sie in den sinnlosen Tod schicken. Es ist nicht anzunehmen, daß diese Fahrt in Personenzügen erfolgte. Truppentransporte in diese Richtung erfolgten in Viehwaggons, die mit Stroh ausgelegt waren. Und den

Status von Schlachtvieh hatten sie ja jetzt, denn nichts anderes als ein großes Schlachten erwartete sie.

Sonntag, den 14.11.43
Meine Lieben!
Meine liebe Leni und Bubi, heute ist nun Sonntag, aber für uns ist alles egal. Man weiß bald nicht mehr, wie weit man ist, ob es Sonntag ist oder Alltag.
Wir sind nun in der Ukraine angelangt, haben hier schon bald den ganzen Tag gelegen auf dem Bahnhof.
Wenn man heute an zu Hause denkt, wir haben ja schon 10 Tage keine Kartoffeln mehr gehabt. Aber an Kartoffeln ist im Winter wohl nicht viel zu denken. Hier ist es sonst diese Tage noch gutes Wetter. Noch nicht kalt. Hoffentlich bleibt es so. Allmählich kommen wir unserem Ziel immer näher.
Die Frauen hier boten gestern gebratene Hühner und Enten an, pro Stück 15 – 20 RM, ist ganz gut, nicht wahr? Sahen sonst ganz gut aus. Auch hatten sie Wein und Schnaps, für ein Glas 1 RM. Die Preise kennen sie hier auch.
Meine liebe Leni und Bubi, mein schöner Spiegel ist heute kaputt gegangen. Ich habe es schon immer befürchtet. Man hat ja zu wenig Platz. Wenn Du später mal meine richtige Adresse hast und Du kannst mal so einen kleinen Taschenspiegel kaufen, so schicke mir bitte einen mit, denn so ganz ohne Spiegel geht es ja auch nicht. Man sagt ja immer, Scherben bringen Glück. Hoffentlich ist es so. Hier ist es am besten, wenn man möglichst kleine Sachen hat, die nicht viel Platz wegnehmen.
Ich habe gestern an Sabine auch schon eine Geburtstagskarte geschrieben. Ob es nun mit den anderen Geburtstagen stimmt, weiß ich ja nicht. Ich weiß nur so ungefähr die <u>Jahreszeit</u>, und Du kannst es ja nun nicht schreiben. Hoffentlich seid Ihr alle gesund? Auf diese Feldpostnummer schreibe mal nicht.
Nun herzliche Grüße an Euch alle und Dich und Bubi grüßt u. küßt herzlich Euer lieber Papa Hermann.

Die Scherben brachten kein Glück, und einen Spiegel brauchte er auch nicht mehr. Dies war nun Vaters letzter Brief. Der Bahnhof, auf dem sie damals gelegen haben, könnte der von Nikolajew gewesen sein, zu dem sie vermutlich über Odessa gelangten. Weiter ging es dann in Richtung Krementschug. Vater hat die Strecke nicht im Detail beschrieben. Sie hat ihn wohl auch nicht mehr sonderlich interessiert. Er ahnte, was ihn am Ziel der Reise erwartete. Am nächsten Sonntag, es war der 21. November 1943, ist er an einem Knieschuß verblutet.

An diesem Tag meldete das Oberkommando der Wehrmacht die Wiedereinnahme von Shitomir. Vater fiel weiter südwestlich von Kiew, in dem Dorf Kamburlejewka. Bei einem Ort namens Onufriewko, 15 km südlich von Krementschug, haben sie ihm ein erstes Grab geschaufelt.

Der Völkische Beobachter berichtete am 22. November über einen vergeblichen Großangriff von 48 Schützendivisionen der Sowjets bei Dnepropetrowsk, Kriwoi Rog und Nikopol und von Gegenangriffen der Wehrmacht westlich von Kiew.

Über Vaters Sterben haben wir weiter nichts Näheres erfahren. Es kann ein solcher Gegenangriff gewesen sein. Vater starb hilflos und allein vermutlich irgendwo zwischen den Fronten im Niemandsland, wo ihm niemand von seinen Kameraden mehr rechtzeitig helfen konnte, denn die mußten weiter stürmen in Tod und Verderben, getreu dem Eid, den sie einem wahnsinnigen Verbrecher geschworen hatten.

4 Das Leid

Die Hoffnung stirbt zuletzt. Von Vater, der bisher so häufig geschrieben hatte, kam keine Nachricht mehr. Auch die Wehrmacht ließ sich Zeit mit der Übermittlung der Hiobsbotschaft, aus welchen Gründen auch immer. Wie Vater aus Schwarz bereits berichtet hatte, gingen die Gefallenenanzeigen immer über die NSDAP, und der Ortsgruppenleiter bzw. ein anderer Parteihäuptling mußten sie überbringen. So vergingen der Dezember, das Weihnachtsfest und die ersten Wochen des Januars in bangem Warten, Hoffen und wohl auch schon in böser Vorahnung.

Es muß in der zweiten Januarhälfte gewesen sein, die Familie saß gerade im großen Zimmer beim Mittagessen, da trat Ortsbauernführer Kluth mit Tränen in den Augen und den Worten: „Hermann is dod" in den Raum. Er sagte das plattdeutsch, denn nur so sprachen sie zu Hause miteinander, und nur so konnten sie ihre echten Gefühle ausdrücken. Der Aufschrei meiner Mutter gellt mir jetzt noch in den Ohren. Alle weinten, und große Traurigkeit und Schmerz um den unwiederbringlichen Verlust bestimmten von nun an lange Zeit unser Leben.

Ich selbst war noch nicht ganz fünf Jahre, und die vielfältigen neuen Eindrücke, die in dieser Zeit das kindliche Gemüt bewegen, haben mich das Furchtbare und Unfaßliche wohl auch am schnellsten verdrängen lassen. Nicht verdrängen ließ sich das Gefühl, im Gegensatz zu anderen Spielgefährten keinen Vater mehr zu haben und vieles nicht zu dürfen, wozu in anderen Familien die Väter ihre Söhne anleiteten und auf das Leben vorbereiteten.

Ich weiß nicht, ob Tischler Kluth meiner Mutter außer der mündlichen Mitteilung noch etwas Schriftliches überbracht hat. Im Nachlaß fand sich hierüber nichts. Gesprochen wurde immer von einem Knieschuß, an dem Vater verblutet sei.

Erst im März 1944 erhielt meine Mutter schriftliche Auskünfte von Dienststellen der Wehrmacht. Die erste kam vom Wehrmeldeamt Parchim und offenbarte im gefühllosen Beamtenstil die völlige Gleichgültigkeit der auf heimatlichen Schonposten verbliebenen Militärbürokratie. Die Routinemitteilung war derart hingeschludert, daß der in der Anschrift angegebene Vorname meiner Mutter falsch war und von „aufrichtiger Anteilnahme" gewiß keine Rede sein konnte.

Wehrmeldeamt Parchim
Parchim, 8. März 1944
Abt. II
Frau Margarete Schmidt
Herzfeld
über Grabow /Meckl.

In aufrichtiger Anteilnahme an dem Heldentod Ihres Ehemannes übersende ich Ihnen zum Andenken an seine treue Pflichterfüllung seinen Wehrpaß.
Ellerbrock, Major

Die zweite Nachricht bestand aus einer hektographierten Mitteilung des Gräberoffiziers der Division, der Vater zuletzt angehörte.

Dienststelle F.P.Nr. 00404
Rußland, den 12. März 1944
Gräberoffizier
An die Angehörigen unserer gefallenen Kameraden!
Sie haben vor einiger Zeit einen lieben Angehörigen für`s Vaterland geopfert. Der Truppenteil, dem der liebe Tote angehörte, wird Ihnen Nachricht gegeben haben, daß er auf dem Ehrenfriedhof der Division in Onufriejewko, 15 km südlich Krementschug feierlich bestattet wurde. In der Anlage übersende ich Ihnen eine Skizze des Ehrenfriedhofes, der am Südausgang des Ortes in einem großen Waldstück am See auf Anordnung des Divisionskommandeurs angelegt wurde.
In teilnahmsvollem Gedenken grüßt
Föcking
Kriegspfarrer u. Gräberoffizier

Auf Anfrage erhielt meine Mutter im Januar 1948 noch folgendes Schreiben aus Berlin:

Abwicklungstelle
Deutsche Dienstelle für die Benachrichtigung der nächsten Angehörigen von Gefallenen der ehemaligen deutschen Wehrmacht Berlin-Fronau, Hubertusweg
Az. Ref. VI Sch – 66897, Datum: 2.1.48

Nach einer hier vorliegenden dienstlichen Meldung ist Ihr Angehöriger Hermann Schmidt
geb. 17. 7. 06 in Brunow, am 21. 11. 43 gefallen.
Todesort: Kamburlejewka
Grabanlage: Onufriewka südl. Krementschug, Ehrenfrdhf. am Südausgang d. Dorfes Onufriewka.
Die Sterbefallanzeige ist heute dem für den letzten Wohnsitz zuständigen Standesamt in Herzfeld/Mecklenburg übersandt worden, dem die Ausstellung der Sterbeurkunde obliegt. Weitere Nachrichten liegen hier nicht vor.
Armand E. Klein

Soweit die Informationen über den Dank des Vaterlandes und die „Andenken", die den Angehörigen der „für das Vaterland Geopferten" übersandt wurden.
Den Status eines „Ehrenfriedhofs" wird der Friedhof von Onufriewka nicht lange mehr gehabt haben. Im Februar 1944 gab die Heeresgruppe Süd nach einem sowjetischen Zangenangriff auf den Dnepr-Frontbogen Kriwoi Rog und Nikopol auf. Spätestens zu diesem Zeitpunkt wird auch das Gebiet, in dem mein Vater fiel und begraben wurde, von der Wehrmacht geräumt worden sein.

Am 29. Mai 1996 schlossen Deutschland und die Ukraine ein Kriegsgräberabkommen ab. Dieses ermöglichte es dem Volksbund Deutscher Kriegsgräberfürsorge e. V., auf dem Territorium der Ukraine Sammelfriedhöfe für dort gefallene deutsche Soldaten anzulegen. Die sterblichen Überreste der in Onufriewka Bestatteten wurden auf die Kriegsgräberstätte der Gebietshauptstadt Kirowograd nahe der Ortschaft Krupskoje überführt. Dieser Friedhof wurde am 20. Mai 2000 eingeweiht. Er liegt inmitten einer unendlich erscheinenden flachen Ackerlandschaft, die von einem weiten Himmel überdeckt wird. Dort hat das, was von Hermann Schmidt nach 57 Jahren noch übrig gewesen sein könnte, in der „Endgrabanlage" der Unbekannten im Block 12 die letzte Ruhestätte gefunden.

Aufrichtige Anteilnahme spricht aus drei noch erhaltenen Kondolenzbriefen an meine Mutter. Sie geben ferner auch einen kleinen Einblick in die Stimmung im Land zu Anfang des Jahres 1944. Der erste unvollständig erhalten gebliebene Brief kommt von Christa Schuster, einer Schulfreundin meiner Mutter und Tochter des früheren Pastors Schliemann in Herzfeld, die bereits ihren Mann und ihren Bruder im Krieg verloren hatte.

Brief von Christa Schuster aus Schwerin vom 15.2.44
Meine liebe Magdalene!
Deinen lieben Brief vom 4. 2. habe ich erhalten! Nun hast Du inzwischen die Nachricht bekommen, daß Dein lieber Mann nicht mehr lebt. Und damit ist der letzte Hoffnungsschimmer genommen. Das ist so unendlich schwer für Dich und für Euch alle, zu denen Dein lieber Mann gehörte. So lange es noch die Möglichkeit gibt, klammert man sich wohl an einen Strohhalm. Wie grausam ist es, alles, alles aus sich herausreißen zu müssen. Alles, was man an Schönem und Hoffnungen vor sich hatte, ist nun zerstört. Wie unendlich schwer wird Dir das Herz sein, bei all dem Leid. Du weißt, daß ich es Dir nachfühlen kann! Denn auch noch nach vielen Monaten überfällt mich oft noch solche Traurigkeit und Herzensnot, daß ich kaum aus noch ein weiß. Es ist sehr schwer, immer tapfer zu tun. Nur daß viele, viele Frauen unser hartes Schicksal teilen, kann uns helfen. Auch sie müssen täglich wieder an ihre Arbeit gehen, ihre Kinder aufziehen, und welche Aufgaben sie sonst noch haben. Diese harte Zeit verlangt so viel von manchen unter uns. Hoffentlich bleibst Du einigermaßen gesund bei allen Aufregungen. Ob Du leidlich schlafen kannst? Du warst so schon nicht die Stärkste und mußt nun trotz allem hier ganz besonders Deinen Platz ausfüllen.

Daß Du so spät u. so furchtbar wenig über den Tod Deines lieben Mannes erfuhrst, wird Dir noch schwere Gedanken machen. Es ging mir so ähnlich. Weil mein Mann mit 1 Kameraden verbrannt ist, kann mir niemand genaues über das Sterben sagen. Und man quält sich doch oft damit herum, daß alles so unklar und dunkel ist. Auch bekam ich kein Andenken zurück u. habe nirgendwo ein Grab. Aber über allem

Leid steht ja unser Gott im Himmel und der Herr Christus. Jetzt in unserem großen Schmerz müssen wir zeigen, ob das, was wir im Elternhaus u. auch bei Tante Gusting gelernt haben, uns wirklich Besitz geworden ist, oder ob es uns nur eine äußere Angelegenheit bedeutet. Unsere Lieben, die von uns gegangen sind, haben überwunden. Alle Not und Mühsal liegt nun hinter ihnen. Das mag auch Dir ... [Hier bricht der Brief ab.]

Den zweiten Brief schrieb die Frau eines Parchimer Lehrers, der wohl früher auch in Herzfeld angestellt war. Auch ihr Mann war vermutlich im Krieg gefallen.

Brief von Frau Davids aus Parchim vom 15.2.44
Meine liebe Frau Schmidt!
Helga überbrachte mir durch Elisabeth die Nachricht von dem Schicksal Ihres lieben Mannes. Nun möchte auch ich Ihnen meine Teilnahme übermitteln. Sie zu trösten, will ich nicht versuchen, weil ich nur zu gut weiß, daß es niemand kann. Für einen Schmerz wie diesen, meine gute Frau Schmidt, gibt es auf der ganzen Welt keinen Trost, alles, alles sind leere Worte und hilft nicht lindern. Man kann nur die guten Jahre, die man gemeinsam durchlebt hat, nachleben, immer im Sinne dieses lieben Menschen, der einem alles war.

Ich wollte zuerst nicht schreiben, weil ich weiß, daß jeder Brief die Tränen aufs Neue fließen läßt. Aber sie sollen wissen, daß ich in Gedanken bei Ihnen bin und mit Ihnen fühle. Was man empfindet und durchmachen muß, wenn solche Nachricht ins Haus kommt, das kann nur der ermessen, der durch gleiches Leid gegangen ist. Und dann die langen, bangen Wochen der Ungewißheit, die Sie durchleben mußten. Wie schwer ist nun doch auch Ihr Weg geworden und wie leer Ihr Haus. Leer für Sie, weil die Kraft, die Ihr lieber Mann Ihnen gab, fehlt. Aber wir dürfen nicht verzweifeln, sondern müssen uns gesund erhalten für unsere Kinder. Unser Leben ist noch nicht zwecklos. Wir haben noch Pflichten zu erfüllen, indem wir für unsere Kinder sorgen. Auch Sie haben einen lieben kleinen Jungen, für den es wert ist zu leben, und den sie noch viele Jahr um sich haben und bestimmt im Sinne Ihres lieben Mannes erziehen werden.

Jürgen ist noch in der Marinekriegsschule, aber wie lange noch, dann kommt auch er zum Einsatz, und wieder beginnen meine Sorgen. Helga habe ich noch einige Jahre bei mir, bis sie mit der Schule fertig ist. Dann verläßt auch sie mich, und ich bin ganz allein. Hinzu kommt noch meine Schwerhörigkeit, die mich von allen Menschen fern hält.

Liebe Frau Schmidt, versuchen Sie nun immer an die vielen guten Stunden zu denken, die Sie gemeinsam erleben durften, und richten sie sich auf in dem Bewußtsein, daß Ihr Mann glücklich war bei Ihnen und dem Jungen. Und nun wünsche ich Ihnen alle Kraft, die es nur gibt, zum Durchkommen. In herzlicher Mittrauer grüßen wir beide Sie. Ihre Fr. Davids u. Helga.

Der letzte dieser Briefe kommt von einem wohl von Vaters Seite verwandten Ehepaar aus Berlin, das mir unbekannt geblieben ist.

Berlin-Waidmannslust, 17.2.1944
Meine liebe Magdalene!
Haben erfahren, daß nun auch Dein lieber Mann sein Leben hingeben mußte, was wir unendlich bedauern und drücken Dir und allen Deinen Lieben unser herzliches und aufrichtigstes Beileid aus. Halte nur den Kopf oben, denn Du mußt doch für Deinen lieben Jungen weiter leben und sorgen.

Wir haben hier in Berlin auch allerhand mitzumachen, vorgestern hatten wir wieder einen Großangriff; es ist traurig, wenn die Bomben so in der Nähe pfeifen und runter kommen, dann glaubt man auch immer, die letzte Stunde hat geschlagen.
Nun wünschen wir Dir Kraft und Gesundheit, daß Du den schweren Verlust auch ertragen kannst und sei Du sowie Dein kleiner Hans-Hermann und alle Deine Lieben herzlich gegrüßt und wünschen Euch allen alles Gute Deine mit Dir fühlenden Tante Aenne und Onkel Hans.

Das letzte Wort im Zusammenhang mit den Briefen zu Vaters Tod soll seine Mutter haben. Sie hat den Brief nach einem Besuch in Herzfeld geschrieben.

Brunow, 3.9.44
Ihr Lieben!
Deinen lieben Brief dankend erhalten. Ich hab schon auf Post von Dir gewartet. Zu Hause sind wir gut gekommen. Der Tag war schwer für uns, und der Weg, der sonst immer so herrlich war, wenn wir nach Herzfeld fuhren, ist so schön. Immer, wenn man im Holz ist, denkt man doch, hier ist unser lieber Hermann so manchmal durchgefahren nach Dir, liebe Magdalene. Nun ist alles vorbei. Er war immer so vergnügt, wenn er zu Euch fahren konnte, und nun läßt er uns alle so im Stich. Ich habe so viel wieder geweint, wie ich Deinen lieben Brief bekam, aber helfen kann uns keiner. Ich bin so unruhig, weiß man nicht so, wo man hin kann. Wir haben heute mittag alle geweint, Papa auch, unsere ganze Hoffnung ist dahin, und wir sind ganz untergedrückt von allem. Man mag keine Augen aufschlagen. Wir haben unsere lieben Kinder hingegeben, und nun mit Hermann steht einem noch mal der Verstand still. Wer will helfen? Manchmal ist es so, als wenn der liebe Gott uns nicht mehr beistehen will in diesen schweren Stunden, die wir noch durchstehen müssen.

Ina schrieb heute auch in Lübeck von einer Frau. Der ist Ihr Bruder gefallen, dann die Schwester gestorben, die Mutter gestorben, dann ist Ihr Mann gefallen und nun ihres Mannes Bruder. Was eine Familie durchmachen muß, da ist der Mann gefallen, nun ist die Tochter auch an Kopfgrippe gestorben. Sie schrieb auch, daß sie alle in Gefahr sind.
Elli von Hamburg schrieb neulich auch, daß ihre Eltern so raus gelaufen sind und ihre Mutter war schon so schwach gewesen und sind wohl beide verbrannt. Es ist auch nicht schön für sie . Da haben auch noch welche bei ihren Eltern im Haus gewohnt, die sind gesund, und ihre Eltern sind tot.

Liebe Magdalene, Du hast noch Deinen lieben Hans-Hermann, die liebe Mutter und Tante Ida, die auch viel Mitleid mit Dir tragen. Was denkst Du wohl von mir? Ich weiß auch nicht, was ich machen soll, wenn man nachts aufwacht und morgens aufwacht, so schwer, so schwer. Neulich war auch wieder einer hier auf Urlaub. Ich habe so laut geweint, aber unser lieber Hermann kommt nicht wieder zu uns. Ich kann es gar nicht, muß immer die Bilder ansehen von meinen lieben Kindern, so gesund, und nun schlafen sie alle in der kalten Erde.

Ihr Lieben, was sollen wir machen, können so viel schreien, unser lieber Hermann hört nichts mehr. Wenn die Post kommt, denkt man, so oft könnte man einen Brief von Hermann erhalten, solche Freude. Aber die ganzen Zeit vergeht. Wie gern hätte er wohl geschrieben. Was hat er wohl noch durchgemacht in seiner letzten Stunde? An seine Magdalene und an Hans-Hermann gedacht, waren doch seine ganze Freude. Er mag mit seinem Geist bei uns sein und werden ihn nicht vergessen, so lange wir leben. Und müssen es so tragen.

Die Flieger waren hier, und einer ist abgestürzt. Wer weiß, wie lange wir noch auf der Welt sind. Möge der liebe Gott uns helfen tragen die schwere Last.

Freuen uns schon, wenn Ihr kommt. Hans-Hermann soll schön spielen, der Kleine, der seinen lieben Vater verloren hat. Das kann ich nicht fassen. Warum gleich tot?
Viele Grüße von uns an Euch alle D. Mama

Mit ihren lieben Kindern meint Emma Schmidt Ihre Tochter Hanna, die schon 1940 gestorben war, und meinen Vater. Vielleicht hatte sie auch schon Nachricht vom Tod ihres Schwiegersohnes Otto Kemling. Der war entgegen allen Vermutungen doch nicht wieder an die Ostfront gekommen, sondern man hatte ihn zur Abwehr der drohenden Invasion auf die Halbinsel Cotentin in die Normandie geschickt. Am sogenannten „D-Day", dem Tag der Invasion am 6. Juni 1944, faßten die Amerikaner nördlich von Carentan Fuß, und die Engländer bildeten östlich davon bei Arromanche-les-Bains drei Brückenköpfe. Am 14. Juni war die Westspitze der Halbinsel eingeschlossen. An diesen Kämpfen war mein Onkel beteiligt. Er fiel am 28. Juli bei Trelly auf dem Weg nach Cherbourg und wurde zunächst auf dem Soldatenfriedhof im Park des Schlosses le Manoir bei Trelly im Département Manche beigesetzt. Nach dem Krieg wurden seine sterblichen Überreste auf den deutschen Soldatenfriedhof Orglandes überführt.

Meine Großeltern haben den Tod meines Vaters um Jahrzehnte überlebt. Martin Schmidt starb am Weihnachtstag des Jahres 1957 in seinem 80sten Lebensjahr. Emma Schmidt erlebte noch ihren 91sten Geburtstag, bevor sie am 7. Juli 1974 für immer die Augen schloß. Ihre Tochter, Sabine Kemling, starb 1981. Nach all dem Leid, das der Krieg über sie gebracht hatte, mußten sie 1953 auch noch den Tod von Sohn und Enkel, Karl Otto Kemling, verursacht durch einen „ärztlichen Kunstfehler" nach einer Blinddarmoperation, hinnehmen.

Karl Kopplow fiel zwei Monate nach Vollendung seines 20sten Lebensjahres am 21. Juli 1944 an der Ostfront, und auch sein Schwager Werner Best mußte dort sein Leben lassen. Ihre Eltern bzw. Schwiegereltern, Karl und Pauline Kopplow, wurden 87 bzw. 86 Jahre alt.

Die Brüder Ernst und Herbert Kröger ließen ebenfalls an der Ostfront ihr Leben und damit ihre Mutter, Marie Kröger, die Frau des Bruders meines Großvaters Wilhelm Kröger, allein. Marie Kröger hat den Tod ihrer beiden Söhne um 36 Jahre überlebt.

Wie bereits erwähnt, wurde auch Fritz Jahncke, der einzige Sohn von Großvater Krögers Schwester Berta, ein Opfer des Krieges.

Über alle, die mir seit früher Kindheit nahe standen, hat der verbrecherische Krieg Hitlers und seiner willigen Gefolgsleute Tod bzw. unermeßliches Leid gebracht. Alle, die ihn überlebten, haben bis in ihr hohes Alter unter seinen Folgen gelitten. Die meisten von ihnen fühlten sich konservativem, christlichem Gedankengut und der bäuerlichen Tradition verbunden. Es ist nicht auszuschließen, daß die Jüngeren zumindest zu Beginn des Krieges empfänglich für das waren, was ihnen da täglich in Schule, in nationalsozialistischen Organisationen und in ihrem Umfeld eingetrichtert wurde. Manche der hier zitierten brieflichen Äußerungen von Ernst Kröger lassen entsprechende Schlußfolgerungen zu. Sie mußten es bitter büßen. Und ihr Leben geben mußten auch die, die wie mein Vater und mein Onkel Otto im besten Mannesalter standen und deren Einsichten durch Erfahrung gereifter und kritischer waren. Sie fühlten sich nicht zu Helden berufen, einen Ausweg aber wußten auch sie nicht. Wehrlos den kleinen und großen Machthabern ausgeliefert, wurden sie in Tod und Verderben getrieben.

Welchen Ausweg hätten sie gehabt? Emigration kam für die an ihren Besitz gebundenen Bauern nicht in Betracht. Wohin sollten sie auch gehen? Zu Beginn der dreißiger Jahre des 20. Jahrhunderts ging es ihnen im Vergleich zur Nachkriegszeit in der Weimarer Republik relativ gut. Die brutalen Ausschreitungen des Regimes, die schon gleich nach der Machtergreifung begannen, stießen auf dem Lande kaum auf

Abscheu, geschweige denn Abwehr. Repressalien gegen Sozialdemokraten und Kommunisten wurden eher mit Genugtuung aufgenommen. Frühere mecklenburgische Regierungen unter sozialdemokratischer Führung hatten wenig Gespür für die Belange der Bauern gezeigt, und Kommunisten waren nach Meinung der meisten Bauern überhaupt schlechte Menschen, die ihnen ihren Besitz nehmen wollten. Meine Großtante Ida hat mir als Kind häufig das schlimme Lied von der Leiche im Landwehrkanal vorgesungen, das wohl oft auf Dorffesten, von grölendem Gesang begleitet, gespielt wurde. Daß die auch auf dem Lande weit verbreitete nationalistische Ideologie derjenigen, die Rosa Luxemburg viehisch ermordet und ihre Leiche danach in den Landwehrkanal geworfen hatten, eine der Ursachen für das Leid war, das sie nun tragen mußten, haben die meisten Deutschen auch nach dem Krieg noch nicht begriffen.

Über den geringen Anteil von Juden an der Bevölkerung Mecklenburgs wurde schon berichtet. Die meisten Menschen verhielten sich gegenüber den Verbrechen an ihren jüdischen Mitbürgern gleichgültig, sahen einfach weg oder unterstützten die Diskriminierung. Nur sich selbst und die Seinen nicht gefährden, so würde man diese Zeit schon überstehen, das war eine nicht nur auf dem platten Lande weit verbreitete Haltung. Wohl die wenigsten ahnten vor dem Krieg, wie wenig dieses „Kopf in den Sand stecken" sie vor Unheil schützen würde. Und dann war es plötzlich zu spät. Die Betreiber des totalen Krieges forderten von fast allen alles. Nun starben nicht nur die Anderen, die Juden, Zigeuner und politischen Gegner, jetzt war man selber dran. Die Männer fielen scharenweise im Krieg, die Städte und unzählige ihrer Bewohner verbrannten im Bombenhagel, und in den Bauernhäusern wurde es eng, denn Millionen Ausgebombter aus den Großstädten und Industriezentren suchten Unterkunft. „Müssen alles so nehmen, wie es kommt; wollen das Beste hoffen," empfahl mein Vater seinen Lieben. Doch diese Hoffnung trog, und was kam, hatten die meisten sich wohl in ihren schlimmsten Träumen nicht ausgemalt.

„Selig sind die, die da Leid tragen, denn sie sollen getröstet werden," heißt es im Buch der Bücher unter Matthäus 5, 4. Wo sonst konnten gläubige Menschen in dieser trostlosen Zeit anderen Trost finden als in ihrem biblischen Glauben. Mutter, Großmutter Berta Kröger und Tante Ida waren sehr gläubige Menschen, und auch Vaters

Eltern und seine Schwester suchten Hoffnung und Zuversicht im christlichen Glauben. Doch hat insbesondere Oma Emma Schmidt immer wieder die Frage gestellt, wie Gott den Tod ihres geliebten Sohnes und später auch den ihres Schwiegersohnes zulassen konnte. Eine sie befriedigende Antwort hat sie nie darauf erhalten. Auch in späteren Gesprächen mit mir stellte sie immer wieder die Frage nach dem **warum**. Ob sie auch so gefragt hat, als eine ukrainische Lehrerin die für sie völlig ungewohnte schwere Feldarbeit im feindlichen Deutschland ohne Kontakt mit ihrer Familie verrichten mußte? Ich weiß auch das nicht. Weiß nur das, daß den Menschen Zeit und Umstände prägen und daß in einem relativ abgeschotteten Bereich, der damals typisch für das mecklenburgische Dorf war, auch die Vorstellungswelt eine sehr beengte sein mußte. Auch meine Großeltern in Brunow haben die ihnen zugewiesenen Kriegsgefangenen menschlich behandelt; in ihre Lage versetzen konnten sie sich allerdings nicht.

Dem Bauernstolz kam zumindest in den Anfangsjahren des Faschismus die Blut- und Bodenpolitik der Nazis sehr entgegen. Im Krieg erfuhren auch sie im eigenen Leid die bittere Kehrseite dieser unmenschlichen Politik.

Unmenschlich war auch die Behandlung besonders der sowjetischen Kriegsgefangenen. Bis 1945 starben ca. 5,7 Millionen von ihnen in deutscher Kriegsgefangenschaft. Mein Vater hatte Glück, daß er die ersten Kriegsjahre in einem Landesschützenbataillon in der Heimat verbringen durfte. Aus Dokumentationen der Ausstellung „Verbrechen der Wehrmacht – Dimensionen des Vernichtungskrieges 1941 – 1944" geht hervor, daß Angehörige dieser Bataillone in der Sowjetunion an der Erschießung von Kriegsgefangenen beteiligt waren. Landesschützenbataillone bewachten im Winter 1941/42 auch Gefangenentransporte von Stalino nach Saporoshje über eine Strecke von 300 km zu Fuß. Von den unterernährten und äußerst mangelhaft ausgerüstete Gefangenen erreichte oftmals nur die Hälfte und manchmal auch keiner mehr das Ziel (12).

259

5 Abspann

Die Zukunft aber, so dunkel sie sich auch anließ, gehörte den Lebenden. Irgendwie mußte es weiter gehen. Nach dem „Wie" fragte keiner. Die Bewirtschaftung von 110 Morgen Land oblag im wesentlichen den drei Frauen in Herzfeld. Meine Großmutter, Berta Kröger, war 1944 56 Jahre alt, ihre etwas jüngere Schwester Ida war körperbehindert, und meine Mutter litt zunehmend unter starken Asthmaanfällen. Die schwere Feldarbeit erledigten zwar größtenteils der polnische Zwangsarbeiter Josef und der französische Kriegsgefangene Moritz, doch stand es um das Verhältnis der beiden zueinander, wie wir erfahren haben, nicht zum besten. Außerdem konnte niemand von ihnen ein großes Engagement erwarten, zumal, wie für jeden Denkenden damals schon ersichtlich, der Krieg für Deutschland verloren war.

Es muß Anfang oder Mitte 1944 gewesen sein, als Berta Kröger noch ein polnisches Mädchen vom Arbeitsamt zugewiesen wurde. Ihr Vorname war Bronia, und sie ist damals wohl noch sehr jung gewesen. Zwischen ihr und den drei Frauen bestand ein gutes Verhältnis, und mit mir hat sie oft gespielt. In Gedanken an sie wird ein breites gutmütiges Gesicht, das zwei lange Zöpfe umrahmten, wieder lebendig. Bronia hat auch nach Kriegsende noch aus Polen geschrieben. Diese sicherlich sehr kurzen Nachrichten sind verloren gegangen.

Meine Erinnerungen an diese Zeit sind diffus, und die Eindrücke aus frühen Kindheitstagen überlagern einander. Nur weniges läßt sich konkreten Ereignissen zuordnen, wie z. B. die Ankunft ostpreußischer Flüchtlinge in Herzfeld. Da fuhren Ende Januar 1945 plötzlich große Planwagen zwei- oder mehrspännig durch das Dorf, die dazu gehörenden Menschen wurden auf den Höfen einquartiert und brachten neben begehrten Zugtieren auch ihre Arbeitskraft mit. Denn sie kamen nahezu alle aus ländlichen Gebieten, kannten aus eigener Erfahrung die bäuerlichen Arbeiten, und sie packten im Gegensatz zu vielen Evakuierten aus den Großstädten gleich mit zu. Ihr breiter melodischer Dialekt ist aus meiner Kindheit nicht mehr weg zu denken; ebensowenig wie die für unsere Gegend völlig untypischen Familiennamen Augart, Greifenberg, Kokowski, Mombrei, Monstein und Podewski. Sie wurden später ergänzt durch Namen wie Bathke,

Ruffert, Tabbert und Westphal, die der Krieg und seine Folgen aus dem abgebrannten Pommernland nach Westen vertrieben hatten. Deren Platt ähnelte nun wiederum mehr dem mecklenburgischen, klang nur etwas weicher als dieses. Viele dieser Neuankömmlinge haben Herzfeld, Brunow und andere Dörfer der Umgebung nicht mehr mit Sack und Pack verlassen, sondern sie fanden dort eine neue Heimat und integrierten sich in die Dorfgemeinschaften. Wie auch die Schlesier. Die fanden sich noch etwas später ein, waren meist katholisch und konnten herrlich fluchen. In unserem Haus fand Familie Schittenhelm (oder hießen sie Schüttenhelm?) vorübergehend Unterkunft. Zu der gehörten zwei etwas ungebärdige Söhne, die ihr zum Jähzorn neigender Vater häufig als „Satansbraten" titulierte. Mir waren sie willkommene Spielgefährten.

Inzwischen war auch weiterer Besuch eingetroffen. Am 3. Mai 1945 hatten sich Soldaten der 9. US-Armee, von Ludwigslust kommend, und Soldaten der 2. Belorussischen Front, aus Marnitz vordringend, in Grabow am Bahnübergang Prislicher Straße vereinigt (13). Das Wetter zeigte sich an diesem und auch den folgenden Tagen dieses Monats von seiner besten Seite. Der Himmel war so blau, wie er es unter norddeutschen Bedingungen nur sein konnte. Zartes Grün brach aus allen Knospen, und das schöne Frühjahr war ganz dazu angetan, Hoffnung auf bessere und friedlichere Zeiten aufkeimen zu lassen. Ich spielte gerade draußen, als Nachbarin Marta Holz mit dem Ruf: „Hängt de witt Fahn rut, de Russen kamen!" auf den Hof stürzte. Es war auch höchste Zeit, denn kaum flatterten einige weiße Bettlaken aus den Fenstern, da rollten sie schon an. Sehr martialisch sah dieser Einzug nicht aus, eher wie ein Karnevalsaufmarsch. Sie saßen bunt zusammengewürfelt auf Panjewagen, die von kleinen struppigen Pferden gezogen wurden.

Meine Mutter und Tante Ida nahmen mich mit in ein Versteck neben dem vor zwei Jahren schon eingefallenen Backofen, der sich im hinteren Teil des Gehöftes im Anschluß an einem Obstgarten befand. Großmutter und Bronia blieben im Haus. Josef und Moritz waren wahrscheinlich nicht mehr da. Plötzlich knallten Schüsse aus Richtung des Wohnhauses. Mutter verlor völlig die Nerven, betete ein Vaterunser und sagte uns, daß wir jetzt wohl auch sterben müßten. In schlimmsten Erwartungen gingen wir zurück und sahen, daß außer ein paar Hühnern niemand umgekommen war. Meine Großmutter und Bronia befanden sich im Haus, in dem ein großer Russe mit einem Bajonett an den Möbeln herumstocherte. Bronia gelang es schließlich, ihn vom weiteren Randalieren abzuhalten. Inzwischen hatten seine Genossen die in Holztruhen im Garten vergrabenen wenigen Wertsachen schon gefunden und waren eifrig beim Schaufeln. Nun wurden erst einmal die Möbel und der Inhalt der Schränke auf Panjewagen verladen und in den nahe gelegenen Wald gebracht, in dem die Russen Unterstände errichteten. Nachts kamen sie dann wieder auf der Suche nach jungen Frauen zurück. Meine Mutter, die unter einem Asthmaanfall litt, wurde verschont, ebenso wie ältere Frauen. Kindern passierte ohnehin nichts. Die nächsten Nächte verbrachten die gefährdeten Frauen draußen versteckt hinter Feldhecken. In den ersten Wochen der Besatzung herrschte ein ziemliches Durcheinander. Die Soldaten requirierten wahllos Häuser für sich und gaben sie nach einigen Tagen aus ebenso unerfindlichen Gründen wieder auf. Wir sind in dieser Zeit wohl sieben Mal im Dorf umgezogen. Alles, was wir an beweglichem Eigentum besaßen, wurde weggenommen. Fortgetrieben bzw. gleich geschlachtet wurde auch das Vieh. Wochen später, als die im Wald kampierenden Russen abgezogen waren, haben wir einzelne Möbelstücke in allerdings ziemlich ramponiertem Zustand wieder gefunden. Einmal gelang es meiner Mutter sogar, bei einem Russen für eine Flasche Korn, die sie in einem Scheunenfach versteckt hatte, ein Pferd einzuhandeln. Doch die Freude währte nicht lange. Nachdem er sich den Inhalt der Flasche einverleibt hatte, erschien unser Pferdehändler mit angelegter Maschinenpistole wieder und forderte den Gaul zurück. Wäre ja auch ein ziemlich unausgewogener Tausch gewesen. Wie gewonnen, so zerronnen, war damals die Devise. Schließlich kamen wir auch wieder zu einigen Kühen, die Mutters Schwager Erich Knaack aus Pampin bei Brunow für uns erhandelt hatte, und die behielten wir dann auch.

Ein Erlebnis aus dieser verworrenen Zeit hat sich mir noch besonders eingeprägt. Wir waren auf dem Feld bei der Kartoffelernte in Nähe des Ortsteils Neu Herzfeld. Hilfe hatten wir inzwischen auch wieder, denn, wie bereits berichtet, hatte es auf der Flucht aus Ostpreußen und Pommern Bauern und Landarbeiter nach Herzfeld verschlagen. In Neu Herzfeld einquartierte Soldaten der Roten Armee, es sind vermutlich Kasachen gewesen, beobachteten uns bei der Arbeit und beim kärglichen Mal auf dem Feld. Zum großen Entsetzen meiner Mutter nahm mich einer von ihnen an die Hand und mit in die Unterkunft. Diese bestand aus einem großen Zimmer, dessen Fußboden mit Stroh bedeckt war, auf dem einige Soldaten lagen. Hier wurde ich nun erst einmal von einem zum anderen gereicht und mit Zärtlichkeiten überhäuft. Wahrscheinlich erinnerte ich sie an ihre Kinder daheim. Ich weiß nur, daß ich bei all dem keine Furcht verspürte und ganz stolz war, als man mich mit einem großen Brot und einer Tüte Zucker wieder entließ.

Einige Monate später verzogen sich die Soldaten aus den Dörfern in Kasernen und die zivile Verwaltung übernahmen von der Roten Armee eingesetzte Deutsche. Eine andere Zeit hatte begonnen.

6 Literatur und Quellenangabe

(1) Bruhns, Wibke: Meines Vaters Land – Geschichte einer deutschen Familie. Econ Verlag München 2004
(2) 700 Jahre Herzfeld (1306 – 2006), Landkreis Parchim. Herausgeber Festkomitee „700 Jahre Herzfeld," 2006
(3) Karge, Wolf; Münch, Ernst und Schmied, Harmut: Die Geschichte Mecklenburgs. Hinstorff Verlag GmbH Rostock, 1993
(4) Rademacher, Michael: Handbuch der NSDAP-Gaue 1928 – 1945, Amazon.de
(5) Hegewisch, Helga: Die Totenwäscherin. Ullstein Berlin Verlag, 2. Auflage, 2000
(6) Gruchmann, Lothar: Der Zweite Weltkrieg. Deutscher Taschenbuch Verlag GmbH & Co. KG, München, 10. Auflage, 1995
(7) Dokumentationen aus der Ausstellung über Zwangsarbeiter in Ingolstadt im Stadtmuseum Ingolstadt, April 2005
(8) Anonymus: Zeitspuren. Spaziergänge durch Prenzlau. Militärgeschichte. Herausgeber: Dominikanerkloster Prenzlau in Kooperation mit dem Uckermärkischen Geschichtsverein zu Prenzlau e.V., 2001
(9) Schumann, Frank (Herausgeber): „Zieh dich warm an." Soldatenpost und Heimatbriefe aus zwei Weltkriegen. Chronik einer Familie. Verlag Neues Leben Berlin, 1989
(10) Stüdemann, Kurt: Parchimer Heimathefte, Nr. 19. Parchim 1945 – Am Rande des Abgrundes, Teil I: Ereignisse bis zum 3. Mai 1945. Herausgeber: Kulturkreis Mecklenburg e.V., Sitz Hamburg, 1994
(11) Muszyński, M.; Nachama, A.; Steinbach, P. und Glauning, Christine (Herausgeber): Erinnerungen bewahren – Sklaven- und Zwangsarbeiter des Dritten Reiches aus Polen 1939-1945. Katalog zur Ausstellung der Stiftung „Polnisch-Deutsche Aussöhnung" und der Stiftung „Topographie des Terrors", NS-Zwangsarbeit, Dokumentationszentrum Berlin-Schöneweide, 2007
(12) Anonymus: Verbrechen der Wehrmacht. Dimensionen des Vernichtungskrieges 1941 – 1944. Begleitbroschüre zur Ausstellung. Herausgeber: Hamburger Institut für Sozialforschung, 2001
(13) Schultz-Naumann, Joachim: Mecklenburg 1945. Universitas Verlag, München, 1989

6 Danksagung

Für die Durchsicht des Manuskripts und für aus authentischer Zeitzeugenschaft resultierende kritische Hinweise danke ich meinem väterlichen Freund, Herrn Professor em. Dr. agr. habil. Wilhelm Simon, Schwerin.

Meiner Frau sage ich herzlichen Dank besonders für ihre ständige Hilfe beim Lesen der in Sütterlin vorliegenden Originalbriefe und bei der Korrektur des Textes.